RACHEL LACEY

Kein Plan für die Liebe

RACHEL LACEY

KEIN PLAN FÜR DIE LIEBE

Roman

Ins Deutsche übertragen von
Katrin Mrugalla und Richard Betzenbichler

LYX
EGMONT

Die Originalausgabe erschien 2014 unter dem Titel
Unleashed (Love to the Rescue) bei Forever,
an imprint of Grand Central Publishing, New York, NY, USA.

Deutschsprachige Erstausgabe September 2015 bei LYX
verlegt durch EGMONT Verlagsgesellschaften mbH,
Gertrudenstraße 30–36, 50667 Köln

Dieses Werk wurde vermittelt durch die Literarische Agentur
Thomas Schlück GmbH, 30827 Garbsen.

1. Auflage
Redaktion: Barbara Müller
Satz: Greiner & Reichel, Köln
Printed in Germany (670421)
ISBN 978-3-8025-9651-3

www.egmont-lyx.de

MIX
Papier
FSC FSC® C083411

Zum Gedenken an meine Mom.
Dieses Buch ist für dich.

1

Cara Medlen spürte das Knurren, ehe sie es hörte. Der Hund an ihrer Seite hatte alle Muskeln angespannt, und seine Erregung übertrug sich auf ihr Bein. Um ihn abzulenken, wackelte sie mit der Leine. »Ruhig, Casper! Auch wenn du es nicht weißt, aber heute ist dein Glückstag.«

Aus stumpfen Augen, eins braun, eins blau, schaute er zu ihr hoch. Über sein Gesicht lief eine gezackte Narbe. Rippen und Hüftknochen standen deutlich aus seinem räudigen weißen Fell hervor. Und, Mannomann, er stank nicht schlecht. Cara fand Boxer nicht generell hässlich, aber Casper … der hatte ein Gesicht, dass die Passanten rasch auf die andere Straßenseite wechselten.

Dieses Gesicht hatte sie sofort für ihn eingenommen.

»Welch ein Segen, dass *Triangle Boxer Rescue* ihn übernehmen kann«, sagte die Frau hinter dem Schreibtisch, eine Ehrenamtliche namens Helen. »Das Leben hier im Tierheim ist ihm nicht gut bekommen.«

Cara nickte und reichte Helen das unterschriebene Formular zurück. »Ich hatte schon mit Hunden wie Casper zu tun. Den haben wir in null Komma nichts so weit, dass er zur Adoption freigegeben werden kann.«

Aber die Warnung, die ihr die Hausbesitzervereinigung im Sommer erteilt hatte, lastete schwer auf ihren Schultern: Sorgen Sie dafür, dass sich Ihre Pflegehunde benehmen, sonst muss der Vorstand entsprechende Maßnahmen ergreifen.

Die Tür zum Zwingertrakt öffnete sich, und sofort drang heiseres Gebell ins Büro. Casper blickte um sie herum auf den Mann, der durch die Tür hereinkam. Er legte die Ohren an, und seine Nacken- und Rückenhaare stellten sich auf.

Ja, mit diesem Hund würde es Probleme geben.

Cara verstellte ihm mit einem Schritt die Sicht. »Danke, Helen. Einen guten Rutsch!«

Schnell scheuchte sie Casper zur Eingangstür hinaus. Als er in die kalte Luft kam, zog er sofort den Schwanz ein, doch bald schon hob er die Schnauze und schnüffelte den süßen Duft der Freiheit. Er schlich auf die Büschel braunen Grases zu, die den Vorgarten zierten, und hob an einem Baum das Bein.

Als er fertig war, packte sie ihn auf die Rückbank ihres kleinen schwarzen Mazdas. Danach strich sie mit beiden Händen über ihr schwarzes Kleid, das durch die lange Autofahrt nach der Beerdigung zerknittert und jetzt auch noch von Caspers weißen Haaren übersät war. Das Herz wurde ihr schwer. In ihrem Hals bildete sich ein Kloß. Beides verdrängte sie.

Trauern würde sie später. Erst musste sie Casper nach Hause bringen.

Sie setzte sich hinter das Steuer und ließ den Motor an. »Jetzt bist du offiziell aus dem Hundeknast befreit.«

Er schaute sie argwöhnisch an, drehte dann den Kopf zum Fenster und starrte hinaus. Sie fuhr auf die High Street und nahm die nächste Abfahrt zur Interstate 85 in Richtung Dogwood, ein Städtchen am Rand von Raleigh, North Carolina.

»Ab jetzt keine Mätzchen mehr, hörst du?«

Casper warf ihr aus seinen ungleichen Augen einen trübseligen Blick zu.

»Einer meiner Pfleglinge hat den Hund einer Nachbarin angeknurrt, und die hat sich gleich bei der Hausbesitzervereinigung beschwert. Deshalb musst du dich von deiner besten Seite zeigen.«

Er seufzte bühnenreif, streckte sich dann auf der Rückbank aus und schloss die Augen. Na, sie würde das als »Einverstanden« interpretieren. Um aber ganz sicherzugehen, würde sie ein paar Stunden Verhaltenstraining investieren. Die nächste Stunde der Fahrt zu Caras Reihenhaus verschlief Casper.

Die neueste Single von Taylor Swift dudelte fröhlich aus ihrer Handtasche. Sie holte ihr Handy heraus und schaute auf das Display. Merry Atwater.

»Hi, Merry.«

»Hi! Wollte mich nur mal erkundigen, wie es dir geht«, sagte Merry. »Ich habe den ganzen Tag an dich gedacht.«

Cara umklammerte das Lenkrad so fest, dass ihre Fingerknöchel weiß hervortraten. Sie versuchte, den Anblick von Ginas bleichem Gesicht, wie sie so im Sarg lag, auszublenden. »Ganz gut. Es wird schon wieder.«

»Ach, Schätzchen, es tut mir so leid. Gib Bescheid, wenn ich irgendwas für dich tun kann. Hast du immer noch vor, heute Abend was zu unternehmen?«

»Ja, ich komme. Vielleicht ein bisschen später. Casper und ich müssen uns erst noch ein wenig besser kennenlernen.«

»Wie ist er denn?« Jetzt klang Merry ganz geschäftsmäßig. Als Gründerin von *Triangle Boxer Rescue* hatte sie ein ureigenes Interesse an jedem Hund, den sie retteten. Cara hatte keine Ahnung, wie sie ihre Tätigkeit als Rescue-Managerin und ihren eigentlichen Beruf als Kinderkrankenschwester zeitlich unter einen Hut brachte, aber irgendwie schaffte Merry es.

»Na ja, bis jetzt hat er zweimal geknurrt.« Lächelnd schaute Cara kurz nach hinten. Casper, den Kopf zwischen den Pfoten, beobachtete sie.

»Was war los? Das Tierheim hat nichts von aggressivem Verhalten erwähnt.«

Cara setzte den Blinker und verließ den Highway Richtung Fullers Church Road. »Ich glaube, es ist nur der Stress. Kein Grund zur Sorge. Wann soll ich ins *Red Heels* kommen?«

»Vorschlag: Ich komme zu dir und helfe dir, Casper an die neue Umgebung zu gewöhnen. Und wir können reden.«

»Großartig, Merry. Danke.«

»Alles klar. Dann bis sieben.«

Cara schob das Handy wieder in die Handtasche zurück. Wenn sie ehrlich war, hatte sie auf eine Silvesterparty heute Abend eigentlich keine Lust, aber sie wollte keinesfalls allein zu Hause herumsitzen und Trübsal blasen. Nein, sie würde losziehen, und es würde ihr sogar Spaß machen, verdammt noch mal.

Das wäre ganz in Ginas Sinn.

Sie fuhr auf den Parkplatz von Crestwood Gardens, dem Viertel, in dem sie wohnte, und stellte den Mazda auf dem für sie reservierten Platz ab, direkt neben dem schwarzen Jeep Grand Cherokee ihres sexy Nachbarn. Besagter Nachbar stand in seinem Vorgarten und unterhielt sich mit einer munteren Brünetten in enger Jeans und tief ausgeschnittenem Sweater.

Cara spürte einen Stich von Eifersucht, was insofern lächerlich war, als sie nicht einmal seinen Namen kannte. Und wenn es nach ihr ging, würde sich daran auch nichts ändern. Sie stellte den Motor ab und ging dann rasch zur hinteren Wagentür. »Willkommen zu Hause, Casper.«

Mit eingezogenem Schwanz sprang der Hund aus dem Wagen. Es war für sie beide ein langer, anstrengender Tag gewesen. Höchste Zeit für ein wenig Ruhe.

Ein anderer ihrer Nachbarn – Chuck Soundso – kam vorbei und nickte Cara zu. Sie lächelte höflich zurück, behielt aber Casper im Auge. Der Hund schaute zu dem älteren Mann hoch, ihre Blicke trafen sich. Sofort stellten sich die Rückenhaare des Boxers auf, und er stieß ein tiefes, kehliges Knurren aus. Chuck sah zu, dass er zu seinem Auto kam. Cara fluchte leise vor sich hin. Sie schob den Schlüssel ins Schloss und sperrte die Haustür auf.

So viel zum Thema »Guter erster Eindruck bei den Nachbarn«.

Matt Dumont kratzte sich die Wange. Die Maklerin schoss ein letztes Foto von der Vorderseite seines Hauses. Flüchtig nahm er wahr, wie seine merkwürdige Nachbarin und ihr räudiger, kläglich ausschauender Hund, der gerade noch Chuck Sawyer angeknurrt hatte, im Haus verschwanden.

Es war nicht derselbe Köter, den er letzte Woche in ihrem Garten gesehen hatte.

Überhaupt: Soweit er feststellen konnte, spazierte eine wahre Hundemeute bei ihr ein und aus. Der Großteil der Tiere machte einen raubeinigen Eindruck, aber dieser da setzte dem Ganzen die Krone auf. Mit Hunderassen kannte sich Matt nicht sonderlich gut aus, aber für ihn sah diese Töle gefährlich wie ein Pitbull aus.

Langsam drängte sich ihm der Verdacht auf, nebenan gehe nicht alles mit rechten Dingen zu.

»Spätestens heute Abend ist Ihr Angebot online. Ihr Haus lässt sich gut präsentieren, deshalb bin ich zuversichtlich, dass wir relativ schnell einen Käufer finden.« Stephanie Powell steckte den Fotoapparat ein und holte ein rot-weißes Zu-Verkaufen-Schild aus dem Kofferraum ihres Wagens.

Matt konzentrierte sich wieder auf näherliegende Dinge. »Was dagegen, wenn ich das übernehme?«

»Nur zu.« Sie hielt ihm das Schild hin.

Matt drückte es ächzend durch das Gras in die harte rote Lehmschicht darunter. Zumindest kam er hier in North Carolina Ende Dezember überhaupt noch in den Boden. An die eiskalten Winter in Boston würde er sich erst wieder gewöhnen müssen.

Aber dort konnte er wieder snowboarden. Ja, Snowboarden und Skifahren hatte er hier im Süden vermisst, dazu die selbst gemachten Fleischklöße seiner Mom. Er war bereit, nach Hause zurückzukehren.

Er stupste das Schild an und ruckelte es noch etwas tiefer in die Erde. So, das würde nicht mehr weglaufen. Zufrieden wandte er sich zu Stephanie um. »Alles erledigt, oder?«

Sie nickte. »Ich melde mich. Vielleicht können wir nächste Woche schon den einen oder anderen Besichtigungstermin vereinbaren.«

»Wunderbar, Stephanie. Danke.« Er schüttelte ihr die Hand und ging zur Haustür. Seine Gedanken wanderten erneut zu dieser Frau nebenan und ihrer merkwürdigen Hundesammlung.

Die meisten seiner Nachbarn kannte Matt, und er vertrug sich mit allen. Nur sie war ihm ein Rätsel. Er wusste nicht einmal ihren Namen. Vielleicht beschäftigte ihr Gesicht ihn deshalb so sehr in den langen Nächten, die er auf Beobachtungsposten verbrachte.

Sein Handy klingelte. Er zog es aus der Gesäßtasche. Felicity Prentiss. Scheiße!

»Mrs Prentiss«, sagte er zur Begrüßung, während er weiter auf seine Haustür zuging.

»Ich habe es mir anders überlegt.« Ihre Stimme klang nervös und angespannt.

Matt verkniff sich ein Stöhnen. Als er sie gestern kennengelernt hatte, war ihm gleich klar gewesen, dass sie seine Nerven strapazieren würde. Wahrscheinlich hätte er sie abweisen sollen, aber dieser Auftrag bedeutete eine Menge Stunden, die er ihr in Rechnung stellen konnte, eine Menge Geld, das ihm helfen würde, die Zeit zu überbrücken, bis er in Boston Fuß gefasst hatte.

Aber ehrlich gesagt, Felicity Prentiss war eine der ängstlichsten Klientinnen, für die er je gearbeitet hatte. Seit er ihren Auftrag gestern übernommen hatte, hatte sie ihn bereits fünfmal angerufen, entweder weil sie auf den neusten Stand gebracht werden wollte oder er sie beruhigen oder ihr gute Ratschläge geben sollte.

Die Frau brauchte jemanden, der ihr die Hand hielt. Aber sein Job war das nicht.

Offenbar auch nicht der ihres Manns, da sie Matts Dienste in Anspruch nahm, um Beweise seiner Untreue für ein Scheidungsverfahren zu liefern.

»Ich will ehrlich sein, Mrs Prentiss. Ich habe noch nie einen Fall gehabt, wo ein Ehepartner den anderen nicht betrogen hätte. Sie wollen Beweise, ich werde sie Ihnen liefern. Wenn Sie das Ganze abblasen möchten, sagen Sie es mir, bevor es kein Zurück mehr gibt.«

»Ich will es wissen … ich *muss* es wissen.« Ihre Stimme klang zittrig. »Aber was ist, wenn er Sie sieht? Er bringt mich um, wenn er herausfindet, dass ich ihn beschatten lasse.«

Matt zog die Haustür hinter sich zu und sperrte ab. »Er sieht mich nicht. Neigt ihr Mann zu Gewalttätigkeiten, Mrs Prentiss?«

»Nein.« Nach einer kurzen Pause hörte Matt einen Seufzer. »Er ist ein lieber und netter Kerl. Zumindest dachte ich das, bis ich ihn dabei ertappte, wie er mitten in der Nacht ins Haus schlich und nach dem Parfüm einer anderen roch.«

»Also gut. Lassen Sie mich meine Arbeit tun. Ich besorge alles, was Sie für eine Klage brauchen, ohne dass Ihr Mann auch nur das Geringste mitbekommt. Keine Bange.«

»Es ist nur ... wegen Neujahr und so, ich bin einfach so weit, ein neues Leben anzufangen, wissen Sie?«

Das war ja mal ganz was Neues. Matt schaltete das Licht ein und ließ sich in den Ledersessel fallen. »Ja, ich weiß, und das können Sie auch. Da Sie den heutigen Abend mit ihm verbringen, beginne ich morgen mit der Observation. Länger als eine Woche dürfte es nicht dauern, höchstens zwei.«

Felicity Prentiss hatte vor, eine Klage wegen »Entfremdung ehelicher Zuneigung« einzureichen. Ein längst nicht mehr zeitgemäßes Gesetz in North Carolina ermöglichte es ihr, die Geliebte ihres Mannes zu verklagen. Die Scheidung von ihrem Schürzenjägergatten konnte sie allerdings erst einreichen, wenn sie die erforderlichen Beweise hatte.

Matt hatte vor, ihr die Beweise für die Klage und die Scheidung so schnell wie möglich zu verschaffen. Denn wenn dieser Fall abgeschlossen war, würde er nach Hause zurückkehren.

Er beendete das Telefonat und ging nach oben, um in seinem Büro diverse Hintergrundinformationen über das Ehepaar Prentiss zu recherchieren. Es lohnte sich immer, genau zu wissen, in wessen Keller man nach Leichen suchte, bevor man das große Teleobjektiv in Stellung brachte. Lautes Gebell lockte ihn zum Fenster im Flur, von dem aus er einen recht guten Blick in den Garten seiner Nachbarin hatte.

Jedenfalls war er gut genug, dass er sie jetzt mit dem weißen und einem größeren braunen Hund sah. Sie hatte sich umgezogen, und statt des schwarzen Kleids und der Pumps trug sie eine eisblaue Jacke und eine dunkle Jeans, die ihre wohlgeformte Figur betonte. Ihr Haar hatte die Farbe seiner Fantasien, irgendetwas zwischen blond und rot, ein grandioses Apricot, das ihre knapp schulterlangen weichen Wellen in der Sonne hell leuchten ließ.

Der weiße Hund fletschte die Zähne, der braune zögerte

einen Moment, dann gingen die beiden knurrend und wie wilde Bestien nacheinander schnappend aufeinander los. Dabei gaben sie Geräusche von sich, dass sich ihm die Nackenhaare aufstellten.

Blut spritzte auf das Fell des weißen Hunds.

Heilige Muttergottes! Richtete seine bildhübsche Nachbarin etwa Kampfhunde ab?

Angewidert trat Matt vom Fenster zurück. Höchste Zeit, dass er sich mit ihr bekannt machte, denn wenn sie diese Hunde misshandelte, würde er keinesfalls wegschauen.

Die Hunde kämpften miteinander.

»He!« Cara klatschte in die Hände, schrie und machte so viel Lärm wie möglich. Casper verkroch sich hinter einem Busch, und Mojo trottete zu ihr herüber und schaute sie verlegen an.

Cara kniete sich neben ihn und suchte seinen Körper nach Wunden ab. Sie nahm zwar an, das Ganze habe mehr mit Bellen als mit Beißen zu tun gehabt, aber bei Mojos dunklem Fell war das schwer zu sagen, und an Casper hatte sie Blut gesehen. Während sie Mojo untersuchte, saß der mit heraushängender Zunge und wedelndem Schwanz da. Blut sickerte aus dem Zahnfleisch hinter seinem linken Schneidezahn. Mit ein wenig Glück stammte das Blut an Casper daher. Sie scheuchte Mojo ins Haus, dann lockte sie den verängstigten weißen Boxer hinter dem Busch hervor.

»Ganz ruhig, Casper.« Sie fuhr über das Blut in seinem Fell, und es blieb an ihren Fingern kleben. Er beobachtete sie aus diesen zermürbend ernsten, ungleichen Augen. Abgesehen von Mojos blutigem Schlabber hatte er nichts abbekommen.

Gott sei Dank! Mit wackligen Beinen und Herzklopfen setzte sich Cara zu Casper ins Gras. »Du bist gar nicht gut für meinen Adrenalinspiegel, weißt du das?«

Der Boxer würde sie einige Mühe kosten. Er war als Streuner ins Tierheim gekommen, und es würde dauern, bis er sich in einer Familie wieder wohlfühlen würde. Falls er dieses Gefühl denn überhaupt je gekannt hatte. Er war keineswegs bösartig, nur ängstlich und wehrhaft. Jetzt lag er neben Cara, den Kopf auf den Vorderpfoten, die müden Augen trübe.

Im Nachhinein gesehen war es ein Fehler gewesen, beiden Hunden gleichzeitig Leckerbissen anzubieten. Mojo hatte Caspers Hundekuchen beschnüffelt, und der hatte sein Eigentum verteidigt. Nicht ungewöhnlich für einen Hund wie Casper, der eine Weile auf sich allein gestellt gewesen war. Cara war ein Anfängerfehler unterlaufen. Sie war heute nicht recht bei der Sache, aber das war keine Entschuldigung.

Mojo heulte auf der anderen Seite der Tür. Casper verfolgte das Ganze entspannt.

Cara stand auf und ließ Mojo in den Garten, behielt die beiden Raufbolde aber fest im Blick. Mojo kam herausgetrottet, schnupperte an Caras Hand und marschierte dann auf der Suche nach einem Ball weiter. Kurz danach stand auch Casper auf und folgte ihm. Mojo drehte sich um, stemmte die Vorderpfoten auf den Boden und reckte den Schwanz in die Höhe. Auf diese Weise lud er Casper ein, mit ihm zu spielen.

Das kommt der Sache schon näher. Erleichtert seufzte Cara auf. Sie schob die Hände in die Taschen, weil ihr kalt war, und sah den beiden zu.

Mojo war ein lustig aussehender Hund mit braunen Streifen, die entlang des Rückens immer dunkler wurden und zum Schwanz hin schließlich schwarz waren. Er hatte einen kräftigen Körper, sein Schwanz war nicht kupiert und der Schädel massiger als der jedes reinrassigen Boxers. Kein Mensch wusste, welche Gene da zusammengefunden hatten, aber nach Färbung und Haltung zu urteilen, musste irgendwann ein

Deutscher Schäferhund mitgemischt haben. Aber wer immer seine Vorfahren auch waren, er machte einfach Spaß. Er war der gelassenste, besterzogene Pflegehund, den sie je gehabt hatte.

Nachdem sie einige Minuten zugesehen hatte, wie Mojo vergeblich versuchte, Casper zum Spielen zu animieren, ging sie zum Haus zurück. Nur mit der dünnen Jacke war es ihr draußen zu kalt. Die Hunde sprangen ihr voraus und warteten an der Schiebetür auf sie.

»Zeig uns den Weg, Mojo«, sagte sie zu dem braunen Hund. Dessen Schwanz schlug gegen die Kunststoffverkleidung der Wand, als sie die Tür aufschob, dann lief er quer durch die Küche zu seiner Schüssel, als hätte die Hundefutterfee sie gefüllt, während sie sich draußen tummelten. »Bald. Erst muss sich Casper ein bisschen eingewöhnen.«

Trotz des ausgemergelten Eindrucks, den er machte, war Casper die drei Tage im Tierheim gut versorgt worden. Sie wollte vermeiden, dass ihm vom Fressen übel wurde, ehe sich sein nervöser Magen beruhigt hatte. Cara schaltete den Gaskamin ein und ging dann hinauf in den ersten Stock.

Mit eingekniffenem Schwanz folgt ihr Casper ins Schlafzimmer.

»Ich fürchte, es dauert noch ein Weilchen, bis wir es uns heute Abend hier gemütlich machen können. Es ist Silvester, und ich gehe aus. Aber ich wollte, dass du das Zimmer schon mal bei Tageslicht gesehen hast. Du kannst mit Mojo und mir in dem großen Bett schlafen.« Sie musterte sein dreckiges Fell, packte ein altes Tuch und breitete es über ihre pinkfarbene Steppdecke. Bevor sie heute Abend loszog, musste sie ihn dringend baden.

Sie redete weiter. Ihre ruhige Stimme und ihre gelassene Art würden dafür sorgen, dass sich Casper schneller wohlfühlte.

Auch Mojo trug seinen Teil dazu bei. Sie setzte sich aufs Bett und klopfte einladend auf die Matratze. Mojo sprang hinauf und machte es sich bequem, während Casper ängstlich zu ihren Füßen hocken blieb. Sie kraulte ihn am Kinn, erzählte ihm so lange alles Mögliche über die Party, bis er schließlich mit einem schüchternen Wackeln seines Stummelschwanzes neben sie auf das Bett sprang.

»Braver Junge.« Sie legte sich auf den Rücken und schloss die Augen, zu jeder Seite ein Hund.

Was gab es Schöneres? Vielleicht sollte sie ein Nickerchen machen, bevor Merry eintraf. Ginas Beerdigung hatte sie doch sehr mitgenommen.

Als es an der Tür klingelte, bekam Casper einen hysterischen Bellanfall. Er schoss vom Bett und rannte im Zimmer hin und her. Auch Mojo hüpfte auf den Boden und rannte zum Flur. Sein Bellen mischte sich mit dem Caspers, als beide die Treppe hinunterjagten.

Cara schaute auf die Uhr, während sie den beiden nacheilte. Merry würde erst in zwei Stunden kommen. Wer immer das war, bewies ein miserables Timing.

Sie sprintete in die Küche und schnappte sich vom Tresen eine Handvoll Erdnussbutter-Hundekuchen.

»Komm, Casper!« Der Kuchen als Lockmittel funktionierte. Der Hund kroch in seine Box, schaute aber weiter argwöhnisch zur Tür. Sie belohnte ihn mit einigen Leckereien, legte dann eine dicke Decke über die Box und hoffte, die Dunkelheit werde helfen, ihn zu beruhigen.

Es läutete erneut. Caspers dröhnendes Gebell füllte den Raum, außerdem warf er sich mit voller Wucht gegen die Metallstangen. So viel zum Thema Beruhigung.

»Schschsch«, sagte Cara leise, dann rannte sie zur Tür. »Komme schon.«

Mojo wartete schwanzwedelnd und voller Vorfreude auf den Besucher im Flur.

Ohne vorher durch den Spion zu linsen, riss sie die Tür auf und blieb mit offenem Mund stehen, als sie sah, wer da vor ihr stand. Er passte gerade so durch den Türrahmen, groß und kräftig in abgetragenen Jeans und schwarzer Lederjacke. Sein dunkelbraunes Haar war aus der Stirn gekämmt. Er schaute sie aus braunen Augen an, die ihr ein leicht wohliges Kribbeln durch die Adern jagten.

»Matt Dumont. Ich wohne eins weiter.« Mit dem Kopf deutete er in Richtung des Hauses links von ihrem.

Cara nickte. Oh ja, sie wusste, wer er war, und sie hatte im ablaufenden Jahr alles getan, ihm aus dem Weg zu gehen. Tja, jetzt konnte sie dem Guten, den sie im Stillen nach einer Abkürzung, die sie gemeinsam mit ihrer Freundin seinerzeit im College für rattenscharfe Typen geprägt hatte, »RST« nannte, einen Namen zuordnen. Matt fiel definitiv in diese Kategorie, auch wenn sie keine Absicht hatte, daraus irgendetwas zu machen.

Sie blickte an sich hinab. Der blutige Sabber an ihrem Hemdärmel war ihr ebenso peinlich wie ihr Gekeuche, das sie ihren Bemühungen verdankte, einen unkooperativen, gut fünfzig Pfund schweren Hund in seiner Box zu verstauen. War ja klar. Wenn sie sich nach so langer Zeit offiziell kennenlernen mussten, dann zu einem Zeitpunkt, wo sie aussah wie ein Schwein.

Sie setzte ihr nettestes Lächeln auf, während Casper in der Küche wütend knurrte. »Freut mich, Sie kennenzulernen. Cara Medlen.«

»Wird auch langsam Zeit, dass ich erfahre, wie Sie heißen, meinen Sie nicht?« Seine Mundwinkel zuckten leicht spöttisch. Aus der Nähe sah er noch besser aus, zumal wenn er sie so anstarrte, dass sie beinahe das Atmen vergaß.

»Ich denke schon.«

»Dann erzählen Sie mal, was es mit Ihren Hunden auf sich hat, Cara.«

Sie holte tief Luft. »Was soll es damit auf sich haben?«

Er kniff die Augen zusammen, und sein Tonfall wurde deutlich weniger freundlich. »Das will ich von Ihnen hören.«

Sie verschränkte die Arme vor der Brust. Was war nur mit ihren Nachbarn los? Diese Engstirnigkeit, was ihre Pflegehunde betraf! »Wir haben gegen kein Gesetz verstoßen, Mr Dumont, wenn es Ihnen also nichts ausmacht …«

Sie schickte sich an, die Haustür zu schließen, doch er trat einen Schritt vor und blockierte sie. »Doch, ich habe was dagegen.«

Cara spürte die Kraft seines Blicks jetzt bis in ihre korallenblau lackierten Zehennägel.

»Der weiße Hund … wird er irgendwie ärztlich behandelt?«

Er war ihr jetzt so nah, dass sie den Duft seines Aftershaves riechen konnte. Zu nah, aber sie wollte ihm nicht die Genugtuung verschaffen zurückzuweichen. Sie streckte den Rücken durch und wünschte sich ein paar Zentimeter an Körpergröße dazu, damit sie ihm in die Augen schauen könnte, ohne zu ihm hochblicken zu müssen. »Was wollen Sie damit sagen?«

»Von meinem Flur im ersten Stock kann ich in Ihren Garten sehen.« Er neigte den Kopf auf die Seite. »Ich glaube, ich weiß, was sich bei Ihnen abspielt.«

Cara rümpfte die Nase. Was in aller Welt würde er ihr vorwerfen? Dass sie den Rasen in der falschen Richtung mähte? Mist, hatte er beobachtet, wie sie letzte Woche über Mojo gestolpert und in einen Hundehaufen gefallen war? Sie hatte sich noch im Garten die Jeans ausgezogen und war halb nackt ins Haus gerannt. Ihre Wangen brannten. »Vielleicht sollten Sie sich etwas präziser ausdrücken.«

Er schaute auf den Hund zu ihren Füßen. Mojo hatte die Ohren angelegt und drückte seine Schulter gegen Caras linkes Bein. In der Küche krachte es, als Casper in seiner Box zu toben anfing. »Richten Sie hier Kampfhunde ab, Ms Medlen?«

Sie konnte nicht anders; sie prustete lauthals los, so absurd war dieser Vorwurf. »Soll das ein Witz sein?«

Matts Augen funkelten sie wie zwei Laserstrahlen an. Ihm war es todernst. »Ist das ein Pitbull?«

»Ein Boxer. Danke der Nachfrage, aber vielleicht sollten Sie sich nächstes Mal lieber um Ihre eigenen Angelegenheiten kümmern.«

Und mit diesen Worten knallte sie ihm die Tür vor der Nase zu.

2

Der Absatz von Caras brandneuem Vera-Wang-Pump versank tief in einem Batzen Kaugummi und blieb stecken. Das hatte sie nun davon, dass sie mit Designerschuhen protzen wollte.

»Igitt!« Sie hielt sich an Merrys Ellbogen fest und riss ihren Absatz los. Stirnrunzelnd inspizierte sie ihn.

Merry schaute sich den Schlamassel an und schüttelte den Kopf. »Erster Halt: Damentoilette. Das müssen wir sauber machen.«

»Ich hoffe, das Zeug geht runter. Ich hätte mich von dir nie überreden lassen sollen, diese Schuhe zu kaufen.« Sie an dem Tag zu tragen, an dem ihre Freundin bestattet worden war, kam ihr plötzlich leichtfertig vor.

»Aber sie funkeln so schön und sehen hinreißend aus. Und du gönnst dir doch sonst nie was Besonderes. Wäre es nicht toll, wenn wir heute Abend zwei scharfe Jungs auftreiben würden, mit denen wir das neue Jahr einläuten können?«

Vielleicht hatte Merry recht. Wann hatte Cara schon mal Gelegenheit, sich in Schale zu schmeißen? Na ja, wenn sie ehrlich war: seit letztem Silvester Fehlanzeige. Und was scharfe Jungs anbelangte, tja, da kam ihr Matt Dumont in den Sinn, aber den würde sie nicht um Mitternacht küssen. So viel stand fest. Sie schlurfte mit dem klebrigen Absatz über den Bürgersteig.

Egal, auch wenn der Tag wirklich lausig begonnen hatte, so war sie fest entschlossen, das Jahr mit einem positiven Erlebnis zu beenden. Das *Red Heels* war ihr Lieblingsrestaurant, und sie war bereit, sich den einen oder anderen Granatapfel-Martini hinter die Binde zu kippen. Oder auch drei.

Sie gingen hinein und wurden von dezent pinkfarbener Beleuchtung und bluesiger Musik empfangen.

»Ich sterbe vor Hunger.« Auf dem Weg zur Empfangsdame schaute sie sich nach den Buffettischen um.

Die Frau hinter dem Tresen blickte auf und sah sie bedauernd an. »Es tut mir so leid. Wir haben nur bis 21 Uhr Essen serviert. Wir hatten in der Küche ein Problem mit der Elektrik. Natürlich erstatten wir Ihnen den Eintrittspreis, egal ob Sie bleiben wollen oder nicht. Es gibt leichte Häppchen, und die Bar hat bis zwei Uhr früh geöffnet.«

Merry schob sich eine braune Haarsträhne hinters Ohr. »Schöner Mist.«

»Bedank dich bei Casper«, sagte Cara. Ihre Freundin und sie hatten die letzten Stunden mit dem Hund im Wohnzimmer gesessen, damit der sich an die neue Freiheit gewöhnen konnte.

Merry tippte sich mit dem Finger an die Lippen. »Wir könnten zu *Finnegan's* rübergehen, uns einen Burger schnappen und dann rechtzeitig vor Mitternacht hierher zurückkommen.«

Cara nickte. »Einverstanden. Leichte Häppchen reichen einfach nicht.«

Sie machten kehrt und gingen wieder in die Nacht hinaus. Cara schlang die Arme um ihren Körper. Ihr Wollcaban war zwar warm, aber ihre Beine waren von den Knien abwärts nicht gegen den bitterkalten Wind geschützt.

Aus *Finnegan's Pub* zwei Häuser weiter dröhnte Countrymusic nach draußen. Merry schob sich vor Cara durch die Tür und direkt in die Menschenmassen.

Sehnsüchtig starrte Cara auf die voll besetzten Tische, als sie sich zur Bar vorkämpften. »Es ist halb elf an Silvester, und wir wollen einen Burger? Hoffnungslos.«

»Notfalls nehmen wir sie einfach mit. Wenn wir keinen freien Platz finden, wo wir in Ruhe essen können, tragen wir sie zurück ins *Red Heels*. Wenn sie uns schon verhungern lassen, brauchen sie sich nicht zu beschweren, oder?« Wie üblich ließ sich Merry ihre gute Laune durch nichts vermiesen.

Sie drängelte sich an die Bar und bestellte zwei Cheeseburger mit Schinken und Pommes. Cara schlüpfte aus ihrem Caban und legte sich den Mantel über den Arm. Dann suchte sie einen freien Steh- oder besser noch Sitzplatz.

An der Bar ging nichts. Linker Hand befanden sich mehrere Billardtische. Alle besetzt. Und ziemlich lautstark dazu. Ihr Blick blieb an einem vertrauten Profil am ersten Tisch hängen. Der Mann trug ein langärmeliges marineblaues Henleyshirt. Das Hemd steckte in einer abgewetzten Jeans, die gut und gern dieselbe sein konnte wie am Nachmittag, als er vor ihrer Haustür aufgetaucht war.

Er beugte sich gerade nach vorne, um einen Stoß zu machen, was ihr einen guten Blick auf seinen wohlgeformten Hintern erlaubte. Ihr Blick verfinsterte sich.

»Merry.« Sie gab ihrer Freundin einen Stoß, um deren Aufmerksamkeit auf sich zu lenken. »Das ist er.«

»Er? Wer?« Merry drehte sich von der Bar weg. Ihr Blick folgte dem Caras zu dem Billardtisch in der Ecke.

»Matt Dumont.«

»Der RST?«

»Genau. Der RST, der mich beschuldigt hat, Kampfhunde abzurichten.«

Merry kicherte. »Da wäre ich nur zu gern dabei gewesen.«

Sie sahen Matt eine Weile zu, der gerade eine rote Kugel in einer Mitteltasche versenkte.

»Mann, wenn der nicht scharf ist«, bemerkte Merry.

Was du nicht sagst. »Heute Nachmittag habe ich vor seinem

Haus ein Schild gesehen, dass er verkaufen will. Ich schätze mal, lang ist der nicht mehr mein Problem.« Cara trat einen Schritt zurück und spürte, wie ihr Absatz auf dem glatten Holzboden kleben blieb. »Ich habe den Kaugummi am Schuh ganz vergessen. Bin gleich wieder da.«

Merry nickte. »Ich versuche inzwischen, ein paar Zentimeter an der Bar freizuschaufeln, damit wir unsere Burger essen können.«

Cara bahnte sich einen Weg nach hinten, wobei sie ständig von ausgelassenen Partygästen angerempelt wurde. Jemand verspritzte Bier über ihren rechten Fuß. Es war kalt und klebrig.

»Das darf doch wohl nicht wahr sein«, grummelte sie. Nie wieder würde sie mehr als vierzig Dollar für ein Paar Schuhe ausgeben.

»Sie wollen sich doch nicht hinten rausschleichen, oder?«, meldete sich hinter ihrem Rücken eine bekannte Stimme, und eine warme, männliche Hand fasste sie am Ellbogen und geleitete sie durch die Menge.

Cara schaute über die Schulter und direkt in Matts braune Augen. Sie versteifte sich. »Und riskieren, am Ende eine weitere erhellende Unterhaltung mit Ihnen zu verpassen? Nie und nimmer.«

»So? Zumindest gibt es hier keine Tür, die sie mir vor der Nase zuknallen können.« Er schaute sie mit einer derart irritierenden Intensität an, dass ihr dummes Herz höherschlug, als der Anlass hergab.

»So kann man sich täuschen.« Lächelnd betrat sie die Damentoilette und schloss die Tür hinter sich.

Matt glotzte die zweite Tür an, die Cara Medlen ihm an diesem Tag vor der Nase zugeschlagen hatte. Sie war auf eine Art süß, die ihn reizte und verwirrte. Er wünschte sich ernsthaft, sie mögen zu können. Er hatte sich das Ganze auch noch einmal durch den Kopf gehen lassen und schloss nun die Möglichkeit nicht mehr aus, dass er am Nachmittag voreilige Schlüsse gezogen haben könnte.

Als er sie beschuldigt hatte, Kampfhunde abzurichten, hatte sie ihm ins Gesicht gelacht, was für ihre Unschuld sprach. Andererseits war sie seinen Fragen gezielt ausgewichen, was seiner Erfahrung nach eher auf Schuld hindeutete. Wenn es für das, was er in ihrem Garten beobachtet hatte, eine plausible Erklärung gab, wieso hatte sie es ihm nicht einfach gesagt?

Fest entschlossen, das herauszufinden, pflanzte er sich mit verschränkten Armen im Gang gegenüber den Toilettentüren auf.

Ein paar Minuten vergingen, dann kam sie heraus. Als sie sah, dass er auf sie gewartet hatte, bekam sie große Augen. In dem hautengen grünen Kleid, das gut zu ihren erdbeerblonden Locken passte und viel glatte weiße Haut zeigte, sah sie sehr appetitlich aus. Sein Blick glitt nach unten zu ihren silberfarbenen High Heels.

Sexy.

»Ein bisschen overdressed für *Finnegan's*, meinen Sie nicht auch?« Er grinste und lehnte sich lässig gegen die Wand. Missbilligend schaute sie ihn an.

»Kann schon sein, aber allzu lange bleibe ich nicht.« Sie versuchte sich an ihm vorbeizudrängen.

Matt stieß sich von der Wand ab und verstellte ihr den Weg. »So eilig?«

»Allerdings. Was dagegen?«

»Müssen Sie zu Ihrer Freundin zurück, oder haben Sie Angst, so allein mit mir?« Er trat auf sie zu, rückte ihr bewusst auf die Pelle. Sie roch angenehm. Nach Heckenkirsche. Ihre blauen Augen waren auf ihn gerichtet und weckten allerlei Gelüste in ihm.

Sie reckte das Kinn vor. »Angst? Wohl kaum.«

Matt maß fast eins neunzig und richtete sich jetzt zu voller Größe auf, um auf sie mit ihren geschätzten eins sechzig hinabschauen zu können. »Was ist das jetzt für eine Geschichte mit Ihren Hunden, Cara?«

Ihre Wangen liefen dunkelrot an, sodass ihre Sommersprossen hervortraten. »Was haben Sie bloß mit meinen Hunden? Wenn Sie sich solche Sorgen machen, rufen Sie beim Veterinäramt an.«

Sie drängte sich an ihm vorbei und marschierte zur Bar zurück, ohne sich noch einmal umzudrehen.

Matt sah ihr nach. Ihr Verhalten gefiel ihm nicht. Er hatte noch nie Auge in Auge einem Tierschänder gegenübergestanden. Vielleicht waren das heutzutage süß aussehende Mittelschichtsfrauen.

Wie auch immer, er würde es herausfinden. Wenn sie seine Fragen nicht beantworten wollte, würde er eben auf eigene Faust ermitteln.

Der Boden des Pubs erbebte von einem Countrysong über verschüttetes Bier und eine Frau in Cowboystiefeln. Seit fünf Jahren lebte er jetzt in Dogwood, aber von Countrymusic bekam er immer noch Ohrenbluten. Das war aber auch das Einzige, was gegen *Finnegan's* sprach. Die Kneipe war immer gut besucht, man bekam heimisches Bier frisch vom Fass, und an den Billardtischen konnte er mit seinen Kumpels abhängen und sich von einem langen Tag erholen.

Keine üble Art, ins neue Jahr zu starten.

Ein letztes Mal schaute er zu Cara hinüber. Sie hatte sich mittlerweile zu ihrer Freundin durchgekämpft. Wenn Blicke töten könnten, hätte sein letztes Stündlein jetzt geschlagen. Er zuckte mit den Schultern und ging zu seinem Billardtisch zurück.

»Niedlich«, kommentierte Jack, als Matt die Spitze seines Queues einkreidete. »Wer ist sie?«

Jack war ein Kollege, deshalb wunderte es Matt auch nicht, dass sie ihm aufgefallen war. Sie wurden dafür bezahlt, jedes Detail zu bemerken.

»Meine Nachbarin.«

Jack grinste. »Sieht nicht so aus, als hielte sie viel von dir.«

»Nein.« Gewohnheitsmäßig kontrollierte Matt sein Handy. Er bezweifelte zwar, dass ihn ausgerechnet heute Abend ein Klient anrufen würde, aber in seinem Beruf wusste man nie.

Das Display zeigte zwei entgangene Anrufe von seiner Mutter. Jetzt war es nach elf. Wahrscheinlich saß sie gerade auf der Couch und wartete mit einer Tüte Popcorn und einem Glas Sekt darauf, dass sich am Times Square der Ball senkte.

Er trat in die eiskalte Nacht hinaus, wo er seine Mutter besser würde verstehen können, und rief sie an. »Hi, Mom.«

»Matthew, was treibst du heute Abend? Du arbeitest doch wohl nicht, oder?«, fragte Brenda Dumont.

»Nein. Ich spiele mit ein paar Freunden Billard.«

»Nur mit Freunden? Kein spezielles Mädchen, das du um Mitternacht küssen kannst?«

Er schüttelte den Kopf. »Dieses Jahr nicht, Mom.«

»Ich werde auch nicht jünger, das ist dir doch klar. Ich hätte gern Enkelkinder, bevor ich zu alt bin, um noch mit ihnen zu spielen.«

»Ja, so eilt es ja auch wieder nicht. Das Haus steht seit heute zum Verkauf.«

Sie seufzte. »Du tust gerade so, als stünde ich schon mit einem Bein im Grab.«

»Keiner deiner Körperteile befindet sich auch nur in der

Nähe eines Grabs. Aber für mich ist es einfach an der Zeit, wieder nach Hause zu kommen. Außerdem weiß ich, dass es dir ganz recht ist, wenn Jason und ich gemeinsam eine Detektei aufziehen.«

Das war die Wahrheit. Im Großen und Ganzen. Seine Mutter hatte kürzlich einen Bypass bekommen, was Matt und seinen jüngeren Bruder Jason aufgeschreckt hatte. Vor allem ihn. Er hatte gute Gründe gehabt, Boston den Rücken zu kehren, aber das war längst Schnee von gestern.

Die Gelegenheit, mit seinem Bruder zusammenzuarbeiten, war einmalig. Jasons Fähigkeiten am Computer ergänzten sich hervorragend mit Matts Erfahrung als Privatdetektiv. Gemeinsam konnten sie eine solide Agentur auf die Beine stellen. Matt würde sich nur daran gewöhnen müssen, dass er dann nicht mehr alleiniger Geschäftsführer war. Seine Entscheidungen hatten Auswirkungen auf andere und umgekehrt. Das würde nicht einfach werden.

Lange war er als Einzelkämpfer unterwegs gewesen. Vielleicht zu lange.

Seine Mutter lachte. »Du kannst gern zu mir kommen, bis dein Haus verkauft ist.«

»Habe ich auch vor, Mom. Danke. Hör mal, ich friere mir hier den Hintern ab. Ich rufe dich am Wochenende wieder an, okay?«

»Gesundes neues Jahr, mein Junge.«

»Dir auch, Mom.«

Er drehte sich gerade rechtzeitig um, um mit Cara Medlen und ihrer Freundin zusammenzustoßen.

Cara seufzte erleichtert auf, als sie wieder im *Red Heels* mit seiner dezenten Beleuchtung und der bluesigen Musik waren. Vor dem *Finnegan's* war sie nur knapp einer weiteren Auseinandersetzung mit Matt Dumont entronnen. Da er Bier offenbar Martinis vorzog, war die Gefahr wohl nicht allzu groß, ihm heute Abend erneut über den Weg zu laufen. Sie marschierte schnurstracks zur Bar, um ihren Granatapfel-Martini zu bekommen. Merry folgte ihr auf dem Fuß.

Mit dem Glas in der Hand prostete sie ihrer besten Freundin zu. »Auf das neue Jahr! Noch fünfundvierzig Minuten Zeit, zwei süße Jungs für den Mitternachtskuss zu finden.«

Merry blickte sich um. »Keine Junggesellen in Sicht, die infrage kommen würden. Aber ich weiß, wo ich einen Mann finde, der *dich* liebend gern um Mitternacht küssen würde.« Sie zwinkerte ihr zu.

»Ich habe keine Ahnung, wovon du sprichst.«

»Nein? Du hast nicht das Geringste für Matt Dumont übrig? Bist du dir da ganz sicher?«

Cara ließ den Martini in ihrem Glas kreisen. »So ziemlich.«

»Warum hast du ihm dann nicht einfach gesagt, dass du für *Triangle Boxer Rescue* Pflegehunde betreust? Wieso lässt du ihn in dem Glauben, du würdest die Tiere misshandeln?«

Weil es so sicherer ist. »Weil es ihn nichts angeht.«

»Und was, wenn er nun das Veterinäramt verständigt?«

»Na und? Ich habe nichts verbrochen. Die werfen einen Blick in meine Unterlagen und verfluchen ihn dann, weil er ihre Zeit verplempert hat.«

Merry beugte sich über den Tresen und nahm einen großen Schluck von ihrem »Sex on the Beach«-Martini. »Bei allem, was ich bisher erlebt habe, bin ich froh, dass es noch Leute gibt, die den Mund aufmachen, wenn sie glauben, ein Hund könnte misshandelt werden.«

Cara leerte ihr Glas und drehte sich zur Bar, um den nächsten Drink zu bestellen.

Merry war noch nicht fertig. »Aber sag doch mal: Wie lange

seid ihr beide jetzt Nachbarn? Und wieso hast du erst heute das erste Mal mit ihm geredet?«

»Ungefähr ein Jahr und keine Ahnung. Wahrscheinlich sind wir einfach nicht gesellig.«

»Vielleicht bist du ihm aber auch aus dem Weg gegangen, weil du ihn attraktiv findest. Könnte doch sein, oder?«

»Das habe ich dir doch schon gesagt. Es stimmt nicht.«

»Dann nennst du ihn bloß zum Spaß RST?«

Cara zuckte mit den Schultern. »Nur weil ich ihn für einen scharfen Typen halte, heißt das nicht automatisch, dass ich ihn attraktiv finde.«

»Und das hat nichts damit zu tun, dass deine Freundin, mit der du die Chemo durchgemacht hast, gerade gestorben ist?«

Cara starrte in die pinkfarbenen Tiefen ihres Drinks. »Ich kann es nur noch einmal wiederholen: Ich fange ein neues Leben an, wenn ich in Sicherheit bin.«

»Weißt du, was ich glaube? Ich glaube, du vergraulst Matt absichtlich, weil es dir lieber ist, er ist sauer auf dich, als dass du eine Beziehung mit ihm riskieren würdest. Von den Hunden ganz zu schweigen.«

Cara wurde langsam zornig. »Von was für Hunden? Was soll das Ganze überhaupt?«

»Du weißt schon: Du bist unsere einzige Pflegerin, die keinen Hund ganz übernimmt. Behalte einen. Behalte Mojo – der ist ein Schatz.«

»Aber die Bestimmungen der Hausbesitzervereinigung erlauben nur zwei Haustiere, und da kümmere ich mich lieber um zwei pflegebedürftige Hunde. Auf die Art kann ich mehr Tiere retten.«

Merry verdrehte die Augen. »Aha. Aber gut, lassen wir das Thema. Es ist fast Mitternacht. Suchen wir uns endlich zwei Jungs zum Küssen.«

Cara schaute sich im Raum um. Es war viel los: Gruppen von Frauen, die vor Martinis saßen und lachten, Pärchen, die eng aneinanderklebten. Am anderen Ende der Bar erblickte sie zwei gut gekleidete Männer, die eindeutig ebenfalls ein Paar waren. »Könnte ein Problem werden.«

»Hmmm. Wahrscheinlich stünden unsere Aussichten besser, wenn wir im *Finnegan's* geblieben wären.« Merry schaute auf ihr rosafarbenes Kleid, als wäre sie enttäuscht, dass nun kein Vertreter des anderen Geschlechts es bewundern würde. Vielleicht machte sie sich in ihrer Freizeit deshalb immer besonders zurecht, weil sie so viele Stunden des Tages in ihrer Schwesterntracht zubrachte.

Cara wünschte, sie hätte auch nur halb so viel Modebewusstsein wie ihre Freundin. »Fremde zu küssen wird eh maßlos überschätzt.«

Merry warf ihr einen Blick zu, der die gegensätzliche Meinung ausdrückte. »Na ja, ich habe immerhin eine Neuigkeit, die es wert ist, heute Nacht gefeiert zu werden. Erinnerst du dich? Ich habe dir doch von dem kleinen Mädchen erzählt, das an Thanksgiving in einen Autounfall verwickelt war.«

»Natürlich.« Das Kind hatte seitdem im Krankenhaus gelegen. Zwischendrin hatte man schon jede Hoffnung aufgegeben, dass es den Unfall überleben würde. Cara schüttelte es bei dem Gedanken.

»Sie ist heute entlassen worden.« Merry strahlte wie stets, wenn einer ihrer kleinen Patienten zu seiner Familie zurück durfte. Als Kinderkrankenschwester hatte sie es tagtäglich mit dem Kampf gegen den Tod zu tun. Heute hatte bei diesem Mädchen das Leben gewonnen.

Als der Countdown bis Mitternacht begann, setzten Cara und Merry ihre Partyhüte auf, bliesen in ihre Tröten und fielen in das Geschrei der Menge ein. »Gesundes neues Jahr!«

Merry stieß mit dem Sektglas an Caras. »Aufs neue Jahr!«

»Aufs neue Jahr!«

»Möge es uns Gesundheit, viele Adoptiveltern für unsere Pflegehunde und eine stürmische neue Liebesgeschichte für Cara bringen.«

Bis Merry ihren Trinkspruch beendete, hatte Cara bereits den Mund voll Sekt. Jetzt hätte sie sich fast verschluckt. »Wie bitte? Bloß nicht! Gesundheit und viele Adoptionen, das reicht völlig.«

Denn es war nichts als ein Zufall, dass an diesem Morgen Gina und nicht Cara in diesem Sarg gelegen hatte. Mit siebzehn hatten sie sich kennengelernt – als Krebspatientinnen im *Duke Children's Hospital* – und waren all die Jahre seither in Kontakt geblieben. Cara war zu Ginas Hochzeit gefahren und zur Babyparty vor der Geburt ihres Kindes. Ein Teil von ihr hatte Gina um ihre Fähigkeit beneidet, ihr Leben ohne Angst weiterzuleben und es voll und ganz zu genießen. Letztes Jahr hatte Gina sie angerufen: Der Krebs war wieder da. Und jetzt war ihre Freundin tot.

Deshalb würde sich Cara noch einige Jahre gedulden, bis es hieß: Außer Gefahr. Erst dann würde sie ein neues Leben anfangen. Keine Sekunde früher.

3

Das Problem war nach Caras Auffassung, dass ihr letzter Kuss schon sehr lange zurücklag. Seit fast einem Jahr hatte sie keine Verabredung mehr gehabt. Und es war noch sehr viel länger her, dass sie am ganzen Körper dieses Prickeln gespürt hatte, so wie in jenem Moment, als Matt Dumont sie in *Finnegan's Pub* an die Wand gedrängt hatte. Ihre Hormone hatten sich davon noch immer nicht ganz erholt.

Vielleicht sollte sie ihre Vorsicht aufgeben und die Reaktivierung ihres Liebeslebens auf die Liste der guten Vorsätze für das neue Jahr setzen. Knisternde Rendezvous, nicht die langweiligen Treffen, mit denen sie sich abgefunden hatte. Vielleicht sollte sie sich in einer Bar irgendeinen Kerl aussuchen und ihn einfach vernaschen.

Sicher, vielleicht fallen auch mal Ostern und Weihnachten auf einen Tag.

Caras Turnschuhe quietschten auf dem Linoleumboden, als sie auf die Metalltür zuging, die zu den Hundezwingern führte. Wie immer, wenn sie hierherkam, beschlich sie ein flaues Gefühl im Magen.

»Guten Morgen, Cara.« Darlenes fröhliche Stimme zauberte dennoch ein Lächeln auf Caras Gesicht.

»Guten Morgen, Darlene. Wie viele sind es heute?«

»Elf. Hier die Namen und Zwingernummern.« Sie riss einen kleinen Zettel von ihrem Notizblock und gab ihn Cara.

»Danke. Irgendeiner dabei, vor dem man sich in Acht nehmen sollte?«

»Nein, die sind in Ordnung. Duncan, der Spitz in 36, knurrt dich vermutlich an, aber er ist ein echter Schatz.«

»Na schön.« Cara nahm den Zettel, rückte die Kamera über der Schulter zurecht, stieß die Tür auf und ging zu den Zwingern. Sofort schlug ihr ohrenbetäubendes Gebell entgegen. Dutzende von Hunden schossen hoch, sprangen gegen die Metallstäbe ihrer Gehege und wetteiferten um ihre Aufmerksamkeit: laut, leise, hoch und tief.

Der Lärm tat ihr in der Seele weh, aber die Stillen bekümmerten sie mehr. Die Hunde, die sie stumm aus flehenden Augen anstarrten. Und schlimmer noch: Diejenigen, die sich überhaupt nicht für sie interessierten. Die einfach dalagen und die Wand anglotzten, weil sie zu deprimiert waren, um sich noch zu bewegen.

Cara hatte das Tierheim von Dogwood County oft besucht, wohl an die hundertmal, aber nie verließ sie es ohne Tränen in den Augen.

Sie schaute auf den Zettel in ihrer Hand. Ganz oben auf der Liste stand Nina in Zwinger 7.

Als sie den Hund erblickte, zog sich Caras Herz zusammen. Nina war ein Pitbull-Mischling mit gestreiftem Fell, ähnlich wie Mojo. Zu einem kleinen Ball zusammengerollt, lag sie in der Mitte des Zwingers. Verzweiflung hüllte sie ein wie ein Leichentuch.

Cara kauerte sich vor den Gitterstäben nieder. »Guten Morgen, Nina. Bisschen frische Luft gefällig?«

Die Hündin hob den Kopf und starrte Cara an. In ihren Augen flackerte Hoffnung auf.

Cara nahm von der gegenüberliegenden Wand eine schwarze Plastikleine, öffnete die Tür zu Ninas Zwinger und befestigte die Leine am Halsband. »Na komm, wir drehen draußen eine Runde.«

Sie führte Nina den Gang hinunter an den anderen Hunden vorbei. Viele bellten immer noch um ihre Aufmerksamkeit. Nina schlurfte vor sich hin, den Kopf gesenkt und den Schwanz eingezogen, als sie erkannte, dass sie nur nach hinten zum Übungsgelände gingen, nicht in die wahre Freiheit, die jenseits der Metalltür lag.

Die Schraubzwinge um Caras Herz zog sich noch enger zu. Wenn sie könnte, würde sie alle Hunde mit nach Hause nehmen. Ihr fielen Merrys Worte vom Silvesterabend wieder ein. Aber wie könnte sie rechtfertigen, einen Hund auf Dauer bei sich zu behalten, da sie viel mehr retten konnte, wenn sie sie nach einer Weile weiterreichte?

Sie machte die Leine los und sah zu, wie Nina auf dem mageren, trockenen Gras ihr Geschäft verrichtete. Cara ließ ihr ein paar Minuten Zeit, herumzugehen, die Gerüche der freien Natur zu beschnüffeln und frischen Wind durch ihr Fell wehen zu lassen.

Sie versuchte, Nina für einen Ball zu interessieren, dann für ein Spielseil, doch sie stand nur da und schaute die Bäume in der Ferne an. Diese Hündin verstand sehr gut, wo sie sich befand. Sie hatte sich keine fehlgeleitete Hoffnung, kein blindes Vertrauen darauf bewahrt, dass die nächstbeste Person, die durch die Tür spazierte, ihr ein neues Zuhause geben würde.

Cara nahm die Schutzkappe des Objektivs ab und schaltete die Kamera ein. Sie setzte sie an und justierte die Blende, um die spärlichen Grasbüschel hinter Nina abzumildern.

»Nina«, rief Cara, und die Hündin drehte den Kopf zu ihr. An diesem kalten Morgen hatten ihre Augen die Farbe heißen Mokkas.

Klick!

Sie knipste mehrere Bilder, dann kauerte sie sich hin und machte einige weitere. Schließlich holte sie aus der Tasche einige Erdnussbutterkekse, und Nina wedelte zurückhaltend mit dem Schwanz.

»Die sind für dich.« Cara warf ihr einen zu, den sich Nina im Flug schnappte und hinunterschluckte, ehe sie erwartungsvoll wieder zu Cara hinschaute.

Klick!

Cara wiederholte das Prozedere, dann versuchte sie erneut mit dem Ball ihr Glück. Nichts zu machen. Nina hockte sich demonstrativ gelangweilt auf den Boden.

»Willst du mich jagen? Du brauchst ein wenig Bewegung, ehe du wieder reinkommst, Mädchen.« Cara legte den Fotoapparat auf einen weißen Plastikstuhl, beugte sich vor und tätschelte den Boden unmittelbar vor Nina als Einladung zum Spiel. Dann lief sie zum anderen Ende der Anlage.

Nina beobachtete sie einen Moment lang, dann sprintete sie ihr hinterher. Sie flitzten hin und her, balgten sich und zogen sogar gut zehn Minuten lang an einem Seil. Als sie fertig waren, blieb Nina mit offenem Maul und heraushängender Zunge keuchend stehen.

Klick!

Cara verbrachte weitere fünf Minuten mit ihr, kraulte sie hinter den Ohren und liebkoste sie. Wenn sie so viel Zeit für alle aufbrächte, wäre sie den ganzen Vormittag beschäftigt. Aber wem wollte sie etwas vormachen? Sie hatte zweieinhalb Stunden, ehe sie Dylan abholen musste, den kleinen Jungen, um den sie sich kümmerte, und sie würde direkt vom Tierheim zu ihm fahren. Wie jeden Montag.

Nur widerwillig brachte sie Nina in den Zwinger zurück, dann schaute sie zum nächsten Namen auf der Liste. Es war ihr inoffizieller zweiter Job geworden, die neuen Hunde für ihre Webseite zu fotografieren. Der Fotografie, insbesondere der Tierfotografie, galt Caras Leidenschaft. Sie hatte ein Händchen dafür, die Persönlichkeit, das Wesen eines Tieres mit der Kamera zu erfassen.

Seit sie damit begonnen hatte, war die Zahl der Adoptionen um dreißig Prozent gestiegen. Für ein kleines County-Tierheim wie das Dogwood Shelter war das eine große Sache. Eine so große Sache, dass Cara jeden Montag opferte, um hier die Neuankömmlinge der vergangenen Woche abzulichten.

Am Mittwoch würde sie wieder herkommen, dann waren die Katzen an der Reihe.

Als sie die Liste abgearbeitet hatte – und sich von dem winzigen Spitz in Zwinger 36 hatte anknurren lassen –, blieb ihr gerade noch genug Zeit, sich zu waschen, ehe sie zum Kindergarten musste, um Dylan abzuholen.

»Cara, schön, dass ich dich noch erwische.« Marilyn Branch, die Leiterin des Tierheims, eilte auf Cara zu, als diese gerade aus der Toilette kam, wo sie sich die Hände gewaschen hatte.

»Hi, Marilyn. Was gibt's?«

»Hast du kurz Zeit?«

»Klar.« Cara folgte ihr den Flur entlang in ihr Büro, das kaum größer als ein begehbarer Kleiderschrank war, in dem sich Fotos der vielen geretteten Tiere stapelten.

Marilyn drehte sich mit leuchtenden Augen zu ihr um. »Kannst du dich an Margo erinnern, den Mischling, dessen Bild wir beim Fotowettbewerb des Tierschutzverbands eingereicht haben?«

»Selbstverständlich.« Das Foto hatte sie an einem unglaublich heißen Sommertag aufgenommen. Margo war durch das Planschbecken gesprungen, den Schwanz hochgestellt und das Maul weit aufgerissen, um den Wasserstrahl aus dem Gartenschlauch aufzuschnappen, den eine weitere Ehrenamtliche bedient hatte.

»Du hast gewonnen.«

Cara fasste sich mit der Hand ans Herz. »Ist nicht wahr! Wirklich?«

»Wirklich! Wir kriegen einen Zuschuss von 10 000 Dollar für die Renovierung der Klinik, und dein Foto kommt als Titelbild auf die nächste Ausgabe der Verbandszeitschrift.«

»Wow, Marilyn! Das ist ja fantastisch!«

»Allerdings. Wir können dir gar nicht genug danken. Der Zuschuss für die Renovierung ist ein unfassbares Geschenk. Wir ernennen dich zur Ehrenamtlichen des Jahres und zeichnen dich bei unserer *Starry Paws*-Gala nächsten Monat aus. Notier dir schon mal den Termin.«

»Marilyn, ich weiß gar nicht, was ich sagen soll. Danke.«

»Gern geschehen. Aber du musst jetzt los, sonst kommst du zu spät zu Dylan. Wir sehen uns am Mittwoch. Und noch mal … vielen Dank.« In den grauen Augen der älteren Frau standen Tränen.

Cara spürte einen Kloß im Hals. Mit dem Geld konnten sie dieses Jahr noch mehr Leben retten. Wow! Zur *Starry Paws*-Gala war sie schon in früheren Jahren eingeladen gewesen, hatte sich den Eintritt aber nie leisten können. Smoking und Abendkleid waren bei dieser wichtigen Benefiz-Veranstaltung zugunsten des Tierschutzes Pflicht. Immer noch lächelnd ging sie schwungvoll auf den Parkplatz zu, wo ihr kleines blaues Auto wartete.

Margos Foto – *ihr* Foto von Margo – auf der Titelseite der Verbandszeitschrift!

Wie in Trance fuhr sie zur *Hopeful Kids Preschool* an der Magnolia Street. Dylans Familie bezahlte ihr auch die Stunden, die er im Kindergarten verbrachte. Sie hatte quasi Bereitschaft für den Fall, dass irgendetwas passierte. Das ermöglichte es ihr, in dieser Zeit als Ehrenamtliche im Tierheim auszuhelfen, solange sie ihr Handy in Reichweite behielt, falls ein Anruf kam.

Sie hätte keine bessere Familie als Arbeitgeber finden können. Seit Dylan acht Wochen alt war, war sie sein Kindermädchen. Mit ihr war er die ersten Schritte gelaufen, sie hatte seine Windeln gewechselt und seine Wehwehchen gesund geküsst. Sie würde sich um ihn kümmern, bis er in die Grundschule kam.

Sie trat in das Gebäude, meldete ihn am Computer im Foyer ab und ging zu der mit Affen geschmückten Holztür zum Gruppenraum der Kinder. Die Erzieherin, Miss Angela, lächelte, als sie Cara erblickte, dann schickte sie ihren blonden Schützling zu ihr.

Dylan schaute hoch, die rosafarbenen Wangen zu einem überbreiten Grinsen verzogen.

»Cawa, Cawa!« Er rannte auf Cara zu, stolperte über seine eigenen Füße und landete schwungvoll auf dem bunten Teppich. Unbeeindruckt rappelte er sich wieder auf und lief weiter. »Schau, blauer Hund!«

Er hielt ein Bild hoch, in dessen Mitte ein großer blauer Klecks zu sehen war. Dylan strahlte vor Stolz.

»Wow, Dylan, das ist ja großartig. Ist das für Mommy und Daddy?« Cara kniete sich hin, um die Zeichnung besser betrachten zu können.

»M-mmh. Kuhlrank.«

»Genau. Wir fahren nach Hause und legen es auf den Kühlschrank, damit Mommy es gleich sieht, wenn sie kommt. Bist du so weit?«

Er nickte. Cara strich ihm eine Locke aus den Augen und stand auf.

»Bis Mittwoch!«, rief ihnen die Erzieherin nach. Dylan winkte ihr zu und folgte anschließend Cara durch das Foyer zum Parkplatz, wobei er ständig in einer Sprache vor sich hin brabbelte, die Cara, wäre sie nicht schon so lange sein Kindermädchen, jedenfalls nicht für Englisch gehalten hätte.

Sie verbrachte mit dem kleinen Jungen einen fröhlichen Nachmittag, ehe sie nach Hause fuhr. Ihr Plan für den Abend sah vor, dass sie sich erst eine Pizza warm machte und danach die Fotos vom Vormittag bearbeitete. Ach – und sie musste ihre Mutter anrufen. Diese hatte gestern und heute Nachrichten auf ihrem Anrufbeantworter hinterlassen und brachte es glatt fertig, unangekündigt vor Caras Wohnung aufzutauchen, wenn ihre Tochter nicht bald zurückrief.

Jean Medlen war berühmt dafür, genau das zu tun, wenn sie sich um ihre Tochter Sorgen machte, und da Ginas Tod noch so frisch in ihrem Gedächtnis war, machte sie sich beständig Sorgen. Cara liebte ihre Mom und war froh, dass sie nur fünfundvierzig Autominuten entfernt wohnte, aber gerade diese Woche war eine weitere Dosis mütterlicher Paranoia wegen ihrer Gesundheit das Letzte, was sie brauchen konnte.

Sie parkte neben Matts Jeep. Gott sei Dank war er nirgends zu sehen, als sie die Stufen zu ihrer Haustür hinauflief. Im Haus wurde sie von ihrem bellenden Hundechor begrüßt. Sie scheuchte die Hunde in den Garten hinaus und kontrollierte den Anrufbeantworter.

Das Lämpchen blinkte. Cara drückte auf die Taste, behielt aber die Hunde im Auge. Casper hatte sich noch nicht daran gewöhnt, an der Leine zu gehen, und brauchte heute eine weitere Lektion. Sie musste mit ihm vor dem Abendessen Gassi gehen, später war es schon zu dunkel. Es hatte keinen Sinn, einen nervösen Hund nach Einbruch der Nacht auszuführen.

»Hallo, Cara. Betsy Tarlcton. Ich habe vor ein paar Monaten Molly, einen Beagle-Mischling, vom *Dogwood Shelter* adoptiert. Marilyn hat mir erzählt, dass Sie für das Tierheim die Fotos machen und dass man Sie auch privat buchen kann. Deshalb rufe ich an. Ich hätte gern ein paar Porträts von Molly und auch einige Familienaufnahmen. Sie können mich unter der Nummer 555–5720 erreichen.«

Cara stützte sich gegen den Tresen. Einen Fototermin. Ja, so etwas machte sie. Nicht sehr oft, aber immerhin oft genug, dass sie eine eigene Website pflegte, auf der Kundenfotos zu sehen waren.

Genug, um ihren Traum weiterzuträumen.

Sie dachte an die Auszeichnung durch den Tierschutzverband. Auf die Frage, was sie einmal werden wolle, wenn sie groß sei, hatte Cara stets »Fotografin« geantwortet. Das war schon immer ihr Wunsch gewesen.

Sie wartete nur – tja, sie wartete, bis ihr Leben aus der Warteschleife kam. Bis sie wusste, dass ihr noch genügend Jahre blieben, sich eine Karriere aufzubauen und den Erfolg ihrer Bemühungen zu ernten.

Noch zwei weitere Jahre.

Matt saß in einem beigen Nissan Versa, eine ungelesene Zeitung auf dem Schoß. In der rechten Hand hielt er seine zuverlässige Nikon D5100 mit einem 55–300-mm-Teleobjektiv.

Seine Beine waren schon ganz steif vom stundenlangen Sitzen. Ken Prentiss war diskret, das musste man ihm lassen, aber er führte garantiert etwas im Schilde. Gestern Mittag war er mit einer gut gekleideten Blondine essen gewesen, als er laut Sekretärin angeblich bei einer Besprechung der Kostenplanung war. Leider hatte er die ganze Zeit die Hände bei sich behalten, nicht einmal ein Küsschen zum Abschied hatte er ihr gegeben.

Allerdings war er übernervös. Sein Bein hatte während des gesamten Treffens unter dem Tisch gewippt. Es war nur eine Frage der Zeit, bis Matt ihn überführen konnte.

Es brachte ihm jedes Mal große Befriedigung, wenn er den

Fall eines untreuen Ehepartners abschließen konnte. Wenn es doch nur jemanden gegeben hätte, der für Matt das Gleiche getan hätte. Er hingegen würde sich den Rest seines Lebens einen Trottel schimpfen, weil er geglaubt hatte, Holly würde ihm die Treue halten, während er in Übersee seinen Dienst versah. Er hatte ihr Foto all die langen Nächte im Irak bei sich im Bett behalten, während sie zu Hause herumvögelte.

Niemand hatte so etwas verdient. Matt würde Ken Prentiss schon sehr bald erwischen, denn auch Felicity hatte Gewissheit verdient.

Matt ließ kurz die Schultern kreisen und setzte sich anders hin. Er schaute auf die Uhr, ob ihm Zeit für eine kurze Stippvisite im Café gegenüber blieb, bevor er Ken nach Hause folgen musste. Wahrscheinlich nicht.

Fünf Minuten später trat sein Beschattungsobjekt aus der Anwaltskanzlei Fletcher, Smith & Prentiss und eilte auf einen silbergrauen Lexus zu, der unter einem Baum am hinteren Ende des Parkplatzes stand. Matt beugte sich erwartungsvoll vor.

Ken stieg ein, ließ den Motor an und hielt sich dann sein Handy ans Ohr. Er lehnte sich zurück, sprach sehr schnell. Offenbar sehr beunruhigt. Fast zwanzig Minuten blieb er so sitzen und führte ein hitziges Gespräch, ehe er das Handy endlich wieder einsteckte.

Matt beobachtete ihn von seinem Posten an der Lenoir Street aus, der Straße hinter der Kanzlei. Ihn beschlich eine böse Ahnung. Er spürte, dass bei diesem Fall etwas nicht stimmte. Was? Das würde er bald herausfinden.

Ken fuhr los, allein. Matt folgte ihm ohne besondere Vorkommnisse nach Hause.

Kurz sah er in der Garage Felicitys goldenen Mercedes, dann schloss sich das Tor hinter Kens Lexus. Sinnlos, noch weiter hier herumzuhängen, aber er würde zurückkommen. Bei Einbruch der Nacht.

Er machte sich auf den Heimweg. Dort entdeckte er Cara mit dem weißen Hund vor ihrer Tür. Wahrscheinlich war es derselbe weiße Hund wie letzte Woche, bloß sah er nicht mehr so ausgemergelt aus; auch das Fell schien sauber und längst nicht mehr so krätzig.

Er fuhr an seinem Parkplatz vorbei, auf dem schon der Grand Cherokee stand, und stellte den Wagen auf einem der Besucherparkplätze ab. Den gemieteten Versa würde er morgen zurückbringen. Wenn er Leute über einen längeren Zeitraum beobachtete, wechselte er manchmal die Fahrzeuge, damit seine Zielobjekte nicht misstrauisch wurden.

Cara stand mit dem Rücken zu ihm und gab dem Hund Befehle. Sitz! Platz! Bleib! Für jedes Befolgen belohnte sie ihn reichlich mit Lob und Leckerbissen. Dieses Verhalten hätte er nicht unbedingt von einer Frau erwartet, die ihre Hunde misshandelte. Aber er wusste so gut wie jedermann, dass der äußere Schein oft trog.

In den letzten Tagen hatte er in der Hoffnung, mehr über sie zu erfahren, mit mehreren Nachbarn gesprochen, aber nur wenige kannten überhaupt ihren Namen, und keiner hatte eine Vorstellung davon, was es mit ihren vielen wechselnden Hunden auf sich hatte.

Matt wollte dieses kleine Problem lösen, ehe ihn sein Gewissen zwang, die zuständige Behörde zu informieren.

Er sah, wie Betty Albright zu den Briefkästen schlurfte, unter beiden Armen jeweils eins ihrer Schoßhündchen. Pudel. Betty schaute über die Schulter zu Cara und ihrem Hund, als wäre der Teufel hinter ihr her. Betty war Matts Nachbarin auf der anderen Seite. Die zierliche Frau Ende siebzig war vermutlich die einzige Person, die mehr über die Einwohner von

Crestwood Gardens wusste als er. Wenn ihm irgendwer sagen konnte, was Cara so trieb, dann sie.

Matt trat vom Auto weg. »Hallo, Betty. Wie geht's mit der neuen Dusche?«

Letzten Monat war Betty in der Dusche gestürzt und hatte sich die Hüfte angeschlagen. Daraufhin hatten ihr Matt und sein Kumpel Jack eine dieser neuen Duschkabinen mit Sitzgelegenheit und einem Haltegriff eingebaut.

Als sie Matt sah, hellte sich Bettys verhutzeltes Gesicht auf. »Ach, Matt, mein Lieber, sie ist großartig. Ich schulde Ihnen immer noch die Einladung zum Schmorbraten.«

Lächelnd steckte Matt die Hände in die Taschen. »Allerdings, Ma'am, die habe ich noch gut bei Ihnen.«

Die Frau konnte kochen wie Julia Child. Matt wäre mehr als zufrieden, wenn er den Rest seines Lebens bei ihr essen könnte – nicht, dass er die Kochkünste seiner Mutter schlechtmachen wollte, versteht sich.

»Ich sage Ihnen was: Morgen hole ich einen Braten am Markt. Haben Sie am Abend Zeit?«

Er blinzelte ihr zu. »Für Sie nehme ich mir jeden Abend Zeit.«

Betty kicherte anerkennend. Mit einem misstrauischen Blick über die Schulter setzte sie die Pudel ab. Prompt trippelten beide zu Matt und beschnüffelten seine Stiefel.

»Haben Sie vor dem Hund da Angst, Betty?« Er nickte zu dem weißen Hund hinüber, der sich auf die Hinterpfoten gesetzt hatte und Cara intensiv beobachtete, die langsam rückwärts von ihm wegging.

Betty kniff die Augen zusammen und beugte sich vor. »Unter uns gesagt: Diese Hunde sind eine Plage. Letzten Sommer hat einer Princess angeknurrt. Ich habe geglaubt, er würde sie zerfleischen.«

»Der Hund da? Der weiße?«

»Oh nein. Den hat sie erst letzte Woche angeschleppt. Ein anderer. Sie holt sie aus dem Tierheim, wissen Sie?«

Matt schnalzte mit der Zunge. Nein, das hatte er nicht gewusst. »Und dann, was macht sie mit ihnen?«

»Sie arbeitet mit ihnen, bis sie ein neues Zuhause finden. Ich glaube, sie nennt sie ihre Pflegehunde.«

Pflegehunde. Das gab der Sache natürlich eine ganz neue Wendung.

Er wünschte Betty noch einen schönen Abend, dann ging er zu Cara und ihren Pflegehunden.

Jetzt gab es Ärger.

Cara hielt den Atem an, als sie Matt herbeischlendern sah. Er machte einen finsteren Eindruck. Ihr Blick blieb an seinem Mund hängen und wanderte dann abwärts. Großer Gott, in Jeans war der Kerl vielleicht sexy!

Ein paar Schritte vor ihr blieb er stehen und schaute von Casper zu Cara. »Sie retten die Hunde also aus dem Tierheim.«

Sie konnte sich ein Lächeln nicht verkneifen. »Das haben Sie von Schnüffel-Betty, die ihre Nase überall reinsteckt.«

Er erwiderte ihr Lächeln, und tja, wenn seine finstere Miene schon sexy war, konnte sein Lächeln glatt einen Orgasmus auslösen. »Betty schuldet mir noch ein Essen.«

»Können Sie nicht kochen?«

Er zog die Brauen hoch. »Doch, sogar recht gut. Hat nur wenig Sinn, wenn ich allein am Esstisch sitze.«

Cara schaute beruhigend zu Casper, damit der nicht wieder anfing zu knurren. Was sie gar nicht brauchen konnte, war neuer Unmut über ihre Pfleglinge vonseiten der Hausbesitzergemeinschaft.

Der Hund saß bei Fuß und verfolgte die Unterhaltung wachsam, aber nicht nervös. In der einen Woche, die er nun bei ihr war, hatte er Riesenfortschritte gemacht. Nicht nur hatte er deutlich zugenommen, er war auch viel entspannter. Außerdem verströmte Matt dieses ruhige Selbstvertrauen, das Hunden ihre Befangenheit nahm.

»Warum haben Sie mir das nicht erzählt, Cara?« Matts Stimme war ruhig, fast vertraulich. Sie wagte es nicht, ihm in die durchdringenden braunen Augen zu schauen. Sie hatte Angst, was sie dort sehen könnte.

Sie seufzte, behielt allerdings Casper weiter im Blick. »Sie haben mich an einem schlechten Tag erwischt.«

»In meinem Job verschweigen Leute normalerweise nur dann etwas, wenn sie was zu verbergen haben.«

»Und als was arbeiten Sie?« Sie riskierte einen Blick nach oben, bereute es aber sofort, so durchdringend, wie er sie ansah.

»Ich bin Privatermittler.«

Sie kaute an ihrer Unterlippe herum. »Kein sehr guter offenbar, wenn Sie geglaubt haben, ich würde Kampfhunde abrichten.«

Ein Muskel in seinem Gesicht zuckte. »Ja, da haben Sie recht. Ich hätte keine voreiligen Schlüsse ziehen dürfen. Aber um eins klarzustellen: Ich bin ein verdammt guter Ermittler, und ich weiß allerhand über Sie, Cara Medlen.«

»Tatsächlich?« Das gefiel ihr gar nicht.

»Ich weiß, dass Sie, wenn sie nicht Hunde retten, als Kindermädchen arbeiten. An den meisten Tagen gehen Sie früh um sechs Joggen, und obwohl Sie jetzt schon über ein Jahr hier wohnen, kennen Sie Ihre Nachbarn nicht allzu gut.«

Cara trat einen Schritt zurück. »Das ist wirklich … interessant. Und wie kommen Sie zu dieser erhellenden Erkenntnis?«

»Zufällig habe ich einen sehr guten Draht zu unseren Nachbarn. Ich habe mich ein bisschen umgehört, da Sie ja nicht mit mir reden wollten. Die meisten wissen von Ihnen nicht mehr als Ihren Namen. Soweit mir bekannt ist, dürfte Betty die Einzige sein, die von Ihren Pflegehunden weiß.«

»Und?«

Matt zuckte die Achseln. »Nur so eine Feststellung.«

»Toll. Schön, dass wir das klären konnten.« Sie machte kehrt und marschierte auf ihre Haustür zu, Casper bei Fuß. Warum war sie so außer Atem? Und wieso war Matt aufgefallen, dass sie frühmorgens joggte?

Nein, sie würde nicht versuchen, Antworten auf diese Fragen zu finden.

Das Telefon klingelte, kaum dass Cara die Tür hinter sich geschlossen hatte. Sie ging zum Küchentresen, um abzunehmen. »Hallo?«

»Hi«, begrüßte sie Merrys fröhliche Stimme. »Rate mal was.«

»Was?« Sie machte Caspers Leine los und sah ihm nach, wie er zu Mojo rannte.

»Ich habe eine Familie, die Interesse an Mojo hat. Zwei Kinder, fünf und sieben. Die Mutter arbeitet von zu Hause aus. Großer, eingezäunter Garten. Trista hat sie besucht und meint, bei denen würde jeder Hund hoffnungslos verzogen.«

Cara freute sich ehrlich. »Das ist ja wunderbar. Er liebt Kinder.«

»Ich habe ihnen deine Telefonnummer gegeben, sie werden sich also bald bei dir melden.«

Vom Flur her ertönte lautes Krachen. »Ich muss los … die Jungs machen Ärger. Aber das sind fantastische Neuigkeiten. Fang schon mal an, einen neuen Pflegling für mich zu suchen.«

»Wird gemacht.«

Cara legte auf und rannte zum Flur, wo Casper bis zur Brust in schmutziger Wäsche steckte, zwei ihrer Unterhosen um die Ohren gewickelt.

Matt starrte Cara hinterher und bedauerte, dass er jetzt keinen Grund mehr hatte, sie nicht attraktiv zu finden. Sie war keine Tierschänderin, nicht einmal eine unverantwortliche Hundebesitzerin. Im Gegenteil: Sie war sogar eine äußerst außergewöhnliche Frau.

Er schob den Gedanken beiseite und ging ins Haus. Kein Willkommensgruß, nur das Summen der Ventilatoren war zu hören. Wieder dachte er an Cara, eine Tür weiter. Sie hatte immer Hunde, die sich freuten, wenn sie nach Hause kam.

Vielleicht würde er sich auch einen Hund anschaffen, wenn er sich in Boston erst einmal etabliert hatte.

Er ging nach oben in sein Büro und ließ sich in den alten Lederstuhl fallen, der einmal seinem Vater gehört hatte. Wenn er sich zurücklehnte und die Augen schloss, konnte er manchmal immer noch das süße Aroma seiner Zigarren riechen. Er hatte viele Abende auf Daddys Schoß verbracht und seinen Geschichten von den Schützengräben gelauscht, Geschichten, die sein Vater zweifellos zurechtgestutzt hatte, damit sie sich für die Ohren eines kleinen Jungen eigneten.

John Dumonts Dienst in Vietnam hatte letztlich den Ausschlag dafür gegeben, dass Matt sich als großspuriger Teenager zu den Marines gemeldet hatte. Den Entschluss hatte er nie bereut, denn dort hatte er gelernt, was Selbstdisziplin, Ehre und Rechtschaffenheit bedeuten – die Ideale, die er an seinem Vater am meisten bewundert hatte. Er hatte gelernt, sich auf andere zu verlassen, und andere hatten sich auf ihn verlassen.

Stirnrunzelnd strich Matt über die Narbe an seinem rechten Oberschenkel. Durch die Jeans konnte er sie kaum spüren, obwohl sie ihn jedes Mal heftig schmerzte, wenn er an jene Nacht im Irak zurückdachte.

Der Schmerz des Verrats. Er schnürte ihm die Kehle zu, trocken und rau wie der Wüstensand.

Er schüttelte die Erinnerung ab und öffnete sein E-Mail-Konto. Drei neue Nachrichten von Felicity Prentiss warteten auf ihn. Diese Frau konnte ihn mit links aus North Carolina vertreiben. Kein Wunder, dass ihr Mann sie betrog. Im Vergleich zu ihr war selbst eine Schönheitskönigin pflegeleicht.

Auch von seinem Bruder war eine Nachricht gekommen. Matt las sie und wählte dann Jasons Handynummer. »Was gibt es denn für ein Problem mit den Versicherungspolicen?«

»Nur eine Formalität. Mach dir deshalb keinen Kopf.« Jason tippte auf einer Tastatur, wie Matt hören konnte.

»Erzähl es mir trotzdem.« Matt fuhr sich durch die Haare. Jason war als Computerschnüffler einsame Klasse, aber er hatte sein erstes Unternehmen bereits in den Sand gesetzt, und ein zweites Mal durfte so etwas auf keinen Fall passieren.

»Angeblich waren die abzugspflichtigen Angaben nicht hoch genug. Keine Sorge, Bruderherz, das tüftle ich schon auseinander.«

»Aber gib mir dann Bescheid, okay?«

»Sicher. Hast du in letzter Zeit mal mit Mom geredet?«

Matt klickte sich durch die E-Mails, während sie sich unterhielten, aber jetzt hielt er inne. »Zuletzt am Samstag. Warum?«

»Sie ist mir ein bisschen … verwirrt vorgekommen, als ich letztes Mal bei ihr war.«

»Verwirrt?« Beunruhigt lehnte sich Matt zurück.

»Mmmm. Ich bin zum Mittagessen zu ihr, und sie hatte vergessen, dass ich kommen wollte. Dann hat sie während des Essens eine der Herdplatten angelassen und ihre Lieblingspfanne ruiniert. An sich keine große Sache, aber du kennst ja Mom.«

Allerdings. Ihre Mutter war hochintelligent und die Zuverlässigkeit in Person.

»Wahrscheinlich ist es ja nichts, aber ich behalte sie trotzdem im Auge. Ich bin froh, wenn du nach Hause kommst und mir helfen kannst.«

»Ja, ich auch.«

»Hast du schon Angebote für dein Haus?«

»Noch nicht, aber es ist erst seit einer Woche auf dem Markt. Sobald ich den Prentiss-Fall und noch ein paar andere Dinge unter Dach und Fach habe, breche ich hier meine Zelte ab. Es macht sich ohnehin besser, wenn mein Schrott erst mal raus ist.«

Jason kicherte. »Wie wahr, wie wahr. Hört sich jedenfalls gut an. Ich habe auch schon ein paar Büroräume, die wir uns ansehen sollten.«

»Perfekt. Und ich bleibe eine Weile bei Mom, damit ich ein Auge auf sie haben kann.«

»Prima. Gut, aber jetzt muss ich los. Ich kümmere mich um diese Versicherungssache.«

»Danke, Jason.«

Matt legte auf und machte sich dann an die Mails von Felicity Prentiss. Höchste Zeit, sie zu beruhigen, ehe sie noch irgendwelche Dummheiten anstellte und den Fall gefährdete.

4

Cara wischte sich ein Freudentränchen aus dem Auge, als die Sinclairs Mojo in ihren Minivan luden.

»Alles in Ordnung?«

Von der bekannten Stimme überrascht, wirbelte sie herum und lächelte Matt ein wenig traurig an. »Ich weiß, es ist dumm, aber ich muss immer ein bisschen weinen, wenn einer von ihnen ein neues Zuhause gefunden hat.«

Er trug Jeans und dieselbe schwarze Lederjacke wie an dem Tag, als er sich vorgestellt hatte. Seine kakaobraunen Augen lösten in ihr ein ruheloses Verlangen aus. »Keine Ahnung, wie Sie das machen.«

»Wie ich was mache?«

»Sie lieben sie, kümmern sich um sie, und dann geben Sie sie einfach weg.«

»Ach, das ist eigentlich das Schönste an der ganzen Sache. Das Wissen, dass sie ansonsten nie aus dem Tierheim herausgekommen wären. Und in diesem Fall passt alles perfekt zusammen. Das setzt mir dann immer ganz besonders zu.«

Er musterte sie mit einer Intensität, dass es ihr eiskalt den Rücken hinunterlief. »Der Braune ist also vermittelt worden?«

»Mojo. Ja. Er wird es gut haben.« Sie lehnte sich an ihren Wagen, unfähig, das dämliche Grinsen endlich abzustellen. Als sie wieder aufschaute, stand Matt direkt vor ihr. In seinen Augen schimmerte etwas Neues. Hitze. Sehnsucht.

Cara richtete sich auf und wollte einen Schritt zurückweichen, kam gegen ihr Auto aber nicht an. Ihr Herz pochte, und ihr wurde ganz heiß, als er nun die Umrisse ihrer Brüste unter ihrem dünnen gelben Sweater begutachtete. Sie fummelte am Reißverschluss ihrer Jacke herum, unschlüssig, ob sie ihn nun bis zum Hals hochziehen oder ganz öffnen sollte. Letztlich tat sie keins von beidem.

Er beugte sich vor, bis sie den sanft maskulinen Duft seines Rasierwassers riechen konnte. Seife und Sandelholz. »Sie sind mir vielleicht eine, Cara Medlen.«

Herr im Himmel, gleich würde er sie küssen. Ein ganz schlechter Gedanke. Der schlechteste überhaupt. In freudiger Erwartung öffnete sie leicht den Mund.

Aber er trat wieder zurück, lächelte sie heißblütig an und ging dann zu seinem Haus.

Cara starrte ihm nach und schnaufte, als hätte sie gerade einen Fünf-Meilen-Lauf absolviert.

Sie steckte in großen Schwierigkeiten. Und da es ihr offen bar an Selbstbeherrschung mangelte, wenn es um ihn ging, würde sie künftig besser darauf achten müssen, Matt Dumont weiträumig aus dem Weg zu gehen.

»Guten Morgen, Cara.«

»Guten Morgen, Darlene. Wie viele sind es diese Woche?«, fragte Cara, als sie auf die Eisentür zu den Zwingern zuging.

»Neun.« Darlene reichte ihr den Zettel mit den Namen und Zwingernummern, und Cara ging zu den Hunden. Wie immer zuckte sie bei dem plötzlichen Ansturm aus Bellen, Jaulen und dem Geklapper der Stäbe, als sie die Tür öffnete, zusammen.

Bevor sie den ersten Hund auf der Liste holte, ging Cara zu Zwinger 7. Ein weißer Pudelmischling schaute sie aus hoffnungsvollen Augen an und wischte mit der Rute über den Zementboden wie ein elektrischer Staubwedel. Verwundert blieb Cara stehen. Nina, der gestreifte Pitbullmischling, der ihr letzte Woche schier das Herz zerrissen hatte, war fort. Tief bewegt stellte sie sich Nina mit neuer Lebenslust in den traurigen Augen in ihrem neuen Zuhause bei einer Familie vor.

»He, Darlene!«, rief sie zum Empfang hinüber.

»Ja?«

»Ist Nina adoptiert worden?«

Eine Weile passierte nichts, dann tauchte Darlene im Gang auf. »Nein. Sie hat sich am Mittwoch eine Atemwegsinfektion eingefangen. Hier konnten wir sie nirgends in Quarantäne stecken. Wenn wir erst unsere neue Klinik haben …«

Darlene vollendete den Satz nicht, sondern blickte zur Tür am Ende des Gangs, hinter der sich der Einschläferungsraum des Tierheims befand.

Cara taumelte rückwärts gegen die Wand. Die Luft entwich schlagartig aus ihren Lungen, als wäre ihr gerade ein Hund gegen die Brust gesprungen. *Arme Nina.* Sie schluckte und nickte. »Danke, Darlene.«

Darlene kehrte an ihren Schreibtisch zurück.

Dies war eins der Dinge, die Cara in Verzweiflung stürzten. Wenn sie nicht wüsste, dass ihre Fotos halfen, mehr Leben zu retten, sie hätte sich nicht überwinden können, je wieder hierherzukommen. Aber jetzt warteten neun Hunde auf sie, warteten darauf, dass ihre Bilder auf Petfinder.com hochgeladen wurden, warteten auf ihre Chance auf ein glückliches Leben bei einer neuen Familie.

Cara holte tief Luft und begann mit dem ersten Namen auf der Liste.

Als sie am Abend endlich nach Hause kam, fühlte sie sich schlaff und ausgelaugt wie ein alter Spüllappen. Aus irgendeinem Grund war ihr Ninas Tod extrem nahegegangen. Vielleicht lag es am leeren Hundebett hier bei ihr. Sie war sich der Tatsache schmerzlich bewusst, dass irgendwo ein Boxer darauf wartete, lebend aus dem Tierheim zu kommen. Und die Uhr tickte.

Merry hatte ihr letzte Nacht eine Kurznachricht geschickt, dass eine ältere Hündin namens Marigold von ihrer Familie wegen Umzugs im Tierheim abgegeben worden war. Morgen würde Cara dort anrufen und alles arrangieren, um sie abzuholen.

Bei diesem Gedanken fühlte sie sich gleich wieder besser. Es war schon eine Weile her, seit sie das letzte Mal einen älteren Pflegehund übernommen hatte, und sie freute sich auf die Gelegenheit. Marigold hatte für ihre letzten Lebensjahre ein warmes Bett und ein schönes Zuhause verdient.

Ein weißer Umschlag war unter ihrer Tür hindurchgeschoben worden. Sie hob ihn auf und lief dann rasch durch das Wohnzimmer in die Küche, wo Casper in seiner Box unaufhörlich bellte.

Er vermisste Mojo. So wie Cara.

»Na, war es dir langweilig, so ganz allein, hm?« Sie öffnete die Box, und Casper sprang heraus, hüpfte an ihr hoch, drehte sich im Kreis und jaulte vor Freude. Cara zog ihre Jacke gar nicht erst aus. Sie scheuchte ihn zur Hintertür hinaus in den Garten, wo er ein paar Kalorien verbrennen konnte.

Während er umherrannte, steckte Cara den Finger unter die Lasche und riss den Briefumschlag auf. Darin befand sich ein Blatt mit dem Briefkopf von Crestwood Gardens. Ihre Hausbesitzervereinigung.

Wenn die schon wieder die Nebenkosten erhöhten, dann …

Aufgrund einer erneuten Beschwerde sehen wir uns leider gezwungen, Sie aufzufordern, binnen dreißig Tagen sämtliche Hunde von Ihrem Grundstück zu entfernen …

Sie las zwar die Worte, verstand aber zunächst nicht ihre Bedeutung. Dann wurde es ihr klar.

Nein, nein, nein!

Cara ließ sich auf das vergilbte Gras sinken.

Bis auf Weiteres müssen wir Sie bitten, keinerlei Haustiere mehr zu halten, ansonsten sieht sich die Hausbesitzervereinigung veranlasst, weitere Maßnahmen zu ergreifen.

Das musste sich um einen Irrtum handeln. Sie und ihre Hunde hatten gegen keine Vorschriften verstoßen. Sie hatte sogar peinlich darauf geachtet, alle einzuhalten.

Cara sprang auf und rannte ins Haus. Sie wählte die Telefonnummer, die im Briefkopf angegeben war, und betete, dass sie noch jemanden im Büro erreichte.

»Crestwood Gardens. Lenore am Apparat.«

Cara erklärte rasch den Inhalt des Briefs, dass es sich um einen Irrtum handeln müsse und dass Lenore die Angelegenheit sicher aufklären könne.

»Oh, Miss Medlen. Es tut mir leid, aber wir haben erneut eine Beschwerde wegen Ihrer Hunde erhalten. Entsprechend unseren Vertragsbestimmungen …«

Cara kam sich vor, als hätte man ihr dicke Handtücher um den Kopf gewickelt, die sie erstickten und Lenores Worte dämpften. Dies war bereits die dritte Beschwerde gegen Cara und ihre Pflegehunde. Es musste etwas unternommen werden. Sie konnte Rechtsmittel einlegen, Unterschriften sammeln etc. Aber das änderte nichts daran, dass sie innerhalb von dreißig Tagen ihre Hunde loswerden musste.

Ein Monat.

Garantiert nicht genug Zeit, um für Casper ein neues Zuhause zu finden.

Und nicht annähernd genug Zeit, um sich auf ein Leben ohne ihre Pfleglinge vorzubereiten. Um sich daran zu gewöhnen, künftig keine Leben mehr retten zu können. Um ganz allein zu sein.

Großer Gott, was sollte sie bloß tun?

Matt erhob sich träge von seinem Bürostuhl, als es an der Tür klopfte. Er lief nach unten und linste durch den Spion.

Stirnrunzelnd öffnete er.

Cara Medlen stand vor ihm, ihre sonst strahlend blauen Augen grau vor Wut.

»Sie Schwein!«

»Wie bitte?« Er wich zurück, und sie stürmte in sein Wohnzimmer. Seit Tagen hatte er sie nicht gesehen, deshalb hatte er keine Ahnung, was sie von ihm wollte und warum sie ihn anfunkelte, als hätte er mit dem Jeep einen ihrer Hunde überfahren.

»Ich muss meine Hunde weggeben!« Ihre Stimme zitterte, und sie ballte die Hände zu Fäusten. »Sie haben sich über mich beschwert, und jetzt muss ich meine Hunde weggeben.«

Ihr Kriegsgeschrei verebbte zu einem Flüstern. Sie sah aus, als würde sie gleich auf einen seiner Ledersessel sinken und in Tränen ausbrechen. Er konnte keine Frau weinen sehen. »Immer mit der Ruhe, Cara. Wieso müssen Sie Ihre Hunde weggeben?«

Sie schluckte den Kloß im Hals hinunter und verschränkte die Arme vor der Brust. »Crestwood Gardens – der Vorstand der Hausbesitzervereinigung. Weil Sie sich beschwert haben.«

»Jetzt aber mal langsam. Ich habe mich nicht beschwert, weder bei Crestwood noch bei sonst irgendwem.«

Sie warf den Kopf in den Nacken. »Wer denn sonst? Sie haben mich beschuldigt, die Tiere zu misshandeln, und ich habe Ihnen die Tür vor der Nase zugeknallt. Ich bin wohl selbst schuld.« Mit einem erschöpften Seufzer fügte sie hinzu: »Ich hätte Ihnen einfach die Wahrheit sagen sollen.«

Matt strich ihr eine Haarsträhne aus dem Gesicht. »Cara, ich habe keine Beschwerde eingereicht. Ich bin Privatdetektiv. Wenn mir irgendwas faul vorkommt, ermittle ich selbst. Als ich sah, wie Sie diesen weißen Hund mit nach Hause gebracht haben, ist mir das spanisch vorgekommen, also habe ich ein bisschen herumgefragt und herausgefunden, dass Sie mit Ihrer Arbeit das Tierheim unterstützen.«

»*Triangle Boxer Rescue*«, korrigierte sie ihn leise. »Ich kümmere mich für *Triangle Boxer Rescue* um die Tiere. Ich habe ein Schreiben bekommen … Irgendjemand hat sich beschwert. Man hat mir eine Frist von dreißig Tagen gesetzt, dann müssen die Hunde aus dem Haus sein.«

Er nahm sie bei den Schultern und führte sie zur Couch. »Was für eine Beschwerde?«

Den Tränen nahe starrte sie ihn aus weit aufgerissenen Augen an. »Ich weiß es nicht. T…tut mir leid, dass ich Sie beschuldigt hatte, Matt. Ich hatte angenommen …«

Er nickte. »War ja naheliegend.«

Abrupt stand Cara auf. »Ich sollte lieber gehen.«

Er stellte sich vor sie, um sie aufzuhalten. »Es tut mir leid, dass es dazu gekommen ist. Meiner Meinung nach haben Sie gute Gründe, sich dagegen zu wehren. Immerhin haben Sie gegen keine Vorschriften verstoßen, oder?«

Cara schüttelte den Kopf, und abermals fiel ihr eine aprikosenfarbene Locke in die Stirn. Er widerstand der Versuchung, sie erneut zu berühren, denn im Moment hätte er sie am liebsten geküsst, und das war eine ganz schlechte Idee. Cara Medlen war keine, die er einfach ins Bett locken konnte, ohne mit ihr eine Beziehung anzufangen. Und damit konnte er momentan nicht dienen.

»Nein«, sagte sie. »Ich meine, seit ich hier eingezogen bin, habe ich rund ein Dutzend Hunde bei mir aufgenommen. Der eine oder andere war nicht sehr umgänglich, aber verletzt haben sie nie jemanden.«

»Hmm.« Matt steckte die Hände in die Taschen. Verflixt!

Wieso machte sie nichts mit der Locke? »Na ja, vielleicht bringt es ja nichts, aber ich kann mich mal umhören. Zumindest könnte ich herausfinden, wer sich da beschwert hat. Könnte Betty gewesen sein. Sie hat mir erzählt, dass vor ein paar Monaten einer Ihrer Hunde ihren Pudel fast zerfleischt hätte.«

Cara blies ihre Locke an ihren Platz. »Diese Schnüfflerin. Das war Taz, und sie hat Precious oder Princess oder wie der Pudel heißt, bloß angeknurrt.«

»Princess, glaube ich. Princess und Duchess.«

Cara rümpfte die Nase.

Er musste glucksen. »Was ist, Sie große Hunderetterin? Sie haben doch wohl nicht etwas gegen Pudel?«

»Nein. Persönlich mag ich allerdings Hunde, die so groß sind, dass man sie zum Joggen mitnehmen kann. Und die richtige Namen haben.«

»Und wie heißt Ihr Hund?«

»Na ja, Casper. Aber den hat er nicht von mir.«

»Aha, Casper ist der weiße Hund. Sie haben also keinen eigenen, nur Pflegehunde?«

»Genau. Deshalb ist es im Grunde genommen auch kein Problem, die Forderung des Vorstands zu erfüllen. Ich muss bloß ein Zuhause für Casper finden.« Sie biss sich auf die Lippe und ließ die Schultern sinken.

»He, nicht so schnell aufgeben, Prinzessin. Wehren Sie sich, und ich glaube, Sie werden gewinnen.«

Sie kniff die Augen zusammen. »Haben Sie mich eben gerade Prinzessin genannt?«

Er zuckte mit den Schultern und strich sich über das Kinn, um sein Lächeln zu verbergen, da in ihren strahlend blauen Augen plötzlich eine ziemliche Gereiztheit aufblitzte.

Sie schaute ihn an. »Süß.«

Ja, das war sie, ganz ohne Zweifel. Zwischen ihnen knisterte es.

Sie starrte ihn lange an. »Ich sollte dann mal gehen. Entschuldigung noch mal, dass ich Sie beschuldigt habe. Ich hätte keine voreiligen Schlüsse ziehen sollen.«

»Genauso wenig wie ich an Silvester. Ich würde sagen, wir sind quitt.«

»In Ordnung. Auf Wiedersehen, Matt.« Damit verließ sie sein Haus.

Matt blieb noch eine Weile im Flur stehen, dann ging er zurück in sein Büro. Eigentlich wollte er noch Hintergrundinformationen über eine neue Angestellte eines seiner Firmenkunden einholen, tatsächlich aber starrte er eine halbe Stunde ins Leere und dachte an Cara und ihre aprikosenfarbenen Locken.

Cara lehnte sich auf der Couch zurück und schloss die Augen. »Ich weiß nicht mehr ein noch aus.«

»Hast du schon mit ihnen geredet?«, fragte Merry.

Cara hielt sich das Telefon ans andere Ohr. »Ja, und offensichtlich ist es so, dass das die dritte Beschwerde war, und jetzt müssen alle anderen Hausbesitzer unterschreiben, damit das Ultimatum aufgehoben werden kann. Und wenn sie das nicht tun?«

»Du musst sie eben überzeugen. Erklär ihnen, was du tust, zeig ihnen Vorher-nachher-Fotos, erzähl ihnen, wie glücklich die Hunde in ihrem neuen Zuhause sind.«

»Gute Idee. Und Matt sagte, er würde sich umhören, um herauszufinden, wer sich da beschwert hat.«

»Matt, aha.« Merrys Tonfall änderte sich. »Erwärmst du dich langsam für Mr RST?«

Na ja, schon. »Nein.«

»He, er ist doch Privatdetektiv, oder?«

»Ja.«

»Erinnerst du dich an die Hunde in Tristas Nachbargarten? Du weißt schon, die keine Hütte haben? Zum Wochenende hin soll es kalt werden, und wir haben immer noch nicht genügend Beweise für das Veterinäramt, um die Tiere beschlagnahmen zu lassen. Könntest du ihm die Geschichte nicht mal verklickern? Vielleicht hat er ja ein paar Vorschläge, was wir tun könnten.«

»Ja, gute Idee. Ich werde ihn fragen.« Auch wenn sie keine große Lust dazu hatte. Oder doch? Und das war ihr eigentliches Problem – jedes Mal, wenn sie ihn sah, wünschte sie sich, von ihm geküsst zu werden.

»Prima. Hör mal, ich muss los. Mein Pieper hat sich gemeldet.«

»Alles klar. Bis dann.« Cara legte ihr Handy auf den Couchtisch und betrachtete den Hund, der neben ihr ausgestreckt lag. Den letzten milden Tag konnte sie ebenso gut ausnutzen und sich den Frust ein wenig wegjoggen.

Aber da klingelte erneut ihr Handy. Sie schaute auf das Display und ließ sich wieder zurücksinken. »Hallo, Mom.«

»Hi, Liebling. Wie geht es dir? Ich schaue mir gerade ein paar alte Fotos von dir und Gina an, und schon flenne ich los wie ein Baby. Ist das zu fassen?«

Cara legte sich die Hand über die Augen. »Ach, Mutter ...«

Jean schniefte. »Ihre arme Familie. Ich kann mir gar nicht vorstellen, was die zurzeit durchmachen.«

Cara versuchte alles, um nicht daran zu denken, aber den stumpfen Blick in den Augen von Ginas Mann bei der Beerdigung konnte sie nicht vergessen. Die herzzerreißende Verwirrung bei Ben, dem dreijährigen Sohn, als er fragte, wann denn Mami wieder nach Hause käme. »Es dürfte für alle schwer gewesen sein.«

»Ich habe ihnen zwei Schmortöpfe rübergebracht.«

»Nett von dir, Mom.«

Sie plauderten noch ein paar Minuten, dann wechselte Cara das Thema, um ein wenig Dampf über das Ultimatum der Hausbesitzervereinigung abzulassen. Schließlich klopfte bei Jeans Handy ein anderer Anrufer an, und Cara verabschiedete sich, um sich den dringend benötigten Dauerlauf mit dem Hund zu genehmigen.

Sie ging in den ersten Stock hinauf, zog ihre Sportsachen an und wedelte dann Casper mit der Leine vor der Nase herum. »Na los, Junge! Zeit für unseren Lauf.«

Sie gingen die Straße hinunter zu dem gepflasterten Joggingpfad, der aus der Stadt hinausführte. Cara stülpte sich die Kapuze ihres Sweatshirts über, um die Ohren vor der kühlen Luft zu schützen, und fing dann an zu laufen.

Casper glitt mit gesenktem Kopf neben ihr her, die Schnauze hoch, entspannt und friedlich. Es war erstaunlich, welche Wirkung so ein Dauerlauf auf einen nervösen Hund haben konnte. Oder ein nervöses Mädchen.

Dass sie nicht mehr hatte laufen können, war eine der unangenehmsten Nebenwirkungen ihrer Erkrankung gewesen. Von der Chemo war ihr so übel geworden, dass sie über ein Jahr lang nicht hatte trainieren können. Sie hatte zusehen müssen, wie ihre Muskeln schrumpften und ihre Seele parallel dazu jede Kraft einbüßte. Laufen half ihr, den Kopf freizukriegen und nachzudenken.

Immer einen Fuß vor den anderen. Welch großartige Metapher für das Leben.

Irgendwann würde sie über Ginas Tod hinwegkommen. Die letzten Jahre waren sie nicht das gewesen, was man als beste Freundinnen bezeichnen würde, sie hatten sich nicht einmal mehr nahegestanden. Aber vorher hatte es eine Zeit gegeben, da hatten sie sich auf einem Krankenbett zusammengekuschelt, die Köpfe mit Bandanas verhüllt, und sich über Hoffnungen und Ängste junger Mädchen ausgetauscht, die sich mit ihrer Sterblichkeit konfrontiert sahen.

Jetzt war Gina tot, und Cara spürte erneut, an welch seidenem Faden ihr Leben gehangen hatte. Und wie rasch sich das wiederholen könnte, falls der Krebs zurückkehrte.

Eine rechtzeitige Mahnung, die Dinge ins richtige Verhältnis zu setzen.

Die Aufnahmen von Molly, dem Beagle-Mischling, waren hervorragend geworden. Die kleine Hündin wirkte äußerst lebhaft und zeigte ihre Persönlichkeit von den langen braunen Ohren bis zu den weißen Spitzen ihrer Pfoten. Die Familie schien von den Aufnahmen ebenso begeistert wie Cara. Sie hatten eine beträchtliche Anzahl von Abzügen bestellt und versprochen, Cara an ihre Freunde weiterzuempfehlen, die ebenfalls Familien- oder Hundeporträts machen lassen wollten.

Fotografin war seit jeher ihr Traumberuf gewesen. Bis in zwei Jahren, wenn Dylan in die Grundschule kam und kein Kindermädchen mehr rund um die Uhr brauchte, hoffte sie, sich hinreichend etabliert und einen ausreichenden Kundenstamm erarbeitet zu haben, um davon leben zu können.

Eine leise Stimme in ihr drängte sie, die Gelegenheit beim Schopf zu packen und es jetzt schon zu probieren, aber das Stampfen ihrer Füße auf dem Trampelpfad brachte diese Stimme zum Verstummen. Es war noch zu früh. Sie hatte sich selbst eine Remissionsfrist von zehn Jahren gesetzt.

Wenn der Krebs bis dahin nicht zurück war, konnte sie für die Zukunft planen. Nicht eine Sekunde früher. Diesen Kampf zu verlieren wäre schlimm genug, auch ohne zusätzliche Komplikationen wie Karriere, Familie oder auch nur einen eigenen Hund, die sie mit in den Abgrund reißen würde.

Die kalte Luft schmerzte sie in der Lunge. Nach gut fünf Meilen ließen es Cara und Casper gut sein. Entspannt und erfrischt kehrten die beiden nach Hause zurück.

Morgen würde sie anfangen, die Unterschriften zu sammeln.

5

Felicity Prentiss stand im Esszimmer am Fenster und schaute verstohlen die Straße hinauf und hinunter. Matt legte stirnrunzelnd sein Fernglas zur Seite. Sie hatte ihn gebeten, sie vorzuwarnen, wenn er auf Beobachtungsposten kam, weil ihr der Gedanke unheimlich war, dass jemand ohne ihr Wissen ihr Haus überwachte.

Jetzt setzte sie den Erfolg seiner Ermittlungen aufs Spiel, indem sie sich wie ein flüchtiger Verbrecher benahm. Weder sie noch Ken konnten Matt in seinem abgedunkelten Jeep am Ende der Straße sehen, aber Ken konnte jeden Moment seine Frau dabei überraschen, wie diese so verdächtig aus dem Fenster schaute. Morgen müsste er ein ernstes Wort mit Mrs Prentiss reden. Vielleicht sollte er eines Abends unangekündigt auftauchen. Immerhin bezahlte sie ihn nicht dafür, dass er hier eine Farce aufführte, sondern dass er ihren Gemahl in flagranti ertappte.

Er lehnte sich zurück und massierte seinen steifen Nacken. Sie war vom Fenster weggetreten, wahrscheinlich enttäuscht, dass sie ihn nicht entdeckt hatte.

Vielleicht war das ja der Zweck des Ganzen. Sie wollte sichergehen, dass er seine Arbeit machte und dass sie ihm nicht die fette Kohle zusteckte, obwohl er zu Hause im warmen Bett lag und schlief.

Genau dorthin wünschte sich Matt jetzt. Allerdings nicht allein, sondern zusammen mit einer Frau mit nach Honig duftenden aprikosenfarbenen Locken und einem losen Mundwerk, die er nicht mehr aus dem Kopf bekam. Er wollte erfahren, wie ihr Mund schmeckte, und nicht nur ihr Mund.

Um sich die Zeit zu vertreiben, malte er sich die Szene aus. Sie in seinem Bett, reizend und scharf auf ihn. Wie weich sich ihre Locken anfühlten, ihre samtene Haut mit den Sommersprossen, vor allem die Sommersprossen, die zu ihrer Brust führten, vereinzelte helle Punkte zwischen ihren Brüsten. Ihre Brüste waren vermutlich klein und fest, gerade groß genug, dass sie in seine Hände passten. Die perfekte Übereinstimmung.

Und weiter abwärts. Er sah ihren strammen runden Hintern vor sich. Er hatte ihn schon oft genug durch den dünnen Stoff ihrer Jogginghose gesehen, um zu wissen, dass er ihm gefiel. Er vermutete, dass sie am ganzen Körper gut durchtrainiert war. Weich, aber fest.

Er stellte sich vor, wie er die Hände auf ihre Pobacken legte und sie an sich zog. Auch dort würden sie wohl perfekt zusammenpassen.

Ach, zum Teufel. Matt fuhr sich mit der Hand übers Gesicht und setzte sich aufrecht hin. Plötzlich schien seine Jeans zwei Nummern zu klein. Da war er nun auf dieser dunklen Vorortstraße und gab sich sexuellen Fantasien über seine Nachbarin hin. Wie erbärmlich!

Im Haus der Prentiss' war alles ruhig. Er würde noch warten, bis alle Lampen ausgingen, und dann nach Hause fahren. Felicity hatte gesagt, ihr Mann bleibe manchmal länger auf, um am Computer zu »arbeiten«, und schlich sich dann, wenn seine Frau schlief, heimlich zu einem späten Schäferstündchen. Wenn sie erwachte, war das Haus leer, und er behauptete später dann natürlich, er sei zu einem dringenden Fall gerufen worden.

Als würden telefonische Verabredungen zum Sex als Notfall durchgehen!

Na ja, wenn Cara Medlen anrief, würde er das durchaus als Notfall gelten lassen.

Matt hatte in letzter Zeit beruflich und mit den Vorbereitungen für den Umzug so viel um die Ohren gehabt, dass sein letztes Date schon eine ganze Weile zurücklag. Er brauchte dringend wieder Sex. Ganz dringend. Er brauchte jemanden, für den er kochen, den er ausführen konnte. Ja, er brauchte eine Frau.

Darum würde er sich in Boston kümmern.

Es war zwei Uhr früh, und als im Büro endlich das Licht ausging und Ken Prentiss sich zu seiner Frau schlafen legte, war Matt todmüde und sexuell frustriert. Der Fall nagte wirklich an seinen Nerven.

Er fuhr direkt nach Hause, zog sich bis auf die Boxershorts aus und fiel ins Bett. Mehrere Stunden unruhigen Schlafs später stand er wieder auf, zog sich an und setzte sich an seinen Computer. Irgendetwas hatte er bei Ken Prentiss übersehen. Das kribbelnde Gefühl im Nacken, das ihn nicht zur Ruhe kommen ließ, war noch da. Irgendetwas Wichtiges war ihm entgangen.

Als er sein Büro verließ, war die Sonne nur noch ein lila Fleck im Westen. Er war müde, sauer und so hungrig, dass er Steine hätte essen können. Zum Kochen fehlte ihm die Geduld, also duschte er schnell, damit er wieder etwas hermachte, zog Jeans und ein altes Sweatshirt der Universität von Massachusetts an und ging zum Jeep.

Gerade kam Caras blauer Mazda herangefahren. Matt trödelte ein wenig bei seinem Jeep herum, um Hallo zu sagen. Er hatte Neuigkeiten für Cara, zumindest war das sein Vorwand, um auf sie zu warten.

Sie stieg aus und lächelte ihn an. Matt spürte, wie sich sein Blick unwillkürlich auf ihre Brüste richtete, um zu überprüfen, ob die Sommersprossen aus seiner Fantasie tatsächlich existierten, aber ihre braune Cordjacke war bis oben zugeknöpft.

»Betty hat tatsächlich eine Beschwerde eingereicht, aber das war bereits letztes Jahr. Phil Durgin ebenso. Glückstreffer Nr. 3 ist Chuck Sawyer«, sagte er.

Cara warf die Tür zu, und als sie die Zentralverriegelung ihres Wagens betätigte, leuchteten kurz die Blinker auf. »Na, das ist ja keine große Überraschung. Er hatte nie viel für meine Hunde übrig.«

»Und Casper hat ihn neulich angeknurrt.«

Sie verzog das Gesicht. »Ja, stimmt. Danke, dass Sie sich erkundigt haben.«

»Gern geschehen.« Matt drehte sich zu seinem Jeep um und wollte schon aufschließen. Nur mit dem Sweatshirt war es ein bisschen kühl, außerdem hatte er einen Bärenhunger.

»Matt?«

Caras Stimme ließ ihn innehalten.

»Ja?«

»Könnte ich Sie bei Gelegenheit mal was fragen wegen einem Fall von Tiermisshandlung, an dem *Rescue* arbeitet? Nichts Offizielles, ich bräuchte nur einen Rat.«

»Klar. Haben Sie Hunger?«

»Äh, also, ja. Wo fahren Sie denn hin?«

»*Jimmy's*. Mögen Sie Chicken Wings?«

Sie nickte.

»Dann rein mit Ihnen.« Er deutete auf die Beifahrertür seines Jeeps.

»Können Sie noch zehn Minuten warten? Casper war den ganzen Tag drinnen, und er hat jetzt bestimmt gehört, wie ich mich mit Ihnen unterhalten habe.«

Matt nickte trotz des Drangs, seine Finger anzunagen, wenn er nicht innerhalb der nächsten fünf Minuten saftige Wings bekam. »Sicher. Kümmern Sie sich um Casper, aber trödeln Sie nicht rum. Ich sterbe vor Hunger.«

»Alles klar. Kommen Sie mit rein. Ich beeile mich.« Sie bedeutete ihm, ihr zu folgen, als sie die Haustür aufsperrte.

Begrüßt wurden sie von mehreren Salven lauten Gebells, begleitet vom Klang des Metallkäfigs, der gegen eine Wand schlug. Cara rannte in die Küche, um Casper zu holen. Matt blieb im Wohnzimmer, steckte die Hände in die Taschen und schaute sich um.

Die Wände waren traditionell beige gestrichen, unterlegt mit einem warmen Farbton, eher orange als gelb. Eine rote Couch und ein dazu passendes kleines Sofa waren von mehreren älteren Überwürfen bedeckt. Vermutlich wegen der Hunde. An der Wand zum Esszimmer hingen mehrere eingerahmte Landschaftsfotografien mit Motiven aus der Umgebung von Dogwood.

Casper sprang immer noch bellend herein, aber sein Stummelschwanz wedelte begeistert. Mittlerweile hatte er ordentlich an Gewicht zugelegt, und auch die Haare wuchsen wieder nach. Mit seinen beiden unterschiedlichen Augen und der Narbe quer über der Nase sah er allerdings immer noch komisch aus.

Er platzierte eine Pfote auf Matts Brust und bellte ihm mitten ins Gesicht.

»Weg, Casper!«, befahl Cara, und der Hund gehorchte. »Böser Hund. Geh raus!«

Sie führte ihn durch die Hintertür in den Garten, dann wandte sie sich entschuldigend Matt zu. »Tut mir leid. An seinen Manieren arbeite ich noch.«

»Kein Problem. Er sieht großartig aus.«

Ihre Augen leuchteten auf. »Ja, nicht wahr? Er hat es weit gebracht.«

»Haben Sie schon mit Ihrer Unterschriftenaktion angefangen?«

Sie senkte den Kopf und starrte auf ihre Sneakers. »Gestern habe ich fünf bekommen, aber zwei Nachbarn haben sich geweigert zu unterschreiben.«

»Ich kann mir vorstellen, dass Sie sehr überzeugend sind, wenn Sie wollen.«

»Ja, Merry hat mir geraten, ich solle Fotos von einigen der Hunde mitnehmen, so Vorher-nachher-Bilder.«

Er nickte. »Gute Idee. Wer ist Merry?«

»Meine beste Freundin und außerdem die Vorsitzende von *Triangle Boxer Rescue*.«

Matt ging zur Wand und bewunderte die Aufnahmen, die dort hingen. Eine war vom Aussichtspunkt im Umstead State Park gemacht worden, wo er an den Wochenenden manchmal wanderte. »Hübsche Bilder. Von einem Fotografen aus der Gegend aufgenommen?«

Cara wurde rot. »Ja, von mir.«

Erstaunt schaute er sie an. »Die sind von Ihnen?«

Sie nickte.

»Die sind fantastisch, Sie haben Talent.«

Sie zog den Kopf ein und drehte sich zur Küche hin, um zu sehen, was Casper machte. »Danke.«

Matt betrachtete die Bilder, eins nach dem anderen. Sie hatte die alte Methodistenkirche am anderen Ende der Stadt aufgenommen, der Kirchturm ragte in den blauen Himmel empor. Ein Rotschwanzbussard glitt mit weit gespreizten Flügeln über den Baumkronen dahin. Zwei Boxer rannten über ein Feld. Ihre Ohren flogen im Wind, und die Zunge hing ihnen aus dem Maul. »Haben Sie schon mal daran gedacht, das Fotografieren zum Beruf zu machen?«

»Ein paar Kunden habe ich schon. In der Hauptsache Tierporträts, hin und wieder Familienaufnahmen. Ich bin gerade dabei, mir was aufzubauen, damit ich in ein paar Jahren durchstarten kann.«

»Das ist großartig.« Er ging zum Kaminsims hinüber. Die Fotos dort waren mehr privater Natur. Ein Paar, vermutlich ihre Eltern. Jede Menge Boxer. Am Rand entdeckte er ein Foto zweier Mädchen, die sich gegenseitig den Arm um die Schultern gelegt hatten und in die Kamera grinsten. Eine rotblond, die andere hellblond. »Sie und Ihre Schwester?«, riet er.

»Susie«, sagte Cara. »Sie war damals neun, ich elf, so um den Dreh.«

Er fand es bemerkenswert, dass dies im ganzen Raum die einzige Aufnahme von Cara war.

»Süß«, sagte er. »Lebt sie auch hier in der Gegend?«

Sie schaute in den Garten zu Casper. »Ja. Susie wohnt in Cary.«

»Und Ihre Eltern?«

»Meine Mutter lebt in Raleigh, mein Dad in Maryland. Sie haben sich getrennt, als wir Teenager waren.«

»Haben Sie noch Kontakt zu ihnen?«

Sie zuckte die Achseln. »Mom und Susie sehe ich relativ oft, Dad hauptsächlich im Urlaub.«

Matt nahm das Foto der beiden Mädchen in die Hand. »Damals waren Ihre Haare glatt.«

Sie drehte sich zu ihm um. »Sie sind ein guter Beobachter. Nach der Chemo ist es lockig nachgewachsen. Inzwischen mag ich es ganz gern so.«

Matt zuckte zusammen. *Chemo. Ach du Scheiße!* »Ich habe schon gehört, dass so was vorkommt. Weswegen hatten Sie die Chemo, Cara?«

»Hodgkin-Lymphom. Casper kommt.« Sie machte die Hintertür auf, und der Hund rannte ins Haus. Er wedelte wie verrückt mit dem Schwanz. »Gleich wirst du mich hassen«, sagte Cara. »Jetzt bekommst du zu fressen, aber danach geht es zurück in die Box.«

Matt verdaute noch die Informationen, die er die letzten paar Minuten über Cara Medlen bekommen hatte. Er sah ihr zu, wie sie Trockenfutter in den Napf kippte. Casper schlang es hinunter, als hätte er Angst, es würde ihm geklaut, wenn er zwischendurch Atem holte. Völlig falsch lag er damit nicht. Matts Magen knurrte inzwischen dermaßen, dass er sich auch mit Hundefutter zufriedengegeben hätte.

Das Tier tat ihm ein wenig leid, als Cara es mit leisen Versprechen, es später dafür zu entschädigen, in die Box lockte. Matt fragte sich, was genau sie wohl damit meinte. Er bezweifelte stark, dass Caspers Ansprüche seinen Vorstellungen, die ihm im Kopf herumwirbelten, ähnelten.

»Es kann losgehen.« Sie schnappte sich ihre Handtasche vom Tisch und ging hinaus.

Die Fahrt, eine halbe Meile zu *Jimmy's Wind Hut*, verlief schweigend. Dort gab es nach Matts Meinung die besten Chicken Wings im ganzen Bundesstaat. Die Düfte, die ihm auf der Straße entgegenschlugen, ließen ihm das Wasser im Mund zusammenlaufen.

»Waren Sie schon mal hier?«, fragte er, als sie sich an einem grünen Kunststofftisch niederließen.

»Schon oft. Sollen wir uns den *Jimmy's Kickin' Sampler* teilen?«

»Unbedingt.« Also, wie sollte er da widerstehen, wenn sie ihn ein ums andere Mal überraschte, und zwar positiv?

Zehn Minuten später sah Matts Welt gleich sehr viel freundlicher aus, vor ihm ein Teller Chicken Wings, in der Hand ein Bier und ihm gegenüber eine bildhübsche Frau. Eine bildhübsche Frau, die sich Soße von den Fingern leckte. Oje!

»Dann erzählen Sie mal von diesem Fall.« Er riss den Blick von ihrem Mund los, stellte das Bierglas auf den Tisch und schnappte sich den nächsten Hähnchenflügel vom Stapel.

»Na schön. Also, Trista Benford, eine unserer Betreuerinnen, hat einen Nachbarn, der im Garten zwei Boxer-Mischlinge hält. Sie bellen den lieben langen Tag und sind für die ganze Gegend ein Ärgernis. Abgesehen davon sind Boxer nicht dafür geeignet, dauernd draußen zu leben. Sie sind sehr empfindlich gegen Hitze und Kälte.«

»Echt? Ich hätte gedacht, mit dem kurzen Fell vertragen sie Hitze sehr gut.«

Sie nippte an ihrem Bier und nickte. »Sollte man meinen, aber der Grund ist die kurze Schnauze. Sie können durch Hecheln nicht genug Hitze abgeben. Boxer sind in unseren Breiten sogar stark gefährdet, wenn man sie im Sommer draußen lässt.«

»Interessant. Und die beiden sind also die ganze Zeit draußen …«

»Und die ganze Nachbarschaft klagt darüber. Trista hat schon das Veterinäramt angerufen, aber es gibt ziemlich hohe Hürden, wenn man Hunde beschlagnahmen will, um sie im Tierheim unterzubringen. Und deshalb bräuchte ich Ihren Rat.«

»Schön.« Matt nahm sich einen weiteren Flügel und biss hinein, während Cara fortfuhr.

»Es gibt keinen offensichtlichen Missbrauch. Die Hunde bekommen Futter und Wasser. Aber sie haben keine Hütte. In der Nacht stecken sie sie in den Kriechkeller unter das Haus. Ist das zu fassen?« Sie erschauderte. »Da unten muss es für die beiden wie im Kerker sein, dunkel und kalt und wahrscheinlich voller Hundescheiße.«

Auch Cara nahm sich noch einen Flügel und knabberte daran herum, während sie ihm alles berichtete, was sie vom Veterinäramt erfahren hatten. Sie steckten in einem Dilemma. Das Gesetz machte es der Behörde nicht leicht, Hunde ihren Besitzern wegzunehmen, wenn diese sie behalten wollten, obwohl Matt sich fragte, was die Menschen sich von so einer Tierhaltung versprachen. Warum dann überhaupt einen Hund anschaffen?

Er ließ sich die Sache durch den Kopf gehen, ohne auf den nächsten Hähnchenflügel zu verzichten. »Also, meiner Meinung nach wäre es am besten, wenn Sie sie irgendwo im Freien mal schnappen würden, wenn die Temperaturen unter null gefallen sind. Das wäre dann ein eindeutiger Verstoß gegen das Gesetz und somit Grund zur Beschlagnahme.«

Sie nickte. »Klingt logisch. Das Wetter soll ja bald umschlagen. Trista hat vor, sich eines Nachts rüberzuschleichen, um sich das Ganze anzuschauen.«

»Das wäre Hausfriedensbruch. Die Vorstellung, jemand von Ihnen schleicht nach Einbruch der Nacht auf einem fremden Grundstück herum, gefällt mir gar nicht. Ist denn der Garten von der Straße her einsehbar?«

»Na ja, da stehen viele Bäume herum, also ist es relativ schwierig. Manchmal kann man die Hunde hören, aber nicht sehen. Und hören allein reicht nicht, um sie ihnen wegzunehmen. Das haben wir schon versucht.«

»Ich habe die richtige Ausrüstung für solche Situationen. Lassen Sie mich mal machen.«

Cara schüttelte den Kopf. »Wir können es uns nicht leisten, Sie zu bezahlen. Ich wollte von Ihnen nur einen Ratschlag, wie man die Sache am besten angeht.«

»Ist schon in Ordnung. Wegen des bevorstehenden Umzugs ist die Zahl meiner Fälle momentan recht überschaubar. Geben Sie mir Bescheid, wenn die Hunde über Nacht mal wieder im Freien sind, dann fahre ich rüber und beschaffe Ihnen alle Beweise, die Sie brauchen.«

»Würden Sie das wirklich tun?«

»Warum denn nicht? Wie Sie so richtig gesagt haben, es kommen kalte Nächte auf uns zu. Das sollte nicht allzu schwierig werden. Können Sie solche Hunde auch zur Adoption freigeben?«

»Kann ich noch nicht sagen. Ich hoffe, wir können mit ihnen arbeiten und vielleicht ein geeignetes Zuhause für sie finden, eine Farm oder so.«

»Hoffentlich.« Matt hatte nicht viel Ahnung von Hunden, aber er wusste, wie wichtig Sozialisierung war, etwas, das diesen Hunden vermutlich fehlte. Er war nicht unbedingt überzeugt, dass sie gute Haustiere abgeben würden, aber sie würden es auf alle Fälle besser haben als jetzt.

Sie schaute ihn an, ihre blauen Augen funkelten im weichen Licht der Bar. »Ja, dann danke. Vielen Dank. Wenn Sie das für uns tun, haben Sie was gut bei mir.«

»Kein Problem.«

»Wo ziehen Sie denn hin?« Cara leckte sich erneut Soße von den Fingern, und Matts gute Laune verpuffte schlagartig.

»Massachusetts.«

»Tapetenwechsel?«

»Es geht nach Hause. Meine Mutter hatte kürzlich Probleme mit dem Herzen.«

»Ach.« Sie nickte. »Haben Sie Geschwister?«

»Einen Bruder. Jason. Ein Computerfreak. Wir gründen zusammen eine Firma. Dumont Investigative Services.«

Cara nahm einen ordentlichen Schluck von ihrem Bier, und Matts Blick wurde an ihren Hals gelenkt. Er sah ihr zu, wie sie schluckte. Oh Mann, wie er auf diese Frau stand, und er hatte gerade eingewilligt, sie bei ihrem Fall zu unterstützen. Es wäre besser, sich von ihr fernzuhalten, bis er die Stadt verließ.

»Die freuen sich bestimmt, wenn Sie nach Hause kommen«, sagte sie.

»Logisch.«

Als sie fertig waren, bekamen sie sich wegen der Rechnung in die Wolle. Matt blieb schließlich Sieger. Seine Mutter hatte ihm schließlich beigebracht, nie eine Frau zahlen zu lassen. Unter keinen Umständen.

Die Temperatur war tatsächlich im Fallen, als sie zurückfuhren. Matt war froh um die Jacke, die er auf der Rückbank liegen hatte. Er zog sie an und brachte Cara zur Tür.

»Danke für das Essen und dass Sie uns helfen. Im Ernst, wenn Sie uns Beweise liefern und wir die Hunde beschlagnahmen lassen können, weiß ich gar nicht, wie ich Ihnen danken soll.« Ihre sanften Augen leuchteten, als sie auf ihrer Veranda standen.

Matt grinste sie diabolisch an. Sagte sie das, um ihn in den Wahnsinn zu treiben?

Cara befeuchtete die Lippen und trat rückwärts einen Schritt weiter auf die Haustür zu.

»Kein Problem.« Sein Blick glitt zu ihrem Hals. Ihre samtweiche Haut schimmerte im Mondschein so hell wie Marmor.

Er konnte ihre Halsschlagader pochen sehen. Ihre Brust hob und senkte sich hastig. Sie schaute ihm direkt in die Augen. Wie ein Magnet hielt sie seinen Blick gefangen.

Matt wollte sich widersetzen. Er wollte es wirklich.

Doch dann öffnete sie leicht den Mund, und sein Blut fing zu kochen an. Mehr als das Hämmern seines eigenen Pulses im Ohr hörte er nicht mehr.

Er beugte sich vor und strich mit den Lippen sanft über ihre. Cara stöhnte leise, was seine Selbstbeherrschung schwer auf die Probe stellte. Ihre Lippen waren weich und warm. Zaghaft erwiderte sie den Kuss. Sie schloss die Augen.

Matt küsste sie noch einmal. Ein kleiner Gutenachtkuss, nichts, was sie oder er am nächsten Morgen bedauern würde.

Er fuhr mit den Fingern durch ihre Locken, die so weich waren, wie er sich das ausgemalt hatte. Weicher noch.

Sie küsste ihn jetzt ebenfalls, drückte ihre Lippen auf seine und verlangte nach mehr.

Er schob ihr die Zunge in den Mund. Sie schmeckte würzig, nach Chicken-Wing-Soße und nach heißem, schweißtreibendem Sex. Und ehe er sichs versah, drückte er sie schon gegen die Haustür, und sein Körper drängte sich an ihren. Sie schlang die Arme um ihn, und ihre Zunge spielte mit seiner. Ihre leisen Seufzer waren schier zu viel für ihn.

Nach einer Minute machte sie sich frei von ihm und japste nach Luft. »Was haben die bloß in diese Chicken Wings getan?«

Er musste lächeln.

Cara küsste ihn noch einmal, dann zwinkerte sie ihm zu. »Gute Nacht, Matt.«

Sie schlüpfte ins Haus und schlug ihm die Tür vor der Nase zu.

Matt fluchte leise vor sich hin. Sein Verhältnis zu Cara Medlens Tür wuchs sich langsam, aber sicher zu einer Art Hassliebe aus.

6

Herr im Himmel!

Cara ließ sich gegen die Wand sinken. Das Herz schlug ihr bis zum Hals, dazu hatte sie ein dämliches Grinsen im Gesicht. Sie konnte gar nicht glauben, dass sie gerade gegen ihre eigene Haustür gedrängt worden war, Matts großer, harter Körper an ihrem, während er sie küsste, als wäre sie so ein bescheuertes Playboy-Model.

Oh Mann, jetzt machte sie aus einem Kuss schon eine Staatsaffäre. Mit anderen Männern hatte sie es durchaus genossen, aber sie konnte auch ohne ganz gut leben. Sie wusste nie, was sie mit den Händen anfangen sollte und wie schnell der Kerl ihre Bluse aufknöpfen würde.

Wenn Matt gefragt hätte, hätte sie ihre Bluse sogar selbst aufgeknöpft. Großer Gott! Als er sie küsste, war ihr bis in die Zehenspitzen glühend heiß geworden – das Klischee, von dem sie zwar gehört hatte, aber eben nur gerüchteweise. *Puh!*

Die Fähigkeit, in ihr solch ein Feuer zu entfachen, machte Matt Dumont zu einem sehr gefährlichen Mann. Wenn sie nicht aufpasste, wäre es bald um sie geschehen. Gut, dass er wegzog. Dass er sein Haus verkaufen wollte, hatte sie ja gewusst, aber dass er Ende des Monats nach Massachusetts zog, war ihr neu. Das Risiko, dass die Sache außer Kontrolle geriet, war folglich nicht allzu groß. Die paar Wochen würde sie wohl noch an sich halten können.

Wahrscheinlich.

Seufzend legte sie die Handtasche auf den Tisch und ging

in die Küche, wo Casper jaulte und gegen die Stäbe seiner Box schlug. Als sie ihn herausließ, hätte er sie vor Begeisterung fast umgerannt.

»Ich weiß, ich weiß.« Sie bugsierte ihn zur Hintertür hinaus. Jetzt musste sie sich wirklich ein wenig ihrem Hund widmen. Damit kannte sie sich wenigstens aus. Sie spielten Ziehen mit einem alten Seil, bis die letzte Hitze von Matts Berührung verflogen war und sie vor Kälte zu zittern anfing.

Dann gingen sie wieder ins Haus und kuschelten sich auf die Couch. Cara ließ die Speicherkarte aus der Kamera gleiten und kopierte die letzte Serie von Tierheimfotos auf ihren Laptop.

Dreizehn neue Hunde heute. Sie öffnete Photoshop und nahm die üblichen Grundeinstellungen vor, dann öffnete sie die gut zwanzig Bilder vom ersten Hund, einem cremefarbenen Labrador namens Taffy mit wundervoll ausdrucksstarken Augen. Bald hatte sie sieben in der engeren Auswahl.

Mit diesen ließ sie sich Zeit, schnitt die Bilder zu und bearbeitete sie, um das honigfarbene Fell und die freundlichen schokobraunen Augen möglichst vorteilhaft hervorzuheben. Drei wählte sie schließlich aus: eine Nahaufnahme, die Taffys glücklichen, treuen Blick herausstellte, eins, das Taffy beim Herumrennen im Freiluftgehege zeigte, und eins, auf dem der Labrador Cara anschaute, die einen Ball in der Hand hielt – die Ohren aufgerichtet, bereit, sich die Belohnung zu holen.

So war Taffy. Glücklich, treu und verspielt.

Die beiden nächsten Stunden bearbeitete sie den Rest der Fotos. Als sie fertig war, mailte sie das Ganze Darlene, damit diese die Bilder auf die Website des Tierheims und auf Petfinder.com hochladen konnte.

Mit nur einem Hund im Haus fühlte sie sich einsam, obwohl Casper damit keine Schwierigkeiten hatte. Er breitete sich auf jedem Quadratzentimeter der Couch aus, der nicht von Cara belegt war, legte ihr den Kopf auf den Schenkel und schnaubte zufrieden. Sie kraulte ihm den Bauch. Er rollte sich sofort auf den Rücken, damit sie ihn weiter tätschelte. Er genoss das Ganze sichtlich, hatte die Augen geschlossen und wedelte selig mit dem Schwanz.

In der kurzen Zeit, die er bei ihr war, hatte er sich wirklich gemausert. Es konnte dauern, bis sie für ihn die passende Familie fand, aber er würde sie bekommen. Das stand für sie fest. Der Gedanke, Casper könne adoptiert werden, machte Cara ein wenig traurig. Sie hatte sich in seinen fleckigen weißen Hintern und sein einzigartiges Gesicht verliebt.

Marigold fiel ihr wieder ein, die ausgesetzte alte Hündin, die sie bei sich hatte aufnehmen wollen, ehe die Hausbesitzervereinigung ihren Erlass verfügt hatte. Wie mochte es ihr ergangen sein? Cara hatte nicht mitbekommen, dass sie als neuer Pflegehund bei *Triangle Boxer Rescue* aufgenommen worden wäre. Das hieß nicht unbedingt, dass das Tier nicht woanders untergekommen oder vielleicht sogar schon adoptiert worden war. Trotzdem hatte sie ein ungutes Gefühl. Schnell schickte sie Merry eine SMS, um sich nach Marigold zu erkundigen. Merry antwortete umgehend und kurz: »Wir haben sie nicht rechtzeitig übernehmen können. Keine Bange, du kriegst das schon hin und rettest den nächsten.«

Marigold war also gestorben, weil Cara sie nicht hatte zu sich nehmen können. Okay, Marigold war gestorben, weil ihre verblödete Familie sie bei einem Tierheim ausgesetzt hatte, das aus allen Nähten platzte. Cara wusste das, aber es half nicht, den Schmerz zu lindern, den sie in der Brust spürte, oder das Gefühl des eigenen Versagens zu dämpfen.

Morgen würde sie zu Chuck Sawyer, Phil Durgin und Schnüffel-Betty gehen und ihnen einige Erfolgsgeschichten ihrer Pflegehunde präsentieren. Mal sehen, ob sie dann nicht doch ihre Meinung ändern würden.

»Es ist nicht so, dass ich nicht zu schätzen weiß, was Sie für diese Hunde alles tun. Aber das hier ist ein Wohngebiet, kein Tierheim. Wir hatten mehrere Beschwerden wegen Knurrens und anderen aggressiven Verhaltens. Jemand könnte verletzt werden.« Phil Durgin blinzelte Cara durch seine sehr dicken Brillengläser hindurch an.

Er war schon halb die Stufen zur Haustür hinauf gewesen, als sie ihn angesprochen hatte, deshalb ragte er nun vor ihr auf, während sie auf dem Bürgersteig stand. Irgendwie war ihr entgangen, dass er Vorsitzender der Hausbesitzervereinigung war. Matt hatte recht. Sie kannte ihre Nachbarn wirklich nicht. Und ohne Phils Unterschrift konnte sie einpacken.

Sie sah zu ihm hoch. »Ich kann Sie verstehen, Mr Durgin, aber ich garantiere Ihnen, dass niemand zu Schaden kommt. Die Hunde sind immer entweder angeleint oder in meinem eingezäunten Garten. Das sind auch keine aggressiven Hunde, sondern Hunde, die ein bisschen Zuneigung brauchen, bis sie in ein neues Zuhause kommen.«

»Wie gesagt, Sie haben mein volles Verständnis. Mir gefällt es ebenso wenig wie Ihnen, wenn Tiere misshandelt werden, aber unsere Vorschriften waren für Haustiere gedacht, nicht für eine Übergangsstation für Pflegehunde. Momentan stehen allerhand Objekte zum Verkauf, das rechts von Ihnen übrigens auch. Offen gesagt: Manche Ihrer Hunde könnten potenzielle Käufer abschrecken.«

Cara verließ der Mut. »Wollen Sie sich nicht mal Casper anschauen, meinen aktuellen Hund? Als ich ihn übernommen habe, hat er übel ausgesehen, aber er hat sich prächtig gemacht. Ein ganz süßer Kerl. Der schreckt niemanden ab.«

»Kann schon sein, aber was ist mit Ihrem nächsten Hund? Und dem übernächsten? Dies ist einfach nicht die richtige Umgebung für Ihre Aktivitäten.«

»Aber …«

»Tut mir leid. Wirklich. Und jetzt müssen Sie mich entschuldigen.« Er öffnete die Haustür und beendete so die Diskussion.

Sie rang sich ein Lächeln ab. »Trotzdem danke, dass Sie sich für mich Zeit genommen haben.«

Cara stand auf dem Bürgersteig, die Petition ohne seine Unterschrift in den Händen und Tränen in den Augen. Nein, sie würde nicht weinen. Vielleicht konnte sie ja die übrigen überzeugen. Wenn sie danach noch einmal zu ihm käme, würde er einsehen, dass er überreagiert hatte und seine Unterschrift nicht länger verweigern.

Einen Versuch war es wert.

Ansonsten konnte sie ihr Haus auch gleich zum Verkauf anbieten, denn ohne ihre Hunde konnte sie nicht leben. Das war undenkbar.

Nun lief ihr doch eine Träne die Wange hinab. Sie wischte sie mit dem Handrücken weg. Um Gottes willen, sie war achtundzwanzig Jahre alt, und Phil Durgin würde sie nicht zum Weinen bringen.

Aber der Witz bei der Sache war: Hätte sie sich mehr Zeit genommen, um die Nachbarn besser kennenzulernen, statt sich abzuschotten und darauf zu warten, von den Ärzten grünes Licht zu bekommen, wäre es vielleicht gar nicht so weit gekommen. Wenn die sie kennen würden und gut leiden könnten, würden sie ihr sicher auch einiges nachsehen. Sie würden verstehen, warum sie sich um diese Hunde kümmern musste.

Vielleicht hätte sich dann auch niemand beschwert.

Das ließ sich jetzt zwar nicht mehr ändern, aber sie könnte

mehr auf ihre Nachbarn zugehen und freundlicher zu ihnen sein. Schaden konnte das jedenfalls nicht.

Cara atmete tief durch und machte auf dem Absatz kehrt, um es ein Haus weiter zu versuchen. Allerdings rannte sie voll gegen einen Schrank von Mann, der nach Sandelholz und Seife der Marke »Ivory« roch, seit Kurzem ihre zwei Lieblingsdüfte.

»Na so was, hallo.« Matts tiefe Stimme ging ihr durch Mark und Bein.

Sie hob den Kopf von seiner Brust und trat einen Schritt zurück. »Hi.«

»Und, Glück gehabt?« Er nickte zu Phil Durgins Haus hin.

Cara starrte ihn perplex an. Er erkundigte sich nach ihrer Petition? Sie dachte im Moment nur daran, wie Matt sie küsste, wie sein Mund erstaunliche Dinge mit ihrem tat, während er seinen unglaublich muskulösen Körper an ihren presste. Ihr schoss die Röte ins Gesicht.

Langsam breitete sich ein Grinsen auf seinem Gesicht aus, und seine Augen nahmen wieder dieses hungrige Glühen an, obwohl sie sich nicht vorstellen konnte, was ein Kerl wie Matt Dumont an einer Langweilerin wie ihr attraktiv finden könnte. Vielleicht der Kitzel der Jagd?

Sie räusperte sich. »Äh, nein. Er meint, ein Wohngebiet sei nicht der rechte Ort für das, was ich tue. Meine Hunde könnten jemanden verletzen, oder schlimmer noch: potenzielle Käufer abschrecken.«

»Hmm.« Er hakte die Daumen in die Gürtelschlaufen seiner Jeans. »Klingt ja nicht sehr erfolgversprechend. Heute Nacht soll es deutlich unter null werden. Haben Sie schon was wegen dieser Hunde gehört?«

»Nein, aber das lässt sich rausfinden.«

»Na gut.« Er zog die Geldbörse aus der Gesäßtasche und

reichte ihr seine Visitenkarte. »Rufen Sie mich an. Ich könnte heute Abend rüberfahren.«

»Okay. Danke.«

Er nickte, schenkte ihr ein Lächeln, das ihren Herzschlag beschleunigte wie nichts, und schlenderte dann auf sein Haus zu.

Enttäuscht, aber zugleich erleichtert schaute sie ihm hinterher. Matt brachte sie in Wallung wie kein Mann zuvor. Und es war nicht nur der Wunsch, sich in seine Arme zu werfen und dort weiterzumachen, wo sie neulich aufgehört hatten, obwohl sich ihr Körper genau danach sehnte. Alles an ihm zog sie an: seine ruhige Professionalität, die Liebe zu seiner Mutter, seine Bereitschaft, Cara bei diesem Fall zu helfen, ohne Geld zu verlangen.

Er hatte alles, was sie sich von einem Mann erhoffte, und genau deshalb konnte sie ihn nicht haben. Nicht einmal für ein kurzes Abenteuer, bevor er die Stadt verließ. Ihr Herz würde das nicht verkraften.

Cara legte sich die Hand auf die Brust und lief schnell zu ihrem eigenen Haus. Den Anruf würde sie sofort machen, ehe sie ihn wieder vergaß, anschließend würde sie bis zur Abendessenszeit wieder versuchen, Unterschriften zu sammeln. Abgesehen davon war es klirrend kalt, und sich ein paar Minuten aufzuwärmen, kam ihr gerade recht.

Tristas Nummer kannte sie nicht, deshalb rief sie Merry an, die versprach, sich gleich darum zu kümmern und sie zurückzurufen.

Um die Wartezeit zu nutzen, machte sich Cara in der Mikrowelle eine Tasse Schokolade heiß. Bevor sie noch den ersten Schluck trinken konnte, rief Merry bereits zurück.

»Also, Tristas Nummer lautet 555–3854. Sie sagt, die Hunde seien jetzt im Freien. Sie kann sie bellen hören. Normalerweise holen sie sie so gegen elf Uhr rein, kurz bevor sie ins Bett gehen.«

»Danke, Merry. Drück uns die Daumen, dass Matt heute Nacht bekommt, was wir brauchen.«

»Halt mich auf dem Laufenden.«

»Wird gemacht.«

Sie trank einen Schluck von der heißen Schokolade. Casper schaute ihr mit hoffnungsvollen Augen zu. »Hast du nicht gehört, dass Schokolade für Hunde nicht gut ist? Geh spielen, Junge!«

Sie nippte erneut. Es war lächerlich, dass der bloße Gedanke, Matt anzurufen, die Schmetterlinge in ihrem Bauch aufflattern ließ. Sie packte den Hörer und wählte seine Nummer.

Beim zweiten Klingeln ging er ran. »Hallo.«

Oh weh, am Telefon klang er mit seiner tiefen, ernsten Stimme ja noch aufregender.

»Hi Matt, Cara hier.«

»Das ging ja schnell.«

»Die Hunde sind jetzt draußen. Die Besitzer holen sie in der Regel gegen elf Uhr rein.«

»Mal schauen.« Sie hörte einen dumpfen Schlag, dann Tastaturgeklapper. »Okay, um elf soll es knapp unter null haben. Das klappt also.«

»Toll. Was haben Sie vor?«

»Ich mache ein paar Fotos mit Zeitstempel. Die können wir dann anschließend mit dem Wetterbericht abgleichen. Ich habe Objektive mit dem nötigen Zoom und hinreichendem Restlichtverstärker. Es müsste also klappen, vorausgesetzt, ich habe ausreichenden Einblick in den Garten. Wir könnten auch ein Video aufnehmen, wenn Sie das Gebell dokumentieren möchten.«

»Das ist ja großartig. Durch die Bäume kann man Teile des

Gartens sehen. Hoffen wir, dass die Hunde mitspielen. Könnte man sie mit Leckerbissen oder Ähnlichem vielleicht bestechen?«

Matt kicherte. »Das wäre dann Hausfriedensbruch. Ich darf das Grundstück nicht betreten.«

»Stimmt. Tut mir leid. Wahrscheinlich habe ich zu viele Kriminserien geschaut.«

»Im richtigen Leben ist es nicht so aufregend. Wir müssen uns an die Gesetze halten. Wollen Sie mitkommen?«

»Was?« Eine echte Observierung? Wann würde sie so eine Gelegenheit noch einmal bekommen? »Gern.«

»Dann treffen wir uns um halb zehn draußen. Und ziehen Sie dunkle Sachen an.«

»Okay.« Cara legte auf. Das Herz schlug ihr bis zum Hals. Dunkle Kleidung? Dunkles Auto. Matt. Das musste sie erst einmal verdauen.

Casper legte den Kopf auf die Seite. Sein Blick schwenkte von ihrem Mund zu der Tasse mit heißer Schokolade in ihrer Hand.

»Hunde, Schokolade, nicht gut. Ernsthaft.« Sie scheuchte ihn weg.

Sie wollte ihn nicht in die Box sperren, um Unterschriften zu sammeln, wenn sie später schon wieder loszog. Und egal, was sie Phil Durgin erzählt hatte, sie wollte Casper auch nicht mit von Tür zu Tür nehmen. So gut war er noch nicht erzogen. Da konnte sie ebenso gut jetzt ihr Abendessen aufwärmen und die Fotogalerie ihrer Website auf Vordermann bringen, bis es Zeit war, sich mit Matt zu treffen.

Am Morgen hatte sie einen Anruf wegen eines weiteren Fototermins bekommen. Freunde der Tarletons hatten ihre Aufnahmen von Molly gesehen. Und gestern hatte sie auf Marilyns Bitte hin einen Stapel Visitenkarten zu *Triangle Boxer Rescue* gebracht, um sie neben der Zeitschrift des Tierschutzverbands auszulegen.

Sie freute sich sehr. Es war noch ein weiter Weg, bis sie sich ihren Lebensunterhalt mit Fotografieren verdienen konnte, aber es ging definitiv aufwärts. Vielleicht sollte sie sich um diese Sache mehr kümmern und den aktuellen Aufwind ausnutzen. Sie verstieß auch nicht gegen ihren Zehnjahresplan, wenn sie langsam ein Portfolio aufbaute. In dieser Branche dauerte es lange, bis man sich einen gewissen Ruf erarbeitet hatte.

Als sie vom Laptop wieder aufschaute, war es kurz nach neun. Sie schob den Computer zur Seite, führte Casper Gassi und ging anschließend nach oben, um sich umzuziehen. Ihr Haar band sie zu einem Pferdeschwanz zusammen. Irgendwie kam ihr das unauffälliger vor, als wenn ihr die Locken um die Schultern wirbelten.

Auf zum Oberservieren.

Matt musste sich ein Grinsen verkneifen, als Cara in dunkelblauem Hemd und schwarzer Jeans aus dem Haus trat. »Das mit der dunklen Kleidung war doch nur ein Scherz, Miss Marple.«

Sie riss die Augen auf. »Oh.«

Er zeigte auf den Jeep. »Abgedunkelte Scheiben. Los jetzt. Die Temperatur liegt schon bei null. Bis wir dort sind, hat es bestimmt Minusgrade, und wir bekommen die gewünschten Bilder.«

Sie nickte und rutschte auf den Beifahrersitz

Matt stieg ebenfalls ein, schob den Schlüssel ins Zündschloss und ließ den Motor an. Ihm fiel auf, dass Cara den Blick starr nach vorne richtete und die Hände verkrampft auf dem Schoß behielt. Ja, auch er konnte den Kuss nicht vergessen.

»Heute war die erste Besichtigung«, sagte er, um das Schweigen zu beenden.

»Wirklich?«

»Ein jüngeres Paar, hat die Maklerin gesagt. Die beiden schienen interessiert.«

»Ist doch schön.« Cara betrachtete die Häuser, die am Fenster vorbeizogen. »Ziehen Sie aus, sobald Sie ein Angebot haben?«

»Ich ziehe aus, sobald ich meinen letzten Fall abgeschlossen habe. Wann das Haus verkauft wird, ist nicht so wichtig. Ich könnte locker alles unter Dach und Fach haben, bevor der Vertrag unterschrieben wird, falls sie ein Angebot machen.«

Er bog in die Keeney Street. »Ist es hier?«

Sie deutete nach links. »Das braune da drüben.«

Matt fuhr die Straße entlang, musterte Haus und Garten. Es war ein Eckgrundstück, weshalb man einen guten Einblick in den Garten gehabt hätte, wären da nicht die Bäume gewesen, die Cara erwähnt hatte. Er parkte an der Rückseite des Grundstücks und stellte den Motor ab. Dann drehte er sich zu ihr um. Alles hübsch der Reihe nach. »Ich mag Sie, Cara. Sehr sogar. Wenn ich nicht in ein paar Wochen umziehen würde, würde ich Ihnen den Hof machen, dass Ihnen Hören und Sehen verginge.«

Sie schluckte und schaute ihm in die Augen.

»Aber ich fange nichts an, was ich nicht zu Ende bringen kann. Ich bedaure nicht, Sie geküsst zu haben, und Gott weiß, wenn die Dinge anders lägen, würde ich nichts lieber tun, als Sie erneut zu küssen. Ich würde am liebsten sogar sehr viel mehr tun, als Sie nur zu küssen, Cara.«

Sie fuhr sich mit der Zunge über die Lippen. Matt hätte fast laut aufgestöhnt. Sie war so ziemlich die erregendste Frau, die ihm je begegnet war, und sie war sich dessen nicht einmal bewusst. Irgendwie machte sie das noch sexyer.

»Ich möchte Ihnen nur begreiflich machen, warum ich keinen weiteren Versuch mache, Sie zu küssen. Das liegt ganz bestimmt nicht daran, dass ich es nicht wollte. Aber ich muss nach Boston – wegen meiner Mutter und wegen der Agentur, die ich mit meinem Bruder zusammen ins Leben gerufen habe. Sollten Sie je nach New England kommen, rufen sie mich an, okay?«

Sie nickte.

»Okay. Dann an die Arbeit. Klären Sie mich auf.«

Cara musste schlucken. »Wie bitte?«

Er musste lächeln. »Der Fall.« Er zeigte auf den im Dunkeln liegenden Garten. »Die Hunde.«

»Ach so.« Sie fing sich langsam wieder. »Genau.«

Er lehnte sich zurück. Plötzlich schien in dem Grand Cherokee für sie beide nicht mehr genug Platz zu sein.

Cara räusperte sich und schaute zur Seite. »Ja, also, bellen höre ich sie momentan nicht, also liegen sie wahrscheinlich auf der Veranda. Sie haben ja gesagt, wir dürfen das Grundstück nicht betreten, aber wir könnten doch ein Fenster herunterlassen, oder? Vielleicht hören sie uns dann reden, fangen zu bellen an und kommen angerast, um nachzuschauen, was los ist.«

»Versuchen wir es erst mal ohne Lärm.« Matt nahm sein Fernglas von der Rückbank, suchte den Garten ab, konnte aber keine Hunde entdecken.

Cara sah ihn skeptisch an. »Können Sie damit tatsächlich auch nachts was sehen?«

Er grinste. »Meine Liebe, das ist kein Fernglas, wie Sie eins als Teenager beim Konzert der Backstreet Boys dabeihatten. Wollen Sie mal durchschauen?«

»Ich war mein Lebtag nicht bei den Backstreet Boys, und ja, bitte.« Sie streckte die linke Hand aus, und er gab es ihr.

»Seien Sie vorsichtig damit.«

»Jaja. Oh!« Vor Erstaunen blieb ihr der Mund offen stehen, als sie das Fernglas ansetzte und die Welt durch das Nachtsichtgerät erhellt sah.

»Sie sollten sich mal alle meine Spionagegeräte ansehen. Sie sind ziemlich beeindruckend.«

Cara schaute ihn mit gerunzelter Stirn an. »Ihre Spionagegeräte, hm?«

»Habe ich doch gesagt, oder?«

»Mm-hmm.« Sie richtete den Blick kurz auf seinen Schoß, dann wieder auf sein Gesicht.

Matt spürte ihren Blick im plötzlichen Druck gegen den Reißverschluss seiner Hose. »Haben Sie sie gesehen?«

»Wie bitte?« Erneut senkte sie den Blick auf seinen Schoß.

»Und wenn Sie noch so süß und unschuldig wirken, Cara Medlen, Ihr Kopf steckt voller schmutziger Gedanken. Die Hunde. Haben Sie die Hunde gesehen?«

Trotz der Dunkelheit sah er, wie ihre Wangen rot anliefen. »Nein, die habe ich nicht gesehen.«

»Hat man sie dann heute früher reingeholt, oder was?« Er blickte auf das Thermometer am Armaturenbrett. Knapp unter null. Wenn sie die Hunde ausfindig machten, konnte es losgehen.

Bevor er sie aufhalten konnte, kurbelte Cara das Seitenfenster herunter und schnalzte ein paarmal mit der Zunge, um die Hunde auf sich aufmerksam zu machen. Sofort wurde die kühle, stille Nacht von einem Trommelfell gefährdenden Gebell erschüttert.

»Offenbar nicht«, antwortete sie schulterzuckend.

Matt starrte sie an. »Das nächste Mal fragen Sie erst.«

Ihre Augen weiteten sich. »Wie bitte?«

»Wir sind hier auf Beobachtungsposten. Das ist keine ›Schau mal, die beiden Spanner da im Wagen mit dem Nachtsichtgerät‹-Aktion, klar?« Normalerweise gab er auf dem zuständigen Polizeirevier Bescheid, wenn er eine Observation durchführte, aber heute Abend hatte er darauf verzichtet, weil Cara dabei war und er nicht damit gerechnet hatte, dass das Ganze sehr lange dauern würde.

»In Ordnung.«

Matt hob das Fernglas an die Augen und suchte erneut den Garten ab. »Ich sehe immer noch nichts. Wo sind sie?«

Cara runzelte die Stirn und blinzelte in die Finsternis hinaus. »Keine Ahnung. Eigentlich müssten sie hier gegen den Zaun springen.«

»Sind sie schon unter dem Haus?«

»Glaube ich nicht. Zwar hat Trista sie öfter gehört als ich, aber ich kann mir nicht vorstellen, dass man sie so laut hört, wenn sie im Kriechkeller sind.«

»Das stimmt. Dann müssten sie gedämpfter klingen.«

»Tja, Sie Ass, an Ihrer Stelle würde ich jetzt mehr Lärm machen, um sie so richtig zu reizen.«

»Die sind noch nicht richtig gereizt?«

Sie schüttelte den Kopf.

Matt schaute sich die benachbarten Häuser an. Alle Lichter aus. Niemand in den Fenstern zu sehen. Kein Mensch auf der Straße. Er sah Cara durchdringend an und drückte auf die Hupe.

Die Hunde drehten schier durch. Sie bellten und knurrten wütend. Bei Matt stellten sich die Nackenhaare auf. In dem Garten hätte er jetzt nicht sein wollen. Aber noch immer kein Zeichen von den Viechern, die diesen Radau veranstalteten.

»Das gefällt mir nicht.« Cara war sichtlich beunruhigt.

»Mir auch nicht.« Matt ließ sein Seitenfenster herunter und lauschte konzentriert dem Tumult in dieser ansonsten so friedlichen Gegend. Neben dem Bellen und Knurren war noch etwas zu vernehmen. Metallisches Klicken.

Cara erstarrte. »Ketten«, sagte sie.

»Gut möglich. Das würde erklären, wieso sie nicht zum Zaum gestürmt kommen.«

»In Durham County ist das illegal. Es soll auch in Dogwood verboten werden, allerdings wird darüber erst nächstes Jahr abgestimmt.« Sie ballte die Hände zu Fäusten.

»Dann hilft uns das nicht weiter, selbst wenn sie angekettet sind. Im Gegenteil, jetzt können wir nicht einmal beweisen, dass sie sich im Freien aufhalten.«

Cara starrte in die Dunkelheit. »Das ist barbarisch.«

»Ganz meine Meinung.«

Sie nahm ihm das Fernglas aus der Hand und suchte ein weiteres Mal den Garten ab. »Sie müssen irgendwo da drüben sein, hinter der Veranda. Da ist alles zugewachsen. Unmöglich, die Hunde von der Straße aus zu sehen.«

»Klingt logisch.«

»Könnten wir nicht zwischen den Bäumen durchgehen und versuchen, sie von der anderen Seite aus zu erwischen?«

»Nein. Die Fotos sind nur dann zulässige Beweismittel, wenn sie von einer allgemein zugänglichen Stelle aus aufgenommen wurden, Bürgersteig oder Straße etwa. Im Wald hinter ihrem Haus rumzuschnüffeln ist sinnlos.«

»Mir gefällt das nicht, Matt. Nicht nur, dass sie bei der Kälte im Freien sind, sie sind auch noch angekettet. Die Besitzer schränken ihre Bewegungsfreiheit ein. Sie kümmern sich immer weniger um die Hunde. Wie lange wird es dauern, bis sie sie nicht einmal mehr unter das Haus lassen? Bekommen sie noch zu fressen und zu trinken? Eine böse Sache.«

Ja, es war eine böse Sache. Er hatte gedacht, diese Geschichte heute Abend in trockene Tücher zu bekommen. Das Letzte, was er brauchen konnte, war ein neuer Fall, der ihm im Genick saß, abgesehen davon, dass er ihn auch in engen Kontakt mit Cara brachte.

Er legte die Hand auf ihre. »Ich schaue mir das morgen noch mal an, okay? Ich schnüffle ein bisschen herum und sehe zu, was ich herausfinden kann.«

7

Cara lehnte sich auf der Couch zurück und nahm einen Schluck Wein. Zu ihren Füßen zerrte Casper an einem Spielseil herum, während Merrys Boxer Ralph am anderen Ende zog.

»Angekettet? Bist du dir sicher?« Merry betrachtete stirnrunzelnd ihr Weinglas.

»Ziemlich sicher. Was für ein Mist!«

»Wem sagst du das!« Merry strich sich eine widerborstige Locke aus der Stirn. »Das war eine miese Woche für Boxer. Zwei wurden eingeschläfert, weil wir sie nicht rechtzeitig unterbringen konnten, dazu noch Marigold. Sieben weitere stehen auf der Liste der dringenden Fälle. Wir brauchen mehr Pflegestellen. Ich werde über Facebook mal eine Suchaktion starten.«

»Es bringt mich um, dass ich keinen mehr nehmen darf, Mer. Das ist so ungerecht.«

»Ich weiß.«

Cara seufzte. »Ich bringe die Unterschriften nicht zusammen. Mit allen bis auf zwei habe ich gesprochen. Fünf haben sich geweigert. Und was Phil Durgin gesagt hat, habe ich dir ja erzählt.«

»Was willst du jetzt tun?«

»Weiterkämpfen. Bei der aktuellen Wirtschaftsflaute möchte ich nicht verkaufen müssen. Schon gar nicht, wenn auch das Nebenhaus zum Verkauf steht. Aber wenn ich das nicht hinkriege, bleibt mir nichts anderes übrig.«

»Was für eine Scheiße!«

»Ja, kann man so sagen.« Cara nippte wieder an ihrem Wein und stupste Casper mit dem Fuß an. Er ließ von dem Seil ab und knabberte spielerisch an ihrem Bein herum.

»Er sieht prächtig aus.« Stolz schaute Merry auf ihn hinab. »Gerade habe ich eine Familie gefunden, die gut zu ihm passen könnte. Ein junges Pärchen, treibt Sport, hat Erfahrung mit Boxern. Ich werde ihn empfehlen.«

»Das wäre toll.« Cara lächelte, aber nicht aus vollem Herzen. Sie wünschte Casper ein schönes, neues Zuhause. Er hatte es verdient, aber wenn er erst einmal fort war, würde sie ganz allein sein. Ohne Hunde.

Das Ganze hatte für sie etwas Rituelles, das sie einfach mochte. Sie zu sich zu holen, sie zu lieben, sie aufblühen zu sehen. Der Abschied, wenn sie eine neue Familie gefunden hatten. Es war ein so wunderbarer Kreislauf, jedenfalls solange immer wieder ein neuer Hund folgte.

Merry warf einen kurzen Blick in ihre Richtung. »Du brauchst ein Haus in Alleinlage. Keine Nachbarn, die sich in deine Angelegenheiten mischen.«

»Bei meinem Einkommen? Da kann ich von so was doch nur träumen. Nicht zu vergessen, wie lange es dauern würde, dieses Haus zu verkaufen. Und vorher kann ich es mir nicht einmal leisten, auch nur zu suchen.«

Merry runzelte die Stirn, als hätte sie den Ernst der Lage erst jetzt voll erfasst. »Mann, das ist echt Scheiße. Du bist eine meiner besten Pflegestellen. Soll ich mal mit diesen Leuten reden?«

»Meinen Segen hast du. Schaden kann es kaum.«

»Dann tue ich es. Vielleicht Dienstag früh vor meiner Schicht …«

Es klingelte an der Tür. Beide Boxer sprangen auf und rannten zum Eingang. Cara folgte ihnen, das Weinglas in der Hand.

»Ralph, sitz«, befahl sie dem braunen Hund, und er setzte sich. »Platz, Casper, ruhig.« Sie steckte zwei Finger unter seinem Halsband durch und zog ihn zur Seite. Seine Begrüßungsmanieren hatten sich gebessert, sie hatte sie jedoch ein wenig vernachlässigt, da sie nicht viele Besucher empfing.

Sie linste durch den Spion, und ihr Herz machte einen lächerlich hohen Freudensprung. Matt stand draußen und sah geradezu unverschämt gut aus.

Sie machte die Tür auf und hielt Casper fest.

»Hi, ich bin nur gekommen, um …« Er schaute erst die beiden Hunde, dann wieder sie an. »Haben Sie einen neuen Hund?«

»Was? Ach so, nein, Ralph gehört Merry.«

Matt nickte. »Merry, Gründerin von *Boxer Rescue*.«

»Genau. Kommen Sie rein.« Sie winkte ihn herein. Er ging an ihr vorbei ins Wohnzimmer, wo Merry mit ihrem Weinglas saß und große Augen bekam.

»Matt Dumont.« Er streckte ihr die rechte Hand hin.

Merry schüttelte sie und lächelte anerkennend. »Merry Atwater.«

»Ich wohne ein Haus weiter. Cara hat Ihnen wahrscheinlich schon von unserem Ausflug zu den Rogers letzte Nacht erzählt.«

»Stimmt.«

Matt beugte sich hinunter, um die Hunde zu begrüßen. Merry schaute Cara an. Sie formte mit den Lippen »RST« und grinste sie unanständig an. Caras Wangen wurden warm. Sie wollte im Moment nicht daran denken, wie scharf er gerade aussah. Wirklich nicht.

Matt richtete sich auf und schaute zwischen Cara und Merry hin und her. Er zog leicht die linke Augenbraue nach oben. Dem Mann entging nichts. Vermutlich eine gute Eigenschaft, wenn man bedachte, welchen Beruf er ausübte. »Ja also, ich habe ein bisschen nachgeforscht.«

»Irgendwas Brauchbares gefunden?« Cara nippte erneut am Wein, nur damit ihre Hände – und Lippen – Beschäftigung hatten.

»Jede Menge.«

»Ach übrigens, möchten Sie was trinken?« Plötzlich erinnerte sie sich wieder an ihre gute Kinderstube. »Ich hätte Bier, Wein, Eistee …«

»Nein, danke.« Seine Augen funkelten. »Ich bleibe nicht lange … ich möchte den Mädelsabend nicht stören.«

»Sie stören nicht«, widersprach Merry.

Matt lehnte sich mit der Hüfte gegen die Couch. »Na jedenfalls, die Rogers wohnen dort zur Miete.«

»Wirklich?« Merry beugte sich vor und stützte die Ellbogen auf die Knie.

»Ja. In den letzten sechs Monaten gab es über drei Dutzend Beschwerden wegen des Bellens. Die Polizei war deswegen zweimal bei ihnen. Es wurde aber nie Anzeige erstattet.«

Merry nickte. »Das wussten wir schon. Danke, dass Sie das überprüft haben.«

Er hielt einen Finger hoch. »Ich bin noch nicht fertig. Sie haben über ein Jahr an der Keene Street gewohnt. Vorher hatten sie ein Haus in Durham gemietet. Irgendwann hat das Veterinäramt beschlossen, die Hunde zu beschlagnahmen, aber als die Beamten dort auftauchten, waren die Rogers schon weggezogen, ohne eine Nachsendeadresse zu hinterlassen.«

»So was!«, riefen Cara und Merry unisono.

»Ich habe mit der Polizei von Durham gesprochen. Die waschen ihre Hände in Unschuld. Zu viel Zeit vergangen, anderer Zuständigkeitsbezirk bla bla bla. Aber der Mann vom Veterinäramt hat sich bereit erklärt, seine Unterlagen an die Kollegen in Dogwood weiterzuleiten. Deshalb habe ich die informiert. Vielleicht reicht das, sie aktiv werden zu lassen.«

»Wow, Matt, das … das ist ja fantastisch«, sagte Cara.

Mist, sie steckte in Schwierigkeiten. Er war nicht nur äußerst sexy, offenbar war er auch sehr gut in seinem Job.

Merry schaute ähnlich beeindruckt. »Im Ernst, was Sie da für uns getan haben, ist einfach klasse.«

Er zuckte die Achseln. »Wie ich Cara schon gesagt habe, meine Arbeitsbelastung ist momentan überschaubar. Jedenfalls fahre ich noch mal vorbei und sehe zu, dass ich Ihnen Fotos besorgen kann, aber bis dahin helfen die Infos vielleicht weiter.«

»Das will ich doch hoffen. Danke.«

»Okay, jetzt überlasse ich Sie beide wieder dem, was sie getan haben, ehe ich kam.« Matt lächelte wie ein Mann, der keinerlei Ehrgeiz hat zu erfahren, worüber Frauen bei einem Glas Wein tratschten. »Ich melde mich morgen wieder, Cara.«

»Okay.« Sie stand auf und begleitete ihn zur Tür. »Nochmals danke.«

Er schaute ihr tief in die Augen, und ihr Innerstes stand in Flammen.

»Gern geschehen«, sagte er.

»Gute Nacht.« Sie schloss die Tür hinter ihm.

»Schau an, schau an. Lügen haben kurze Beine, und die Cara, die hat keine.« Merry drohte ihr mit dem Finger, als Cara ins Wohnzimmer zurückkam.

»Wie bitte?«

»Du und Matt?« Sie deutete mit dem Weinglas Richtung Haustür.

»Zwischen Matt und mir ist gar nichts.«

»Ja, genau. Ich habe doch gesehen, wie ihr beide euch angeschaut habt. Kannst du schwören, dass du ihn noch nicht geküsst hast?«

Cara zuckte mit den Schultern. »Na gut, ich habe ihn geküsst. Aber nur einmal.«

»Wieso nur einmal? Der Mann sieht doch super aus, und er steht auf dich, das ist sonnenklar.« Merry kniff die Augen zusammen. »Erzähl mir bloß nicht, du hast ihm irgendeine faule Ausrede aufgetischt, warum du dich im Moment auf keine Beziehung einlassen kannst.«

»Nein, er hat gesagt, er würde mich nicht mehr küssen.«

»Oh.« Merry ließ sich zurückfallen. »Und warum?«

»Weil er praktisch schon weggezogen ist und nichts mehr anfangen will, was er nicht beenden kann.«

»So ein Mist! Ein Ehrenmann ist er auch noch. Kannst du ihn nicht überzeugen, dass er in Dogwood bleiben soll?«

Cara schüttelte den Kopf. »Seiner Mutter geht es nicht gut. Er kehrt deshalb nach Boston zurück, damit er in ihrer Nähe sein kann.«

»Und er liebt seine Mutter. Herr im Himmel, was für eine Partie! Warum ist er nicht verheiratet?«

Cara verdrehte die Augen. »Ich weiß es nicht. Ich kenne ihn erst seit zwei Wochen. Er ist hitzköpfig, unabhängig. Vielleicht hat er keine Lust, eine Familie zu gründen.«

»Mein Rat? Nimm, was du kriegen kannst, ehe er abhaut. Im Ernst, Cara, ein Liebesabenteuer würde dir wirklich guttun. Du brauchst ein bisschen mehr Leidenschaft in deinem Leben.«

»Nur weil du jeden Monat was Neues ausprobierst, muss das nicht für alle das Richtige sein.«

»Nein, aber ein paar Orgasmen könnten dir bestimmt nicht schaden.«

Cara schlug die Hände vors Gesicht.

»Sei doch nicht so prüde. Vielleicht brauchst du gerade einen Mann wie Matt, der dir zeigt, weswegen alle so einen Wirbel darum machen.«

»Das weiß ich längst. Könnten wir jetzt bitte das Thema wechseln?«

Merry schmunzelte. »Geh mit Matt ins Bett, dann reden wir noch mal darüber. Wie auch immer, am Donnerstagvormittag fahre ich dann mal im Büro von Crestwood Gardens vorbei und sehe zu, dass ich für dich ein gutes Wort einlegen kann.«

»Das wäre riesig. Und drück mir alle Daumen, die du hast, damit es was hilft.«

Merry hob ihr Glas. »Auf dich, Cara. Ich hoffe sehr, das alles renkt sich wieder ein.«

Am nächsten Morgen bog Matt um kurz nach neun Uhr in die Keeney Street ein. Seinen Informationen nach war George Rogers Buchhalter, seine Frau Stacy Zahnarzthelferin. Um diese Zeit waren beide vermutlich bei der Arbeit.

Er fuhr bis zum Ende des Blocks, dann in die Loblolly Lane, eine Querstraße, die auf die Rückseite des Hauses führte. Dort parkte er und stellte den Motor ab. Hier hatte er einen Großteil des Gartens im Blick, abgesehen von dem Teil hinter der Veranda, wo Cara und er vorletzte Nacht die Hunde gehört hatten.

Auch heute konnte er sie nicht entdecken. Vermutlich waren sie immer noch angekettet. Wieso ketteten sie die Hunde an, wenn der ganze Garten umzäunt war? Wieso hielten sie die Hunde überhaupt die ganze Zeit im Garten ohne näheren Kontakt zu Menschen?

Es ging über Matts Verständnis, warum diese Leute sich zwei Hunde hielten, wenn sie doch offensichtlich nichts mit ihnen zu tun haben wollten. Aber er hatte schon vor langer Zeit gelernt, nicht darüber zu spekulieren, warum Leute irgendetwas tun. In seinem Beruf hatte er schon alles Mögliche erlebt.

Er suchte mit dem Fernglas den Garten ab. Inzwischen hatte

es etwa acht Grad, das reichte nicht, um Beweise zu sammeln. Er wollte die Begebenheiten bei Tageslicht erkunden, wenn möglich den Zustand der Hunde auskundschaften, welche Bewegungsfreiheit sie hatten und ob sie Nahrung und Wasser kriegten. Im rückwärtigen Teil des Gartens standen mehrere Fichten, in einer Ecke eine Eiche. Vermutete er jedenfalls. Im Winter fiel es Matt schwer, Bäume zu bestimmen, wenn sie ihre Blätter abgeworfen hatten. In der Mitte des Gartens war spärlicher Grasbewuchs zu erkennen. Der Rasen war vom Herumgerenne der Hunde ziemlich in Mitleidenschaft gezogen, und darunter war roter Lehmboden zu sehen. Am Zaun entlang befanden sich tiefe Löcher.

Auf der Veranda stand ein verrosteter Grill neben einer abgenutzten weißen Gartenmöbelgarnitur. Zwei der Stühle waren zusammengeklappt. Sie wurden offenbar nicht gebraucht. Er fragte sich, ob der Garten überhaupt je genutzt wurde. Waren die Hunde eigentlich zahm?

Plötzlich sah er Bewegung unter der Veranda. Volltreffer.

Er stellte das Fernglas schärfer ein. Vier braune Beine waren unter den Holzbalken zu erkennen, und da … ja, da war die Kette. Mittlere Qualität, fünf Zentimeter große Glieder in etwa. Gerade schwer genug, um ihren Zweck zu erfüllen. Der Hund kam in die Sonne heraus.

Er war dunkelbraun und gestreift wie dieser Hund, den Cara dabeigehabt hatte, als sie sich das erste Mal begegnet waren, mit dem gedrungenen Körper eines Boxers, nur größer. Die Schnauze war länger. Irgendein Mischling. Der Hund starrte mit geradezu unheimlicher Zielsicherheit direkt in seine Richtung, obwohl Matt auf die Entfernung und auch wegen der Bäume für ihn so gut wie unsichtbar sein musste.

Während er diese braunen Augen betrachtete, steigerte sich Matts Interesse an dem Fall drastisch. Das arme Geschöpf saß da und kratzte mit der Hinterpfote an der Kette herum, um irgendwie das lästige Gewicht loszuwerden.

Kein Tier hatte es verdient, so leben zu müssen.

Matt machte sich sorgfältig Notizen über den Zuschnitt des Gartens, dann fuhr er langsam mit dem Grand Cherokee den Zaun entlang bis zu der Stelle, wo er die beste Sicht hatte. Auch dies schrieb er sich auf.

Nach Einbruch der Dunkelheit, wenn die Temperatur wieder gesunken war, würde er zurückkommen.

Cara starrte das Foto auf ihrem Bildschirm an. Die hübsche kleine Boxerhündin namens Sadie lag zusammengekauert an einer Schalsteinmauer, bei der die blaue Farbe abblätterte. In ihren glasigen Augen stand dieser Ausdruck, den Cara so gut kannte, eine Mischung aus Furcht und Verzweiflung. Ihr Rücken war gekrümmt, der Blick auf den Betonboden gerichtet.

Die E-Mail war nichts Ungewöhnliches. Ähnliche bekam Cara mehrere pro Woche. »Dringend! Boxer muss sofort gerettet werden!« Sadies Besitzer hatten sie einem Tierheim übergeben, da am rechten Vorderlauf ein Mastzelltumor diagnostiziert worden war. Nach ihren Angaben konnten sie sich die ärztliche Behandlung des Hunds nicht länger leisten.

Verlassen. Allein. Mit Krebs. Cara verging vor Mitleid.

Schon bei Marigold hatte sie versagt. Sadie konnte sie nicht auch noch sterben lassen.

Bis Freitag musste eine Lösung gefunden werden. Heute war Montag. Wegen der Krebsdiagnose und der Überfüllung des Tierheims stand sie ganz oben auf der Einschläferungsliste.

Bis dahin würde Cara über sie wachen. Und falls sich bis Freitag keine Rettungsmöglichkeit für Sadie ergab? Tja, niemand konnte sie für ihre Handlungsweise zur Rechenschaft ziehen. Sollte der Teufel die Hausbesitzervereinigung samt ihren Vorschriften holen.

Sie seufzte. Es war spät, und sie hätte schon seit einer Stunde ins Bett gehört. Dylan würde seinen Überschwang nicht deshalb einschränken, weil sein Kindermädchen nicht ausgeschlafen war.

Das Klopfen an der Tür war so leise, dass sie es fast nicht gehört hätte. Casper allerdings war es nicht entgangen. Er sprang hoch, seine Nackenhaare stellten sich auf. Ein ohrenbetäubendes Bellen folgte. Cara packte ihn am Halsband und raunte ihm zu, er solle Ruhe geben. Eine Beschwerde wegen nächtlicher Ruhestörung um – sie schaute auf die Uhr – zehn Minuten vor Mitternacht konnte sie gerade jetzt gar nicht brauchen.

Wer um alles in der Welt konnte das so spät noch sein? Mit einem unguten Gefühl ging sie langsam zur Tür, ohne Casper loszulassen, und lugte durch den Spion.

Matt.

Sie strich sich das Haar aus dem Gesicht, holte tief Luft und machte die Tür auf.

»Hi.« Er blickte ihr direkt in die Augen. »Ich wollte Sie nicht wecken, aber ich habe im Erdgeschoss noch Licht gesehen.«

Sie nickte und winkte ihn ins Haus. »Ich bin noch auf, obwohl ich längst ins Bett gehöre.«

Cara schaute an sich herunter und hielt nur mühsam ein Stöhnen zurück. Sie trug ein pinkfarbenes Shirt mit langen Ärmeln und eine gleichfarbige Flanellschlafhose, übersät mit kleinen schlafenden Hündchen. Keinen BH. Sie ließ Casper los und verschränkte die Arme vor der Brust.

Matts Augen wanderten abwärts und blieben kurz an ihrer Brust hängen, dann schaute er ihr wieder ins Gesicht, das jetzt einen Hauch dunkler war als noch vor Sekunden. Neben seinem üblichen Duft nach Seife roch sie etwas Fleischiges – Schinken?

Casper hing schon an Matt, beschnüffelte seine Jeans von oben bis unten und schob die Schnauze in seine Hand, als wäre er auf der Suche nach Leckerbissen.

Sie kaute auf der Unterlippe herum und schaute ihn verlegen an. Wieso machte Matt Dumont um Mitternacht Hausbesuche? Und warum war sie so verdammt froh, ihn zu sehen?

Auf beide Fragen gab es keine guten Antworten.

»Ich habe das Haus der Rogers heute Nacht noch mal observiert. Ich war heute bei Tageslicht schon drüben, um mir einen Eindruck vom Grundstück zu verschaffen. Die Hunde hängen tatsächlich an der Kette. Heute Vormittag konnte ich einen der beiden sehen. Na jedenfalls, ich habe was für Sie.« Er hielt ihr einen USB-Stick hin und nickte zum Laptop. »Darf ich?«

»Nur zu.«

Er setzte sich auf die Couch, steckte den Stick in einen der USB-Anschlüsse und drehte sich dann wieder zu ihr um. »Was ist das?«

Sadies herzzerreißendes Foto füllte den Bildschirm.

Cara setzte sich neben ihn und legte die Hände in den Schoß. »Nur ein Hund, dessentwegen ich mich zurzeit selbst quäle, weil ich ihn nicht aus dem Tierheim holen kann.«

»Tut mir leid. Holt ihn jemand anders?«

»Ich hoffe. Sie hat Krebs und nur noch bis Freitag Zeit, ein Zuhause zu finden.«

»Krebs.« Er hatte eine Art, sie anzuschauen, dass sie schon glaubte, er könne ihre Gedanken lesen. Das löste in ihr ein gleichzeitig wärmendes und beunruhigendes Gefühl aus. »Ist sie deshalb im Tierheim gelandet?«

Cara nickte. »Die Besitzer wollten nicht mehr für ihre Behandlung zahlen.«

»Und das geht Ihnen nahe, oder?«

Wieder nickte sie. Sie spürte einen dicken Frosch im Hals.

»Was haben Sie vor, wenn sie nirgends unterkommt?«

Sie senkte den Kopf und betrachtete ihre Hände. »Das weiß ich noch nicht, Matt, aber ich kann sie nicht einfach sterben lassen.«

Er legte ihr die Hand aufs Knie. »Wird sie sterben? Am Krebs?«

»Wahrscheinlich nicht. Es ist ein langsam wachsender Tumor, aber sie muss so schnell wie möglich operiert werden.«

»Und ihr nehmt solche Hunde auf? Hunde, die umfangreiche ärztliche Behandlung brauchen?«

»Na ja, schon. Jedenfalls viele von uns. *Triangle Boxer Rescue* hat schon Hunderte von Dollars für Casper ausgegeben für alles Mögliche von der Räude bis zum Herzwurm. Es wird dauern, bis genügend Spenden beisammen sind, aber wir würden Sadie nie wegen einer Krebsdiagnose ablehnen.«

»Die nimmt bestimmt jemand. Sie sind ja nicht die einzige Pflegestelle.«

»Nein, aber es gibt schon eine Warteliste für die Aufnahme. Es gibt einfach nicht genug, und ohne mich ist es schon wieder eine weniger.«

Er schaute sie ernst an. »Das liegt nicht in Ihrer Verantwortung. Sie können nicht alle retten. Denken Sie an die Hunde, denen Sie geholfen haben. Schauen Sie sich bloß mal Casper an.«

Cara blickte zu dem weißen Boxer hinab, der sich auf ihren Füßen zusammengerollt hatte. »Ich weiß. Egal, Sie haben gesagt, Sie hätten was für mich?«

»Stimmt.« Matt minimierte Sadies Foto und rief die Bilder auf dem USB-Stick auf.

Cara kniff die Augen zusammen. Das erste Foto war eine

grobkörnige Schwarz-Weiß-Aufnahme vom Garten der Rogers mit zwei Paar in der Dunkelheit glühenden Augen.

»Keine Ahnung, ob Ihnen das reicht. Als ich das aufgenommen habe, hatte es genau null Grad, es ist also ein Grenzfall, aber vielleicht reicht es zusammen mit dem Bericht der Polizei von Durham.«

»Einen Versuch ist es wert.« Cara klickte durch die Fotos. Es gab von jedem Hund Nahaufnahmen, hauptsächlich Silhouetten, aber so deutlich, dass man sie identifizieren konnte. Um den Hals hatten sie schmale Ketten. Bei fast jeder Aufnahme blickten die Hunde direkt in die Kamera. »Wie sind Sie da rangekommen? Neulich Nacht konnten wir sie überhaupt nicht sehen.«

»Gewusst wie, Süße«, sagte Matt selbstgefällig. »Wie gesagt, ich bin tagsüber hingefahren, um die Gegend auszukundschaften und den besten Standort zu suchen. Heute Abend habe ich einen Riesenbrocken fetten Speck mitgenommen, um sie anzulocken.«

Caras Augen weiteten sich. »Und das ist kein Hausfriedensbruch?«

»Wer behauptet denn, dass ich aus dem Auto ausgestiegen bin? Angeblich verfügen Hunde doch über einen ausgezeichneten Geruchssinn.«

Sie konnte sich ein breites Grinsen nicht verkneifen. »Und was ist aus dem Speck geworden?«

»Ich habe ihn gegessen.«

»Und Sie haben nicht einmal ein kleines Stück für den armen, hungrigen Casper übrig gelassen? Kein Wunder, dass er Ihnen vorhin fast die Hände abgeleckt hat.«

»Ich glaube, ich sollte ihn zum Frühstück einladen, ehe er mir an den Speck geht.« Seine Stimme war leiser, fast intim geworden.

Cara fiel auf, dass sie ihm viel zu nahe auf die Pelle rückte. Ihre Hüfte stieß an seine, während sie sich vorgebeugt die Bilder auf dem Laptop anschaute. Sie blickte hoch und erstarrte. In Matts Augen lauerte Gier, aber nicht nach Speck.

Die Atmosphäre zwischen ihnen heizte sich auf. Ihre Haut begann zu prickeln, und tief in ihrem Innern spürte sie ein drängendes Verlangen. Oh Mann, jetzt wünschte sie sich, er hätte nicht versprochen, sie kein weiteres Mal zu küssen. Seine Augen loderten auf, dann senkte sich sein Blick, und ihrer Kehle entfuhr ein leises Stöhnen.

Cara schaute an sich hinunter und stellte fest, dass sich ihre Brustwarzen unter dem dünnen Shirt aufgerichtet hatten und ihre lüsternen Gedanken verrieten. Sie rutschte von ihm weg und zog den Stoff straff. Ihre Wangen brannten. Großer Gott, das war ja beinahe noch peinlicher als neulich Abend im Auto, als er sie erwischt hatte, wie sie auf seinen Schoß glotzte.

»Meinetwegen müssen Sie sie nicht verstecken.« Matt lächelte sie schief an. Sein Blick strich mit einer Intensität über ihren Körper, dass sie sich am liebsten verkrochen hätte. Er beugte sich vor, bis sie die Hitze spürte, die er ausstrahlte. »Helfen Sie mir auf die Sprünge: Warum kann ich Sie nicht küssen?«

»Weil Sie nach Boston ziehen?«, antwortete sie keuchend. Sie bekam kaum noch Luft.

»Das ist wirklich schade.« Er zog den Stick aus dem Laptop und stand auf.

Sie klammerte sich an der Couch fest, um ihn nicht zu packen und zurückzuziehen. Sinnliche Begierde vibrierte durch ihren Körper, ein schmerzhaftes Bedürfnis, das Matt ihrem Gefühl nach auf umwerfende Art befriedigen könnte.

»Ich habe die Fotos auf ihren Laptop kopiert. Geben Sie mir Bescheid, ob es was geholfen hat.« Damit ging er zur Tür.

Sie stand auf und schlang die Arme um sich.

»Gute Nacht, Cara.« Er lächelte sie an, dass sie dahinschmolz, dann ging er die Stufen hinunter und ließ nur einen eisigen Luftzug und den schwachen Geruch von Speck zurück.

8

»Ich … äh … ich stehe unter Schock.« Felicity Prentiss lehnte sich zurück und presste die Hand gegen ihre blasse Stirn. Die Dezemberrechnung der Visakarte ihres Manns lag vor ihr auf dem Schreibtisch. Darauf waren zwei Belastungen für einen L-förmigen Diamantenanhänger und zwei Übernachtungen im Atlanta Marriott Hotel.

»Ich verstehe gut, dass Sie das aufregt«, sagte Matt. »Ihr Verdacht hinsichtlich seiner Affäre war offenbar begründet. Leider haben Sie mich erst Ende Dezember beauftragt, deshalb konnte ich die beiden damals nicht fotografieren. Aber wir kommen der Sache näher, Mrs Prentiss. Es ist nur noch eine Frage der Zeit.«

Sie beugte sich vor und schlug mit der Faust auf den Abrechnungsbeleg. Ihre braunen Augen verwandelten sich in Stahl. »Diese Schlampe! Wenn die mir unter die Augen kommt, reiße ich ihr den Diamanten vom Hals.«

Matt blieb unbeeindruckt. »Das würde ich Ihnen nicht empfehlen, aber keine Bange, bei den Unterhaltszahlungen können Sie sich schadlos halten.«

Felicity seufzte und sank auf ihrem Stuhl in sich zusammen. »Ich bin sehr enttäuscht, dass die Ermittlungen so lange dauern.«

»Ja, Ma'am, ich verstehe, dass Sie frustriert sind.« Matt war selbst auch ziemlich frustriert. Seit zwei Wochen war er nun an dem Fall dran, aber abgesehen von der Visa-Abrechnung hatte er seit Beginn der Observation nicht einen einzigen hieb- und stichfesten Beweis gegen Ken Prentiss finden können.

Matt trommelte mit den Fingern auf den abgenutzten Schreibtisch aus Kunstholz. In sein Büro an der Porter Street kam er nur zweimal pro Woche. Normalerweise arbeitete er lieber von seinem Arbeitszimmer in seinem Haus aus, aber Geschäfte wie diese ließen sich nicht zu Hause erledigen.

An diesem Morgen schien ihm das zwölf Quadratmeter große Büro bei Weitem zu klein.

Felicity richtete ihre Rehaugen auf ihn, zwei dicke Tränen quollen unter ihren Lidern hervor und rollten ihr auf die Wangen. »Es ist nur … ich muss mit ihm immer noch unter einem Dach wohnen, wissen Sie? Ich bin bereit, die Scheidung einzureichen und ein neues Leben zu beginnen.«

»Wir haben die Vor- und Nachteile erörtert, die ein GPS-Sender an seinem Lexus bedeuten würde. Ich glaube, jetzt ist der Zeitpunkt gekommen, diese Option zu nutzen. Ich bin ihm von der Arbeit gefolgt. Ich habe vor Ihrem Haus gesessen und darauf gewartet, dass er sich rausschleicht, nachdem Sie sich hingelegt haben. Was immer er auch treibt, er tut es sehr diskret. Mit dem GPS-Gerät wüsste ich immer, wo er ist und wo er war. Wir würden sein Liebesnest entdecken, und ich könnte die Fotos machen, die wir brauchen.«

Sie strich eine Strähne nach hinten, die ihrem eleganten Zopf entschlüpft war. »Na gut, wenn Sie es für das Beste halten. Ich hatte gehofft, die Extrakosten vermeiden zu können. Ich mache das nur, weil ich sichergehen will, dass ich auch das Geld bekomme, das mir für all den emotionalen Schmerz zusteht, den er mir angetan hat, wissen Sie?«

»Selbstverständlich. Und ich beschaffe Ihnen den Beweis, den Sie benötigen. Das habe ich Ihnen von Anfang an versprochen.«

Im Großen und Ganzen hielt er sie für eine Frau, die hinter dem Geld ihres Manns her war. Sie waren erst gut ein Jahr verheiratet, und was er so mitbekommen hatte, hatte Felicity nicht den Mann, sondern dessen Lebensstil geheiratet. Er bezweifelte, dass sie tatsächlich an gebrochenem Herzen litt, aber wer konnte das schon mit Gewissheit sagen? Er hatte sich schon öfter geirrt.

So oder so, Ken Prentiss hatte es nicht anders verdient, weil er sie betrog, und Matt fühlte sich nicht im Geringsten schuldig, dass dieser Mann einen ordentlichen Teil seiner Ersparnisse an Felicity verlieren würde. Er hatte keinerlei Verständnis für Männer oder Frauen, die der Person untreu wurden, der sie ewige Liebe geschworen hatten.

Diese Art Betrug hatte er am eigenen Leib erfahren, und obwohl der Schmerz nachgelassen hatte, würde seine Abscheu vor Ehebrechern wohl sein Leben lang anhalten.

»Danke, Matt.« Felicity wischte sich die Tränen weg und richtete sich auf. »Also gut, und wie schnell, glauben Sie, wird uns dieses GPS-Ding Resultate liefern?«

»Hängt davon ab, für welches Modell Sie sich entscheiden. Es gibt da einmal FastTrak, das alle zehn Sekunden seinen Standort auf meinen Laptop sendet. Ich sehe, wo er sich aufhält, und kann ihn in flagranti erwischen. Das kommt auf so knapp 400 Dollar. Eine Alternative wäre der Power Tracker, der die Informationen sammelt, die ich dann downloaden kann. Das kostet unter 200 Dollar. Beide sind für unseren Zweck geeignet. Es kommt darauf an, wie schnell Sie Ergebnisse haben und wie viel Geld Sie investieren wollen.«

Sie tippte sich mit dem Zeigefinger gegen die Lippen und schaute Matt argwöhnisch an. »Viel Geld, nur um Ihnen zu helfen, Ihre Arbeit zu erledigen.«

»Es ist eine Investition, Mrs Prentiss. Sie können mich dafür bezahlen, mich rund um die Uhr an Ihren Mann dranzuhängen, was Sie deutlich teurer kommt als 400 Dollar, oder Sie wählen das GPS und sparen uns beiden einen Haufen Zeit und Ärger.«

»Also schön. Es gibt wohl keine Garantie, dass uns die billigere Variante groß hilft, da Sie erst im Nachhinein sehen können, wo er war. Wie oft überprüfen Sie ihn, wenn Sie die Echtzeitdaten bekommen?«

»Ohne Unterbrechung. Ich kann das Programm so einstellen, dass eine Nachricht über jede Bewegung des Fahrzeugs auf mein Handy gesendet wird, selbst um drei in der Früh. Wenn er unterwegs ist, erwische ich ihn.«

Diesmal nickte sie mit größerer Entschlossenheit. »Dann abgemacht. Besorgen Sie so eins. Muss ich irgendwas unterschreiben?«

Spürbar erleichtert schob Matt ihr die Formulare hinüber. Sie hatte ihm eine Anzahlung gegeben, die etwa die Hälfte der erwarteten Gesamtkosten abdeckte, aber inzwischen hatte er schon mehr Arbeitszeit in den Fall gesteckt, als durch die Summe beglichen war. Manchmal machten sich verärgerte Kunden aus dem Staub, ohne die Rechnung zu bezahlen. Felicity Prentiss war beunruhigt, nervös und erregt. Sie wollte die Sache rasch hinter sich bringen.

Er nahm ihr das natürlich nicht übel, aber er konnte schließlich nicht umsonst arbeiten. Und er wollte endlich richtig loslegen.

Nachdem Felicity gegangen war, räumte Matt den Schreibtisch auf und packte seine Tasche. Den Nachmittag würde er zu Hause arbeiten. Dort hatte er es bequemer. Sein Handy klingelte.

Er schaute auf das Display und meldete sich lächelnd. »Hi, Mom.«

»Jason? Wo steckst du? Du wolltest doch vor einer Stunde hier sein.«

Sein Lächeln erstarb. »Mom, hier ist Matt. Wo bist du? Ist alles in Ordnung?«

»Matt? Ach du meine Güte, wie peinlich! Ich habe die falsche Nummer erwischt. Ich suche Jason. Er wollte heute Morgen vorbeikommen, um ein verstopftes Abflussrohr zu reinigen.«

»Du kennst doch Jason. Wahrscheinlich hat er wieder nicht auf die Uhr geschaut. Soll ich ihm mal Beine machen?«

»Um Himmels willen, bloß nicht. Ich rufe ihn selbst an. Wie geht es dir? Ich habe gehört, du hättest eine Frau kennengelernt.« Er konnte sie lächeln hören.

Matt setzte sich auf. Dieser Jason mit seinem losen Mundwerk. »Es ist nicht, was du denkst, Mom. Ich habe ihr nur bei einem Fall geholfen.«

»Aha. Lass dir nicht einfallen, dich in eine Südstaatenschönheit zu verlieben, jetzt, wo du dich endlich durchgerungen hast, nach Hause zurückzukommen.«

»Ich komme nach Hause. Du kannst schon mal mein Zimmer herrichten.«

»Ach, mein Schatz, ich kann es kaum noch erwarten.« Jetzt klang ihre Stimme sehnsüchtig.

Matt ging es nicht anders.

»Eins, zwei, drei, vier, Eckstein, alles muss versteckt sein. Ich komme.« Cara schlich um die Tür herum und linste in Dylans Kinderzimmer. »Hmm, wo kann denn bloß der Dylan sein?«

Aus einer Ecke des Zimmers war Gekicher zu hören. Cara grinste. »Ah, ich weiß schon, er muss hinter dem Stuhl stecken.«

Sie zog eine ziemliche Show ab, als sie hinter den vollgepackten Stuhl schaute, und das Kichern wurde immer lauter. »Nein, da ist er nicht. Dann muss er wohl im Bett sein.«

Sie zog die Bettdecke mit Coco, dem neugierigen Affen, hoch und schaute darunter. Dylan war nicht mehr zu halten. Jeden Moment würde er jetzt außer sich vor Freude aus der Ecke gestürzt kommen.

»Hmm.« Sie schlenderte auf die Ecke zu und warf einen Blick hinter das Bücherregal. »Ach, da bist du.«

Dylan saß zusammengekrümmt da und hielt sich den Bauch vor Lachen. Hier hatte er sich schon die letzten vier Male versteckt, aber er zeigte immer wieder die gleiche Begeisterung.

Cara zerzauste sein weiches blondes Haar. »Du hast mich reingelegt. Wer ist jetzt dran?«

»Ich wieder.«

»Okay, okay, aber danach ich?«

Er nickte lebhaft und hüpfte zum Bücherregal, noch bevor Cara aus dem Zimmer war. Sie hatte sich gerade an das Treppengeländer gelehnt und zu zählen begonnen, als sie das Quietschen der Garagentür hörte.

»He, Dylan, da ist jemand früher nach Hause gekommen. Sehen wir mal nach, wer das ist.«

»Mommy!« Schon kam er begeistert aus dem Zimmer gerannt.

»Wahrscheinlich. Hier, gib mir die Hand.« Sie packte sein Patschhändchen, und gemeinsam gingen sie die Treppe hinunter.

»Mommy!«, schrie er erneut, als Robin Smythe zur Tür hereinkam.

»Dylan, hallo, mein Kleiner.« Sie kniete sich hin und streckte ihm die Arme entgegen. Er warf sich ihr mit solchem Schwung an die Brust, dass er sie beinahe umgeschmissen hätte.

Die Liebe des kleinen Jungen zu seiner Mutter wärmte

Caras Herz. Ihr bloßer Anblick war für den Kleinen der Höhepunkt des Tages. Und dem Gesichtsausdruck seiner Mutter nach zu schließen, empfand sie genauso. Cara hoffte, auch sie könne irgendwann diese Erfahrung machen.

Robin nahm Dylan in die Arme, stand auf und legte die Handtasche auf den Küchentresen. Es war erst kurz nach drei, zwei Stunden früher als gewöhnlich. Mit verweinten, rot geäderten Augen schaute sie Cara an.

Oh weh!

»Was für eine nette Überraschung«, sagte Cara. »Ich räume schon mal das Spielzeug auf. Dylan, hilfst du mir ein bisschen, dann kann deine Mom den Mantel ausziehen?«

»Meinetwegen.« Robin setzte ihn ab, und er lief Cara voraus in sein Zimmer.

»Danke, Cara«, sagte Robin.

Cara nickte und folgte Dylan. Er ließ die Bauklötze in das Säckchen fallen, und sie stülpte es ihm über die Hände, als wollte sie sie damit verschlingen. Innerhalb weniger Minuten war das Zimmer sauber. Dylan drehte ein paar Runden um den Tisch mit der Eisenbahn.

Dann blieb er stehen und schnappte sich ein Stück Holzgleis. »Bauen, Mommy, schau.«

Robin stand in der Tür und lächelte ihren Sohn an. »Warum baust du nicht etwas ganz Besonderes für mich, Dylan? Ich muss kurz mit Cara sprechen. Dann kannst du es uns beiden zeigen.«

»Großer Hügel. Ganz groß!« Er winkte dramatisch mit dem Gleis.

»Klingt super, Dylan. Ich bin gleich wieder da.« Cara folgte Robin zum Küchentisch.

Sie setzten sich gegenüber, und Robin fuhr sich mit der Hand durch ihr blondes Haar. Cara spürte ein Unbehagen.

»Ich wurde heute entlassen«, sagte Robin.

»Oh … wow, das tut mir leid. Was ist denn passiert?«

»Interne Grabenkämpfe. Sie legen verschiedene Abteilungen zusammen, und meine Stelle wurde gestrichen. Auf die Art wollte ich es Ihnen eigentlich nicht sagen, aber ich erwarte im August unser zweites Kind.«

»Oh, mein Gott, herzlichen Glückwunsch. Zum Baby, meine ich.«

»Danke.« Robin schaute sie bedauernd an.

Cara wurde ganz flau im Magen, als ihr klar wurde, was kommen würde. *Bitte nicht!*

»Ich habe mich mit der Idee herumgeschlagen, nach der Geburt des Babys zu Hause zu bleiben, und jetzt das.« Sie zuckte die Achseln. »Es tut mir so leid, Cara. Ich lasse Sie wirklich sehr ungern hängen, aber da ich nun zu Hause bin, brauchen wir kein Kindermädchen mehr. Wir zahlen Sie noch drei Wochen weiter. Das sollte reichen, dass Sie was Neues finden, oder?«

Cara schluckte und nickte. »Das ist sehr großzügig. Ja, wissen Sie, als Kindermädchen kann sich ja immer schnell etwas ergeben. Ich bin sicher, ich finde wieder was …«

Ihr traten Tränen in die Augen.

Robin nahm ihre Hand. »Wir laden Sie noch zum Abendessen ein, dann können Sie sich von Dylan verabschieden. Vielleicht gehen wir auch essen. Ich muss die Geschichte noch verarbeiten. Aber wir werden Sie sehr vermissen, Cara. Sie waren so wunderbar zu Dylan.«

Cara nickte. In ihrem Hals steckte ein so dicker Kloß, dass sie nicht sprechen konnte.

Robin stand auf und begleitete sie zur Haustür. »Setzen Sie mich ganz oben auf die Liste Ihrer Referenzen. Ich werde ein Loblied auf Sie singen.«

»Spontaner Mädelsabend im *Red Heels*. Bitte komm! Wir haben uns seit einer Ewigkeit nicht mehr gesehen. Du kannst auch bei mir übernachten.«

»Aber, Cara, ich habe dir doch gesagt, dass ich zurzeit keinen Alkohol trinke. Das ist Teil meiner neuen Selbstreinigung.«

Cara verdrehte die Augen und wechselte den Hörer an das linke Ohr. Ihre Schwester Susie befand sich permanent auf irgendeinem Kreuzzug. »Na und, du musst ja keinen Alkohol trinken. Komm einfach.«

»Hast du gewusst, dass Alkohol ein Nervengift ist, das die Gehirnzellen anschwellen lässt?«

Cara seufzte. »Nein.«

»Außerdem ist es ein Sedativum. Nichts, was du trinken solltest, wenn du gerade deinen Job verloren hast. Du solltest dir von mir lieber einen Granatapfel-Mandel-Cocktail mixen lassen und mich zu einem Yogakurs begleiten, um dein inneres Chi zu spüren.«

»Schon gut. Weißt du was? Vergiss es. Ich melde mich am Wochenende wieder, okay?«

»Ich komme ja.« Susie klang beleidigt. »Ich wollte nur, dass du Bescheid weißt.«

»Schön, Susie, jetzt weiß ich Bescheid. Wir treffen uns um sieben im *Red Heels*, aber wenn du willst, kannst du auch vorher zu mir kommen, dann fahren wir miteinander.«

»Dann bin ich so um fünf bei dir. Ich muss nur noch meine Kolumne abgeben.« Susie schrieb für *Southern Health & Fitness*, ein lokales Magazin, eine Kolumne über alternative Medizin.

»Dann bis später.«

Cara legte auf. Am liebsten hätte sie das Telefon gegen den Tisch geknallt. Sie liebte ihre jüngere Schwester, aber Susie, so liebenswert sie auch war, konnte sie manchmal zur Weißglut treiben.

Cara zog ihren Jogginganzug an und nahm Casper auf einen langen Lauf mit, bis ihr die kalte Luft in der Lunge brannte. Anschließend duschte sie heiß und vergoss ein paar Tränen in dem Dampf. Lediglich ein paar, schließlich war es nur ein Job. Sie würde was Neues finden.

Sie hatte gerade ihre Haare zu Ende geföhnt, als es an der Haustür klingelte.

Casper bellte wie wild los, und im Flur war das Kratzen seiner Zehennägel auf dem Parkett zu hören. Cara stürmte die Treppe hinunter, hakte zwei Finger unter seinem Halsband ein und öffnete die Tür.

Im Gegenlicht konnte sie Susies Silhouette erkennen, deren blondes Haar im Sonnenschein glänzte. Sie trug eine lila Jacke und einen hellen, bis zu den Knöcheln reichenden Bauernrock. »Ach, du hast einen neuen. Wie heißt er denn?« Susie beugte sich hinunter, und Casper machte einen Satz, um sie abzuschlabbern.

Jeder liebte Susie. Sie war intelligent, aufgeweckt und lebhaft. Sie strahlte eine fast greifbare energetische Aura aus.

»Casper.«

»Das nette Gespenst.« Susie kraulte ihn am Kinn, richtete sich dann wieder auf und warf Cara eine orangefarbene Thermosflasche zu. »Ich habe dir den Cocktail mitgebracht. Trink ihn. Wo ist Mojo? Hat ihn jemand adoptiert?«

»Danke.« Cara schraubte den Verschluss der Thermosflasche ab und roch. »Ja. Er hat eine tolle Familie gefunden. Was ist da noch mal drin?«

»Granatapfel-Mandel. Das wird dir guttun. Spül dir ein bisschen Gift aus dem Leib, bevor du dich heute Abend zuschüttest.«

Cara trank einen Schluck. Süß, scharf, nussiger Nachgeschmack. »Nicht schlecht. Danke. Und seit wann trinkst du keinen Alkohol mehr?«

Cara ging ins Wohnzimmer voraus und setzte sich neben ihre Schwester auf die Couch. Ihr letzter Stand war, dass Susie auf die heilende Kraft von Weihrauch schwor.

»Seit ungefähr zwei Monaten. Damals habe ich Marco kennengelernt. Ein fantastischer Mann. Du hast ihn neulich Abend bei Mom getroffen.« Susie schaute zu Cara, die nickte. Natürlich, bei Susie war immer ein Mann im Spiel.

»Ach ja.« Cara erinnerte sich an ihn. Marco war etwas anders als Susies üblicher Geschmack, mit langen Haaren und Cowboystiefeln.

»Na jedenfalls, er hat mir die Augen für viele neue Dinge geöffnet. Meine beiden letzten Kolumnen waren hervorragend. Ich habe jede Menge Leserbriefe bekommen.«

»Toll. Mir hat die über versteckte Gefahren von Lebensmittelkonserven gefallen. Ich hatte ja keine Ahnung, dass sich in meiner Tomatensoße Bisphenol A befindet.« Cara trank einen großen Schluck ihres Cocktails.

»Danke. Und wieso haben dich die Smythes jetzt gefeuert?«

»Sie haben mich nicht gefeuert. Robin wurde gekündigt, und sie hat sich entschlossen, eine Weile zu Hause zu bleiben, sodass sie kein Kindermädchen mehr brauchen. Sie haben mir eine Art Abfindung gezahlt, was ich wirklich nett finde. Es macht mich nur ganz krank, mir vorzustellen, dass ich da nicht mehr hingehe.«

»Das glaube ich.« Susie schaute sie mitfühlend an.

»Ich vermisse Dylan jetzt schon. Und so eine großartige Familie werde ich kaum ein zweites Mal finden. Ach, und ich fürchte mich davor, einen neuen Job suchen zu müssen. Morgen fange ich an. Heute will ich noch nicht daran denken.«

»Vielleicht ist es an der Zeit, das Kinderhüten an den Nagel zu hängen. Vielleicht solltest du dich ganz aufs Fotografieren verlegen. Du hast Talent, Cara, und im Moment vergeudest du es.« Susie ließ den Blick über die gerahmten Bilder an den Wänden wandern.

»Ich arbeite daran. Diesen Monat bin ich schon dreimal gebucht worden, aber zum Leben reicht es noch nicht. Das braucht seine Zeit.«

»Und Hingabe.« Susie schaute Cara in die Augen. »Aber das ist ja etwas, was du dir seit acht Jahren verbietest.«

»Du weißt auch, warum.« Cara trank von dem Cocktail und hoffte, ihre Schwester hatte nichts Verdächtiges hineingemischt. Sie hatte schon einmal einen von Susies Selbstreinigungsprozessen mitgemacht, eine Erfahrung, auf die sie gut verzichten konnte.

»Hast du schon mit Mutter gesprochen? Die Zahlen an sich sagen gar nichts aus. Das Krebsrisiko lässt sich sehr gut einschränken, wenn du deine Ernährung umstellst und die Gifte aus deinem Körper spülst, anstatt darauf zu warten, bis dich ein Arzt aufgrund von Statistiken für geheilt erklärt.«

»Nicht für geheilt.« Cara schüttelte den Kopf. »Nur eine 95-prozentige Wahrscheinlichkeit, dass er nicht wiederkommt.«

Eine 95-prozentige Chance, nicht wie Gina zu enden. Und eine Garantie, dass sie keinen Mann mit gebrochenem Herzen oder Kinder hinterließ, sollte es zum Schlimmsten kommen.

Susie zuckte die Achseln. »Wie auch immer, es ist bloß eine Zahl. Egal, aber wenn du heute Abend ausgehst, müssen wir dich fein machen. Na komm, lass uns nachsehen, was du im Schrank hängen hast.«

Eine Stunde später betraten sie das *Red Heels*. Caras Laune hob sich schlagartig. Das Lokal versetzte sie immer in eine

Hochstimmung, selbst wenn alle Männer nur auf ihre Schwester schauten.

Susie schlenderte in ihrem langen aquamarinblauen und lila Rock, der ihre schmalen Hüften betonte, auf die Bar zu. Sie trug eine eng anliegende blaugrüne Bluse, die zu dem Rock wie zu ihrem Teint in gleicher Weise passte und ihren üppigen Busen zur Geltung brachte. Susie strahlte Selbstvertrauen, Lebenskraft und Sinnlichkeit aus.

Cara strich über ihren lavendelfarbenen Rock und folgte Susie. Neben ihrer Schwester kam sie sich unscheinbar vor. Olivia Bennett und Beth Ruben, Caras Zimmergenossinnen am College und gute Freundinnen, saßen bereits auf Samthockern, jede ein Glas mit rosarotem Inhalt in der Hand.

Olivia stand auf, um Cara zu umarmen. »Tut mir leid wegen deines Jobs.«

»Ja, wirklich«, fügte Beth hinzu.

»Danke. Zumindest kann ich mich heute Abend volllaufen lassen, weil ich morgen früh nicht zur Arbeit muss.« Sie zuckte die Achseln. »Und Susie trinkt nichts, ich habe also eine Fahrerin.«

»Das ist die richtige Einstellung.« Olivia klatschte mit ihr ab. »Wir lassen alle eine Runde springen. Mögen sie dir Glück bringen.«

Merry kam durch die Tür herein, ihre Wangen von der Kälte gerötet. Rasch kam sie zur Bar und hängte ihren Mantel über Caras auf den Extrastuhl, dann setzte sie sich ebenfalls und bestellte einen Erdbeer-Martini. »Ich kann nicht allzu lange bleiben, Mädels. Einer meiner Hunde ist krank.«

»Ach herrje. Welcher?« Cara schob dem Barkeeper ihr leeres Martiniglas hin und bestellte den nächsten Drink.

»Piper, die neue Hündin. Nichts Schlimmes, sie braucht nur ein bisschen Fürsorge. Du hast ja eine echte Pechsträhne,

Cara. Erst die Sache mit den Hunden und jetzt auch noch dein Job.«

»Was ist mit den Hunden?« Beth drehte sich zu ihr, und plötzlich schauten alle Cara an.

Sie berichtete von den Problemen mit der Hausbesitzervereinigung, dann übernahm Merry und erzählte ausgelassen von Matt.

»Ich sage euch, Mädels, der Mann ist eine Wucht. Und Cara hat ihn geküsst.« Sie grinste schelmisch.

»Moment mal.« Olivia staunte Bauklötze und zeigte mit dem Finger auf Cara. »Ist das der berüchtigte RST?«

»Ja, ja.« Cara nippte an ihrem Martini.

»Oh mein Gott! Sie wird ja rot.« Begeistert klatschte Beth in die Hände.

Susie hörte auf, mit dem Barkeeper zu flirten und beteiligte sich an der Unterhaltung. »Und wann ist Cara das letzte Mal wegen eines Kerls rot geworden?«

Merry nickte. »Ganz genau.«

»Ach bitte.« Caras Wangen glühten jetzt förmlich. »Na schön, er ist scharf und ein toller Küsser, aber er zieht weg. Und das war's.«

Susie verdrehte die Augen. »Und damit hast du eine bequeme Ausrede.«

Merry hakte sich bei Susie unter. »Du hast den Nagel auf den Kopf getroffen.«

»Genau, du bist durchschaut«, sagte Olivia. »Und wo wir gerade bei Männern sind … zufällig habe ich selbst auch gerade einen RST.«

Cara lächelte sie dankbar an, weil sich Augen und Ohren aller nun auf Olivia richteten, die von ihrem Bauarbeiter berichtete, der sie in den kalten Nächten wärmte. Cara stützte den Ellbogen auf die Theke und entspannte sich. Das hatte sie heute Abend gebraucht: sagenhafte Drinks in ihrer Lieblingsbar, umgeben von ihren besten Freundinnen und ihrer Schwester. Welch ein Glück!

Die Martinis flossen, das Gelächter steigerte sich. Sie teilten Häppchen und Eisbecher, und langsam begann sich der Raum um Cara zu drehen. Gott sei Dank musste sie nicht mehr fahren und morgen früh auch nicht zur Arbeit.

Olivia erfreute sie mit Geschichten ihrer Social-Media-Schlacht gegen *Halverston Foods*, eine ortsansässige Hühnerfarm. Sie war kürzlich unter Beschuss geraten, weil Videos aufgetaucht waren, wie Mitarbeiter des Unternehmens Hühner mit Fußtritten traktierten, ehe sie geschlachtet wurden.

Merry hörte staunend zu. »Die Seite kenne ich ja noch gar nicht an dir.«

Cara nickte. »Sie hat damals schon die Flure im Studentenwohnheim mit Fotos von geschlachteten Schweinen zugepflastert.«

Ihre ehemalige Zimmergenossin sah mit ihrer blonden Mähne und dem süßen Lächeln zwar recht harmlos aus, aber wenn es um die Rechte der Tiere ging, konnte sie zur Furie werden. Letztes Jahr hätte sie fast ihren Job im *Main Street Café* verloren, weil sie auf dem Tresen Flugblätter ausgelegt hatte, auf denen die schlechten Haltungsbedingungen von Milchvieh angeprangert wurden.

»Hast du schon mal daran gedacht, Pflegetiere aufzunehmen?«, fragte Merry.

Olivia rümpfte die Nase. »Vergiss es. Ich wohne zur Miete und arbeite fast rund um die Uhr.«

Cara schmunzelte innerlich. Wenn es um *Triangle Boxer Rescue* ging, konnte Merry genauso stur sein. Olivia stand auf verlorenem Posten.

Gegen zehn machte sich Merry auf den Weg. Sie versprach

noch, Olivia wegen des ersten Pflegehunds anzurufen, gab Cara einen Abschiedskuss und fuhr nach Hause. Susie hatte sich in den Barkeeper verknallt, deshalb tauschte Cara die nächste Stunde mit Olivia und Beth Tratsch und Klatsch. Als die beiden schließlich genug hatten, reichte es auch Cara.

»Soll ich dich nach Hause fahren, Cara?«, fragte Olivia, während sie in ihren Mantel schlüpfte.

»Nein, danke, Susie hat mich mitgenommen.«

»Also dann. Es war ein schöner Abend. Viel Glück bei der Jobsuche.«

Cara umarmte beide, dann setzte sie sich neben Susie an die Bar. Ihre Schwester hatte sich vorgebeugt und war schwer in ein Gespräch vertieft. Ihr honigblondes Haar fegte über die Kunststoffoberfläche des Tresens.

Sie schaute zu Cara und grinste sie an. »Hi, Schwesterherz, entschuldige, dass ich dich vernachlässigt habe.«

Cara musterte den dunkelhaarigen, gut gebauten Barkeeper, der etwa Mitte zwanzig war, und flüsterte ihrer Schwester dann ins Ohr: »Was ist mit Marco?«

Susie lachte auf. »Ich bitte dich, wir unterhalten uns bloß.«

Cara verzichtete darauf, Susie darauf hinzuweisen, dass ihre Definition von Unterhaltung tatsächlich auf Flirten hinauslief. Und, um ganz ehrlich zu sein, war das der Grund, weshalb sie gehofft hatte, sie würden Matt nicht zufällig über den Weg laufen, als sie aus dem Haus gegangen waren. In Susies Begleitung nahm kein Mann von Cara Notiz.

Typisches Beispiel: der Barkeeper, der Susie wie gebannt anglotzte. Nicht, dass Cara auf sein Interesse Wert gelegt hätte.

Eigentlich sollte ihr auch Matt egal sein. Aber gut, auch wenn sie keine Beziehung mit ihm anfangen konnte, genoss sie die Tatsache, dass er sie haben wollte. Na ja, insgeheim genoss sie es sogar sehr. Solche Spielchen hatte sie nie zuvor mit einem

Mann gespielt, und die sexuelle Spannung zwischen ihnen war intensiver als alles, was sie je erlebt hatte. Vielleicht machte ihn das Wissen, dass er tabu war, umso begehrenswerter.

Vielleicht hätte sie ihn auch sonst begehrenswert gefunden. Verträumt seufzte sie und nippte an ihrem Martini.

Susie kicherte über etwas, das der Barkeeper gesagt hatte, und Caras Kopf wurde wieder klarer. An der Bar saß nur eine Handvoll weiterer Leute, deshalb konnte sich der Typ mehr oder weniger auf Susie konzentrieren. Aber nicht deshalb war Cara plötzlich flau im Magen geworden.

Sondern wegen Susies Kichern. Ihrem betrunkenen Kichern.

»Susie, trinkst du etwa?« Cara musterte den prickelnden rosafarbenen Drink in der Hand ihrer Schwester, den sie dank ihres eigenen Schwipses bislang nicht weiter bemerkt hatte.

»Psst, nicht verraten.« Und wieder kicherte Susie.

»Du wolltest uns doch nach Hause fahren.«

»Oje! Aber du bist doch nicht betrunken, oder?« Susie schaute sie von oben bis unten an.

»Ich bin nicht so nüchtern, dass ich fahren könnte.«

»Na dann. Aber Olivia oder Beth können bestimmt noch fahren.« Susie drehte sich um und ließ den Blick durch die Bar schweifen.

»Die sind schon weg. Nicht so schlimm. Wir rufen uns ein Taxi.«

Der Barkeeper schaute zu Cara und schüttelte den Kopf. »Dogwood Taxi macht um Mitternacht Schluss.«

Cara blickte auf ihre Uhr. Null Uhr fünfzehn. »Schöne Scheiße!«

Susie zwinkerte ihr zu. »Rufen wir Matt an. Ich will deinen BST kennenlernen.«

»Kommt überhaupt nicht infrage.« Cara schüttelte den

Kopf. Sie überlegte, welche Möglichkeiten ihr blieben, was angesichts ihres leicht benebelten Hirns gar nicht so einfach war. Ein Taxi aus Raleigh oder Durham herzubestellen würde ein Vermögen kosten. Sie konnte eine ihrer Freundinnen zurückholen, aber die waren inzwischen bestimmt schon zu Hause. Es war spät, und Susie und sie waren die beiden Einzigen, die morgen früh nicht zur Arbeit mussten.

»Wenn Sie noch bis zwei aushalten, nehme ich Sie mit.« Der Barkeeper lächelte Susie vielversprechend an.

Cara schaute zwischen den beiden hin und her. *Nie im Leben.*

»Na schön, ich versuche es mal bei Matt.« Sie zog ihr Handy aus der Tasche und schickte ihm eine SMS. *Sind Sie noch wach?*

Dreißig Sekunden später klingelte ihr Handy.

»Was ist los?« Er sprach leise, und seine Stimme klang rau. Und sofort schlug ihr Herz ein wenig schneller.

»Es ist mir unangenehm.« Sie blickte Susie an, die das Unschuldslamm mimte. »Aber meine Fahrerin hat vergessen, nüchtern zu bleiben. Könnten Sie uns abholen?«

Matt gluckste. »Wer ist ›uns‹?«

»Meine Schwester und ich. Wir sind im *Red Heels* an der Main Street.«

»In zehn Minuten bin ich da.«

Cara klappte das Handy zusammen und betrachtete Susie, die so gut aussah, dass die Männer praktisch Schlange standen, um mit ihr zu flirten. Und jetzt würde Matt gleich da sein. Ihr plumpste das Herz in die Hose.

Sie hätte doch ein Taxi aus Raleigh holen sollen.

9

Matt kam in die Martini-Bar geschlendert. Seine Augen überflogen wie Infrarotsuchraketen den schon überwiegend leeren Raum und blieben auf der goldblonden Schönheit am Tresen hängen. Die Blondine neben ihr musste ihre Schwester Susie sein.

Eine Weile musterte er sie unbeobachtet. Caras Schwester war wirklich auffallend schön. Der Barkeeper sabberte ihr praktisch auf den Schoß.

Daneben saß Cara in einem blasslila Rock und einem etwas dunkleren Pullover. Sie nippte gerade an einem pinkfarbenen Drink und sah so atemberaubend aus, dass ihm der Atem stockte.

Er ging zum Tresen und setzte sich neben Cara. Sie drehte sich zu ihm um. Ihre sanften blauen Augen lösten in ihm ein rastloses Verlangen aus. »Hi.«

Sie lächelte. Ein süßes Lächeln, das rastloses Verlangen im Handumdrehen in schändliche Absichten verwandelte. »Danke fürs Kommen.«

»Kein Problem.«

Jetzt drehte sich auch ihre Schwester um und fixierte ihn mit einem männerverschlingenden Lächeln aus hellblauen Augen. »Susie Medlen.« Sie hielt ihm die Hand hin.

Er schüttelte sie. »Matt Dumont. Und was macht ihr zwei Hübschen hier an einem Dienstag nach Mitternacht, beide zu betrunken, um noch selbst nach Hause fahren zu können?«

Cara trank ihr Glas leer. »Ich habe heute meinen Job verloren.«

»Das tut mir leid.«

»Danke.« Ihre Stimme klang ein ganz klein wenig beeinträchtigt.

Matt überkam der Drang, sie in die Arme zu schließen. Er widerstand mannhaft. Er empfand es als reizend, wie sie ihr Herz auf der Zunge trug. Und es sprach eindeutig für sie, dass sie, als sie ihre Arbeit, die sie liebte, verlor, ihre Freundinnen um sich geschart und einen draufgemacht hatte.

»Danke, dass Sie uns abholen«, fuhr sie fort.

Susie beugte sich vor. »Genau, danke. Ich habe total vergessen, dass ich als Fahrerin eingeplant war und deshalb nüchtern bleiben sollte, obwohl ich glaube, so wird der Abend sogar noch besser.«

Matt erwähnte nicht, dass er bei Caras SMS bereits im Bett gelegen hatte. Dass er jetzt Schlaf versäumte, war ihm die Sache wert.

»Cara hat uns gerade von Ihnen erzählt, und schon sind Sie höchstpersönlich hier.« Susie drückte Caras Schulter. Prompt schoss der die Farbe ins Gesicht.

»Tatsächlich?« Es wurde ja immer schöner.

»Nein. Kümmere dich lieber um deinen eigenen Kram. Können wir jetzt nach Hause fahren?« Verärgert stand Cara auf und torkelte ihm geradewegs gegen die Brust.

Matt schlang einen Arm um ihre Taille, um zu verhindern, dass sie stürzte. »Ich würde sagen, die Entscheidung, nicht mehr selbst zu fahren, war goldrichtig.«

»Na ja, andauernd hat mir jemand einen Drink spendiert.« Sie lehnte den Kopf an seine Schulter. Die linke Hand senkte sich auf seinen Hintern. Tja, sie war wirklich betrunken. Er hingegen war stocknüchtern und hatte keine Ausrede, warum er den Arm um sie legte und sie in ihrem Verhalten auch noch ermutigte.

Sie blickte zu ihm hoch. Die Lust in ihren Augen ließ seine Knie weich werden. Seufzend machte sie sich los und beugte sich vor, um sich ihren Mantel zu schnappen. Dabei gewährte sie Matt einen tollen Ausblick auf ihr Hinterteil.

Susie küsste den Barkeeper auf die Wange, packte ebenfalls ihren Mantel und ging mit den beiden hinaus.

Matt piepste die Schlösser seines Grand Cherokee auf, öffnete für Cara die Beifahrertür und für Susie die hintere. Bis er um den Wagen herumgegangen war, saßen die beiden schon und stritten sich leise an der Kopfstütze vorbei. Matt schnappte die Buchstaben RST auf, was er auch schon einmal von Merry gehört hatte. Wahrscheinlich ging es irgendwie um ihn.

Kichernd und mit einem zufriedenen Grinsen ließ sich Susie zurücksinken. Cara schaute böse.

Matt blickte zwischen den beiden hin und her, beschloss dann aber, lieber nicht nachzufragen. Er ließ den Motor an.

»Wo wohnen Sie, Susie?«, fragte er, als er auf die Main Street abbog.

»Ach, heute Nacht penne ich bei Cara. Danke.«

Er nickte und blinkte, um nach rechts auf die Joplin Street zu fahren. Im Grunde genommen konnte er von Glück reden. Wenn Cara allein bei ihm im Wagen geblieben wäre, hätte er sich vermutlich zu weiß Gott was hinreißen lassen. Sie war betrunken und daher unvorsichtiger, und er sollte eigentlich überall sein, nur nicht in ihrer Nähe.

Drei Minuten später bog er auf seinen Parkplatz in Crestwood Gardens.

Die beiden Frauen stiegen aus und gingen auf Caras Haus zu. Susie hatte ihrer Schwester den Arm um die Schultern gelegt.

Cara wandte sich um und lächelte ihm zum Abschied zu. »Danke, Matt, Sie haben was gut bei mir.«

Er nickte und wartete noch ab, bis sie die Tür hinter sich abgeschlossen hatten. Dann ging auch er nach Hause. Jetzt war er wieder hellwach, also setzte er sich an seinen Laptop und schaltete ihn ein.

Vorhin hatte er den GPS-Sender unter Ken Prentiss' silbergrauem Lexus GS befestigt, während der mit seiner Frau im *Le Brasserie* zu Abend gegessen hatte. Das Signal auf seinem Monitor zeigte, dass Ken jetzt zu Hause war und wahrscheinlich schlief.

Morgen würde der Spaß richtig losgehen.

»Trink aus.« Susie schob Cara ein großes Glas voll etwas, das wie Schlamm aussah, über den Küchentresen hin.

Diese verzog das Gesicht und rieb sich die Stirn. »Äh, danke, aber ich glaube, ich halte mich an Kaffee.«

»Kaffee dehydriert, und Dehydration ist der Grund, weshalb du dich jetzt schon so scheiße fühlst.«

Cara starrte sie an. Susie wirkte putzmunter und zufrieden, was wirklich ungerecht war. Cara hatte pochende Kopfschmerzen, und schon beim bloßen Anblick des grünen Zeugs musste sie würgen.

»Im Ernst. Augen zu und runter damit. Dann geht es dir gleich viel besser. Du musst die Toxine des Alkohols aus deinem Körper spülen und viel Wasser trinken.«

»Vergiss es.«

»Es schmeckt nach Zitronen. Glaub mir. Na los!« Susie schob ihr das anstößige Glas noch näher hin.

Vorsichtig hob Cara es an die Nase und schnüffelte daran. Es roch tatsächlich nach Zitronen. »Ich habe überhaupt keine Zitronen hier. Was ist es wirklich?«

»Mein Spezial-Anti-Kater-Mittel, komplett mit echten Zitronen. Ich bin die Straße runter zu Harris Teeter gegangen, während du noch geschlafen hast.«

Cara warf ihrer Schwester einen vielsagenden Blick zu und nippte. »Na gut, schmeckt nicht so übel, wie es aussieht.«

»Na also. Jetzt trink aus und stell dich anschließend unter die Dusche. Dann bist du so gut wie neu.«

Cara trank das Glas leer, duschte und föhnte sich die Haare. Danach fühlte sie sich tatsächlich ungleich besser, dabei hatte sie noch nicht einmal eine Kopfschmerztablette genommen.

Susie wartete in der Küche und ging die Nachrichten auf ihrem Handy durch. »Hi, Schwesterherz, ich muss los, aber ich wollte nicht fort, ohne mich zu verabschieden.«

»Schön, dass du gekommen bist. Das müssen wir wieder öfter machen.«

»Unbedingt. Ach und übrigens, du musst dich unbedingt an Matt ranmachen.«

»Fang du nicht auch noch an.« Cara schnappte sich einen Apfel und biss hinein.

Grinsend stand Susie auf und steckte ihr Handy in die Handtasche. »Der ist nicht nur extrem scharf, der ist vor allem scharf *auf dich*. Er zieht weg, na und? Einen Versuch ist es wert, dann siehst du ja, was passiert.«

Cara biss erneut in den Apfel und kaute nachdenklich vor sich hin. Ihr war letzte Nacht nicht entgangen, dass Matt nur für sie Augen gehabt hatte. So betrunken war sie nicht gewesen. Nicht einmal Susie mit ihrer Anziehungskraft auf Männer hatte daran etwas geändert.

Sie zuckte die Achseln. »Es ist nett, mit ihm zu flirten. Aber dabei belasse ich es am besten auch.«

»Warum denn nur? Er zieht fort und bedroht insofern nicht

einmal deine strikte Anti-Beziehung-Haltung. Gönn dir doch wenigstens einmal ein bisschen Spaß.«

»Weil …« Sie schüttelte den Kopf. »Eben darum.«

Susie starrte sie lange und ungewöhnlich schweigsam an. »Wow! Dich hat es schwer erwischt, stimmt's? Du hast Angst, er bricht dir das Herz, oder?«

So in etwa. »Mach dich nicht lächerlich. Ich bin nicht in ihn verliebt. So oberflächliches Geplänkel ist einfach nicht mein Ding. Das ist alles.«

»Aha.« Susie umarmte sie. »Na schön, gib mir Bescheid, wenn du deine Meinung änderst. Dann gehen wir zusammen Unterwäsche kaufen. Ich schaue Ende der Woche wieder rein, um zu sehen, wie es mit der Jobsuche läuft, okay?«

»Danke, Susie. Und danke für … na für das, was ich da zum Frühstück getrunken habe.«

»Gern geschehen.« Susie lächelte sie herzlich an und stürmte dann zur Tür hinaus.

Cara blieb noch eine Weile stehen und spürte plötzlich die Leere, die Susie zurückgelassen hatte. Ihre Schwester verströmte eine Art irrer Energie, die in ihrer Gegenwart alles ein wenig bunter und lebensfroher wirken ließ. Und alles ein wenig öder, wenn sie gegangen war.

Casper kam in die Küche getrottet und schnüffelte um Caras Füße herum. Am Freitag würde eine Familie kommen, die Interesse an ihm hatte.

Wenn er adoptiert wurde, würde ihr nur noch ein leeres Haus bleiben.

Dazu keine Arbeit.

Hoffnungslosigkeit machte sich in ihr breit, und Tränen stiegen ihr in die Augen.

Na gut, es war Zeit, sich einen Job zu suchen. Sie ging ins Wohnzimmer und fuhr den Laptop hoch. Ihr Lebenslauf musste aktualisiert werden, außerdem musste sie ihr Profil auf nannycare.com reaktivieren. Über diese Website hatte sie damals die Stelle bei den Smythes gefunden.

Aber erst warf sie einen kurzen Blick auf Sadie, die hübsche braune Boxer-Hündin im Tierheim von Shelton County. Sie war immer noch dort und wartete auf Rettung. Nur noch zwei Tage, dann würde man sie einschläfern.

Cara legte sich die Hände vors Gesicht, schließlich schloss sie den Browser und öffnete die Datei mit ihrem Lebenslauf. Eins nach dem anderen.

Sie war völlig von ihrer Aufgabe in Anspruch genommen, als plötzlich ihr Handy piepste, das auf dem Couchtisch lag. Sie drehte den Laptop weg und stupste mit dem linken Fuß das Handy so lange zu sich her, bis sie es packen konnte.

Eine SMS von Matt. *Wie geht es denn heute Morgen?*

Sie grinste wie ein verliebtes Schulmädchen. *Viel besser inzwischen. Susie hat mich mit grünem Schleim entgiftet.*

Matt meldete sich umgehend wieder. *Will ich gar nicht wissen. Haben Sie fürs Abendessen schon was geplant?*

Caras Herzschlag verdoppelte sich. *Habe nichts vor.*

Kommen Sie um sechs rüber. Bringen Sie Casper mit.

Rüberkommen? Abendessen bei Matt zu Hause? Cara sprang von der Couch hoch und starrte die Wand an, stellte sich vor, er säße auf der anderen Seite, in der Hand sein Handy und im Gesicht dieses diabolische Grinsen. *Klingt wie eine Verabredung.*

Nur essen. Freunde können doch zusammen essen, oder?

Nicht, wenn jedes Mal der Funke übersprang wie in ihrem Fall. Andererseits schien er sein Versprechen, sie nicht zu küssen, überaus ernst zu nehmen. *Sie können kochen?*

Habe ich Ihnen doch gesagt. Backen allerdings nicht.

Cara schaute erneut verstohlen zur Wand, dann schrieb sie ihm zurück. *Ich kann backen, aber nicht kochen.*

Gemeinsam bringen wir eine ganze Mahlzeit zustande.
Verflucht, jetzt musste sie noch einkaufen gehen.

Punkt sechs Uhr klingelte Cara an Matts Tür.

Er öffnete, bekleidet mit Jeans und einem langärmeligen Red-Sox-Shirt, und lächelte sie auf eine Art an, dass ihr die Knie weich wurden und sie ein seltsames Kitzeln im Bauch spürte. Sein Blick strich über ihren pinkfarbenen Pullover, ihre Jeans und wanderte dann zurück zu ihrem Gesicht. »Hi.«

»Ich habe Obstkuchen gemacht.« Sie wechselte Caspers Leine in die rechte Hand und hielt Matt den abgedeckten Kuchen hin. Er hatte zwar behauptet, das sei keine Verabredung, es fühlte sich aber genau danach an. Allein von der Vorstellung, für ihn zu backen, kam sie sich schon halb verführt vor.

»Danke.« Er trat zurück und winkte sie herein.

Sie folgte ihm, schloss die Tür hinter sich und löste die Leine von Caspers Halsband. Der trottete zu Matt und wedelte begeistert mit dem Schwanz. Cara schaute sich um. Schwarze Ledermöbel, weiße Wände und ein riesiger Flachbildfernseher. Typisch Mann eben.

Allerdings war es hier sauber und gepflegt. Auf dem Kaminsims massenhaft Familienfotos. Und aus der Küche kamen verlockende Düfte.

Sie war schon einmal hier gewesen, damals, als sie ihn beschuldigt hatte, sie bei der Hausbesitzervereinigung angeschwärzt zu haben, aber da war sie viel zu aufgebracht gewesen, um groß auf ihre Umgebung zu achten.

»Hunde mögen Sie«, sagte sie, als Matt sich hinkniete und Casper hinter den Ohren kraulte.

»Und ich mag Hunde. Als ich noch ein Junge war, hatten wir immer Hunde. Vielleicht schaffe ich mir wieder einen an, wenn ich mich in Massachusetts häuslich eingerichtet habe.«

»Aber adoptieren Sie einen.«

Er stand auf. »Geht klar. Ich habe ohnehin keine Lust, irgendein Schoßhündchen erst stubenrein zu machen. Haben Sie Hunger?«

Sie nickte. »Was Sie auf dem Herd haben, riecht ja köstlich.«

»Hühnchenbrustfilet in Weißwein-, Pilz- und Schalottensoße, dazu Kartoffeln und gegrillter Spargel.«

Cara riss die Augen auf. »Wow! Sie können ja wirklich kochen.«

»Dafür hat unsere Mutter schon gesorgt, dass mein Bruder und ich uns in der Küche zurechtfinden. Ich würde Ihnen ja ein Glas Wein anbieten, aber nach letzter Nacht ist Ihnen vielleicht nicht so danach.« Er grinste sie schief an.

Sie zuckte zusammen. »Ja, Wasser wäre wohl besser.« Und sicherer obendrein. Das Letzte, was sie jetzt brauchte, war, dass dieses Essen noch romantischer wurde oder sie am Ende gar ihre Hemmungen ablegte.

»Kommt sofort.« Er ging zu einem Schrank und holte zwei Gläser heraus. »Und wie haben Sie den ersten Tag als Arbeitslose zugebracht?«

»Mich vom Kater erholt, auf Arbeitssuche gemacht und anschließend gebacken. Ging ziemlich schnell rum, der Tag.«

Er stellte ihr ein Glas Wasser hin. »Es muss doch jede Menge freie Stellen für Kindermädchen geben.«

Sie nickte. »Stimmt schon. Es muss bloß das Passende dabei sein. Ob ich noch mal eine Familie finde, die mich zwei Vormittage pro Woche ehrenamtlich im Tierheim arbeiten lässt, bezweifle ich.«

»Ja, das war sehr entgegenkommend. Schon was von den Hunden aus der Keeney Street gehört?«

»Merry hat sich gestern mit Vertretern des Veterinäramts getroffen und ihnen Ihre Fotos gegeben. Heute wollten sie hinfahren und mit den Besitzern reden. Was dabei herausgekommen ist, weiß ich noch nicht.«

»Halten Sie mich auf dem Laufenden.«

»Mache ich.«

»Es soll wieder kälter werden. Angeblich soll es am Wochenende sogar schneien. Wahrscheinlich könnte ich dann bessere Aufnahmen zustande bringen, falls Sie noch welche brauchen.«

Cara sah ihm zu, wie er Hühnchen, Kartoffeln und Spargel auf zwei Teller verteilte. »Unter Ihrer rauen Schale steckt ein ganz weicher Kern, oder?«

Er drehte den Kopf in ihre Richtung und lächelte. »Psst, nicht weitersagen.«

Ihr Inneres schmolz wie die Butter, die er gerade über den Spargel träufelte. »Ihr Geheimnis ist bei mir sicher.«

»Hunger?«

Sie nickte und folgte ihm zum Tisch. Casper kam ebenfalls mit. Seine Krallen schabten über das Linoleum.

»Wie geht es Ihrer Mutter?«, fragte sie, als sie sich setzten.

Matts Blick wurde düsterer. »Sie behauptet, es gehe ihr gut, aber sie ist nicht mehr ganz die Alte. Ich bin froh, wenn ich bei ihr bin und ein Auge auf sie haben kann.«

»Ist sie krank?«

»Letztes Jahr wurden bei ihr eine Herzerkrankung und Bluthochdruck festgestellt. Wegen einer verkalkten Arterie hat sie einen Bypass bekommen. Uns hat das völlig unvorbereitet erwischt. Vielleicht machen Jason und ich uns jetzt auch zu viele Sorgen um sie.«

»Es ist richtig, dass Sie beide sich um sie kümmern.« Cara aß von dem Hühnchen. »Schmeckt köstlich.«

»Danke. Eins von Mutters Rezepten.«

Dann kauten sie eine Weile schweigend. Sie betrachtete seine Kieferpartie, den kräftigen Hals, das kleine Haarbüschel, das am Hemdkragen zu sehen war. Mit Matt zu flirten war nett, aber dies hier war ihr etwas zu nah, zu intim. Alles an ihm gefiel ihr, und zwar viel besser, als gut für sie war.

»Wie sind Sie Privatdetektiv geworden? Wollten Sie das schon immer tun?«

Er schüttelte den Kopf. »Nein, eigentlich wollte ich zu den Marines. Dass ich Privatdetektiv wurde, hat sich vor fünf Jahren mehr aus Zufall ergeben.«

»Waren Sie erst bei den Marines?«

»Ja. Zwei Einsätze im Irak. Man lernt viel über sich selbst, wenn man mitten in der Wüste ist und darauf vertraut, dass der Hintermann einem Rückendeckung gibt, und weiß, dass der Vordermann einem sein Leben anvertraut.«

»Das glaube ich gern.« Cara sah ihn bewundernd an. Natürlich war er Soldat gewesen. Sie wunderte sich, dass sie das nicht schon früher bemerkt hatte. Sie war nicht weit von Camp Lejeune aufgewachsen und hatte nicht wenige Marines kennengelernt. Die einfache, saubere, ordentliche Lebensweise. Ehre. Anstand.

»Danach hielt ich es in einem Büro einfach nicht mehr aus.«

»Wieso haben Sie die Marines verlassen?«

Matt senkte den Blick. »Unser Konvoi fuhr auf einen versteckten Sprengsatz auf. Ich wurde verletzt nach Hause transportiert und konnte mich danach nicht erneut verpflichten. Aber egal, meine jetzige Arbeit ist für mich offenbar ohnehin das Richtige.«

Cara schob sich ein Stück Spargel in den Mund. Sie kannte ihn immerhin so gut, dass sie spürte, hinter der Sache steckte noch mehr. Aber sie wollte nicht zu neugierig sein. »Ist Jason auch Privatdetektiv?«

»Eher ein Computerfreak, aber er hat eine Lizenz. Wir sind bestimmt ein gutes Team. Er ist das Cyberspace-Genie, ich interessiere mich mehr für die gute, altmodische Seite meines Berufs. Observationen, in alten Akten wühlen und so weiter.«

»Und gemeinsam decken Sie alle Bereiche ab.«

»Mehr oder weniger.«

»Das ist doch toll. Ich wette, Ihre Mutter ist ganz aus dem Häuschen, dass ihre Söhne sich zusammentun.«

»Im Großen und Ganzen.«

Ein paar Minuten aßen sie schweigend, bis plötzlich ein lautes Piepsen aus dem Wohnzimmer ertönte. Casper, der es sich neben Caras Stuhl bequem gemacht hatte, sprang auf und schaute zur Tür.

»Meine Zielperson ist unterwegs. Sehen Sie mal.« Matt führte sie zu seinem Laptop auf dem Couchtisch. Auf dem Monitor war ein Stadtplan zu sehen. Ein roter Punkt blinkte und piepste die Fuller Street entlang.

Cara schaute ihm über die Schulter. »Was ist das denn?«

»Ich bin einem untreuen Ehemann auf der Spur. Letzte Nacht habe ich einen GPS-Sender unter seinem Wagen angebracht. Jetzt weiß ich immer, wohin er fährt.«

»Hat das nicht was Stalkerhaftes?«

Er lächelte sie verschmitzt an. »Ist trotzdem vollkommen legal. Der Kerl ist raffiniert. Wird Zeit, dass ich ihn festnagle.«

»Damit Sie fortziehen können?«

Sein Lächeln erstarb. »Ja.«

Wieder waren sie sich zu nahe. Sein Geruch füllte ihre Lungen, und sie spürte die Wärme seines Körpers.

»Jetzt haben Sie mir den ganzen Spaß verdorben, Cara.«

Sie lachte kurz. Sie wusste nicht recht, was sie darauf antworten sollte. Plötzlich strich er mit dem Daumen über ihre Lippen. Seine raue Haut ließ ihr Herz gleich höherschlagen. Freudige Erwartung breitete sich in ihr aus.

Matt legte ihr die Hand unter das Kinn, seine Augen brannten sich wie Flammen in ihre. Auch wenn es keine gute Idee war, na und? Sie beugte sich vor.

Wie von der Tarantel gestochen, ließ er sie los und trat einen Schritt zurück. »Bereit für den Nachtisch?«

Damit drehte er sich um und ging in die Küche.

»Hä?« Sie fuhr sich mit der Zunge über die Lippen und schluckte. Ihr Rachen fühlte sich rau an wie Schmirgelpapier.

»Sie mit Ihrer schmutzigen Fantasie schon wieder. Sie treiben mich noch in den Wahnsinn – das ist Ihnen schon klar, oder?«

»Ich … äh …« Sie schüttelte den Kopf. »Was ist mit dem Mann?« Sie deutete auf den blinkenden Punkt auf dem Bildschirm.

»Sieht aus, als würde er von der Arbeit nach Hause fahren. Wenn ich Glück habe, schleicht er sich davon und trifft sich mit seiner Freundin, wenn seine Frau schläft. Das Schöne ist, ich bleibe ihm von meiner bequemen Couch aus auf den Fersen.« Er kam mit zwei Stücken von Caras Obstkuchen um den Tresen. »Der sieht sehr lecker aus.«

Sie nahm den Teller, den er ihr hinhielt, in Empfang. »Danke.«

Dreißig Minuten später trat sie in die kühle Nacht hinaus. Matt begleitete sie über den Parkplatz, damit Casper pinkeln konnte. Danach ging sie auf ihr Haus zu. Der Abend war nett gewesen – und verstörend.

»Danke für das Essen.« Sie starrte die Tür an. Der peinliche Kuss von neulich fiel ihr wieder ein.

»Gern geschehen. Ich würde Sie ja gern noch bis ganz zur Tür bringen, aber dann würde ich nur wieder auf dumme Gedanken kommen und Sie küssen wollen.«

Na, zumindest lagen sie auf derselben Wellenlänge.

Cara atmete tief ein. Und wieder aus. »Das wäre mir gar nicht so unrecht.«

Matt trat auf sie zu. Seine Augen quollen über vor Begierde. In seinem Gesicht sah sie alles, was er gern mit ihr tun würde, und er würde es auf herzzerreißend fantastische Weise tun.

Stöhnend schob er die Hände in die Taschen. »Gehen Sie rein, Cara, bevor ich Ihr Angebot noch annehme.«

Und sie befolgte seinen Rat. Wie ein Feigling.

10

Seufzend starrte Cara die mitleiderregend kleine, getigerte Katze an. Sie liebte Tiere, alle Tiere, ob groß, ob klein, mit Pelz oder gefiedert, aber mit Katzen war sie bisher nie so recht warm geworden. Normalerweise hätte sie den Mittwochvormittag hier im Tierheim verbracht und alle neuen Katzen fotografiert, aber wegen ihres Katers und Susies Besuch hatte sie es nicht geschafft.

Deshalb war sie jetzt hier, einen Tag zu spät und voller Bedauern. Nicht wegen dieser Katze namens Jewel, eher schon, weil sie nun seit mehr als einem Jahr keinen Sex mehr gehabt hatte und Matt Dumont sie völlig verrückt machte.

Was wiederum kein Wunder war. Er müsste schon einen schwerwiegenden Charakterfehler haben, damit sie ihn nicht attraktiv finden würde. Hass auf Hunde beispielsweise. Dann könnte er noch so gut aussehen, sie würde trotzdem nicht eine Sekunde auf den Gedanken kommen, ihn auf Knien anzubetteln, nicht nach Boston zu ziehen.

»Hier, Jewel.« Cara ließ einen Ball über den Boden rollen, um die Katze zu verlocken, aufzuspringen, hinter ihm herzujagen und ihr so schöne Fotos zu ermöglichen. Mit angelegten Ohren schaute die Katze sie misstrauisch an und blieb ganz hinten in ihrem Käfig hocken.

Als Cara sie tätscheln wollte, fauchte Jewel sie an.

»Wie du meinst.« Cara setzte sich auf den Boden und starrte ihre Hände an. Stures Kätzchen. Und schon kullerten ihr Tränen aus den Augen.

Mein Gott, wie peinlich! Sie wischte sie weg und lehnte sich gegen die Wand aus Käfigen. Hinter ihrem Kopf schnurrte es. Ein weiches Fell strich über ihr Haar. Cara wandte sich um und blickte direkt in goldgelbe Augen. Ein schwarz-weiß gescheckter Kater drückte sich auf der verzweifelten Suche nach ein wenig Zuneigung gegen die Gitterstäbe.

Cara schaute auf das Namensschild. »Hi, Charlie.«

Laut Schild war der Kater seit September im Tierheim. Vier Monate in diesem Käfig. Und immer noch schnurrte er, als wäre ihre Anwesenheit der Höhepunkt seines Tages.

Sie öffnete die Gittertür. Charlie sprang ihr auf den Schoß und knetete mit den Vorderpfoten ihren Oberschenkel, bis er sich wie Hackfleisch anfühlte. »Warum hat dich noch niemand zu sich genommen, Charlie?«

Er schaute hoch. Seine bernsteinbraunen Augen verrieten, wie behaglich er sich fühlte. Glückselig über ihre Anteilnahme, auch wenn sie nur wenige Minuten dauern würde. Konnte sie das bei Matt empfinden?

Unwahrscheinlich. Warum waren Menschen so ganz anders als Tiere? Warum mussten sie so viel Last mit sich herumschleppen, statt nur für den Augenblick zu leben?

Cara hörte rechts von sich ein leises Geräusch. Jewel stand neben ihr. Charlie beugte sich vor und beschnüffelte sie, dann schnurrte er wieder und massierte ihr Bein.

Vorsichtig trat Jewel einen Schritt näher, kletterte dann auf Caras Waden, rollte sich zu einem kleinen Ball zusammen, legte den Kopf auf Caras linken Turnschuh und schloss die Augen.

Cara nahm die Kamera zur Hand und schoss ein Foto. Das Klicken ließ Jewel den Kopf heben.

Klick!

Cara stellte das Objektiv ein, um die Augen der Katze und den kleinen Wirbel grauen Fells drumherum zu betonen.

Wenn Crestwood Gardens ihr Hunde verbot, wie wäre es dann mit Katzen?

Lieber nicht. Nichts gegen die beiden armen Seelen auf ihren Beinen, aber sie brauchte Hunde. Vielleicht eines Tages auch eine Katze. Aber an Hunden führte kein Weg vorbei. Wenn sich das Problem in Crestwood Gardens nicht lösen ließ, musste sie ihr Haus verkaufen und wegziehen. Was blieb ihr anderes übrig?

Cara kraulte Jewel unter dem Kinn, was ihr prompt ein leises Schnurren einbrachte. »Okay, ihr seid ja wirklich süß. In einer anderen Situation würde ich euch vielleicht mitnehmen.«

Jewels Schnurren wurde übertönt, als Charlie seins verstärkte, um sich wieder Caras volle Aufmerksamkeit zu sichern.

»Tut mir leid, Kinder. So gern ich auch hier bei euch sitzen bleiben würde, aber ich muss noch mehr Fotos machen, wenn ich bis Mittag alle Neuankömmlinge schaffen will.« Kaum hatte sie das gesagt, fiel ihr ein, dass sie bis Mittag gar nicht mehr fertig werden musste.

Die Privilegien der Arbeitslosigkeit.

Zu schade, dass sie nicht hier im Tierheim arbeiten konnte, aber dafür, dass sie mit herrenlosen Hunden und Katzen spielte, würde sie kein Gehalt bekommen. Davon einmal abgesehen, war sie sich nicht sicher, ob sie es verkraften würde, Tag für Tag hier zu sein und all diese Hunde und Katzen zu sehen, die darauf warteten, dass jemand ihnen ein neues Zuhause gab.

Von denen, die es nicht schafften, ganz zu schweigen.

Ja, zwei Vormittage pro Woche reichten voll und ganz. Wenn sie hier fertig war, würde sie direkt nach Hause fahren und nannycare.com nach neuen Stellenangeboten durchforsten.

Ihr Handy rief mit fröhlichem Gitarreklimpern aus der Handtasche nach ihr. Sie schob Charlie ein wenig zur Seite und zog es heraus. »Hi, Merry.«

»Wo bist du?«

»Im Tierheim. Wieso?«

»Weil ich auf deiner Veranda stehe. Du hast vergessen, dass ich kommen wollte, oder?«

Cara seufzte. »Total. Hast du schon mit der Hausbesitzervereinigung gesprochen?«

»Allerdings, aber ich fürchte, es war ein Flop. Ich habe ein Empfehlungsschreiben für dich und deine Hunde dort gelassen, dazu ein paar Informationen über unseren Verein, aber die Frau dort schien nicht sehr wohlwollend. Eher hatte ich den Eindruck, dass sie mich so schnell wie möglich wieder loswerden wollte.«

Cara hob Charlie hoch und setzte ihn in seinen Käfig zurück. Sie streichelte ihn noch ein letztes Mal, dann schloss sie die Gittertür. »Danke, dass du es versucht hast. Ich habe immer noch vor, meinen Nachbarn erneut einen Besuch abzustatten, um sie vielleicht auf meine Seite zu ziehen.«

»Das ist die richtige Einstellung. Bist du bald fertig? Wir könnten zusammen essen.«

»Prima. Wollen wir uns in einer halben Stunde im *Main Street Café* treffen?«

»Abgemacht. Bis dann.«

Cara kraulte Jewel noch ein wenig, dann packte sie auch die Katze wieder in den Käfig und ging zur nächsten. Fünf standen noch auf ihrer Liste, darunter drei Jungtiere. Die machten ihr die Arbeit leicht, süß wie sie waren.

Sie fotografierte sie alle, dann ging sie ins Foyer, um sich die Hände zu waschen und danach zu ihrem Treffen mit Merry zu fahren. Marilyn kam aus dem Büro und grüßte sie.

»Cara, wenn du das nächste Mal kommst, bring wieder einen Stapel Visitenkarten mit. Wir haben fast alle verteilt, so begeistert sind die Leute von deinem Foto.« Sie deutete auf die Verbandszeitschrift, von der mehrere Exemplare auslagen, daneben die kümmerlichen Reste ihrer Visitenkarten.

»Wow, das ist großartig, Marilyn. Ich hatte diese Woche auch schon jede Menge Anrufe. Danke noch mal fürs Verteilen.«

»Das ist doch das Mindeste. Deine Fotos sind uns eine große Hilfe.«

Cara lächelte, aber es kam nicht von Herzen. Die Wahrscheinlichkeit war groß, dass sie mit einem neuen Job keine zwei Vormittage mehr hier würde verbringen können. Das müsste sie dann in ihrer Freizeit tun, an den Wochenenden. Aber an den Wochenenden hatte sie normalerweise ihre Fototermine.

Eine schwere Entscheidung kam auf sie zu. Dank der Werbung des Tierheims wurde sie immer öfter gebucht. Sollte sie weiter den Tieren helfen oder an ihrer eigenen Karriere arbeiten?

Matt hätte am liebsten ein Loch in die Wand geschlagen. Nachdem Cara ihn letzte Nacht draußen vor der Tür in der Kälte hatte stehen lassen, hatte er kaum ein Auge zugemacht. Er war wirklich schwer verknallt in diese Frau mit den aprikosenfarbenen Locken.

Wieso hatte er ein ganzes Jahr neben ihr gewohnt und sie erst kennengelernt, als er schon mit einem Bein in Boston war? Manchmal hatte das Leben schon einen seltsamen Sinn für Humor.

Jetzt blieb ihm nur, sich mit dem Fall zu beeilen und so bald wie möglich aus der Stadt zu verschwinden. So würde er sich wenigstens das Elend ersparen, Cara jeden Morgen sehen zu müssen. Was ihn zum wahren Grund brachte, warum er so wütend war. Wieso hatte sich Ken Prentiss nicht längst mit seiner Geliebten getroffen? Wenn der Kerl nur halb so scharf auf seine Freundin war wie Matt auf Cara, wäre er schon im nächstbesten Hotel und würde sie vögeln, dass sie nicht mehr wusste, wo vorne und hinten war. Aber Ken Prentiss blieb brav in seinem Büro. Und Matt wurde zusehends ungeduldig und unleidlich. Allmählich musste etwas passieren.

Matt setzte auf das kommende Wochenende. Ken Prentiss war ein Arbeitstier, deshalb musste er sich seinen Spaß in der Freizeit holen. Vielleicht fuhr er sogar nach Atlanta, um »L« zu treffen. Wenn Matt ihn nicht bis Montag überführen konnte, würde ihm das die Laune ordentlich verhageln.

Es klingelte an der Tür. Er stand auf, fuhr sich durch das Haar und streifte schnell ein frisches Hemd über das schäbige T-Shirt.

Er riss die Tür auf und fand sich Merry gegenüber, Caras Freundin.

Sie lächelte ihn an. »Hi, Matt.«

»Hi, Merry. Was kann ich für Sie tun?«

»Na ja, eigentlich wollte ich zu Cara, aber sie hat mich versetzt. Da habe ich mir gedacht, ich schaue bei Ihnen vorbei und erzähle Ihnen, was es Neues über die Hunde von der Keeney Street gibt. Haben Sie eine Minute Zeit?«

»Sicher. Ich habe mich schon gefragt, wie die Geschichte ausgegangen ist.« Er bat sie herein.

Merry ging in das Wohnzimmer, die Hände in den Taschen. Sie hatte etwas Aufmüpfiges an sich, auch wenn sie mit ihrer burgunderroten Cordjacke über der rosaroten Schwesterntracht recht konventionell aussah. Sie war groß, schlank, attraktiv.

Dennoch hatte er unerklärlicherweise ein Bild vor sich, wie sie auf dem bloßen Rücken eines Pferdes über offenes Gelände galoppierte und ihre Haare dabei im Wind flatterten. Vielleicht war es nur das Wissen, dass sie ein Tierheim ins Leben gerufen hatte, was diese Vorstellung in seinem Kopf auslöste.

»Ich habe gehört, ich habe Sie neulich Abend im *Red Heels* verpasst.« Merry grinste ihn anzüglich an.

Matt schmunzelte. »Stimmt. Ich musste die Damen aus einer Notlage befreien.«

Sie starrte ihn lange an, als wollte sie ihn etwas fragen, schüttelte dann aber leicht den Kopf. »Also, ich habe mich mit Vertretern des Veterinäramts getroffen, und sie haben mit den Rogers gesprochen. Dann haben sie ihnen wegen nicht artgerechter Unterbringung einen Bußgeldbescheid über hundert Dollar geschickt.«

»Ist das alles?«

»Ja, das ist alles. Nicht ganz das, was wir uns erhofft hatten, aber besser als gar nichts. Vielleicht wird ihnen das eine Lehre sein.« Sie zuckte mit den Schultern.

»Wahrscheinlich aber nicht.«

»Nein, wahrscheinlich nicht. Vor allem, da sie die Hunde seit Kurzem an die Kette legen. Meiner Erfahrung nach ist das kein gutes Zeichen.«

»Ganz Ihrer Meinung.« Matt tippte sich gegen das Kinn. »Würden weitere Fotos was bewirken?«

»Ich denke schon, vor allem jetzt, da sie bereits verwarnt worden sind. Ich will Ihnen nicht zur Last fallen, zumal ich weiß, dass Sie wegziehen wollen, aber ich leite eine gemeinnützige Einrichtung. Es ist meine Aufgabe, vor Leuten zu kriechen und sie um Gefallen zu bitten.« Merry neigte den Kopf und klimperte mit den Wimpern.

»Ich habe diese Hunde gesehen, und es hat mir genauso wenig gefallen. Wenn ich helfen kann, sie da rauszuholen, helfe ich. Am kommenden Wochenende soll es scheußliches Wetter geben. Mal sehen, was ich tun kann.«

»Danke, Matt. Ich weiß das sehr zu schätzen. Diese Hunde haben was Besseres verdient. Wir können Ihnen nichts zahlen, aber wenn Sie Ihre Stunden aufschreiben, kann ich Ihnen immerhin für die Steuer eine Spendenquittung ausstellen.«

»Da sage ich nicht Nein. Solange ich noch hier bin, helfe ich Ihnen gern.«

»Wie lange sind Sie noch hier?«

»Vermutlich eine Woche oder so. Vielleicht weniger. Kann sein, wenn alles gut läuft, kriege ich noch dieses Wochenende alles unter Dach und Fach.«

»Hmm.« Merry kniff die Augen zusammen. »Schade eigentlich.«

»Ja, ich weiß. Schicken Sie sie zu mir nach Boston.«

»Oh! Aber nein, ich brauche sie hier. Sie ist eine meiner zuverlässigsten Pflegestellen und meine beste Freundin.«

»Dann verstehen Sie auch mein Dilemma.«

Sie seufzte. »Schon, ich mache mir aber auch Sorgen um Cara. Dieser ganze Zehnjahresplan, den sie verfolgt … Nie geht sie mit Männern aus, die Potenzial für was Längerfristiges haben. Glauben Sie mir, wenn Sie nicht auf dem Sprung wären, hätte sie Ihnen wahrscheinlich nicht einmal die Uhrzeit verraten.«

Matt runzelte die Stirn. Und da hatte er gedacht, Cara Medlen sei wie ein offenes Buch. »Wieso das denn?«

»Sie hatte als Jugendliche Krebs. Das wussten Sie, oder?«

Er nickte.

»Die Ärzte haben ihr damals erzählt, dass ihre langfristigen Überlebenschancen auf 95 Prozent steigen, wenn er zehn Jahre lang nicht mehr auftritt. Erst wenn diese zehn Jahre vorüber sind, fängt sie ihr richtiges Leben an.«

Matt wippte auf den Fersen, als sich sein Bild von Cara auf verwirrende Weise plötzlich völlig veränderte. »Kinder hüten statt fotografieren.«

Merry nickte.

»Pflegehunde, aber keinen eigenen besitzen.«

»Sie begreifen schnell. Und sie geht nur mit Männern aus, mit denen die Chemie gar nicht stimmt.«

»Kein Kommentar.«

Merry kicherte. »Ach ja, richtig.«

»Wie lange ist das jetzt her?«

Sie riss die Augen auf. »Seit sie zuletzt einen festen Freund hatte?«

»Herrgott noch mal, nein, ihr Arzt hat doch von zehn Jahren gesprochen. Wann war das?«

»Vor acht Jahren.«

»Interessant.« Er dachte an Caras Haus. Keine Fotos von ihr selbst. Die Nachbarn, die sie nicht kannten. Sie hatte in dieser Zeit ein provisorisches Leben für sich errichtet.

»Ja, das ist es. Und sollten Sie sich entschließen, doch hier in Dogwood zu bleiben, und Caras Herz im Sturm erobern – meinen Segen haben Sie.«

»Tut mir leid, aber das kann ich nicht.«

»Mir tut es auch leid.« Sie zuckte die Achseln. »Aber ich muss jetzt los. Danke noch mal für Ihre Hilfe mit den Rogers. Wirklich, wir sind Ihnen sehr dankbar.«

»Gern geschehen.«

Matt schaute ihr nach und wünschte sich nichts sehnlicher, als dass es einen Weg für ihn gäbe, in Dogwood zu bleiben.

Cara setzte sich ihrer Freundin gegenüber an den Tisch. »Heute hätte ich beinahe eine Katze adoptiert.«

Merry saß entspannt da und schaffte es irgendwie, in ihrer rosa Schwesterntracht mit den winzigen Cupcakes professionell auszusehen. Sie nippte an ihrem Kaffee und zog die Nase kraus. »Wie bitte?«

»Ich weiß. Ich bin total neben der Spur.« Cara stellte ihre

Handtasche ab und rieb sich die Stirn. »Was soll ich bloß tun?«

»Besorg dir einen neuen Job und zeig den Trotteln von der Hausbesitzervereinigung, was eine Harke ist.«

»Bin dabei. Bitte sag mir, dass jemand Sadie abgeholt hat.«

Merry kniff die Augen zusammen. »Nein, und da können wir auch lange drauf warten. Es ist traurig, und sie tut mir unendlich leid. Die meisten Heime arbeiten ja mit uns zusammen, aber manchen ist das egal, und leider gehört Shelton dazu.«

Cara juckten die Augen. »Das ist Schwachsinn.«

»Kommt vor. Jeden Tag werden Hunde ausgesetzt. Hunderte. Es bricht mir das Herz, aber was nicht geht, geht eben nicht.«

Cara sah Marigolds liebenswerte Schnauze vor sich. »Manchmal reicht das nicht.«

»Schätzchen, nimm es nicht so persönlich. Ich weiß, es macht dich fertig, zumal du momentan nur Casper hast. Es kommen auch wieder andere Zeiten.«

Cara spürte, wie ihr Tränen in die Augen stiegen. »Ich kann nicht mehr.«

Merry richtete sich auf. »Doch, du kannst. Du stehst momentan unter großem Druck, weil du deinen Job verloren und den Ärger mit den Hausbesitzern am Hals hast. Außerdem bist du rettungslos in Matt verknallt, und offenbar war heute im Tierheim irgendwas mit einer Katze. Aber du kommst darüber hinweg. Hol tief Luft und bestell dir einen Milchshake.«

Cara musste lachen. »Ein Milchshake soll meine Probleme lösen?«

»Das nicht, aber wenn du ihn getrunken hast, geht es dir gleich wieder etwas besser.«

»Schaden kann er bestimmt nicht.«

»Hat jemand was von Milchshake gesagt?« Olivia Bennett, ihre Bedienung und Caras ehemalige Zimmergenossin auf dem

College, lehnte sich mit der Hüfte an ihren Tisch und deutete mit dem Stift auf Merry. »Du kriegst keinen, weil du eine ganz, ganz böse Frau bist.«

Merry schaute sie erstaunt an. »Lass den Quatsch. Die sind doch bezaubernd.«

Cara blickte zwischen den beiden hin und her. »Worum geht es?«

»Sie hat mir einen ganzen Wurf Hunde aufgedrängt. Neun Stück insgesamt.« Olivia streckte Cara ihre völlig zerkratzten Arme hin. »Ich wurde zerfleischt, habe seit einer Woche kaum noch geschlafen, und meine ganze Wohnung stinkt nach Pisse.«

Cara verpasste Merry einen freundlichen Schlag. »Du solltest neue Pflegestellen doch langsam einarbeiten. Wie sollen sie denn bei der Stange bleiben, wenn du ihnen gleich zu Beginn einen ganzen Wurf anhängst?«

»Es gibt doch nichts Süßeres als einen ganzen Haufen Hündchen! Sie ist bloß sauer, weil ihr Freund nicht mehr kommt, solange sie da sind.«

»Wenn ein Mann dauernd Hundescheiße in seinen Schuhen findet, kann das diese Wirkung auf ihn haben.« Olivias Blick nahm eine gewisse Strenge an. »Ich sollte ihre ganzen Hinterlassenschaften einsammeln und nach Halverston schicken. Stell dir mal ihre Gesichter vor, wenn sie das Päckchen aufmachen.«

Cara prustete laut los. Diese Hühnerfarm würde keine ruhige Minute mehr haben.

»Aber egal. Wer braucht jetzt einen Milchshake?« Olivia holte ihren Bestellblock heraus.

Cara bestellte eine Schoko-Erdnuss-Kalorienbombe zu ihrem Schinkensandwich und war kurz davor, erneut in Tränen auszubrechen, als ihre Mutter anrief.

»Ich komme gerade von meinem Yogakurs, aber irgendwie

bin ich auf dem Highway nach Westen statt nach Osten gefahren, und als ich das Ortsschild von Dogwood sah, habe ich mir gedacht, vielleicht könnten wir zusammen zu Mittag essen. Es kommt mir vor, als hätten wir uns schon eine Ewigkeit nicht mehr gesehen. Es gibt da ein neues Restaurant …«

Cara räusperte sich vernehmbar. Merry kicherte. Jean Medlen redete ohne Punkt und Komma. Ihre Tochter kam kaum dazu, eine Frage zu beantworten. »Ich habe schon gegessen, Mom.«

»Wirklich? Schade.« Sie klang so enttäuscht, dass Cara buchstäblich zusammenzuckte. »Aber es ist wirklich schon sehr lange her, seit wir uns gesehen haben, und ich komme sonst nie hier rauf. Ich hatte gehofft, wir könnten uns treffen und …«

Merry beugte sich lächelnd vor und sprach sehr leise. »Warum sagst du deiner Mutter nicht, sie soll hierherkommen?«

»Wer ist das? Ist das Merry? Ich würde liebend gern dazukommen, wenn nichts dagegen spricht, dass eine alte Dame eure kleine Party sprengt.«

Cara verdrehte die Augen. »Wir sind im *Main Street Café*, Mom. Komm rüber.«

»Perfekt. In fünf Minuten bin ich da.« Damit war die Leitung tot.

Geschickter Schachzug, Mom. Das war sicher die Rache dafür, dass sie seit Montag nicht auf ihre Anrufe reagiert hatte.

Cara steckte das Handy in die Handtasche zurück und trank einen großen Schluck, um sich zu kräftigen. Olivia kam vorbei, zwinkerte ihr zu und schenkte Kaffee nach.

Logischerweise war Cara bereits ein wenig übel, als ihre Mutter in blauer Yogahose und dazu passendem Kapuzenpulli zur Tür hereinkam, das graue Haar zu einem festen Dutt hochgesteckt. Stürmisch umarmte sie ihre Tochter und setzte sich dann neben Merry.

»Ich bin so froh, dass es noch geklappt hat. Habe ich irgendwelche guten Klatschgeschichten verpasst?« Erwartungsvoll schaute sie die beiden an. »Und? Was habt ihr zwei so getrieben?«

Merry zog die Augenbrauen hoch, aber Cara warf ihr einen warnenden Blick zu. Auf keinen Fall, auf gar keinen Fall brauchte ihre Mutter etwas von Matt zu erfahren. »Nichts Besonderes, Mom. Wie geht es dir?«

»Ich war letzte Woche wegen meiner Rückenschmerzen noch mal bei Dr. Price. Er kann nichts finden, aber es wird jeden Tag schlimmer, das sage ich dir. Ich mache mir Sorgen.« Ihr Blick verdüsterte sich. »Merry, Sie sind doch Krankenschwester. Ist es bedenklich, dass er eine Kernspintomografie angeordnet hat?«

Es war so weit. Cara gab sich im Geist einen Klaps gegen die Stirn, dass sie sich bei ihrer Mutter nach deren Gesundheit erkundigt hatte, statt das Gespräch in andere Bahnen zu lenken. Egal welche. Selbst das Wetter wäre ein besseres Thema gewesen.

Merry tippte sich gegen die Lippen, als müsste sie angestrengt überlegen. »Na ja, ich würde erst mal Näherliegendes in Betracht ziehen. Wie alt ist denn Ihre Matratze?«

»Keine Ahnung. Ich glaube, die habe ich, seit Tom und ich geschieden sind.«

»Und das ist jetzt wie lange her? Zehn Jahre?«

»Elf.«

Merry nickte. »Mein Rat: Kaufen Sie sich eine neue Matratze. Heutzutage gibt es wirklich gute. Viskoelastische mit Formgedächtnispolimeren im oberen Teil. Toll für empfindliche Rücken. Vielleicht ist das die Lösung für Ihre Probleme.«

Jean spitzte die Lippen. »Dann glauben Sie nicht, dass ich einen Bandscheibenvorfall habe? Oder Spinalstenose?«

Cara schauderte. Für Leute wie ihre Mutter war das Internet eine gefährliche Sache. Die Frau hatte nie etwas Schlimmeres gehabt als einen Anflug von Grippe, trotzdem war sie wie besessen von jeglicher Art Schmerz und überzeugt, sie leide unter schrecklichen Krankheiten.

Merry tätschelte Jeans Knie. »Wenn Sie gerade vom Yogakurs kommen, dann nicht.«

Jean strahlte übers ganze Gesicht. »Also gut. Eine neue Matratze hat noch keinem geschadet. Vielleicht sehe ich mich gleich heute Nachmittag nach einer um. Zufällig habe ich gelesen, dass *Mattress Warehouse* Schlussverkauf hat …«

»Dann schlagen Sie zu«, unterbrach Merry sie. »Tja, ich muss leider zurück zur Arbeit. Hat mich gefreut, Jean.«

In Cara flackerte Panik auf. Merry hatte ein Händchen für die Sorgen ihrer Mutter, sie selbst weniger. Ihre Freundin stand auf, winkte zum Abschied und war fort.

Cara trank ihren zusammengeschmolzenen Milchshake aus.

Ihre Mutter beugte sich vor und legte die Hand auf Caras. »Du bist die ganze Zeit so still, mein Schatz. Alles in Ordnung mit dir?«

Sie rang sich ein Lächeln ab und nickte. »Ja, ich stehe nur ziemlich unter Stress wegen des Ultimatums der Hausbesitzervereinigung und der Suche nach einem neuen Job.«

Jean runzelte die Stirn. »Das kann ich mir vorstellen. Aber pass trotzdem auf dich auf, du bist ein bisschen blass um die Nase.«

»Ich habe helle Haut, Mom. Ich bin immer blass.«

»Müde siehst du aus. Ich mache mir Sorgen um dich. Besonders jetzt nach der Geschichte mit Gina. Was für eine Tragödie.«

Cara seufzte. »Schon gut, und ich bin dir auch dankbar. Aber du musst dir wirklich keine Sorgen machen. Kindermädchen werden gesucht. Ich komme schon zurecht.«

»Mir gefällt es nicht, wie abgekämpft du wirkst. Wann ist deine nächste Untersuchung? Vielleicht solltest du versuchen, einen früheren Termin zu bekommen. Ich meine … äh … nicht, dass dir …«

»Mom!« Cara platzte der Kragen. »Mir fehlt nichts. Hör jetzt endlich auf damit.«

Plötzlich spürte sie einen dumpfen Kopfschmerz und kniff die Augen zusammen. Wenn ihre Mutter noch eine Bemerkung darüber machte, wie müde oder scheiße sie aussah, dann …

»Ich kann nichts dafür, dass ich mir Sorgen um dich mache. Der Gedanke, der Krebs könnte nach allem, was du durchgemacht hast, jederzeit wiederkommen …« Ihre Mutter konnte die Tränen nicht länger zurückhalten.

»Er kommt nicht zurück, Mom.« Aber überzeugt klang das nicht.

Kein Wunder. War das nicht auch ihre größte Angst?

11

»Ich weiß nicht, Liebling. Was meinst du?«

Cara beobachtete Dan und Tina Swanson, während diese Casper begutachteten. Der Hund saß mit dem Rücken zu ihr, den Schwanz eingezogen und die Ohren angelegt. Hinter ihnen strömten die Leute in den *McDonald's* und wieder heraus, ohne zu wissen, welch wichtige Entscheidung für ein Hundeleben gerade auf dem Parkplatz getroffen wurde.

»Ich mag ihn irgendwie. Sie haben doch gesagt, er verträgt sich gut mit anderen Hunden, oder?«

»Ja. Er braucht nur manchmal eine Eingewöhnungsphase. Allerdings eher bei Menschen als bei Hunden. In Gesellschaft ist er immer noch ein wenig unsicher, aber er hat schon große Fortschritte gemacht, außerdem ist er ja noch sehr jung.«

»War er schon im Hundepark?«

»Noch nicht, aber dort wird es ihm bestimmt gefallen, wenn er erst mal ein wenig gefestigter ist.«

Seit zehn Minuten quetschten die beiden sie nun aus, ohne sich besondere Mühe zu geben, den Hund selbst besser kennenzulernen. Casper drängte sich gegen Caras rechtes Bein. Ihm war nicht ganz wohl bei der Sache.

»Also, ich finde ihn großartig.« Endlich beugte sich Tina zu ihm hinunter, und Casper leckte begeistert ihr Gesicht. »Wir nehmen ihn.«

Cara atmete langsam aus. Casper hatte es geschafft. Er hatte ein neues Zuhause gefunden. Freude mischte sich mit tiefer Traurigkeit bei der Frage, wann sie so etwas wieder erleben durfte. Die Swansons waren ein tolles Paar, jung und unternehmungslustig. Sie standen auf Boxer, aber sie hatten nicht die herzliche Ausstrahlung, die Cara vor Freude hätte jubilieren lassen.

Manchmal fanden Hunde eine fantastische neue Heimat, manchmal eine gute. Dies war eine gute. Vielleicht eine großartige. Wer konnte das schon sagen? Manchmal trog der erste Eindruck auch.

Cara erledigte den Papierkram, gab Casper zum Abschied einen Kuss und einen Klaps, hielt ihre Gefühle allerdings im Zaum, um ihn nicht unnötig aufzuregen. Während die Swansons ihn zu ihrem Pick-up führten und hinten einluden, schaute er hingebungsvoll zu ihr zurück.

Sie sah ihnen mit versteinerter Miene nach, als der Wagen vom Parkplatz fuhr. Dann schaltete sie das Radio ein und machte sich, ohne zu weinen, auf die einstündige Heimreise von Wilson, North Carolina, nach Dogwood.

Die erste Träne floss erst, als sie die Tür ihres nunmehr leeren Hauses hinter sich geschlossen hatte.

Matt beobachtete vom Wohnzimmerfenster aus, wie Cara ihr Auto belud. Schwarzer Matchbeutel, Hundedecke, Kühltasche und noch ein paar Kleinigkeiten.

Sie stützte sich gegen die hintere Stoßstange und telefonierte, fuchtelte dabei mit den Händen wild durch die Luft und stieß mit der Spitze ihres Turnschuhs wiederholt fest gegen den Asphalt.

Sie hatte eindeutig etwas Größeres vor.

Kaum hatte sie das Handy weggesteckt, spazierte er nach draußen. »Was steht an?«

»Ich hole mir einen Hund, und zählen Sie mir jetzt bloß nicht all die Gründe auf, warum das eine schlechte Idee ist.

Das interessiert mich nicht.« Sie warf die Handtasche auf den Beifahrersitz ihres Mazda und starrte ihn herausfordernd an.

»Den Hund, den Sie mir Montagabend gezeigt haben? Der Krebs hat?«

»Genau. Ein hoffnungsloser Fall. Egal. Ich hole ihn zu mir, und um die Folgen kümmere ich mich morgen.«

Matt dachte kurz darüber nach. Offensichtlich war sich Cara bewusst, dass die Aufnahme eines neuen Pflegehunds zum jetzigen Zeitpunkt ihre Chancen, die Hausbesitzervereinigung noch umzustimmen, deutlich verringern würde. Logisch betrachtet hatte sie eine dumme Entscheidung getroffen.

Ein Blick in ihre Augen sagte ihm aber, dass Cara derzeit nicht sonderlich logisch dachte.

Er deutete auf die Taschen. »Wo soll es denn hingehen?«

»Nach Shelton. Ich hoffe, heute Abend zurück zu sein, aber wer weiß das schon bei dem Wetter? Ich will lieber auf alles vorbereitet sein.«

Shelton, North Carolina, war eine Kleinstadt in den Smoky Mountains nahe der Grenze zu Tennessee. Von Dogwood aus locker vier Stunden mit dem Wagen, auch ohne Schneefall, der für diesen Tag angesagt war.

Er beäugte Caras kleinen Mazda mit Vorderradantrieb und den halb abgefahrenen Reifen. »Das ist doch Irrsinn, mit dem Wagen und bei der Wettervorhersage so weit fahren zu wollen.«

Sie warf den Kopf in den Nacken. »Da kann man nichts machen. Sadie hat noch Frist bis sechs Uhr, dann bekommt sie die Spritze, und ich bin anscheinend die Einzige, die sich darum schert, insofern …«

Tränen schimmerten in ihren Augen und rührten ihn. Wie er das hasste, wenn eine Frau weinte! Entweder wusste Cara das, oder sie hatte nah am Wasser gebaut. Matt vermutete eher Letzteres.

Es war schon nach eins. Es wurde knapp, selbst wenn das Wetter mitspielte. Er stöhnte. Herrgott noch mal, er war echt nicht zu retten. »Holen Sie Ihr Zeug aus dem Wagen. Mit dem Auto schaffen Sie es nie.«

Sie starrte ihn an, öffnete den Mund, ohne Zweifel, um ihm die Meinung zu geigen, aber er hob abwehrend die Hand und klappte den Kofferraum seines Grand Cherokee auf. »Legen Sie Ihre Sachen da rein und geben Sie mir fünf Minuten.«

»Was? Vergessen Sie es. Trotzdem danke.«

»Haben Sie den Wetterbericht gehört? Gefrierender Regen und Schnee. Und zwar hier in der Gegend. In den Bergen dürfte es wohl noch unangenehmer werden. Schauen Sie sich mal Ihre Reifen an.«

»Na ja, ich wollte mir neue besorgen, aber …«

»Herr im Himmel, Cara! Streiten wir unterwegs weiter, okay? Packen Sie endlich Ihre blöden Taschen in den Kofferraum!«

Damit drehte er sich um und ging ins Haus zurück. Er schnappte sich den Laptop, einen zweiten Akku und ein paar andere Dinge. Zum Glück hatte er für den Fall, dass überraschende Ausflüge wie dieser anfielen, immer alles Nötige zum Übernachten und an Vorräten im Jeep verstaut.

Als er wieder nach draußen ging, war der Kofferraum geschlossen, und Cara saß mit grimmiger Miene und blitzenden Augen auf dem Beifahrersitz.

Kaum hatte er sich hinter das Lenkrad geschoben, drehte sie sich ihm zu. »Das ist keine gute Idee.«

»Wem sagen Sie das?«, knurrte er und ließ den Motor an.

»Jetzt reicht es.« Sie packte den Türgriff, doch er beugte sich über sie und legte die Hand auf ihre.

»Beruhigen Sie sich! Wenn irgend möglich, bringe ich Sie bis sechs Uhr hin, okay?«

Sie ließ sich zurücksinken, und Matt fuhr vom Parkplatz, ehe es sich einer von ihnen noch anders überlegen konnte.

Er schaltete das Navi am Armaturenbrett ein. »Geben Sie die Adresse ein!«

Cara schaute ihn erneut skeptisch an, folgte dann aber seiner Aufforderung. Kurz darauf nannte die Automatenstimme als voraussichtliche Ankunftszeit 16:56 Uhr.

»Das wird knapp«, sagte er.

Cara nickte. »Ich habe angerufen und gesagt, dass ich komme. Sie warten auf mich. Sadie ist also vorerst in Sicherheit.«

»Gut.«

»Haben Sie … müssten Sie nicht eigentlich auch irgendwas erledigen?«

Matt wandte den Blick nicht von der Fahrbahn. »Doch, schon. Aber wenn ich mir die ganze Zeit Sorgen machen müsste, dass Sie mit Ihrer winzigen Todesfalle von Auto von einer vereisten Bergstraße rutschen, brächte ich ohnehin nichts zustande.«

Sie schaute ihn lange an, sagte aber nichts.

Der Gedanke, ihr könnte etwas zustoßen, und Merrys Worte von gestern rumorten in seinem Innern. Acht Jahre ohne Rückfall. Ihm war nie in den Sinn gekommen, dass sie nicht gesund sein oder die Krankheit wieder auftreten könnte.

Dass Cara immer noch an Krebs sterben könnte.

Mit diesem Wissen lebte Cara tagaus, tagein.

Seine Hände schwitzten. Er wischte sie sich nacheinander an der Jeans ab. »Ich habe gehört, die Rogers hätten einen Bußgeldbescheid bekommen.«

»Von wem?«

»Merry ist gestern vorbeigekommen.«

Sie riss die Augen auf. »Tatsächlich?«

»Sie sagte, Sie hätten sie versetzt, deshalb ist sie kurz zu mir rüber, um mich auf dem Laufenden zu halten.«

»Ach ja. Klingt logisch. Sie hat nur nichts davon erwähnt.«

»Nervös?«

Sie kaute an der Unterlippe herum. »Weswegen?«

»Dass Sie Sadie zu sich nach Hause holen. Sie schießen sich damit ins eigene Knie.«

»Ja, ich weiß, aber das Schicksal hat mich die ganze Woche herumgeschubst, und jetzt habe ich die Nase voll. Ich rette sie. Scheiß auf die Konsequenzen!«

Matt packte das Lenkrad fester. Für diese Art von Logik konnte er sie nur bewundern. »Was ist mit Casper?«

Sie senkte den Blick. »Der wurde heute Morgen adoptiert.«

»Das ist doch toll.«

»Ja.«

»Und Merrys Unterstützung haben Sie?«

»Äh, nein. Sie glaubt, mein Urteilsvermögen sei durch die Arbeitslosigkeit beeinträchtigt.«

»Hmm.« Matt verkniff sich ein Lächeln. Das stimmte vermutlich auch, wenigstens teilweise. Aber das hinderte ihn nicht daran, Cara über alles zu bewundern, dass sie diesen armen, krebskranken Hund rettete, obwohl es wahrscheinlich mit das Dümmste war, was sie machen konnte. Aus vielerlei Gründen. Der drohende Schneesturm war dabei noch der geringste.

Er schaute in den Himmel. Ruhig und grau. Schwere Wolken hingen über ihnen, die typisch für Schneefälle waren. Da er in Massachusetts aufgewachsen war, machte es ihm nichts aus, bei Schnee zu fahren. Der Grand Cherokee war mit seinem Vierradantrieb und den neuen Allwetterreifen bestens gerüstet. Aber in den Bergen, wo auf den engen Straßen weder Salz noch Splitt gestreut wurde, konnte es rasch unangenehm werden.

Wenn das Wetter hielt, würden sie schätzungsweise gegen Mitternacht wieder zu Hause sein.

Fünf Minuten später landete die erste Flocke auf der Windschutzscheibe.

Draußen wirbelten Schneeflocken um den Jeep herum, als hätte jemand eine Schneekugel geschüttelt. Cara verfolgte gebannt, wie Matt den Wagen durch den Sturm steuerte. Schnee war in North Carolina nicht ungewöhnlich, aber ein Schneesturm wie dieser war so selten, dass sie sich wünschte, zu Hause in Sicherheit zu sein. Normalerweise hätte sie bei diesem Anblick die Zunge herausgestreckt, um den Geschmack einer Flocke zu prüfen, und sich danach fallen lassen und einen Schneeengel gemacht.

Heute Abend nicht.

Matt zog die Stirn in Falten. »Die Sache gefällt mir nicht. Die Straßen hier sind in keinem guten Zustand. Der Wagen kommt immer häufiger ins Rutschen.«

»Sollen wir uns lieber nach einer Unterkunft umsehen, wo wir abwarten können, bis sich die Lage bessert?«

Er nickte. »Bin schon dabei.«

Sie waren mittlerweile mitten in den Bergen, weit weg von größeren Ortschaften. Vor etwa einer halben Stunde war das Gestöber so dicht geworden, dass sie es nie und nimmer bis sechs Uhr an ihr Ziel schaffen würden. Cara hatte im Tierheim angerufen, und man hatte ihr mitgeteilt, das Personal mache sich bald auf den Heimweg. Bis zum nächsten Morgen war Sadie in Sicherheit.

Hoffentlich fanden sie hier irgendwo ein Hotel, und zwar bald. Sosehr sie es hasste, sich eine Niederlage eingestehen zu müssen, sie mussten von der Straße herunter, ehe sie noch als Teil der Unfallstatistik endeten. Und Matt kam hoffentlich gar nicht erst auf den Gedanken, ein gemeinsames Zimmer vorzuschlagen.

»Wann ziehen Sie denn nun nach Boston?«, fragte Cara, um die Vorstellung, wie Matt neben ihr im Bett lag, zu verscheuchen.

»Nächste Woche, wenn alles gut läuft. Mein letzter Fall dauert länger als angenommen, aber ich …« Matt brach abrupt ab, als Scheinwerferlicht über die Windschutzscheibe huschte.

Ein Ruck ging durch den Jeep, dann befand er sich im freien Fall. Zweige schlugen gegen die Fenster, überall war Schnee, und Caras Sitz bockte wie ein wahnsinnig gewordenes Pferd. Ihr wurde speiübel.

Es knirschte ganz fürchterlich, dann herrschte Stille. Cara ließ den Rand ihres Sitzes los, den sie verkrampft umklammert hatte, wie sie erst jetzt bemerkte, und schaute zum Fenster hinaus. Schneebedeckte Kiefernnadeln drückten gegen die Scheibe. Dahinter nichts als Finsternis.

»Scheiße!« Matt hämmerte gegen das Lenkrad. »Sind Sie verletzt?«

Sie schüttelte den Kopf. »Mir fehlt nichts. Was ist passiert?«

»Irgendein Idiot in einem Pick-up hat uns von der Straße abgedrängt.«

Sie blickte nach oben. »Und er hat nicht angehalten?«

»Sieht nicht so aus. Vielleicht hat er gar nichts von uns mitbekommen. Ich sehe mal nach.« Er löste den Sicherheitsgurt, öffnete die Tür und stieg aus, um den Schaden zu begutachten.

Cara rührte sich nicht vom Fleck, sondern wartete darauf, dass der Post-Adrenalin-Tatterich nachließ. Sie reckte den Hals, konnte aber nichts sehen außer zwei Reihen Kiefern, die von den Scheinwerfern des Jeeps beleuchtet wurden. Es war, als hätte sie der dunkle Wald verschluckt.

Sie zitterte.

Ein paar Minuten später öffnete Matt die hintere Seitentür

und war gleich darauf wieder verschwunden. Schließlich machte er die Fahrertür auf und setzte sich wieder in den Wagen. Dann schaltete er die Lichter aus und schaute sie an. »Könnte sein, dass wir hier die ganze Nacht festhängen.«

Sie starrte ihn fassungslos an. »Wie bitte?«

»Wir sind fast vier Meter die Böschung runtergerutscht. Hier sind die Schneeverwehungen schlimmer als oben. Allein bekomme ich den Jeep nicht raus. Jemand mit einem Abschleppseil muss uns helfen, und bei dem Wetter wird vor morgen früh kaum einer vorbeikommen. Überprüfen Sie mal Ihr Handy. Meins hat keinen Empfang.«

Cara hielt ihr Handy hoch. Auf dem Display erschien die Meldung: »Keine Netzverbindung.«

Matt nickte. »Uns bleiben zwei Möglichkeiten: Wir können auf gut Glück losmarschieren und hoffen, dass wir in der Nähe ein Haus oder sonst ein Lebenszeichen finden. Oder wir richten uns hier für die Nacht ein.«

»Hier?« Ihre Stimme kam einem Quieken peinlich nahe.

»Das würde ich empfehlen.« Matt musterte sie von oben bis unten. »Für einen Spaziergang bei dem Wetter sind Sie nicht richtig gekleidet, und der Zustand der Straße ist gefährlich. Ich würde lieber nicht im Dunkeln durch einen Schneesturm irren.«

»Oje!« Cara schaute zur Rückbank des Grand Cherokee. Und sie hatte gedacht, mit ihm ein Hotelzimmer zu teilen wäre schon übel. »Und wenn nun die Leute, die uns abgedrängt haben, Hilfe holen?«

»Wäre möglich. Ich habe auf der Straße ein Warndreieck aufgestellt, falls jemand nach uns sucht, aber ich halte es für sehr wahrscheinlich, dass wir hier die Nacht über festsitzen.«

Sie starrte ihn an. Großer Gott, das alles passierte wirklich. Sie würde die Nacht hier verbringen, mit ihm, im Jeep.

»Ich bin ganz gut für derartige Notfälle ausgerüstet. Ich habe einen Schlafsack dabei, eine Decke, eine super Taschenlampe, mehrere Flaschen Wasser, Kraftnahrung. Alles Notwendige. Die Rückbank lässt sich nach hinten umklappen. Ich habe hier schon geschlafen. Ist gar nicht so schlimm.«

»Hmm.« Sie rutschte unruhig hin und her. War ja klar, ausgerechnet jetzt, wo sie die nächsten zwölf Stunden in einem Auto mit Matt verbringen würde, musste sie pinkeln. »Ja, Sie sind jedenfalls deutlich besser auf so was vorbereitet als ich mit meinem Mazda.«

Matt zog den Zündschlüssel ab. »Ich richte hinten mal alles her. Ich kann den Motor nicht die ganze Nacht laufen lassen, weil wir Benzin sparen müssen. Deshalb schlage ich vor, wir nutzen Schlafsack und Decke, um uns warm zu halten.«

»Einverstanden.« Sie sah ihm zu, wie er die Rückbank umklappte und aus einer Öffnung im Boden diverse Dinge holte.

»Ist die Hundedecke sauber?«, fragte er, als er das blau karierte Stoffbündel, das sie hinter den Rücksitzen verstaut hatte, ausrollte.

»Ja.«

Er fuhr mit der Hand darüber. »Ziemlich weich.«

Er schaute hoch und ihr direkt in die Augen. »Also, wir können es folgendermaßen machen: Ich gebe Ihnen den Schlafsack und wickle mich in die Decke, oder wir können unsere Körperwärme nutzen und uns gemeinsam unter beide legen. Es dürfte ziemlich kalt werden.«

Sie räusperte sich. »Äh, entscheiden Sie. Die zweite Möglichkeit wäre wohl die deutlich wärmere Lösung.«

Ein diabolisches Grinsen machte sich auf seinem Gesicht breit. »Viel wärmer. Kein Vergleich. Und ich benehme mich wie ein Gentleman, versprochen.«

Ihre Wangen glühten. »Sicher.«

»Na, dann kommen Sie mal nach hinten, Süße.« Er klopfte auf den Platz neben sich.

Cara rang ein Stöhnen nieder. Es war erst sechs Uhr. Dies würde die längste Nacht in der Geschichte der Menschheit werden. »Zum Glück haben wir in Asheville noch Burger gegessen.«

»Ja. Das habe ich auch gerade gedacht.« Er breitete einen marineblauen Schlafsack über der Hundedecke aus. »Was Übernachtungen im Auto angeht, ist das hier ein Fünfsterneangebot.«

»Sagenhaft.« Sie kletterte über die Mittelkonsole und setzte sich neben ihn, den Rücken an die Tür gelehnt.

Matt reichte ihr eine Jacke und zog ihr eine rot karierte Decke über die Beine.

»So.« Sie schaute ihn an.

Er zwinkerte ihr zu. »So.«

Ach, Mist! Es war noch warm im Jeep, und der vor den Fenstern herumwirbelnde Schnee weckte verdammt romantische Gefühle. Sie wünschte sich sehnlichst, er würde sich vorbeugen und sie küssen. Seinen funkelnden Augen nach zu urteilen, hatte Matt vermutlich den gleichen Gedanken.

Nächste Woche zog er fort. Endgültig. Konnte es wirklich schaden, eine kurze, heiße Sexaffäre mit ihm anzufangen, bevor er die Stadt verließ? In gewisser Weise hatte sie sich ja schon mit ihm eingelassen.

Sie seufzte. »Erzählen Sie mir von Ihrer Familie. Von Ihrer Mutter. Und was ist mit Ihrem Vater?«

»Der ist vor zehn Jahren gestorben. Verkehrsunfall.«

»Oh, das tut mir leid.«

»Eine ganze Weile schon gibt es nur noch Mom und uns Jungs. Wir kümmern uns gut um sie.«

»Das glaube ich gern.«

Matt kicherte leise. »Natürlich wettert sie jetzt, sie müsse ja wohl schon mit einem Bein im Grab stehen, so wie wir für sie sorgen.«

Cara lächelte. Die Zuneigung, die aus seiner Stimme herauszuhören war, wenn er von seiner Mutter sprach, rührte sie. »Wollen Sie bei ihr einziehen?«

»Ja. Ich kann bei ihr wohnen, bis ich was Eigenes gefunden habe, aber damit lasse ich mir Zeit.«

Sie tätschelte sein Knie. »Sie sind ein guter Sohn, Matt Dumont.«

»Sie ist eine großartige Mutter. Wie sieht es bei Ihnen aus? Haben Sie ein enges Verhältnis zu Ihren Eltern?«

»Wie man's nimmt. Als Susie und ich noch klein waren, gab es bei uns zu Hause viele Spannungen. Meine Eltern kamen nicht sonderlich gut miteinander aus, hatten aber nicht den Mut, getrennte Wege zu gehen. Sie haben sich erst scheiden lassen, als ich auf der Highschool war. Es waren echt schwere Zeiten.«

Matt betrachtete sie. »War das die Phase, in der Sie krank geworden sind?«

Sie seufzte. »Ja. In meinem zweiten Jahr auf der Highschool. Dauernd wurde gestritten. Meine Eltern konnten nicht mehr normal miteinander reden, und ich fühlte mich schrecklich, physisch wie psychisch. Ich war so ins häusliche Elend verstrickt, dass ich viel zu spät zum Arzt gegangen bin.«

»Hatte er sich bereits ausgebreitet?«

»Als die Diagnose kam, war ich im dritten Stadium. Die größten Tumore wurden bestrahlt, dann folgte die Chemo. Es war hart. Richtig hart.«

»Wie hat Ihre Familie das aufgenommen?«

»Meine Eltern haben noch mehr gestritten. Meine Güte, war das schlimm!« Sie schloss die Augen und schluckte den Kloß hinunter, der ihr in der Kehle saß. Die emotionale Belastung war damals zeitweise zermürbender gewesen als die körperlichen Schmerzen.

»Das tut mir leid.« Matt nahm ihre Hand. In dem dunklen Jeep fühlte sich seine Haut warm und rau an. »Ich kann mir kaum vorstellen, wie schwer es für Sie gewesen sein muss.«

»Wir hatten einen Hund. Einen Boxer namens Ziggy. Er stand mir treu zur Seite, während ich mir die Seele aus dem Leib kotzte. Er legte sich zu mir auf die Couch, wenn ich zu schwach war aufzustehen. Er war mein einziger Rückhalt.«

»Und deshalb sind Sie beim Tierschutz gelandet. Er hat Sie gerettet, und jetzt retten Sie Hunde.«

Sie starrte in Matts mitfühlende Augen. »So in etwa.«

Die Luft im Wagen schien plötzlich wärmer zu werden. Schwerer. Als übte sie Druck aus und zöge die beiden zueinander. Cara rutschte Richtung Vordersitz und brach damit den Zauber. »Äh, es ist mir ja furchtbar peinlich, aber ich muss pinkeln.«

Matt grinste. »War ja klar, dass das früher oder später ansteht. Im Handschuhfach habe ich eine Schachtel Tücher.«

Ihre Wangen glühten schon wieder. »Danke.«

Sie kletterte wieder nach vorne, und erst jetzt wurde ihr bewusst, wie kalt es im Jeep wirklich war. Außerhalb ihres gemütlichen Kokons war es eisig. Sie klappte das Handschuhfach auf, schnappte sich ein Tuch und stürzte sich in die verschneite Wildnis.

Ihre Turnschuhe quietschten im knöchelhohen Schnee. *Igitt*!

Schnell stapfte sie hinter einen großen Baum und erledigte ihr Geschäft. Bis sie wieder im Jeep saß, waren ihre Hosenbeine bis zum Knie durchnässt.

Matt hatte sich auf der Liegefläche ausgebreitet, die Hände hinter dem Kopf verschränkt und starrte das Autodach an. Cara bewunderte sein Profil, die Kieferpartie, auf der sich bereits dunkle Stoppeln breitgemacht hatten, und diese Augen, die direkt durch sie hindurchsahen. Lächelnd drehte er sich in ihre Richtung, und schlagartig wurde ihr flau im Magen.

»Wie ist es draußen?«

»Kalt«, sagte sie, »und nass.« Sie streifte die Schuhe ab und rollte die Hosenbeine hoch, um den feuchten Stoff von der Haut zu bekommen.

Stirnrunzelnd musterte Matt die durchweichte Jeans. »Nasse Kleidung ist schlecht.« Als er zu ihr aufblickte, funkelte ihr wieder dieses diabolische Grinsen entgegen. »Sie wissen ja, Körperwärme lässt sich besser erhalten, wenn man Haut an Haut liegt.«

Sie schnappte nach Luft. »Sie haben gesagt, Sie benehmen sich wie ein Gentleman.«

»Und das werde ich auch.« Er klopfte auf den Schlafsack neben sich. »Wenn Sie darauf bestehen.«

12

Matt steckte in größten Schwierigkeiten. Cara hatte die Augen weit aufgerissen, ihre Lippen öffneten sich vor Überraschung, und er wusste, dies würde die längste Nacht seines Lebens werden.

Vorsichtig schob sie sich neben ihn auf den Schlafsack, eifrig darauf bedacht, mehrere Zentimeter Abstand zwischen ihren Körpern zu halten. Sie betrachtete ihn, und der Mond spiegelte sich in ihren Augen.

»Erzählen Sie weiter, Cara, sonst geht meine Fantasie auf Reisen.« Matt ließ den Blick über sie gleiten.

Sie schluckte. »Das ist nicht fair.«

»Aber ehrlich.« Nicht ganz. Auch noch so langes Gerede konnte an den Tatsachen nichts ändern. Er begehrte sie. Er war scharf auf sie, und da waren sie nun, gefangen im Jeep. Sollte sie sich dazu durchringen, sich an ihn zu kuscheln, um sich warm zu halten, würde sie spüren, wie sehr er sie begehrte.

»Na schön.« Sie biss sich auf die Unterlippe.

Er rutschte näher an sie heran und zog ihr die Decke über. »Ich warte.«

Ihr Atem wärmte seine Wange und befeuerte die Glut, die in ihm loderte.

»Mir fällt nichts ein.« Ein schüchternes Lächeln umspielte ihre Lippen, und Matt wusste, es war um ihn geschehen.

Er stöhnte. »Meine Güte, Cara!«

Sie bewegte sich. Ihr Fuß stieß gegen sein Schienbein, ihre Hände berührten sich.

Er senkte den Mund auf ihre Lippen zu und flüsterte: »Ich habe versprochen, Sie nicht zu küssen, und ich breche meine Versprechen nicht.«

Und in diesem Fall musste er das auch nicht. Denn Cara hob den Kopf und küsste ihn. Er zog sie an sich, und ihr Kuss wurde immer leidenschaftlicher. Ihre Zungen liebkosten einander, und ihre Finger packten ihn fester. Oh Gott, wie gut sie schmeckte! Ein leises Stöhnen entwich ihren Lippen, und er war verloren.

Dies war der Traum eines jeden Pubertierenden. Die Frau seiner Fantasien, zwölf Stunden oder noch länger mit ihm in einem Auto eingeschlossen. Ein weiches Bett unter ihnen, eine warme Decke über ihnen. Draußen vor den Fenstern wirbelnde Schneeflocken.

Eine Beschränkung allerdings galt für diese Erwachsenenversion solcher Fantasien: Matt würde Cara heute Abend nicht nackt in seinem Wagen sehen, egal wie sehr er sich das wünschte. Aber es war schon eine verdammt angenehme Art, ein paar kalte Nachtstunden zu verbringen.

Cara rückte näher und drängte sich gegen seinen Leib. Matt schüttelte seinen Mantel ab und warf ihn zur Seite. Sie folgte seinem Beispiel. Er schob ihr den linken Schenkel zwischen die Beine und spürte durch ihre Jeans ihre Hitze.

»Matt«, keuchte sie. Ihre Beine umschlangen ihn fester.

Matt stöhnte, ließ die Hand unter ihren Pullover gleiten, hakte ihren BH auf und umfasste ihre Brust. Genau die richtige Größe. Wie er sich gedacht hatte.

Leicht fuhr er mit dem Daumen über ihre aufgerichtete Brustwarze, und Cara stöhnte. Dann schob er den Pullover hoch, legte die Lippen um diese herrliche Knospe, zupfte und saugte, bis sie erneut dieses leise Stöhnen von sich gab, das ihn so wild machte.

Verflucht, wie sie wohl erst beim Orgasmus klang?

»Hör nicht auf«, flüsterte sie leise. Ihre Hüften drängten sich an seine.

Prompt reagierte sein Schwanz. Er wurde so hart, dass Matt jede Sekunde damit rechnete, dass die Knöpfe seiner Jeans abspringen und gegen eins der Fenster knallen würden.

Sie küssten sich, bis die Scheiben anliefen und sich Cara unter ihm wand, ihr Körper an seinen gepresst wie eine zweite Haut. Matt holte tief Luft und hielt den Atem an. Er musste sich bremsen, ehe alles zu spät war.

»Wenn wir so weitermachen, brauchen wir den Motor die ganze Nacht nicht mehr«, sagte er leise. Schweiß perlte auf seiner Stirn und rann zwischen seinen Schulterblättern hinab.

»Ist dir etwa kalt?« Sie ließ eine Hand unter sein Hemd gleiten. Ihre Finger fühlten sich himmlisch an. »Du fühlst dich ziemlich heiß an.«

»Baby, du hast keine Ahnung.« Er küsste sie auf die Wangen und weiter bis zum Hals. Als sie zu zittern anfing, bezweifelte er, dass es an der Temperatur im Jeep lag.

Keuchend rückte sie ein Stück von ihm weg und wandte den Blick ab. Matt konnte ihr Gehirn praktisch rotieren hören, immer schneller.

»Keine Sorge, Liebling, ich werde nichts weiter tun, als dich küssen.«

Sie riss die Augen auf. »Wirklich?«

»Wirklich. Zum einen habe ich keine Gummis dabei, zum anderen hat sich unsere Situation nicht grundlegend geändert. Ich werde es nicht ausnutzen, dass wir hier im Jeep festsitzen.«

Cara schürzte die Lippen. »Ich bin nicht gerade die Unschuld vom Lande.«

Er stöhnte. Vielleicht nicht, aber irgendwie doch. Was für ein Glück, dass er keine Kondome dabeihatte, denn sonst hätte er während der langen Stunden, die jetzt vor ihnen lagen, womöglich sein Wort gebrochen.

Seufzend setzte sie sich auf. »Aber du hast natürlich recht. Es ist besser, wir behalten unsere Klamotten an.«

»Aber das schließt ein bisschen Spaß nicht aus.«

Cara schaute auf die Uhr und runzelte die Stirn. »Erst halb neun. Wenn wir es voll bekleidet durch die ganze Nacht schaffen wollen, brauchen wir Ablenkung.«

In diesem Punkt musste er nun wiederum ihr recht geben.

Matts Blick wurde wie magisch von den immer noch nassen Beinen ihrer Jeans angezogen. »Versteh mich nicht falsch, aber du musst die Hose ausziehen.«

Sie kniff die Augen zusammen. »Wie bitte?«

»Sie ist feucht. Du hast doch was zum Umziehen dabei, oder? Zieh was anderes an. Ich lasse eine Weile den Motor laufen, dann können wir die Jeans über der Lüftung trocknen.«

»Hm, äh, na gut.«

Jetzt, da ihre Körper keine Funken mehr schlugen, wurde es im Jeep ungemütlich kalt. Cara holte eine schwarze Baumwollhose aus ihrer Tasche und kletterte auf den Vordersitz, nicht ohne ihm einen Blick zuzuwerfen, der besagte, er solle sich bloß keine Freiheiten herausnehmen.

Reumütig lächelnd wandte er sich seinem Lager unter dem Rücksitz zu. Er wühlte so lange herum, bis er schließlich eine kleine Schneeschaufel fand, die er für Notfälle immer dabeihatte. Dann schaute er vorsichtig nach vorne. Cara streifte sich gerade die Hose über die Beine und gewährte ihm so einen kurzen Blick auf zartweiche Haut und ein blaues Spitzenhöschen. Matt ließ die Schaufel mit lautem Knall fallen und hob sie möglichst umständlich wieder auf, bis Cara endlich rief: »Fertig!«

»Ich schaue kurz mal draußen nach, ob der Auspuff nicht

verstopft ist, bevor ich den Motor anlasse. Danach haben wir es wieder schön warm.«

Cara grummelte irgendetwas vor sich hin von wegen, gefroren habe sie auch so nicht, was ihm ein dreckiges Grinsen entlockte. Beinahe wäre ihm erneut die Schaufel aus der Hand gefallen. Er öffnete die hintere Tür auf der Fahrerseite und beugte sich hinaus, um den Schnee wegzuschaufeln, den der Wind an den Wagen geweht hatte.

Ihre Kleidung musste ja nicht nasser werden als unbedingt nötig, wenn die Natur ihr Recht verlangte. Wenigstens hatte es praktisch aufgehört zu schneien. Nur noch vereinzelte Flocken trieben durch die Luft. Zwischen den schneebedeckten Zweigen schien der Mond wie ein trüber Klecks durch den Rest der Wolken.

Eine zwanzig Zentimeter dicke Schicht aus schwerem Nassschnee bedeckte den Boden. Matt räumte den Schnee an seiner Seite des Wagens weg, ehe er ausstieg und die Tür hinter sich schloss. Rasch schaufelte er für Cara einen schmalen Pfad hinter den nächsten Baum frei, dann ging er auf die Rückseite des Jeeps. Der Auspuff befand sich mehrere Zentimeter oberhalb der Schneedecke, dennoch schaufelte er sicherheitshalber rundherum frei für den Fall, dass es in der Nacht wieder zu schneien begann oder der Wind mehr Schnee an das Auto wehte.

Als er fertig war, ging er selbst hinter den Baum. Anschließend zog er die Stiefel aus und kletterte zurück in den Jeep. Cara saß immer noch vorn, hatte die Arme um die Knie geschlungen und klapperte mit den Zähnen.

Matt steckte den Schlüssel ins Zündschloss und ließ den Motor an. »Es hat aufgehört zu schneien.«

Sie schaute zu ihm herüber. »Das freut mich, aber es ist immer noch scheiße.«

»Bist du kein Campingfreund?«

»Doch, doch, meine Freundinnen und ich zelten jedes Jahr, aber nicht im Winter oder mitten in einem Schneesturm.«

Matt stellte die Lüftung ein, nachdem es nun heiß wurde. »Magst du kein kaltes Wetter?«

»Nein, tut mir leid. Ich bin ein Südstaatenmädchen durch und durch.«

Ja, das war sie allerdings. Er liebte ihren Dialekt und die Vorstellung, wie sie unter freiem Himmel zeltete. Die Vorstellung, dass er bei ihr war, gefiel ihm noch besser.

Er zog sein Handy aus der Mittelkonsole und schloss es an den Zigarettenanzünder an. Verbindung hin oder her – wenn sie morgen losmarschierten, musste der Akku geladen sein. »Lass mal dein Handy sehen.«

Cara hielt ihm ein Samsung hin, ein ähnliches Modell wie seins.

»Prima. Deins stecke ich ein, wenn meins aufgeladen ist.«

Sie nickte und gab es ihm. »Was hat dich eigentlich nach North Carolina verschlagen?«

»Ich brauchte dringend einen Tapetenwechsel.«

Sie musterte ihn nachdenklich. »Und übersetzt heißt das … Liebeskummer?«

Er gluckste. »Ihr Mädels habt dafür einen sechsten Sinn, was?«

»Tatsächlich? Jemand hat dir das Herz gebrochen?«

»So ähnlich. Holly und ich waren vier Jahre zusammen. Ich hatte auch vor, sie zu heiraten, aber dann musste ich erfahren, dass sie in der Weltgeschichte herumvögelte, während ich in Übersee meinen Militärdienst ableistete.« Der brennende Schmerz des Verrats war zwar mittlerweile verglüht, er hatte jedoch einer Mischung aus Verbitterung und Gleichgültigkeit Platz gemacht.

»Ach, Matt.« Sie berührte ihn an der Schulter. »Das ist ja furchtbar.«

Er zuckte die Achseln. »Deshalb bin ich in North Carolina gelandet. Allerdings hatte ich damals nicht vor, so lange zu bleiben … Ich habe mich wohl gut hier eingelebt.«

Sie nickte und starrte in den Schnee hinaus.

»Wenn wir schon gerade persönliche Fragen beantworten: Was bedeutet RST?«

Cara beugte sich vor und gab einen Laut von sich, als würde sie ersticken. »Wie bitte?«

Die Abkürzung war also definitiv auf ihn gemünzt. »Du hast mich schon verstanden.«

Sie schlug die Hände vors Gesicht, als würde sie sich schämen. »Können wir das nicht vergessen?«

»Jetzt rück schon raus damit.«

Sie linste ihn zwischen den Fingern hindurch an. »Versprich mir, dass du mich nicht auslachst.«

Na, das klang ja vielversprechend. »Schätzchen, ich verspreche nichts, wenn ich nicht weiß, ob ich es halten kann.«

Sie seufzte und murmelte etwas Unverständliches.

»Wie bitte?«

»Es steht für rattenscharfer Typ«, sagte sie verschämt.

Matt hätte laut losgelacht, wäre ihm der Mund nicht vor Verblüffung offen stehen geblieben. »Rattenscharfer Typ?«, fragte er nochmals nach.

»Es ist total bescheuert, ich weiß. Meine Freundin und ich haben uns das im College ausgedacht. Wenn wir einen Jungen gesehen haben, der uns gefallen hat, haben wir ihn als RST bezeichnet.«

»Und?«

Wieder seufzte sie. »Und ich habe dich so genannt, als ich deinen Namen noch nicht kannte.«

»Weil du mich für einen rattenscharfen Typen gehalten hast?« Sein Schwanz sprang in die Startlöcher.

»Ja, genau. Zufrieden?« Endlich schaute sie ihm in die Augen, und die Luft zwischen ihnen begann zu knistern.

»Ich wäre noch viel zufriedener, wenn ich ein Kondom dabeihätte.«

Sie warf ihm einen Blick zu und überraschte ihn dann völlig, indem sie sich über die Mittelkonsole auf seinen Schoß schob. »Du hast mich nicht ausgelacht«, sagte sie und küsste ihn halb bewusstlos.

Tatsächlich? Er hatte gedacht, er hätte gelacht, aber Cara schloss mit ihrem süßen Duft, ihren weichen Lippen und ihrem warmen Körper, der sich so nahtlos an seinen schmiegte, sein Gehirn kurz.

»Du wolltest mit mir schlafen?« Er zog sie an seine Erektion.

Sie keuchte. »Nur theoretisch.«

Matt packte ihre Pobacken und zog sie an sich. Sie machte ihn derart an, dass ihm ganz wirr im Kopf war. Cara zu küssen hatte sich vom Glücksgefühl in eine köstliche Folter gewandelt. Sie stöhnte auf, was ihn fast den letzten Rest an Selbstbeherrschung kostete.

Sie ging nie mit Männern aus, bei denen die Chemie stimmte, hatte Merry gesagt. Das war vermutlich der Grund, warum sie ihn während des letzten Jahres gemieden hatte wie die Pest. Zusammen waren sie jedenfalls überaus leicht entflammbar. Wie lange war es her, dass ein Mann sie durch bloße Berührung in den Wahnsinn getrieben, dass sie eines Mannes wegen jede Kontrolle verloren, dass sie vor Lust geschrien hatte? Eine Ewigkeit? Der Wunsch, ihr diese Lust zu bereiten, wurde stärker als seine eigenen Bedürfnisse.

Eine richtige Beziehung konnte er mit ihr nicht eingehen, aber er konnte ihr Erleichterung verschaffen aus der Zwangslage, die sie so auf seinem Schoß hin und her rutschen ließ. Er beugte sich vor und küsste sie, während er die Hand über ihren Bauch unter den Bund ihrer schwarzen Hose schob.

Durch das Höschen konnte er spüren, wie warm und feucht sie war.

Sie stöhnte.

»Cara.« Seine Stimme war leise und heiser, als er das Höschen beiseitezog und zwei Finger in sie hineingleiten ließ.

»Matt, was …?« Sie keuchte kurz voller Wollust auf, und ihr Körper bäumte sich leicht auf. Wow, das fühlte sich fast so gut an wie richtiger Sex. Fast.

»Lass mich das für dich tun, Cara.« Er hielt sie fest, während seine Finger taten, wonach sein Schwanz sich sehnte. »Lass mich hören, wie du kommst.«

Ihre Hüften zuckten, und er genoss die kleinen Schreie, die sie ausstieß, weil seine Finger sie langsam zur Raserei brachten.

Sie spannte sich an und krallte sich an seinen Schultern fest. »Oh …«

Als er nun zusätzlich mit dem Daumen ihre Klitoris liebkoste, geriet sie völlig aus der Fassung. Ihr verwunderter Blick war das Schönste, was er je gesehen hatte.

Mit einem wilden Aufschrei zerfiel sie beim Orgasmus praktisch in seinen Armen, und Matt wäre beinahe selbst gekommen. Er biss die Zähne zusammen und fluchte leise vor sich hin. Ihre Hüften drückten gegen seine, und sein Ständer pochte schmerzhaft. Er hielt sie fest, bis sie völlig ermattet zusammensank.

»Herr im Himmel!«, keuchte sie. Ihr Atem kitzelte ihn am Hals. Er hielt sie weiter, bis sie sich einigermaßen gefasst hatte, dann ließ er los und zog sich zurück. Auch seine Zurückhaltung hatte Grenzen, und die lotete Cara gerade aus. Und zwar kräftig.

»Matt … ich … aber du …« Sie senkte den Kopf und schaute auf seine Jeans.

»Das muss dich nicht kümmern.« Er hatte schon Schlimmeres überstanden, auch wenn ihm im Moment nicht einfallen wollte, was. Für sie würde er es auch noch einmal tun. Das Einzige, was er bedauerte, war, dass er keine Gelegenheit gehabt hatte, sie seinen Namen schreien zu hören.

Cara starrte ihn immer noch vor Erregung glühend an. Beunruhigt runzelte sie die Stirn.

Er beugte sich vor und küsste sie, dann hob er sie wieder auf ihren Sitz. Im Jeep war es ungemütlich warm geworden, vielleicht lag das aber auch nur an seinem in Wallung geratenen Blut. »Wir sollten die Heizung jetzt bald abschalten und uns hinlegen. Warum kletterst du nicht schon nach hinten und machst es dir bequem?«

Sie rutschte auf die Rückbank und zog die Decke über sich.

»Ich kontrolliere draußen noch mal alles.« Er trat in die sagenhaft kalte Nacht hinaus und holte tief Luft, bis er wieder einen einigermaßen klaren Kopf hatte.

Schließlich umrundete er den Wagen, stieg wieder ein, zog den Schlüssel ab und schlüpfte zu Cara unter die Decke.

Er lag auf dem Rücken und schaute zum Autodach hoch. Sie hatte sich auf die Seite gedreht, das Gesicht ihm zugewandt, und er spürte ihren Blick fast wie eine körperliche Berührung. Ohne das Zischen der Lüftung hing die Dunkelheit schwer und still über ihnen.

Und es wurde auch schon wieder deutlich kälter.

»Heute hätten wir die Rogers endgültig überführt«, sagte er in die Stille.

»Du hast recht. Es ist deutlich unter null, und wahrscheinlich schneit es zu Hause ebenfalls. Echt Scheiße.«

Er zuckte mit den Schultern. »Kann man nichts machen.«

Auch wenn er eigentlich wütend werden wollte, weil er hier festsaß und weder Ken Prentiss per GPS verfolgen noch Cara bei ihrem Fall helfen konnte, es gelang ihm nicht. Den untreuen Ehemann würde er auch morgen noch hochnehmen können, aber die heutige Nacht würde er mit Cara zusammen genießen.

Die zitterte inzwischen am ganzen Körper.

»Wir sollten uns lieber zusammen in den Schlafsack legen«, schlug er nach einer Minute vor.

»Wahrscheinlich.«

Er setzte sich auf. »Ladies first.«

Er war froh, dass es so finster war, als sie hineinschlüpfte, denn es war ihm bestimmt ins Gesicht geschrieben, wie scharf er auf sie war.

Als sie sich hineingekuschelt hatte, streifte er seine Jeans ab und machte es sich neben ihr bequem.

Es war ziemlich eng. Sie lag auf der Seite, das Gesicht abgewandt, und ihm blieb bloß der Platz hinter ihr. Seine Hand ruhte auf ihrem Bauch. Sie passten perfekt zusammen.

Ruhelos bewegte sich Cara, soweit das in den engen Grenzen des Schlafsacks möglich war. Matt schloss die Augen und mühte sich nach Kräften, die Reaktionen seines Körpers auf ihre Nähe zu ignorieren und auch das übermächtige Bedürfnis, sie umzudrehen und leidenschaftlich zu küssen. Sich tief in ihr zu versenken und sie beide in eine angenehme Besinnungslosigkeit zu stoßen.

»Matt …« Cara zuckte erneut, und ihr Po landete voll auf seiner Erektion.

Ganz automatisch zog er sie ein wenig näher an sich.

»Pst. Versuchen wir doch, ein bisschen zu schlafen. Einverstanden? Wir haben morgen einen langen Tag vor uns.«

Und davor lag eine lange, schmerzhafte Nacht.

Als Cara aufwachte, wusste sie im ersten Moment nicht, wo sie war. Doch es dauerte nicht lange, bis ihr klar wurde, dass sie in Matts Armen lag. Am Himmel zeigten sich erste rote und purpurfarbene Streifen. Ein schöner Wintermorgen.

An Wangen und Nase, die unter der Decke hervorlugten, spürte sie die eisige Kälte, die im Jeep herrschte. Matt schlief noch und blies ihr seinen warmen Atem in den Nacken.

Beide waren sie erst nach mehreren Stunden voll innerer Unruhe eingenickt. Wer konnte schon schlafen, wenn ihn eine Erektion in den Rücken pikste? Schon der bloße Gedanke daran hatte sie wieder auf 180 gebracht. Was er für sie am Vorabend getan hatte, ihr ohne Gegenleistung Lust bereitet – kein Mann zuvor hatte ihr je ein ähnliches Geschenk gemacht.

Als spürte er ihre Gedanken, rührte sich Matt, und da war sie schon wieder und drückte sich gegen sie wie eine Einladung zur Sünde.

Sie drehte den Kopf und kuschelte sich noch enger an ihn.

Matts Augen erstrahlten im warmen Licht der Morgendämmerung und schienen jetzt fast schwarz. »Guten Morgen.«

»Guten Morgen.« Sie beugte sich vor und gab ihm einen flüchtigen Kuss. Warum nicht? Das war vermutlich ihre letzte Chance.

Die bloße Berührung seiner Lippen löste in ihr erneut einen Strudel an Empfindungen aus. Sie trauerte der verpassten Gelegenheit nach, denn sie zweifelte keine Sekunde, dass Sex mit Matt überwältigend gewesen wäre. Vielleicht hätte es ihr, die über so wenig Erfahrung auf diesem Gebiet verfügte – jedenfalls was großartigen Sex betraf –, ganz neue Welten eröffnet.

Er schlang die Arme um sie und küsste sie sanft und langsam, bis sie glaubte, der Schlafsack müsse schmelzen. Sie schienen beide zu ahnen, dass der Zauber zerstört sein würde, sobald sie seine engen Grenzen verließen.

Cara schloss die Augen und gab sich ganz den Gefühlen hin, die seine Lippen und seine Zunge in ihr auslösten. Die Erregung spürte sie bis in die Zehenspitzen.

»Gott, wie schön du bist«, krächzte er mit rauer Stimme.

Sie schlug die Augen auf. Mit dem Finger fuhr er ihre Lippen nach, und seine Augen funkelten dabei vor Begierde. Tief in ihrer Seele spürte sie, dass Matt seine Worte ehrlich meinte, auch wenn sich instinktiv Widerspruch in ihr regte. Dass ein Mann wie Matt sie begehrenswert fand, war zweifelsohne eins der größeren Geheimnisse menschlichen Lebens.

Wieder küsste er sie, dann strich er mit den Fingern durch ihr Haar. »Wir sollten uns langsam auf den Weg machen und Hilfe suchen.«

Hilfe. Richtig. Der Jeep steckte ja immer noch in der Schneeverwehung fest.

»Ja«, seufzte sie.

»Vorsicht.« Er zog den Reißverschluss des Schlafsacks auf.

Sofort spürte sie die eisige Luft und schlang schützend die Arme um ihren Körper.

»Bleib du erst mal hier«, sagte er und schloss den Reißverschluss wieder. Er streifte sich seine Jeans über und kletterte auf den Vordersitz. Kurz darauf ließ er den Motor an. »Gleich wird es wärmer.«

Sie schaute auf die zugefrorenen Fensterscheiben rings um sie her. Der Gedanke, sich im Freien zu Fuß auf die Suche nach Hilfe zu machen, war nicht annähernd so verlockend wie die Vorstellung, sich mit Matt hier in den warmen Schlafsack zu kuscheln.

Er schnürte die Stiefel zu und zog den Mantel über. »Ich sehe mich mal um. Bleib hier und warte, bis sich das Auto aufgeheizt hat.«

Na gut, wenn er darauf bestand. Cara schmiegte sich in den

warmen Schlafsack. Aber früher oder später musste sie aufstehen. Hilfe suchen hin oder her, sie musste aufs Klo. Und außerdem: Im Tierheim wartete Sadie auf sie.

Letzterer Gedanke veranlasste sie, ihre warme Schutzhülle nun doch zu verlassen. Sie setzte sich auf und schnappte sich ihren Mantel. Er fühlte sich eisig an, als sie ihn über ihr dünnes Baumwollhemd streifte. Durch den Frost, der wie ein Spinnennetz die Fensterscheiben überzogen hatte, sah sie Matt zur Straße hinaufgehen, wo er nach einer Möglichkeit suchen wollte, sie hier herauszuholen.

Widerwillig befreite Cara die Füße aus dem Schlafsack, kletterte nach vorne und packte ihre Jeans, die Matt am Abend über das Heizungsgebläse gelegt hatte. Sie war ebenfalls eiskalt, aber immerhin trocken und für einen Marsch durch den Schnee viel besser geeignet als ihre Baumwollhose.

Sie zog Jeans und Schuhe an und beschloss, rasch pinkeln zu gehen, ehe Matt zurückkam.

Die Luft draußen war kaum kälter als im Jeep, deshalb traf sie auch kein Schock, als sie die Autotür öffnete und ausstieg. Ein kalter Windstoß zerzauste ihr das Haar und machte ihr eine Gänsehaut. Sie schaute durch die schneebedeckten Zweige in das Morgenrot, das den neuen Tag ankündigte.

Ein schmaler Pfad führte durch den Schnee zu einem der dickeren Bäume. Offenbar hatte Matt an sie gedacht, als er sich gestern Abend hier an die Arbeit gemacht hatte. Sie eilte hinter den Baum, erledigte ihr Geschäft und kehrte zum Jeep zurück.

Nach ein paar Minuten im Wald fühlte sich die Luft im Innern des Wagens angenehm mild an. Matt kam unmittelbar nach ihr zurück und zog die Tür hinter sich zu.

»Frühstück«, sagte er und reichte ihr einen Proteinriegel und eine Flasche Mineralwasser.

»Danke.« Sie riss die Verpackung auf. »Und wie geht es jetzt weiter?«

Matt drehte das Gebläse hoch. »Ich glaube, wir sind nicht allzu weit von Poole entfernt. Wir marschieren in diese Richtung los, bis wir Handyempfang haben, oder wir halten jemanden an und bitten ihn, uns rauszuziehen.«

Cara biss in den Proteinriegel mit Schokogeschmack. Sie war so hungrig, dass er ihr himmlisch schmeckte. Die Uhr am Armaturenbrett zeigte nicht einmal sieben Uhr. Was das wohl über ihre Chancen aussagte, bald auf einen anderen Autofahrer zu stoßen?

Als sie aufgegessen hatten, war es im Jeep richtig gemütlich geworden, und Cara fürchtete sich schon davor, seine relative Behaglichkeit verlassen zu müssen. Matt hatte beide Handys aufgeladen, während der Motor lief, sodass sie in diesem Punkt für den Tag gerüstet waren.

»Na gut, überprüfen wir mal unseren Kleiderfundus. Draußen ist es kalt. Hast du eine Mütze dabei? Handschuhe? Schal?«

Sie nickte.

Matt musterte sie von oben bis unten. »Was ist mit dieser schwarzen Baumwollhose von letzter Nacht? Die solltest du unter der Jeans tragen. Das ist wärmer.«

Cara streckte sich. »Warum? Glaubst du, wir werden eine Weile zu Fuß unterwegs sein?«

Er zuckte die Achseln. »Möglich. Hoffentlich nicht, aber man weiß ja nie.«

»In Ordnung.« Sie zog die schwarze Hose und ein zweites langärmeliges Shirt aus der Tasche und kletterte nach hinten, um sich aufzurüsten. Als sie über die Schulter linste, streifte sich Matt gerade eine blaue Thermoweste über sein graues T-Shirt, das ebenfalls lange Ärmel hatte.

Fünf Minuten später traten sie, so warm angezogen wie

möglich, in den kalten, stillen Morgen hinaus. Der Himmel hatte sich aufgehellt, und ein strahlendes Blau erleuchtete den Weg zur Straße hoch. Matt trug einen Rucksack, in dem er trockene Socken sowie die restliche Kraftnahrung und Wasserflaschen transportierte.

»Bereit?« Sein Atem bildete kleine Wölkchen.

Cara nickte, dann trottete sie hinter ihm her.

Es war einfach, den Reifenspuren die Böschung hoch zur Route 441 zu folgen. Sie versuchte dabei, in Matts Fußstapfen zu treten, um ihre Halbschuhe trocken zu halten, aber dennoch waren ihre Füße, als sie die Straße erreichten, tropfnass.

Sie warf einen letzten Blick auf Matts Jeep, der durch die Bäume kaum noch zu sehen war. Sie hatten wirklich Glück gehabt, bei ihrer wilden Fahrt letzte Nacht nicht gegen etwas sehr viel Größeres als einen Schössling geprallt zu sein. Beim bloßen Gedanken daran zog sich ihr Magen zusammen.

Schweigend stapften sie vor sich hin und suchten sich ihren Weg durch diverse Reifenspuren auf der nicht geräumten Fahrbahn, damit ihre Füße nicht noch nasser wurden. Es waren keine fünfzehn Minuten vergangen, seit sie den Jeep verlassen hatten, aber Cara spürte bereits kaum noch ihre Zehen.

Sie zitterte und zitterte, und ihre Zähne klapperten.

Besorgt blickte Matt zu ihr hinüber. »Hast du nasse Füße?«

»Sehr nasse.«

»Das ist schlecht. Halbschuhe sind bei diesem Schneechaos nicht gerade gut für einen Spaziergang geeignet.«

»Das wird schon wieder. Hoffentlich kommt bald jemand vorbei.«

So marschierten sie weiter und hielten beide immer wieder ihr Handy hoch, um zu überprüfen, ob sie Verbindung hatten. Wenn keine Hilfe kam, konnten sie mit etwas Glück vielleicht Hilfe rufen.

Über den Baumkronen stieg die Sonne auf und ließ den Himmel im Osten rosa erglühen. Unter ihren Strahlen glitzerten die schneeüberzogenen Zweige wie Edelsteine. Abgesehen von Matts und Caras Schritten war kein Laut zu hören.

»Es ist wunderschön hier, das musst du zugeben.« Ihr Atem verwandelte sich in Nebelwölkchen.

Matt nickte. »Wie eine Ansichtskarte. Wenn ich endlich Außenverbindung bekäme, würde ich hier stehen bleiben und den Anblick genießen.«

»Du wünschst dir wahrscheinlich inzwischen, du hättest dich um deinen eigenen Kram gekümmert, als du mich gestern beim Einladen meines Autos gesehen hast.«

»Nicht, wenn du dann allein hier draußen zurechtkommen müsstest.«

»Das hätte ich schon geschafft.« Sie ging wieder einen Schritt. »Ich bin trotzdem froh, dass du bei mir bist.«

Er schaute zurück. »Ich auch.«

Eine Stunde später fühlte sich Cara, als wäre sie aus einem Eisblock gemeißelt. Ihre Füße waren taub, ihre Nase zeigte vermutlich Erfrierungserscheinungen, und sie zitterte so sehr am ganzen Leib, dass es wehtat. Noch nie in ihrem Leben hatte sie so sehr gefroren.

Die schneebedeckten Wälder nahmen und nahmen kein Ende.

Plötzlich entdeckten sie einen Wagen.

»Gott sei Dank!« Cara blieb stehen und stützte die Hände auf die Knie. Matt streckte den Arm aus, um den SUV anzuhalten, der ihnen entgegenkam.

Cara stellte sich neben ihn und malte sich aus, wie warm es in dem Auto wohl sein mochte. Ihre Zehen kribbelten bereits vor Vorfreude.

Jetzt konnte sie auch den Fahrer erkennen, eine Frau in

mittleren Jahren, die verkrampft das Lenkrad umklammerte und auf die Straße starrte, als könnte sie jeden Moment die Kontrolle über ihr Fahrzeug verlieren und ins Schleudern geraten. Cara und Matt würdigte sie keines Blicks, als sie einfach an ihnen vorbeifuhr und eine wahre Sintflut an Matsch in ihre Richtung spritzte.

Ein eisiger Schauer erwischte sie beide.

»So eine Scheiße!« Matt wischte sich das Gesicht ab und streifte anschließend Matsch von Caras Jacke und Jeans, während sie sich wie ein Hund schüttelte.

Sie stippte ein schlammiges Tröpfchen von der Nasenspitze weg. Jetzt waren sie nicht nur durchgefroren, sondern auch noch nass und dreckig. Ohne Vorwarnung fing sie urplötzlich zu lachen an.

»Findest du das etwa lustig?«

»Nein«, keuchte sie. »Aber …«

Matt zog eine Grimasse und rang sich dann ein Lächeln ab.

Caras Gelächter grenzte an Hysterie. Tränen traten ihr in die Augen, und sie schnappte mühsam nach Luft. »Ich kann nicht glauben, dass sie einfach weitergefahren ist!«

»Wie geht es dir denn?« Matt nahm sie in die Arme und zog sie eng an sich, um sie etwas zu wärmen. Vielleicht hätte sie auf seine Schulter geweint, aber die Tränen wären an ihren Wangen zu Eis gefroren.

»Mir ist kalt«, gab sie zu.

Er rieb über ihre Arme. »Wenn uns nicht bald jemand mitnimmt, müssen wir uns ein Plätzchen suchen, wo du dich aufwärmen kannst.«

»Das wird schon wieder.«

»Schlimmstenfalls sind es noch drei Meilen bis Poole, wenn das Schild da drüben stimmt. In einer Stunde oder so ist das zu schaffen. Mach dir ein paar warme Gedanken.«

Cara neigte den Kopf und schaute ihn an.

Matt prustete los. »Du wieder mit deiner schmutzigen Fantasie. Aber wenn dir dann wärmer wird …«

Ihr Blick verfinsterte sich. Was für ein Mist! Ihr war mittlerweile wirklich elend zumute, aber was blieb ihr übrig? Sie musste weitergehen.

»Na, wer sagt's denn!« Matt schaute auf sein Handy und hielt es ihr hin. Es zeigte fast optimale Verbindung.

Vor Erleichterung versagten ihr fast die Knie. Sie zog ihr Handy aus der Tasche. Ähnliches Resultat. »Gott sei Dank!«

»Höchste Zeit, Hilfe zu holen.« Matt wählte die Auskunft, um sich mit einem Abschleppdienst verbinden zu lassen.

Cara dachte an Sadie, die immer noch im Tierheim wartete. Inzwischen war es nach neun. Jemand musste dort zu erreichen sein. Sie rief die Liste vergangener Telefonate auf und wählte.

»Shelton County Animal Shelter«, meldete sich die Stimme einer Frau.

»Hi, Cara Medlen am Apparat.« Sie klang etwas seltsam, da ihre Lippen taub waren. »Ich hole heute Vormittag Sadie für *Triangle Boxer Rescue* ab.«

»Sadie? Den braunen Boxer? Ich glaube, die wurde heute früh zu einer Untersuchung gebracht. Bleiben Sie bitte kurz dran.«

Cara hörte ein Klicken, danach statisches Rauschen. Sie schaute zu Matt, der irgendjemandem ihre Position durchgab. Bitte, lieber Gott, schick uns schnell einen Abschleppwagen! Ihre Knochen schlotterten inzwischen, als hätten sich Sehnen und Muskeln bereits gelöst.

»Miss Medlen?«

Cara konzentrierte sich wieder auf ihr Handy. »Ja.«

»Bis wann können Sie hier sein?«

»In ein paar Stunden. Deshalb rufe ich an. Mein Auto kam während des Schneesturms gestern Nacht von der Fahrbahn ab. Gerade haben wir einen Abschleppwagen bestellt, dann kommen wir direkt nach Shelton.«

»Es gibt da nämlich ein Problem. Sadie zeigte heute früh Anzeichen einer Atemwegserkrankung. Eine Infektion. Grüner Nasenausfluss. Husten. Wir haben keinen Platz, um ansteckende Hunde unter Quarantäne zu stellen. Unsere Vorschriften sehen vor, die Tiere einzuschläfern, wenn sich derartige Symptome feststellen lassen.«

Die Angst traf sie wie eine Faust in den Magen. Sie torkelte rückwärts in den Schnee und konnte sich gerade noch an Matts Arm festhalten, ehe sie der Länge nach hinfiel. Das durfte nicht sein. Jetzt waren sie so weit gekommen. »Schläfern Sie sie nicht ein! Ich bin unterwegs. Ich schwöre. Geben Sie uns zwei Stunden.«

»Wir werden versuchen, auf Sie zu warten. Deshalb haben wir sie nicht schon heute Morgen eingeschläfert. Aber wie gesagt, wir haben keinen Quarantänebereich. Momentan ist jemand bei ihr.«

»Ich bin so schnell wie möglich da.«

»Tja«, sagte die Frau, »unsere Trainerin ist gerade bei Sadie, aber sie hat am Mittag Schluss. Danach kann ich für nichts garantieren.«

Caras Finger verkrampften sich noch mehr. »Schläfern Sie sie nicht ein! Warten Sie auf mich! Bitte!«

»Ma'am, wir tun, was wir können, aber wir müssen heute wegen des Wetters mit wenig Personal auskommen, und wir dürfen nicht riskieren, dass sich die anderen Hunde anstecken. Wie gesagt, bis Mittag müssen Sie hier sein.«

Cara beendete das Gespräch und blickte Matt verzweifelt an.

»Der Abschleppwagen braucht eine halbe Stunde oder so.« Er zuckte entschuldigend mit den Schultern.

»Eine halbe Stunde?« Cara schaute auf die Uhr und rechnete kurz nach. »Dann haben wir ein Problem.«

13

»Was für ein Problem?«, fragte Matt.

Sein größtes Problem im Moment war, sie aufzuwärmen. Ein paarmal war sie schon gestrauchelt, und er hatte den Verdacht, dass ihre Füße dank der vollkommen durchnässten Halbschuhe gefühllos geworden waren.

Aus glasigen Augen schaute sie ihn an. »Sadie ist krank geworden. Sie können nur noch bis Mittag warten.«

»Was passiert danach?«, fragte er, obwohl er glaubte, die Antwort bereits zu kennen.

»Dann kriegt sie die Spritze. Oder vielleicht benutzt man da draußen noch die Gaskammer. Keine Ahnung. Wir müssen uns beeilen.«

Matt überlegte kurz. Die Vorstellung, dass der arme Hund eingeschläfert wurde, gefiel ihm ebenso wenig wie jedem anderen, seine Hauptsorge allerdings galt im Augenblick Cara. »Keine Panik. Der Abschleppdienst müsste in zehn Minuten hier sein. Ich denke mal, dass der Jeep in spätestens einer halben Stunde fahrtüchtig ist. Und bis Shelton sind es vermutlich nicht mehr als dreißig bis vierzig Minuten. Das ist machbar.«

Cara holte tief Luft und blies eine Dampfwolke in die kalte Morgenluft. »Na gut. Und was machen wir, bis der Wagen kommt?«

»Wir bleiben in Bewegung. Wenn wir bloß warten, friert uns nur noch mehr. Der Wagen kommt aus Poole, also marschieren wir weiter in diese Richtung. Dass deine Füße übel dran sind, weiß ich – wie geht es dem Rest?«

»Besser als den Füßen.«

Was nicht viel besagte. Er rieb ihr die Arme in der Hoffnung, sie wenigstens ein bisschen aufzuwärmen. Cara zitterte jetzt schon über eine Stunde lang vor sich hin, und er wollte nichts dringender, als sie schleunigst aus der Kälte herauszubekommen. Für so ein Wetter war sie einfach nicht passend gekleidet. Ihr Wintermantel glich eher einer Jacke, die man anzog, wenn man schnell vom Haus zum Auto ging, war aber nicht für längere Fußmärsche unter diesen Bedingungen geeignet. Die größte Sorge aber bereiteten ihm ihre Füße.

Seine Zehen waren schon kalt genug. Selbst durch seine robusten Winterstiefel war Feuchtigkeit gesickert. Seine Socken waren feucht geworden, und er konnte die kleinen Zehen nicht mehr spüren. Unangenehm, aber nicht gefährlich.

Mit finster entschlossener Miene trottete Cara neben ihm her. Er hoffte nur, der Hund blieb lange genug am Leben und rechtfertigte den Ehrgeiz, den Cara in seine Rettung setzte.

Was, wenn Sadie bösartig war? Oder zu krank, um noch gerettet zu werden?

Die Sonne stand mittlerweile hoch am Himmel und war so kräftig geworden, dass der Schnee auf der Straße langsam schmolz. Ab und an kroch ein Auto vorbei, aber Cara bestand darauf, dass sie auf den Abschleppwagen warteten.

Als der große rote Pritschenwagen endlich in Sichtweite kam, seufzte Matt erleichtert auf. Er winkte ihm zu, und das Fahrzeug wurde langsamer und hielt schließlich neben ihnen.

»Haben Sie angerufen, weil Ihr Wagen von der Straße abgekommen ist?«

»Ja, genau«, antwortete Matt.

»Steigen Sie ein«, sagte der Fahrer, ein untersetzter Mann in abgetragener Jeans und geflickter roter Sportjacke.

Lächelnd schaute Cara zu ihm hoch. »Gern.«

Matt half ihr einzusteigen und kletterte dann ebenfalls in die Kabine. Die Wärme im Wagen tat ihnen beiden gut. Cara lehnte sich zurück und stöhnte wohlig.

»Ich heiße Larry. Sind Sie aus der Stadt?«

»Matt Dumont, und das ist Cara Medlen. Wir sind von Dogwood, nicht weit von Raleigh. Danke, dass Sie bei diesem Wetter rauskommen.«

Larry nickte. »Dafür bin ich ja da.«

»Der Jeep liegt etwa drei Meilen in dieser Richtung.« Matt deutete durch die Windschutzscheibe.

»Haben Sie die ganze Nacht im Auto verbracht?« Er legte den ersten Gang ein und fuhr los.

Cara nickte. »Es war ganz schön kalt.«

»Apropos kalt …« Matt klopfte ihr auf das rechte Bein und bedeutete ihr, sie solle ihm die Füße in den Schoß legen.

Sie verdrehte die Augen, gab aber nach. »Mir fehlt nichts.«

»Wir müssen deine Füße trocken kriegen.« Matt zog ihr die durchnässten Schuhe und Socken aus. Ihre Zehen waren weiß wie Kalk und eiskalt. Schnell rieb er ihre Füße, bis sie das Gesicht verzog. Das Kribbeln hatte eingesetzt. Er holte aus dem Rucksack ein Paar trockene Strümpfe.

Matt streifte sie ihr über und legte sich ihre Beine dann so auf den Schoß, dass das Gebläse direkt ihre Füße wärmte. Cara schloss die Augen, und zum ersten Mal, seit sie den Jeep verlassen hatten, hörte sie zu bibbern auf.

»Gleich da vorne«, sagte Matt zum Fahrer, als sie um die Kurve bogen und der Jeep zwischen den Bäumen auftauchte.

»Gut, sehen wir uns das Ganze mal an.« Larry schob den Schalthebel auf Parkposition und stieg aus.

Cara schaute auf die Uhr und packte dann Matt am Hemdsärmel. »Beeilt euch.«

Cara sah den beiden durch das Fenster nach. Von der Wärme im Wagen fühlte sie sich leicht benebelt. Draußen in der Kälte war ihr gar nicht bewusst gewesen, wie durchgefroren sie war. Jetzt ließ sie sich erleichtert zurücksinken.

Matt und Larry stapften zu den Bäumen, um an der hinteren Stoßstange des Jeeps ein Abschleppseil zu befestigen. Dann verschwanden sie auf der Rückseite des Pritschenwagens aus ihrem Blickfeld, aber kurz danach sprang ein Motor an. Langsam wurde der Jeep die Böschung hochgezogen.

Gott sei Dank! Nur noch wenige Minuten, dann wären sie endlich wieder unterwegs. Nach Shelton. Zu Sadie.

Larry deutete auf einen dunklen Fleck an der Stelle, wo der Jeep gelegen hatte. Matt runzelte die Stirn und strich sich über das Kinn. Dann schaute er zu Cara. Die Sorgen standen ihm ins Gesicht geschrieben.

Sie blickte auf die Uhr. 10:30 Uhr. Noch eineinhalb Stunden Zeit, um das Tierheim zu erreichen. Vor Angst wurde ihr ganz flau im Magen. Sie würde Sadie nicht aufgeben, wo sie es schon so weit geschafft hatten. Notfalls würde sie ihre nassen Schuhe wieder anziehen und nach Shelton laufen!

Matt klopfte an die Scheibe. Es dauerte eine Weile, bis Cara den Knopf gefunden hatte, mit dem man das Fenster herunterlassen konnte.

»Es gibt ein Problem«, sagte er. »Sieht ganz danach aus, als hätten wir einen Riss in der Ölwanne. Das Zeug ist langsam, aber gleichmäßig die ganze Nacht herausgesickert.«

»Was bedeutet das?«

»Das bedeutet, dass wir mit dem Wagen nicht mehr fahren können. Larry schleppt ihn in seine Werkstatt.«

»Matt …«

»Ich weiß, Cara. Keine Bange, Liebling. Ich bringe dich schon rechtzeitig hin.«

Sie kniff die Augen zusammen. Hatte er sie gerade *Liebling* genannt? »Und wie, wenn ich fragen darf? Ohne Auto?«

»Daran arbeite ich noch. Ich rede mit Larry, vielleicht können wir uns einigen.« Er ging wieder zu ihm.

Sie ließ das Fenster hoch, lehnte sich zurück und sah zu, wie der Jeep weiter Richtung Straße kroch. Schließlich verschwanden die beiden Männer hinter dem Pritschenwagen.

Cara schloss die Augen. Die Erschöpfung raubte ihr jegliche Energie. Die Rückbank des Jeeps war kein schlechtes Bett gewesen, aber dank Matt im Schlafsack hinter ihr hatte sie kaum ein Auge zugetan. Ihm war es vermutlich nicht besser ergangen.

Im Schlaf bekamen Männer keine solchen Erektionen, oder?

Ihre Wangen röteten sich. Wenigstens wären sie bis zum Abendessen wieder zu Hause. Noch so eine Nacht würde sie beide in den Wahnsinn treiben.

Ohne Vorwarnung wurden beide Türen aufgerissen, und ein eiskalter Luftzug strömte über Cara hinweg.

»Rutsch rüber.« Matt schubste sie leicht an und schwang sich dann neben sie, während Larry sich hinter das Lenkrad schob.

Cara war wie eingekeilt, lehnte sich aber rasch an Matt, um ein wenig Distanz zwischen sich und Larry zu schaffen. Nichts für ungut.

»Ich habe gute und schlechte Neuigkeiten.« Larry lächelte sie an.

Cara musterte ihn kurz und blickte dann zu Matt, der finster dreinschaute.

Oh, oh!

»Dann erst die guten«, sagte sie.

»Ich habe einen Ersatzwagen für euch. Eine ziemliche Klapperkiste zwar, aber sie erfüllt ihren Zweck. Ich lasse euch damit sogar nach Shelton fahren, damit ihr den Hund abholen könnt.« Larry legte den Vorwärtsgang ein und fuhr langsam an, vorsichtig darauf bedacht, dass die Reifen auf der spiegelglatten Fahrbahn nicht durchdrehten.

Erleichtert atmete sie auf. Das waren großartige Neuigkeiten. »Das ist toll, Larry. Vielen, vielen Dank. Und die schlechten Neuigkeiten?«

»Es wird ein paar Tage dauern, bis ich die notwendigen Ersatzteile bekomme. Wegen Wochenende und so.«

»Na gut.« Sie schaute zwischen Matt und Larry hin und her, weil sie nicht recht wusste, was daran so schlecht sein sollte.

»Er meint damit, dass wir hier in der Gegend warten müssen, bis die Teile eintreffen. Wir werden zwei Tage in den Bergen verbringen.«

Vor Überraschung blieb ihr der Mund offen stehen. »Was? Wieso denn das? Können wir nicht nach Hause fahren und wiederkommen, wenn der Wagen fertig ist?«

Matt schüttelte den Kopf. »Die Fahrt dauert vier Stunden, und die Straßen sind in einem katastrophalen Zustand. Larrys Schrottlaube würde es wahrscheinlich nicht bis Dogwood schaffen. Wir bräuchten also einen richtigen Mietwagen. Dazu müssten wir den ganzen Weg bis nach Asheville und anschließend Larrys Wagen wieder nach Poole bringen. Das wiederum bedeutet, dass wir es heute nicht mehr nach Hause schaffen. Warum sollten wir morgen den halben Tag im Auto sitzen, nur um dann am Montag meinen Jeep zu holen?«

Cara streckte sich. Sie wünschte sich, von Matt ein wenig abrücken zu können, ohne gleich auf Larrys Schoß zu landen. »Aber was ist mit Sadie?«

»Es wird sich ja wohl ein Motel finden, in dem Hunde erlaubt sind«, meinte Larry.

Matt zuckte die Achseln, allerdings ohne zu lächeln. »Sieht aus, als würden wir das Wochenende miteinander verbringen.«

Matt betrachtete den verbeulten blauen Chevy, auf den Larry deutete, und verkniff sich ein Stöhnen. Der Grand Cherokee war sein Palast, das hier war ein Blechhaufen.

Cara stand fast schon der Schaum vor dem Mund. »Wie weit, haben sie gesagt, ist es bis Shelton?«

»Bei dem Wetter etwa dreißig Minuten«, antwortete Larry.

Matt schaute auf die Uhr. 11:43 Uhr. Den Jeep herzuschleppen und die nötigen Formulare auszufüllen hatte länger gedauert als erhofft. Cara hatte während der letzten Stunde zweimal beim Tierheim angerufen, aber dort wollte man ab Mittag für nichts mehr garantieren.

Er konnte sich beim besten Willen nicht vorstellen, dass man um Punkt zwölf den Hund einschläferte, wenn Rettung bereits auf dem Weg war. Aber die Folgen für Cara, sollte er sich irren, mochte er sich gar nicht ausmalen. »Alles klar, dann machen wir uns auf die Socken. Danke, Larry, für Ihre Hilfe. Rufen Sie mich an, falls es Schwierigkeiten geben sollte.«

Larry tippte sich an die Kappe. »Wird gemacht.«

Cara war schon dabei, die Hundedecke und ihren Matchbeutel auf die Rückbank des Chevy zu räumen. Matt warf seine Tasche dazu.

Dann öffnete er die Fahrertür und ließ sich in den abgenutzten Schalensitz fallen.

Cara setzte sich neben ihn. »Beeil dich.«

»Ich beeile mich ja schon.« Er legte den ersten Gang ein und fuhr vom Parkplatz.

»Ich gebe ihnen Bescheid, dass wir unterwegs sind.« Cara drückte sich ihr Handy ans Ohr.

Cara trat wirklich mit Leib und Seele für ihre Sache ein. Selbst übernächtigt und von ihrem morgendlichen Spaziergang schlammbespritzt, war sie die schönste Frau, die er je gesehen hatte.

Und bis Montag saß er mit ihr hier in den Bergen fest. Vermutlich sollten sie im Motel zwei Zimmer möglichst weit voneinander entfernt nehmen.

Cara flehte gerade jemanden am anderen Ende der Leitung an, sie würden innerhalb der nächsten halben Stunde beim Tierheim eintreffen. Das Handy hielt sie völlig verkrampft in der Hand, die andere zerknüllte den Stoff ihrer Jeans.

Zum Teufel noch mal. Vorsichtig drückte er das Gaspedal und beschleunigte den Chevy leicht. Zu schnell durfte er nicht fahren – das gab der Straßenzustand einfach nicht her –, aber Caras Verzweiflung nagte an ihm.

Als er auf die Pleasant Street in Richtung Shelton – und Sadie – bog, kam der Wagen ins Schleudern.

Cara warf das Handy in die Handtasche. »Die Frau ist echt das Letzte.«

»Kein Glück gehabt?«

»Im Moment kümmert sich noch jemand draußen um Sadie, aber die geht um Mittag nach Hause. Ins Gebäude zurück kann Sadie nicht, weil die Ansteckungsgefahr für die anderen Hunde angeblich zu groß ist.«

Er runzelte die Stirn. »Ansteckungsgefahr? Was fehlt ihr?«

»Infektion der oberen Atemwege, Husten, Schnodder. So was ist in einem Tierheim sehr gefährlich.«

»Das glaube ich sofort.«

»Kannst du nicht schneller fahren?«

»Nein, es sei denn, du willst zum zweiten Mal innerhalb von vierundzwanzig Stunden im Graben landen.«

Sie seufzte und klopfte mit den Fingern auf ihre Schenkel. »Entschuldige bitte.«

»Kein Problem. Wir schaffen das.« Und dann müssten sie sich überlegen, wie sie das Wochenende verbringen wollten. Aber eins nach dem anderen.

Er kämpfte den Drang nieder, nach hinten zu seiner Laptoptasche zu blicken. Es machte ihn fast krank, dass er seit gestern Mittag nicht mehr die GPS-Daten von Ken Prentiss kontrolliert hatte. Die Echtzeit-Angaben konnte er auf seinem Handy mitverfolgen, aber er musste den Laptop hochfahren, um zu wissen, wo sich Ken aufgehalten hatte, während Cara und er im Funkloch festgesessen hatten. Er hoffte, er war wegen des Schneesturms zu Hause bei seiner Frau geblieben.

An die Alternative wollte er lieber nicht denken.

Cara rutschte unruhig auf ihrem Sitz hin und her, weil Matt so vorsichtig auf den glatten Wegen nach Shelton unterwegs war. Zum Glück befand sich das Tierheim auf dieser Seite der Stadt, etwas abseits der Hauptstraße. Er bog auf den fast leeren Parkplatz und betrachtete interessiert das einstöckige Gebäude.

Er war noch nie in einem Tierheim gewesen. Die Neugier trieb ihn hinter Cara her, die schon ausgestiegen war, ehe er den Motor abgestellt hatte, und nun auf den Eingang zuschlitterte.

Sie drückte die Tür auf und trat in eine schäbige Lobby aus grauen Betonblöcken und mit verkratztem Linoleumboden. Das Gebell rundum war ohrenbetäubend. Der Gestank erinnerte ihn an ein Pissoir, das jahrelang nicht gereinigt worden war.

Cara schaute sich um und verzog das Gesicht. »So was Ähnliches habe ich befürchtet.«

»Ist das normal oder unterdurchschnittlich?«

»Das hier ist das Letzte. Hoffentlich sind wir noch rechtzeitig gekommen.«

Matt hielt sich zurück und beobachtete Cara, die trotz ihres katastrophalen äußeren Erscheinungsbilds, vollkommen durchnässt und verschmutzt, energisch zum Empfang marschierte. An einem Schwarzen Brett hingen diverse Werbezettel, Mitteilungen und Fotos von Tieren, die vermutlich zur Adoption freistanden.

In einer Ecke saß ein junges Pärchen mit einem schwarzen Hund und sah aus, als hätte es soeben seinen neuen besten Freund kennengelernt. Sie grinsten über das ganze Gesicht, und der Hund schlug begeistert mit dem Schwanz auf den Boden. Zumindest für einen gab es heute also ein Happy End.

»Ich heiße Cara Medlen und komme wegen Sadie.« Cara stützte sich auf den Schreibtisch und schaute der Frau im mittleren Alter, die dahinter hockte, fest in die Augen.

»Ach, Miss Medlen, na endlich. Wir waren uns nicht ganz sicher, ob Sie es schaffen würden. Es wäre eine Schande, wenn man einen so netten Hund wie Sadie einschläfern müsste, wenn ihn schon jemand zu sich nehmen will.«

Sichtlich erleichtert nahm Cara die Botschaft auf, dass sie tatsächlich noch rechtzeitig gekommen war. »Ja, allerdings. Wie ich schon am Telefon gesagt habe, hat uns der Schneesturm behindert. Wir haben die Nacht im Graben neben der Fahrbahn zugebracht. Haben Sie die erforderlichen Formulare parat? Ich hole sie für *Triangle Boxer Rescue* ab.«

»Alles fertig und bereit«, erwiderte die Frau leicht angesäuert.

Cara warf ihr einen vernichtenden Blick zu. Matt wandte sich ab, um sein Grinsen zu verbergen.

»Wie wollen Sie bezahlen?«

»Bar«, antwortete Cara und nahm das Klemmbrett mit den Unterlagen in Empfang.

»Das macht dann fünfundzwanzig Dollar.«

Hastig füllte Cara die Formulare aus und schlug dabei ungeduldig mit dem Fuß gegen das Linoleum.

Ja, Matt war ebenfalls bereit für die weitere Planung. Sie würden sich den Hund schnappen, eine Unterkunft suchen, und danach war es höchste Zeit für eine heiße Dusche und eine stärkende Mahlzeit.

Nach der ganzen Aufregung hoffte er nur, dass sich Cara und Sadie auch gut verstanden.

Cara zog den Geldbeutel heraus und legte ein paar nagelneue Banknoten auf das Klemmbrett, das sie über den Schreibtisch schob.

»Danke, Miss Medlen. Sie ist draußen mit J. J. Goodwin, unserer Trainerin. Sie finden sie in dem blauen Kombi.«

»Los, gehen wir.« Caras Augen leuchteten vor Vorfreude.

»Bist du bei jedem neuen Pflegehund so begeistert?«

»Nein«, gab sie zu.

Sie gingen zur Tür hinaus und kämpften sich durch zentimeterdicken Matsch zum hinteren Teil des Parkplatzes, der für die Beschäftigten reserviert war. Der blaue Kombi war der letzte Wagen.

Schon von Weitem sichtbar, saß darin eine Frau mit einem schlanken braunen Hund in den Armen.

14

Sobald Cara Sadie entdeckt hatte, konnte sie den Blick nicht mehr abwenden. Spontane Zuneigung machte sich in ihrer Brust breit. Die Hündin hob den Kopf und starrte sie aus großen braunen Augen ebenfalls an.

Es waren nicht zuletzt Momente wie dieser, die sie antrieben, wenn sonst alles sinnlos schien. Ein weiteres Leben gerettet. Und mal im Ernst: Was könnte es Schöneres geben?

Die Fahrertür öffnete sich, und eine schlanke Frau stieg aus. Sie trug eine farbenfrohe Patchworkjacke, Schlagjeans und braune Lederstiefel. Über die Schultern fielen ihr dicke rote Zöpfe. »J. J. Goodwin. Sie müssen Cara sein.«

»Stimmt.« Sie erwiderte J. J.s Lächeln, doch sofort wanderte ihr Blick wieder zu der Hündin, die auf dem Beifahrersitz hockte und sie aus dunklen Augen beobachtete. »Danke, dass Sie bei ihr ausgeharrt haben.«

»Das ist doch selbstverständlich.« J. J. zuckte die Achseln und tätschelte Sadies Kopf. »Lassen Sie sich von Virginia meinetwegen keine Vorwürfe machen. Ich wäre auf jeden Fall hiergeblieben, bis Sie kommen.«

»Arbeiten Sie hier?« Cara trat vor und kraulte Sadie unter dem Kinn. Die Hündin wedelte mit dem Schwanz, bis ein plötzlicher Hustenanfall ihren angeschlagenen Körper erschütterte.

»Ich bin Hundetrainerin und biete am Wochenende Erziehungskurse für Leute an, die einen unserer Hunde adoptiert haben. Wegen des Wetters ist heute niemand gekommen, deshalb habe ich die Zeit genutzt, mich um Sadie zu kümmern.«

»Da bin ich Ihnen wirklich sehr dankbar. Wissen Sie zufällig eine Unterkunft hier in der Gegend? Unser Auto ist defekt und kann erst am Montag repariert werden.«

»Hmm.« J. J. tippte sich mit dem Finger gegen die Lippen. »In der Stadt gibt es nur *Barbara's Bed & Breakfast* drüben an der Hauptstraße. Ob da Hunde zugelassen sind, weiß ich nicht, aber fragen kostet ja nichts. Dann gibt es in Poole noch einen *Travelers Inn* und ein *Super 8*, aber ich glaube kaum, dass man da Haustiere mitbringen darf. Versuchen Sie es bei Barbara. Sie ist eine nette Frau. Sagen Sie ihr, ich hätte Sie geschickt.«

»Danke, werde ich machen.«

»Sie sollten Sadie lieber zu einem Tierarzt bringen.« J. J. streichelte den Kopf des Hunds. »Doc Wattley hat seine Praxis heute bis vier Uhr geöffnet. Ich denke, Sadie bräuchte ein paar Antibiotika gegen den Husten.«

»Das habe ich mir auch schon gedacht.«

»Die Praxis finden Sie ebenfalls an der Hauptstraße. Sehr viel mehr gibt es hier auch nicht. Hier, meine Karte, falls Sie noch etwas brauchen sollten, solange Sie in der Gegend sind.« Sie reichte Cara eine blau gemusterte Visitenkarte.

»Haben Sie vielen Dank.« Cara steckte die Karte ein und nahm die rote Leine, die ihr J. J. hinhielt.

Gehorsam sprang Sadie vom Sitz und platschte mit eingekniffenem Stummelschwanz in den Matsch auf dem Parkplatz.

Cara ging neben ihr in die Hocke. »Na du? Hast du Lust, mit uns mitzufahren?«

Unsicher und verängstigt starrte Sadie stur geradeaus. Sie zitterte am ganzen Leib und bekam erneut einen Hustenanfall. Knöcheltief im Schneematsch zu stehen war nicht gerade das Beste für ihr angeschlagenes Immunsystem.

»Komm mit, Süße. Wir bringen dich ins Warme und Trockene. Nochmals danke, J. J.«

»Gern geschehen. Und alles Gute.«

Matt ging zum Chevy voraus, öffnete für Sadie die hintere Tür und räumte ihr einen Platz zwischen all den Taschen frei. Cara legte die Hundedecke quer über die Rückbank und gab der Hündin einen sanften Klaps.

Der Hund sprang in den Wagen und rollte sich auf dem Sitz sofort zu einer kleinen Kugel zusammen. Cara vergewisserte sich, dass alles in Ordnung war. Sadie war echt ein schmächtiges Mädchen. Sie wog bestimmt kaum mehr als vierzig Pfund, hatte ein rehbraunes Fell und weiße Pfoten. Die Rippen standen seitlich heraus und erbebten bei jedem Hustenanfall. Sie hatte den typischen Gestank ungewaschener Tierheimhunde an sich.

Zumindest Letzteres ließ sich durch ein Bad schnell beheben.

»Zum Bed & Breakfast?«, fragte Matt, als er sich hinter das Lenkrad setzte. Er schien über diese Möglichkeit so wenig begeistert wie Cara.

»Würde ich vorschlagen.« Cara schloss die hintere Tür und schob sich auf den Beifahrersitz. Die Hündin beobachtete sie aufmerksam.

Eigentlich wollte Cara nur noch nach Hause, obwohl die Aussicht auf weitere vier Stunden Autofahrt nicht gerade verlockend war. Ein weiches, warmes Bett und eine heiße Mahlzeit würden ihre Stimmung bestimmt heben. Und eine Dusche.

Beim bloßen Gedanken daran fühlte sie sich schon schmutzig. Ach, eine Dusche. Essen. Bett.

Nicht mit Matt zusammen.

Sie linste zu ihm hinüber. Er grinste, als hätte er ihre Gedanken gelesen.

Sie bogen auf die Pleasant Street ein. Die Straßen waren immer noch von Matsch bedeckt. Ohne ein Geräusch von sich zu geben, verfolgte Sadie das Geschehen. Cara vermutete, dass die Hündin instinktiv ahnte, wie knapp sie davongekommen war. Für solche Dinge hatten Hunde ein sehr feines Gespür.

Wenige Minuten später fuhr Matt nach rechts auf die Hauptstraße. Wohnhäuser mit großen Gärten säumten den Weg in ein malerisches Zentrum mit kleinen Geschäften und verchromten Straßenlampen. Sie kamen an *Sammy's BBQ*, dem *Downtown Diner*, *Speedy Mart* und einem Antiquitätenladen namens *A Time Remembered* vorbei sowie an einer Reihe weiterer kleiner Läden.

An der nächsten Querstraße pries sich ein riesiges gelbes Farmhaus mit einem geblümten Schild an, auf dem stand: »*Barabara's Bed & Breakfast.* Kommen Sie wegen der Aussicht, bleiben Sie wegen des Essens.«

Cara war nicht ganz klar, von welcher Aussicht die Rede war, aber sie hoffte, Barbara hatte ein freies Zimmer.

Beziehungsweise zwei.

»Meine Güte, da haben Sie ja was mitgemacht!« Barbara schaute von Matt zu Cara und schob die Brille die Nase hoch. »Tja, dieser Schneesturm hat uns wirklich hart getroffen. Eine ganze Gruppe Studenten, die auf der Durchreise nach Knoxville war, ist hier gestrandet. Deshalb bin ich fast ausgebucht, aber ein Zimmer hinten links habe ich noch frei.«

»Nur eins?« Caras Stimme klang etwas schriller als normal.

Matt konnte sich den Grund denken. Der Gedanke, zwei Nächte mit ihr in diesem gemütlichen *Bed & Breakfast* zu verbringen, schnürte auch ihm schier die Luft ab.

Barbara nickte. »Sie sind zu zweit, nicht wahr? Das passt doch prima. Die *Bennington Suite* – unsere inoffizielle Flitterwochensuite. Sehr romantisch. Deshalb habe ich sie nicht an die Studenten vergeben. Doppelbett, Whirlpool, sogar Kamin.

Und man hat einen Blick direkt auf den See. Nicht, dass man heute viel vom See sehen würde …«

Barbara plapperte weiter, aber Matts Gehör hatte etwa bei der Erwähnung des Whirlpools dichtgemacht.

»Normalerweise sind Haustiere nicht zugelassen, aber ich liebe Hunde und bewundere Sie dafür, was Sie zur Rettung der Hündin unternommen haben, deshalb darf sie bleiben – vorausgesetzt, Sie versprechen mir, dass Sie hinter ihr sauber machen und dass es keinen Ärger mit ihr gibt.«

»Versprochen, und vielen Dank, Barbara.« Cara lächelte sie herzlich an und vermied gleichzeitig geflissentlich, Matt ins Gesicht zu blicken.

Als sie zum Auto gingen, schaute sie stur geradeaus, dann beschäftigte sie sich mit Sadie, während Matt um das Gebäude herum zu dem Platz fuhr, den Barbara ihnen gezeigt hatte.

Die *Bennington Suite* hatte einen separaten Eingang, was praktisch war, wenn sie Sadie Gassi führen wollte. Das Grundstück, mehrere schneebedeckte Hektar, fiel leicht ab, und in der Ferne ließ sich etwas erkennen, was wahrscheinlich die meiste Zeit des Jahres ein hübscher See war. Heute war es jedoch bloß eine matschige Vertiefung in der Landschaft.

Matt drehte den Schlüssel im Schloss und öffnete die Tür.

»Sehr … interessant.« Cara betrachtete, mit dem Rücken zu ihm, das Zimmer.

Es war hübscher, als Matt sich ein *Bed & Breakfast* vorgestellt hatte, was bei dem Preis, den er für diese verdammten vier Wände zahlen musste, wenigstens etwas war. Auf dem Doppelbett lag ein cremefarbener Quilt und am Fußende eine Decke mit Blumenmuster. Der Boden war mit einem Plüschteppich ausgelegt.

Er hatte ein Übermaß an Blumenschmuck und Zierdeckchen erwartet, aber dieses Zimmer war durchaus geschmackvoll eingerichtet. Das Bett hatte ein massives Kopf- und Fußteil, aufwendig mit natürlicher Politur behandelt. Die Wände waren in einem warmen Beigeton gestrichen, die Bilder zeigten Landschaftsmotive, vermutlich aus der Gegend hier. Auf dem Beistelltisch stand ein großer geschnitzter Hirsch.

Jenseits des Bettes lockte ein mit Gas betriebener offener Kamin. Matt ging hinüber und schaltete ihn in der Gewissheit an, dass Cara und Sadie ein paar zusätzliche Grad guttun würden. Dann fiel sein Blick auf den Whirlpool, der keineswegs im Badezimmer untergebracht war, sondern in einer Nische am Fenster mit Blick auf die sanft geschwungenen Hügel.

Scheiße! Lieber würde er die kommenden zwei Nächte im Auto schlafen, als das Zimmer mit Cara teilen und die Hände bei sich behalten müssen.

Matt räusperte sich und vertrieb rasch das Bild von Cara aus seinem Kopf, wie sie im Whirlpool saß und zwischen ihren Brüsten die Wasserblasen hochstiegen. »Ich bin am Verhungern. Wie wäre es, wenn ich uns was zu essen besorge, während ihr zwei euch ein bisschen eingewöhnt?«

Cara kniete neben dem Bett und untersuchte Sadie, schaute jetzt aber zu ihm hoch. »Super Idee. Ich bin ebenfalls hungrig und nehme das Gleiche wie du.«

»Alles klar.« Matt schnappte sich die Schlüssel und ging zur Tür.

Eine halbe Stunde später saßen sie am Tisch in der Ecke und verschlangen Baguettes mit Frikadellen vom *Corner Deli*, während Sadie auf der Hundedecke ein Nickerchen machte. Während er einkaufen war, hatte Cara sich geduscht und umgezogen und trug jetzt wieder die schwarze Wollhose und ihren pinkfarbenen Pullover. Die Halbschuhe hatte sie zum Trocknen vor den Kamin gestellt.

»Ich habe den Tierarzt angerufen und für drei Uhr einen

Termin für sie vereinbart. Außerdem müssen wir wohl irgendwo Hundefutter auftreiben.«

Matt nickte. »Ich besorge alles Nötige, ehe wir zum Tierarzt fahren.«

»Danke.« Cara ging zum Kamin und rieb sich Hände und Arme.

Er folgte ihr und zog sie an sich. »Das war vielleicht ein Tag.«

»Ja.« Cara schlang ihm die Arme um den Nacken. »Ein romantisches Zimmer.«

»Das stimmt. Aber hier gelten dieselben Regeln wie letzte Nacht.« Aber sosehr er es auch versuchte, er konnte sie nicht loslassen.

»Das ist das Problem …« Cara stellte sich auf die Zehenspitzen und küsste ihn auf die Lippen.

Ihm wurde siedend heiß. Er umfasste sie fester, erwiderte aber nicht ihren Kuss. »Kein Problem. Wir tun nichts, was du später bereuen würdest. Du schläfst im Bett, und ich lege mich auf den Boden.«

Sie schüttelte so heftig den Kopf, dass ihr eine Locke ins Gesicht fiel. Instinktiv strich er sie ihr wieder hinter das Ohr.

Cara biss sich auf die Unterlippe und schaute ihm in die Augen. »Das Problem ist, ich glaube, ich würde es inzwischen mehr bereuen, wenn wir es nicht täten.«

»Sei vorsichtig, was du dir wünschst, Cara Medlen.«

Sie zuckte nicht mit der Wimper. »Bin ich. Du schläfst jedenfalls nicht auf dem Boden. Und falls du nicht darauf bestehst, wieder eine ganze Nacht so zu tun, als würdest du schlafen, während wir uns vorstellen, wie wir uns gegenseitig die Kleider vom Leib reißen, würde ich vorschlagen, du besorgst noch das eine oder andere, wenn du schon mal dabei bist.«

Matt senkte den Kopf und küsste sie mit einer Leidenschaft, die ihm fast den Atem raubte. Cara erwiderte den Kuss mit der gleichen Intensität, ihren Körper eng an seinen gepresst.

»Bist du dir sicher?« Der Gedanke, mit ihr die Nacht in einem Bett zu verbringen, ließ seine Knie schwach werden.

Cara nickte keuchend. »Wenn wir es nicht tun, würde ich mich ewig fragen, wie es wohl gewesen wäre. Keine Reue.«

»Was in Shelton geschieht, bleibt in Shelton?«

Sie nickte. »Ganz genau.«

»Oh, Cara.« Er schob sie nach hinten, bis sie gegen die Wand stießen. »Wie sehr ich dich begehre!«

Cara schlang ihm die Beine um die Hüften, sodass seine Erektion zwischen ihren Schenkeln zu liegen kam. Er verschlang ihren Mund, während sie sich gegen ihn presste und drückte, bis er zweifelte, sie lange genug loslassen zu können, um Kondome zu besorgen.

Noch nie hatte er eine Frau so begehrt wie Cara. Und dieses Wochenende gehörte sie ihm.

»Nein«, rief sie plötzlich voller Angst aus und schob ihn zur Seite. Matt schlug die Augen auf, konnte vor Lust aber nur leicht verschwommen sehen. Cara ließ sich auf den Boden sinken. »Sadie.«

Er drehte sich um. Die Hündin lag mit geschlossenen Augen da und keuchte. Vor ihrem Maul stand weißer Schaum.

Cara nahm ihren Kopf in die Hände. »Sadie … bitte nicht.« Sadies Kopf rollte ihr kraftlos in den Schoß.

Cara rannte im Sprechzimmer auf und ab, bis ihr schwindelig wurde. Matt stand mit verschränkten Armen und ernster Miene an der Tür. Fast dreißig Minuten waren vergangen, seit der Tierarzt Sadie für die Notfallbehandlung in ein anderes Zimmer gebracht hatte.

Sie konnte nur hoffen, dass die kleine Hündin noch genug Kraft zum Kämpfen hatte, denn sie jetzt zu verlieren, das wäre eine bittere Niederlage.

Die Tür öffnete sich, und Dr. Wattley kam mit einem Klemmbrett in der Hand herein.

Cara blieb schlagartig stehen und starrte ihn angstvoll an. Seine Lippen bildeten einen schmalen Strich, aber seine Augen zeigten Zuversicht.

Er klopfte mit dem Stift auf das Klemmbrett. »Sadies Zustand ist stabil.«

Cara seufzte erleichtert auf. »Gott sei Dank!«

»Sie leidet unter akuter Atemnot, verursacht durch einen Infekt, der sich schon fast zu einer Lungenentzündung ausgewachsen hat. Wenn man ihre Gesamtsituation in Betracht zieht, kommt das nicht unbedingt überraschend. Wir haben ihr jetzt Antibiotika und Aufbaupräparate gegeben, um die Entzündung der Atemwege einzudämmen, dazu Sauerstoff. Bisher spricht sie gut darauf an.«

Cara holte tief Luft. »Das sind gute Neuigkeiten.«

»Wir würden sie gern über Nacht hierbehalten, um sie weiterhin mit Sauerstoff zu versorgen, bis sich der Zustand ihrer Lungen gebessert hat. Ich denke, bis zum Morgen wird sie sich wieder besser fühlen.«

»Aber sie wird wieder gesund?«

Dr. Wattley lächelte. »Völlig gesund, meiner Meinung nach. Haben Sie die Wucherung an ihrem rechten Bein gesehen? Die macht mir viel mehr Sorgen.«

Sie nickte. »Mir auch. Sie hat einen Mastzelltumor. Ich lasse ihn entfernen, sobald sie fit genug für die Operation ist.«

»Sehr gut. Dann bringe ich Sie noch zum Empfang. Sollte sich ihr Zustand ändern, geben wir Ihnen Bescheid, ansonsten können Sie sie morgen ab neun Uhr abholen.«

»Haben Sie vielen Dank.«

Als er ihr dann die Papiere aushändigte, verzog Cara das Gesicht. Merry würde der Schlag treffen, wenn sie den Stapel Arztrechnungen sah, den Sadie schon in den ersten Stunden nach ihrer Rettung angehäuft hatte. So viele Rücklagen hatte *Triangle Boxer Rescue* nicht auf dem Konto. Da Cara auf eigene Faust gehandelt hatte, würde sie erst einmal privat für die Kosten aufkommen.

Mit ein paar zusätzlichen Fototerminen würde sie das Geld schon wieder hereinholen.

»Stimmt was nicht?« Sie spürte Matts warme Hand auf der Schulter.

»Alles in Ordnung.« Es beruhigte sie, dass Sadie die Nacht in der Obhut des Tierarztes verbrachte. Sonst hätte sie sich nur endlos Sorgen gemacht.

Sie reichte dem Arzt ihre Kreditkarte und unterschrieb auf der gepunkteten Linie.

Als sie bei dem Chevy angekommen waren, sagte Matt: »Ich setze dich am Zimmer ab, dann besorge ich die Dinge, von denen wir gesprochen haben.«

»Schön.« Sie fragte nicht, warum er sie nicht einfach mitnahm. Sie war wie erschlagen und so erschöpft, dass ihre Glieder sich taub anfühlten.

So beschwerte sie sich auch nicht, als sie in ihr Zimmer bei *Barbara's Bed & Breakfast* schlurfte und Matt wieder auf die Hauptstraße fuhr. Cara taumelte auf das große, weiche Bett zu und brach zusammen.

Wach wurde sie davon, dass Matt auf seinem Laptop herumtippte. Mit gerunzelter Stirn saß er höchst konzentriert am Tisch in der Zimmerecke. Gegenüber knisterte ein Feuer im Kamin. Das kam der perfekten Aussicht schon recht nahe. Sie lag auf der Seite, auf den Decken. Sie war zu müde gewesen darunterzukriechen, und war auf der Stelle eingeschlafen.

Matt hatte sich geduscht und rasiert. Die leicht verruchten Bartstoppeln auf seinen Wangen, die sie wider jede Vernunft so überaus sexy gefunden hatte, waren verschwunden. Seine Haare waren feucht und gewellt, und er trug ein frisches schwarzes Polohemd und eine saubere Jeans.

»Verdammt noch mal!« Er schlug sich mit der Faust auf den Schenkel und blickte dann rasch in ihre Richtung.

Sie stützte sich auf den Ellbogen. »Stimmt was nicht?«

Er zog die Brauen zusammen. »Entschuldige, habe ich dich geweckt?«

Sie schüttelte den Kopf. »Arbeit?«

»Dieser hinterlistige Drecksack! Natürlich hat er sich ausgerechnet heute in einem Hotel einquartiert.«

»Redest du von dir in der dritten Person?«

Seine Mundwinkel hoben sich zu einem Beinahe-Lächeln. »Mein Klient. Seit Wochen bin ich dem Kerl auf den Fersen, um ihn in flagranti zu erwischen. Jetzt trifft er sich mit seiner Geliebten im Hotel, und ich sitze hier am Arsch der Welt fest und kann keine Aufnahmen machen.«

»Tut mir leid. Echt Scheiße.«

Er zuckte mit seinen steif gewordenen Schultern. »Das lässt sich nicht ändern. Geht es dir nach deinem Nickerchen etwas besser?«

Sie nickte. »Wie spät ist es?«

»Fast sechs. Als wir vom Tierarzt weggefahren sind, hast du ausgesehen, als würdest du jeden Moment im Stehen einschlafen.« Er lächelte sie an.

»Ja, ich war wohl ziemlich müde.« Inzwischen fühlte sie sich viel besser.

»Hast du Hunger?«

»Ja, ein wenig.« Sie setzte sich auf und rieb sich die Augen.

»Unsere Möglichkeiten sind angesichts des Straßenzustands recht begrenzt, aber um die Ecke ist ein Italiener, der einen ganz guten Eindruck macht.«

»Dann lass uns hingehen.« Sie stand auf und verschwand im Badezimmer.

Sie hatte Nervenflattern und ein flaues Gefühl im Magen. Ein Rendezvous. Mit Matt. Wahrscheinlich das Einzige, das sie je haben würden, wenn sie das Essen, das er für sie zubereitet hatte, nicht mitzählte. Und sie hatte nichts zum Anziehen außer dem Pullover und der Wollhose oder der verdreckten Jeans, die sie gestern angehabt hatte. Keinerlei Make-up, aber immerhin ein tönendes Lipgloss.

Wenigstens trug sie saubere Unterwäsche.

Cara stöhnte. Vom Schlafen waren ihre Haare auf einer Seite ganz platt. Sie lockerte sie mit den Fingern auf und trug anschließend das Lipgloss auf. Recht viel mehr konnte sie nicht tun.

Als sie wieder ins Schlafzimmer kam, saß Matt noch immer stirnrunzelnd vor seinem Laptop. Wie frustriert er war, konnte sie an seiner Miene ablesen. Sie wusste, wie lange und hart er daran gearbeitet hatte, diesen Mann zu überführen. Dass er momentan mit ihr hier in den Bergen festsaß, musste ihn schier zerreißen.

Er schaute auf, und langsam breitete sich ein sexy Lächeln über sein ganzes Gesicht aus. Er stand auf, zog sie an sich und küsste sie, dass ihr die Luft wegblieb. Und das Lipgloss konnte sie wahrscheinlich ebenfalls vergessen. »Fertig zum Essen?«

Cara nickte, verspürte aber jetzt, da Matt seine Hände auf ihrem Po hatte, plötzlich gar keinen Hunger mehr. Vermutlich war sie mittlerweile viel zu nervös, um auch nur einen Bissen hinunterzubringen.

»Als du geschlafen hast, hat jemand von der Tierarztpraxis angerufen. Sadie ist weg von der Sauerstoffflasche und ruht sich aus.«

»Wirklich? Das höre ich gern.«

»Ja, nicht wahr?«

»Tut mir leid, dass du hier mit mir festhängst, statt den Fremdgänger dingfest machen zu können.«

Matt küsste sie erneut. »Mir tut es leid, dass ich ihn nicht drankriege, nicht aber, dass ich mit dir hier festsitze.«

Sie strich ihm über die Brust und spürte unter dem Hemd seine harten Muskeln. Die Hitze, die er ausstrahlte, war eine Warnung für ihre Finger. Aus seinen Augen blitzte dieses Raubtierfunkeln, das sich immer einstellte, kurz bevor er sie küsste, dass ihr Hören und Sehen verging.

Als er sie wieder losließ, rangen beide nach Atem. »Na los, gehen wir endlich essen, sonst kommen wir noch auf ganz andere Gedanken.«

Andere Gedanken? Da war Cara schon einen Schritt weiter. Es war ihr vollkommen ernst gewesen mit dem, was sie zu Matt gesagt hatte: Möglicherweise würde sie es bedauern, wenn sie sich dieses Wochenende mit ihm einließ, noch mehr aber würde sie bedauern, wenn sie es nicht täte. Noch nie war sie mit einem Mann zusammen gewesen, der in ihr so starke Reize ausgelöst hatte, der sie nur mit einem Kuss schon in den Wahnsinn getrieben hatte.

Hier stimmte mehr als nur die Chemie, jedenfalls was sie betraf. In Matt Dumont hätte sie sich glatt verlieben können. Er war ehrenhaft, stark und intelligent. Er brachte sie zum Lachen. Klaglos hatte er sein ganzes Wochenende geopfert, um ihr zu helfen, Sadie zu retten. Und ohne als Gegenleistung Sex zu erwarten.

Nein, sie bedauerte ihren Entschluss keineswegs, aber mit

all dem Stress wegen Sadie und dem Tierarzt und jetzt auch noch dem Abendessen verging ihr die Vorfreude allmählich. Sie hatte keine Ahnung, wie sie die Mahlzeit in Ruhe genießen sollte, wenn sie immer daran denken musste, was danach geschehen würde.

Sie saßen auf burgunderroten Polstersesseln an einem Tisch im hinteren Bereich des Restaurants. Cara blätterte die Speisekarte durch, während Matt eine Flasche Merlot bestellte.

»Du kannst deine Meinung jederzeit ändern, das ist dir schon klar, oder?«

Natürlich war sie sich dessen bewusst, und umso mehr begehrte sie ihn. »Nichts wird geändert.«

»Du brauchst nicht nervös zu sein.« Er legte seine großen, warmen Hände auf ihre.

Wie er ihr gegenübersaß, in schwarzem Hemd und schwarzer Hose, sein dunkles Haar leicht zerrauft, die schokoladenbraunen Augen so herzerwärmend auf sie gerichtet, sah er unglaublich attraktiv aus.

Also würgte Cara ein Glas Wein und einen Teller Hummerravioli hinunter, ohne viel zu schmecken. Wahrscheinlich war das Essen ausgezeichnet, aber ihre ganze Aufmerksamkeit galt ihrem Gegenüber.

Vorsichtig fuhr er sie auf den rutschigen Straßen zu ihrem Zimmer zurück. Der Großteil des Schnees war geschmolzen, aber die Temperaturen waren mittlerweile unter den Gefrierpunkt gefallen, und der Matsch vom Nachmittag hatte sich in eine gefährlich glatte Eisfläche verwandelt.

»Ich wage eine Prognose«, sagte Matt, als er den Wagen auf den Parkplatz hinter dem *Bed & Breakfast* lenkte.

»Was du nicht sagst.« Sie wurde rot, weil sie sich denken konnte, was gleich kommen würde. Meine Güte, wollte er etwa Wetten annehmen?«

»Sadie wirst du bei dir behalten.«

»Wie bitte?« Das war so weit von dem entfernt, woran sie gerade dachte, dass ihr vor Überraschung der Mund offen stehen blieb.

Matt musste glucksen. Kurz schaute er ihr in dem matten Licht im Auto in die Augen. »Du und deine schmutzige Fantasie wieder. Du bringst mich noch völlig um den Verstand, das weißt du, oder?«

»Ich habe gar nicht …« Aber genau daran hatte sie gedacht. Was sie wegen Sadie sagen sollte, war ihr weniger klar. Sicherlich bestand zwischen ihnen eine Art Verbindung, obwohl sie sich kaum kannten. Aber sie behalten? Nein, das bestimmt nicht.

Schließlich gingen sie in ihr Zimmer. Matt holte eine Flasche Champagner aus der Minibar, die Cara noch gar nicht aufgefallen war, und von diesem Moment an stellte sie das Denken ganz ein.

15

Der Champagner kitzelte ihren Gaumen und wärmte ihren Magen. Cara trank noch einen Schluck und stellte das Glas dann zur Seite. Matt griff nach ihrem Handgelenk und zog sie an sich. Als sie die rechte Hand an seine Brust legte, spürte sie trotz des dicken Baumwollhemdes sein Herz klopfen und die Hitze, die sein Körper abstrahlte.

Sanft strich er mit den Lippen über ihre, dann machte er sich von ihr los. »Ich wollte dich nur wissen lassen, dass ich verrückt nach dir bin, Cara. Wenn die Situation eine andere wäre, würde ich hoffen, dass dies hier erst der Anfang für uns beide wäre.«

Ihr wurde ein wenig mulmig. »Wirklich?«

Wenn sie Matt nicht völlig falsch einschätzte, war er kein Sprücheklopfer. Soweit sie ihn bisher kannte, sagte er genau, was er dachte, nicht mehr und nicht weniger. Und noch nie hatte ein Mann sie so angeschaut, wie Matt das gerade tat. Als täte es ihm weh, dass es für sie beide keine Zukunft gab.

Umso froher war sie – trotz ihres gerade empfundenen Bedauerns –, dass diese Geschichte nach ihrer Abreise aus *Barbara's Bed & Breakfast* nicht weitergehen würde. Es wäre ihnen beiden gegenüber nicht fair, wenn sie sich mit ihm einließe, bevor sie sich ihrer Gesundheit sicher sein konnte.

Sein Blick bohrte sich voller Ehrlichkeit und auch voller Begierde in ihren. »Wirklich. Ich weiß, das hier hat das Potenzial, ganz übel zu werden, wenn wir wieder zu Hause sind, aber ich hoffe, wir können beide an dieses Wochenende als an etwas Wunderschönes zurückdenken.«

»Das wünsche ich mir auch.«

Er zog sie wieder an sich und küsste sie erneut. »Ich will dich so sehr. Das hier habe ich mir schon oft ausgemalt.«

Cara sah ihn verblüfft an. »Ich mir auch.«

Als er sich ihr Kinn und ihren Hals hinabküsste, stöhnte sie leise. Sie hatte das Gefühl, dass er heute Nacht jede ihrer Fantasien befriedigen würde – und noch einige mehr. Hatte er ihr nicht bereits einen atemberaubenden Orgasmus verschafft, ohne sie auch nur auszuziehen?

Was langsam und zärtlich begann, wurde bald zu einem leidenschaftlichen Feuer. Matts Mund lag jetzt wieder auf ihrem, und all das Faszinierende, was er mit seiner Zunge tat, brachte ihre Knie zum Zittern, während sich ihre Begierde immer mehr zwischen ihren Beinen konzentrierte.

Seine Hand glitt unter ihren Pullover. Geschickt öffnete er den Verschluss ihres BHs und umfasste ihre Brüste mit seinen heißen Händen.

Er streichelte ihre Brustwarzen, bis Cara vor Lust stöhnte. Sie riss ihm das Hemd aus den Jeans, denn sie musste unbedingt seine nackte Haut spüren. Sie war wie betrunken von dem Wissen, dass er ihr gehörte. Heute. Morgen.

Seine Haut fühlte sich heiß und fest an, und seine Muskeln spannten sich an, als ihre Finger über sie glitten.

Cara zog ihm das Hemd über den Kopf. Schwarzes Haar bedeckte seine Brust und verjüngte sich nach unten zur Taille zu einer breiten Spur. Am rechten Oberarm trug er ein Militärtattoo mit einer grimmig blickenden Bulldogge in der Mitte. Eine Bulldogge, weil er ein Marine gewesen war.

Sie strich behutsam darüber. Irgendwie fühlte es sich richtig an, dass er einen Hund eintätowiert hatte, egal, wofür dieser stand. Sie blickte hoch und sah die Lust in seinen Augen, sah die Hitze, die Sehnsucht, und all das galt ihr.

»Gefällt dir, was du siehst?« Seine tiefe Stimme klang rau.

»Oh ja!«

Er zog ihr den Pullover aus, zusammen mit dem BH, und beides landete auf dem Boden. Dann ließ er den Blick über sie wandern, und dabei wurden seine Augen immer dunkler. »Mir auch.«

Er schob sie rückwärts auf das Bett zu, machte dabei allerdings kurz halt bei dem Tisch an der Tür und schnappte sich die Champagnergläser. Er hielt ihr ein Glas an die Lippen, und sie trank einen großen Schluck und genoss die perlige Süße.

Mit einer einzigen geschmeidigen Bewegung setzte Matt die Gläser auf dem Nachttisch ab und hob Cara hoch. Er ließ sie auf den cremefarbenen Überwurf sinken und legte sich neben sie. Den rechten Oberschenkel schob er zwischen ihre Beine und drückte ihn gegen jenes Körperteil, das sich so sehr nach seiner Berührung sehnte.

Dann küsste er sie erneut, als hätten sie alle Zeit der Welt, was sie vermutlich tatsächlich hatten, nur dass sie eher an Männer gewöhnt war, die direkt zur Sache kamen. Matt behandelte sie, als wäre sie ein guter Wein, den man auf der Zunge zergehen lassen musste, nicht hinunterschlucken. Mit einem befriedigten Lächeln ließ er den Blick über sie gleiten. »Wie schön du bist!«

Ihre Wangen wurden heiß und rot.

Er griff an ihr vorbei nach einem der Champagnergläser und ließ etwas von der schaumigen Flüssigkeit auf ihre Brüste tröpfeln. Sie schnappte nach Luft, als der kühle Champagner auf ihre überhitzte Haut traf, und dann noch einmal, als Matt den Kopf senkte und ihn ihr von der Brust leckte.

Ihre Hüften hoben sich von der Matratze und schoben sich ihm entgegen, suchten und fanden die harte Ausbuchtung in seiner Jeans. »Matt …«

Er küsste ihre Brüste, erst die eine, dann die andere, bis sie unter seiner Berührung keuchte. Seine Finger glitten über ihren Bauch und machten am Rand ihrer Jeans halt. Sie wimmerte.

Matt hob den Kopf und lächelte sie an. Seine Augen leuchteten feurig und dunkel, und seine Brust hob und senkte sich schwer. Erotischer als er in diesem Moment konnte ein Mann nicht aussehen, fand Cara.

Er zog ihr die Hose ein Stück herunter, und dabei hinterließen seine heißen Finger eine brennende Spur auf ihrer nackten Haut. Sanft fuhr er mit der Hand über ihren Slip, und sie schnappte erneut nach Luft und drängte ihm die Hüften entgegen.

Als Antwort gab Matt ein Stöhnen von sich.

Cara beugte sich vor und zerrte an seiner Jeans, doch während sie noch an dem Knopf herumfummelte, hatte er ihr ihre Hose bereits heruntergestreift. Sie schleuderte sie mit den Füßen fort. Ein Glück, dass sie auf schicke Unterwäsche stand, denn als sie am Vortag das Haus verlassen hatte, hatte sie noch keine Ahnung gehabt, dass Matt mitkommen würde – und schon gar nicht, dass sie miteinander im Bett landen würden.

Offenbar fand er Gefallen an ihrem rosafarbenen Spitzenunterhöschen. Mit einem Knurrlaut ließ er die Finger über den Spitzenbesatz wandern. Keinesfalls würde sie dulden, dass sie dort so gut wie nackt lag, während er noch seine Jeans anhatte. Wieder versuchte sie den Knopf zu öffnen, was sich bei der Ausbuchtung in seiner Hose jedoch nicht gerade einfach gestaltete.

Diesmal schaffte sie es. Sie zog den Reißverschluss hinunter, und Matt half ihr, ihn von der Jeans und seinen dunkelblauen Boxershorts zu befreien.

Sie schwelgte im Anblick seines schlanken, muskulösen Körpers, und vor allem in dem seines Penis, der direkt auf sie gerichtet war.

Wow!

Matt gluckste, als er sich neben sie auf das Bett legte. »Wow?«

Cara verzog das Gesicht. Hatte sie das tatsächlich laut gesagt? Aber ja, wow! Sie hätte ihn die ganze Nacht betrachten können, wären da nicht die anderen Dinge gewesen, die sie sich mit seinem nackten Körper vorstellen konnte.

Er beugte sich hinunter und küsste eine Stelle direkt oberhalb ihres Slips. »Was ist das hier?«

»Eine dumme Idee, die ich im College hatte.« Sie wusste, ohne hinzuschauen, dass er das kleine rosa Herz meinte, das sie sich mit neunzehn dorthin hatte tätowieren lassen.

»Das ist sexy.« Er fuhr mit der Zunge darüber, dann schälte er sie aus ihrem Slip.

Er küsste sich ihren Bauch hinunter, und Cara wusste genau, welches Ziel er hatte. Sie mochte es grundsätzlich nicht, wenn Männer sie unterhalb der Gürtellinie küssten. Protestierend spannte sie die Muskeln an, aber da hatte seine Zunge bereits ihre intimste Stelle erreicht.

Oh Gott!

In ihr explodierte eine Lust, dass ihr der Atem stockte. Während seine Zunge einen magischen Tanz auf ihrem Körper vollführte, konnte sie sich nur noch an die Bettdecke klammern. In ihr baute sich ein immer größerer Druck auf, und ihr Atem ging stoßweise. Bevor sie auch nur einordnen konnte, wie ihr geschah, explodierte sie. Wellen der Ekstase tobten durch sie hindurch, während Matt sie in immer schwindelerregendere Höhen trieb.

Sie war so überwältigt, dass sie laut aufschrie. *Wow!* Noch nie hatte sie einen Mann das für sie tun lassen. Jetzt, wo er sich wieder nach oben zu ihrem Bauch küsste, war es ihr fast ein bisschen peinlich.

Außerdem war sie ein wenig enttäuscht. Noch nie war sie zweimal in einer Nacht gekommen, und sie hätte ihren Orgasmus lieber erlebt, während er in ihr war.

Matt knabberte an einer empfindlichen Stelle unterhalb ihres Ohrs herum. Sein Körper schmiegte sich heiß und hart gegen ihren. Während sie noch die letzten Zuckungen der Lust genoss, griff er in die Schublade des Nachttisches und holte eine kleine eingeschweißte Packung heraus.

»Lass mich das machen«, hörte sie sich zu ihrer Überraschung sagen. Noch nie hatte sie einem Mann ein Kondom übergezogen, aber die heutige Nacht schien voller Premieren zu sein. Außerdem wollte sie sich die Gelegenheit nicht entgehen lassen, ihn so zu berühren, wie er sie berührt hatte.

Mit funkelnden Augen reichte er ihr das Kondom. Sie glitt mit dem Daumen über seine Eichel, und er zuckte und schloss die Augen. Das ermutigte sie, seinen Schaft entlangzufahren, dann nahm sie ihn fest in die Hand und drückte. Matt gab ein Stöhnen von sich, das tief aus seiner Brust kam. Seine Hüften wölbten sich ihr entgegen, und er stieß in ihre Hand hinein.

Sie beugte den Kopf hinunter und nahm ihn in den Mund. Ein Schauder der Lust lief durch Matts Körper. Dieser große, starke Mann, dieser Soldat, der jetzt Detektiv war, war Wachs in ihren Händen. Während sie ihm mit dem Mund Lust verschaffte, massierte sie weiter seinen Schaft, bis er schließlich ihre Hände festhielt.

»Meine Güte, Cara, das ist gut, aber ich will in dir sein, wenn ich komme.« Seine Stimme klang tief und rau von der Spannung, die sie durch seinen gesamten Körper pulsieren spürte.

Als Reaktion darauf spannte sich auch ihr Körper erneut an. Sie hob den Kopf und küsste ihn, während sich seine Erektion hart und heiß gegen ihren Bauch drückte. Dann riss sie die Verpackung auf und streifte das Kondom über seinen Penis.

Matt rollte sich auf sie und glitt mit einem einzigen Stoß tief in sie hinein. Cara schnappte nach Luft, und ihre Muskeln spannten sich um ihn herum an. Sie schlang die Beine um seine Hüften und schob ihn noch tiefer in sich hinein.

Matt stöhnte. Schweiß sammelte sich auf seiner Stirn. Zunächst stieß er langsam in sie und verlängerte so ihr Vergnügen, dann wurden seine Stöße schneller und fester, bis er sich schließlich gestattete, die Kontrolle aufzugeben. Und sie war bei ihm, ritt mit ihm auf der Welle, bis die Ekstase sie erneut erfasste. Der Orgasmus brauste durch sie hindurch, mächtiger und intensiver als der erste.

Caras Welt explodierte. Sie bäumte sich unter ihm auf, wild und hemmungslos. Sie brauchte mehr, und er gab es ihr. Wieder und wieder stieß er in sie hinein, katapultierte sie immer höher, bis Sterne vor ihren Augen tanzten und sie seinen Namen schrie. »Matt! Oh Gott, Matt!«

Ein letztes Mal stieß er zu, dann spannte sich sein Körper an, und er schloss die Augen. Mit einem tiefen Stöhnen hielt er in ihr inne, als auch ihn der Orgasmus hinwegfegte. Cara flog noch immer, glitt auf den Ausläufern der Lust dahin, die er ihr verschafft hatte. Schließlich ließ er sich mit bebender Brust auf sie hinabsinken.

»Heiliges Kanonenrohr!« Völlig erledigt legte sie den Kopf auf dem Kissen ab.

Matt rollte sich mit einem zufriedenen Grinsen von ihr herunter. »So gut?«

Atemlos nickte sie.

»Für mich auch.«

Er küsste sie, dann verschwand er im Badezimmer, um das Kondom zu entsorgen. Sie hörte die Toilette rauschen, dann glitt er wieder neben sie ins Bett. War es für ihn wirklich auch so unglaublich gewesen wie für sie? Sie hatte nicht sonderlich viel Erfahrung, aber er war sicher schon mit Frauen zusammen gewesen, die sich besser auskannten.

Als er ihr in die Augen starrte, wurde ihr schlagartig klar, dass er genauso überwältigt war wie sie.

»Wow!« Diesmal wusste sie, dass sie es laut gesagt hatte. Ihr Herz machte einen Satz, einen kleinen nur, und doch wusste sie jetzt auch noch etwas anderes.

Sie hatte sich soeben in Matt Dumont verliebt.

»Alles okay?« Er strich mit dem Finger über ihre Wange.

Sie holte tief Luft und versuchte, ihr rasendes Herz zu beruhigen. »Oh ja.«

Mehr als okay. Viel mehr.

Sie war ein klein wenig verliebt in einen Mann, den sie nicht haben konnte. Sie war ein großes Mädchen – sie konnte damit umgehen. Selbst wenn er nicht wegziehen würde, wäre es auf dasselbe hinausgelaufen. Sie war nicht in der Lage, einem Mann ihr Herz zu schenken. Noch nicht. Noch zwei Jahre lang nicht.

Sie würde einfach dieses Wochenende genießen. Ohne Reue.

Während Matt sie aus immer noch von der Lust verschleierten Augen betrachtete, strich sie über die Bulldogge an seiner Schulter. Dann fuhr sie mit den Fingern durch das dichte Haar an seiner Brust, über seine kräftigen Bauchmuskeln und seinen wie gemeißelt aussehenden Oberschenkel. Der Mann war wirklich gut gebaut.

Und sexy. *Oje.*

Als sie auf den rauen Rand einer Narbe stieß, hielt sie inne. Sie musterte den kleinen Fleck eingesunkenen und unregelmäßigen Gewebes in seiner Haut und spürte, wie Matt sich anspannte.

»Kriegsverletzung?«

Er nickte. »Eine improvisierte Sprengvorrichtung am Straßenrand. Ich hatte Glück.«

Aber er wirkte nicht glücklich. Seine Mundwinkel hingen nach unten und zogen seine Lippen zu einem dünnen Strich zusammen.

»Wurdest du deswegen nach Hause geschickt?«

Wieder nickte Matt.

»Wärst du immer noch bei den Marines, wenn du nicht verletzt worden wärst?«

Er zuckte mit den Schultern. »Vielleicht. Vielleicht auch nicht. Ich habe mich gleich nach der Highschool zum Militär gemeldet, als ich noch nicht wusste, was ich mit meinem Leben anfangen wollte.«

Cara betrachtete ihn eine Zeit lang. Das war nicht alles, was ihm Schmerz bereitete. »Und der Rest deines Konvois – hatte der auch Glück?«

Er drehte sich auf den Rücken und verschränkte die Arme vor der Brust. »Ich habe an dem Tag sieben meiner Männer verloren.«

»Das tut mir leid.« Sie legte ihm die Hand auf den Arm. »Standen sie dir nahe?«

»Ja.« Seine Stimme klang rau, und in seinen Augen schimmerte es feucht.

Cara brach der Anblick schier das Herz. Es gab nichts Anrührenderes, als einen Mann weinen zu sehen, zumal um den Verlust eines Kameraden. »Was ist passiert?«

Sein Gesicht verhärtete sich. »Hast du das Video auf YouTube gesehen, wo Marines auf die Leichen von Taliban urinieren?«

Mit so etwas hatte sie nun überhaupt nicht gerechnet. »Ich habe davon gehört.«

»Es war nicht meine Einheit, aber es hat ein schlechtes Licht auf das gesamte Corps geworfen. Es war schändlich, die Toten derart respektlos zu behandeln, ganz zu schweigen davon, dass es ein Verstoß gegen die Genfer Konvention war.« Vor Wut war sein Körper total angespannt.

Sie legte die Hand auf seinen Bizeps.

»Ein paar Leute in meiner Gruppe fanden das gar nicht so schlimm, unter ihnen auch Brent, ein halbes Kind noch und direkt aus dem Ausbildungslager. So selbstgefällig, so überzeugt, die Welt gehöre ihm. Ich habe ihn zur Seite genommen und mit ihm über Ehre und Respekt geredet. Er hat gesagt, er habe verstanden, und hat mir sein Wort gegeben.« In Matts Stimme klangen Enttäuschung und Zorn mit, aber auch Schuldgefühle.

Sie strich ihm über den Arm und über seine fest zur Faust geballte Hand. »Du warst verantwortlich für diese Männer?«

Er nickte. »Leiter der Gruppe, drittes Bataillon, viertes Marines Corps, Kompanie K.«

Leiter – natürlich war er Leiter gewesen. Auf seinen Schultern lastete die Verantwortung für das Leben dieser Männer, für ihren Tod.

»Ein paar Wochen später machte Brent eine obszöne Geste über der Leiche eines irakischen Mädchens, vor den Augen der verbliebenen Aufständischen. Sie hatte ein Selbstmordattentat vorgehabt, aber der Scharfschütze hatte sie erwischt, bevor sie den Sprengstoffgürtel zünden konnte.«

»Er hat sein Wort nicht gehalten«, sagte Cara.

Matt drehte den Kopf und sah sie durchdringend an. »Er war neunzehn. Noch ein Junge. Ein selbstgefälliger, dummer Junge. Ich hätte mir mehr Zeit für ihn nehmen müssen.«

»Du kannst jemanden nicht zu einem anständigen Menschen machen, Matt. Jemand ist anständig, oder er ist es nicht.« Und Matt war viel anständiger als die meisten.

Er schüttelte den Kopf und kniff die Lippen zusammen, als würde sie ihn nicht verstehen. »Die Vergeltungsmaßnahmen der Iraker gegen unsere Gruppe waren heftig. Drei Männer haben wir durch Beschuss verloren, vier weitere bei dem Bombenangriff. Sieben gute Männer sind in jener Nacht gestorben, unter meinem Kommando.«

»Brent?«

Matt nickte. »Er hatte eine falsche Entscheidung getroffen. Aber er hatte es nicht verdient, dafür mit dem Leben zu bezahlen.«

Oh, Matt. Ihr brach das Herz, wenn sie sich vorstellte, was für eine Last er mit sich herumschleppte. Für ihn bedeutete der Tod seiner Männer persönliches Versagen. Sie hätte ihm nur zu gern versichert, dass es nicht seine Schuld war, dass auch er nur ein Mensch war, aber sie wusste, sie war nicht diejenige, die ihm die Absolution erteilen konnte. Stattdessen schlang sie die Arme um ihn und küsste ihn. »Es tut mir so leid.«

Matt erwiderte ihren Kuss mit animalischer Wildheit. Er warf sich auf sie und verwandelte seinen Schmerz in Leidenschaft. Cara ließ sich mitreißen, und als sie nach einem weiteren gehirnerweichenden Orgasmus auf die Matratze zurücksanken, vergrub er den Kopf an ihrer Brust. »Danke.«

»Wofür?« Sie strich mit den Fingern durch seine Haare.

»Dass du mich nicht mit trostreichen Worthülsen abgespeist oder mich bemitleidet hast.«

Nein – danke, dass du mir deinen Schmerz anvertraut hast. Sie hatte das Gefühl, dass er das nicht jedem erzählte. »Du bist ein anständiger Mensch, Matt Dumont, und ich würde dir jeden Tag aufs Neue mein Leben anvertrauen.«

Matt saß auf der Bettkante und betrachtete Cara und Sadie, die beide schliefen. Als Erstes hatten sie am Morgen die Hündin abgeholt, und Cara, die nach der langen Nacht offensichtlich erschöpft war, hatte es sich mit ihr auf dem Bett bequem gemacht und war prompt eingeschlafen.

Jetzt blieb ihm nur, sie zu betrachten und sich mit all seinen unerwünschten und kitschigen Gefühlen herumzuschlagen. Cara lag auf der Seite, die aprikosenfarbenen Locken über das Kopfkissen verteilt. Sadie hatte sich an ihren Bauch gekuschelt und den Kopf gegen Caras Knie gelehnt. Sie lag auf einem übergroßen Handtuch, um Barbaras Tagesdecke vor dem Tierheimdreck zu schützen. Ein blauer Verband an ihrem linken Bein war der einzige sichtbare Hinweis auf ihren Besuch beim Tierarzt.

Matt gefiel der Anblick der beiden. Er hätte nichts dagegen, sie jeden Morgen beim Aufwachen zu sehen. Vielleicht sollte er Cara zu sich nach Boston einladen und schauen, was passierte. Nur dass er dann bei seiner Mom leben und für sie sorgen würde. Wie sollte er da eine Beziehung aufbauen?

Er seufzte, dann beugte er sich zu Cara hinunter und gab ihr einen Kuss auf die Stirn, bevor er leise aufstand. Er ging zu dem Tisch beim Fenster, auf dem sein Laptop blinkend Ken Prentiss' Aufenthaltsort verkündete.

Natürlich hatte das Schwein inzwischen aus dem *Atlanta Marriott* ausgecheckt und war nach Hause zu seiner Frau gefahren. Wer war diese mysteriöse »L«? Zum Vögeln in einen anderen Bundesstaat zu fahren deutete auf mehr hin als nur auf eine unverfängliche Affäre. Wie lange mochte das schon gehen?

Felicity würde toben, wenn sie erfuhr, dass Matt sich diese Gelegenheit, ihren Mann festzunageln, hatte entgehen lassen.

Er war deswegen selbst ziemlich sauer auf sich. Nicht, dass sich dadurch an der Situation etwas änderte. Über seine derzeitige Begleitung und die Art, wie er die letzte Nacht verbracht hatte, konnte er sich wahrlich nicht beschweren. Sein Körper strotzte vor Befriedigung, und irgendwie tat es ihm gut, Cara den erniedrigenden Grund für seine Entlassung aus dem Militär erzählt zu haben.

Sie hatte ihm bar jeglicher Vorwürfe und jedes Mitleids zugehört, und dann hatte sie ihm, ohne mit der Wimper zu zucken, gesagt, dass sie ihm jederzeit ihr Leben anvertrauen würde.

Und seitdem war seine Welt nicht mehr dieselbe.

Matt schob seinen Stuhl zurück, schnappte sich den Autoschlüssel und trat in den kalten Januarmorgen hinaus. Es war fast Mittag, und wenn Cara wach wurde, würden sie etwas zu essen brauchen. Hier in Shelton war der Schnee weitgehend getaut, und wie er in Erfahrung gebracht hatte, war die dünne Schneedecke in Dogwood bereits am gestrigen Mittag wieder weg gewesen. Wenn sein Jeep wie versprochen morgen Vormittag fertig war, konnten sie nach Hause zurückkehren.

Er fuhr zu dem Feinkostgeschäft am Ende der Straße und kaufte Putensandwiches, Chips und Mineralwasser. Als er in das Zimmer zurückkam, wurden Cara und Sadie gerade wach. Sadie streckte sich, hob den Kopf und hustete heiser. Cara setzte sich auf und rieb ihr den Rücken.

»Sie klingt schon viel besser.«

Cara nickte. »Das stimmt. Ich bin froh, dass wir gestern nicht versucht haben, nach Hause zu fahren. Das wäre vielleicht zu viel für sie gewesen.«

»Ich bin aus ganz anderen Gründen froh, dass wir gestern nicht nach Hause gefahren sind.« Er grinste sie anzüglich an, und sie grinste zurück.

»Ja, deswegen auch.«

Sadie sprang vom Bett. Sie sah Matt aus ihren ernsten Augen an, die schon viel zu viel gesehen hatten, dann wackelte sie mit ihrem Stummelschwanz.

»Besser als Hundeknast, nicht wahr?« Matt beugte sich hinunter und kraulte sie hinter den Ohren. Sadie gab ihm voller Begeisterung einen Kuss auf die Wange und beleidigte seine Nase dabei mit dem Uringestank des Tierheims. »Du stinkst ganz schön, weißt du das?«

Cara lachte. »Das stimmt. Ich glaube, wenn wir zu Hause sind, werde ich sie als Erstes baden.«

Matt richtete sich auf. »Ich gehe mit ihr Gassi.«

Er machte die Leine am Halsband der kleinen Hündin fest und ging mit ihr auf den feuchten Rasen hinter dem Bed & Breakfast. Sie erledigte ihr Geschäft, während Matt den kleinen See am Fuß des Hügels bewunderte, der jetzt, nachdem der Schnee geschmolzen war, gut zu sehen war. Dahinter erhoben sich majestätisch die Blue Ridge Mountains.

Den Rest des Nachmittags blieben sie im Bett und sahen sich im Fernsehen einen *Law & Order*-Marathon an. Sadie hatte es sich zwischen ihnen bequem gemacht. Von Zeit zu Zeit hob Cara den Kopf und lächelte Matt über Sadie hinweg an. Während der Werbeunterbrechungen stellte sie ihm Fragen nach seiner Mutter, seinem Bruder und seinen Plänen für die Zukunft.

»Ich denke, ich werde eines Tages heiraten und Kinder haben. Und du?« Er beugte sich hinunter, um das Handtuch unter Sadie gerade zu ziehen, damit ihr stinkiger Hintern nicht mit Barbaras Tagesdecke in Berührung kam.

Cara nickte. Ihr Gesichtsausdruck war wehmütig. »Ja. Irgendwann.«

Wenn sie zehn Jahre ohne Rückfall geschafft hatte. Der Gedanke ärgerte ihn. Er wollte, dass sie all das bekam – dass er ihr all das geben konnte. Eine Zukunft. Eine Familie. Verdammt! Wenn sie *Barbara's Bed & Breakfast* doch nie verlassen müssten!

Ihr Abendessen, das sie vom Italiener ein paar Häuser weiter geholt hatten, nahmen sie vor dem Kamin ein. Danach kümmerte sich Cara um Sadie, gab ihr ihre Medikamente und überprüfte ihre Atmung.

Matt entwickelte allmählich selbst Atemprobleme. Er mochte die Hündin, aber sie hatte sich den ganzen Tag zwischen Cara und ihn gedrängt. Das war seine letzte Nacht mit Cara, und die wollte er nicht damit verbringen, sie nur über zwanzig Kilo stinkenden, hustenden Hund hinweg zu berühren.

»Ich habe gerade an ein Schaumbad gedacht«, platzte Caras Stimme in seine Gedanken.

Er stellte den Fernseher aus und drehte sich um. Cara stand neben dem Kamin, lehnte mit einer Hüfte an der Wand und hatte die Arme vor der Brust verschränkt. Das Hundebett hatte sie vor den Kamin gelegt, und Sadie hatte sich zusammengerollt und schlief selig.

Cara legte den Kopf auf die Seite. »Hast du Lust mitzukommen?«

Er hatte den ganzen Nachmittag lang mehr oder weniger einen Ständer gehabt, und in den wenigen Sekunden, die er brauchte, um zu ihr zu gelangen und sie in die Arme zu nehmen, war seine Lust voll entflammt.

»Das heißt dann wohl Ja?« Sie schnappte nach Luft, als er ihren Hals küsste, während seine Finger bereits an ihrem Pullover herumnestelten.

»Eher: Ich dachte schon, du fragst nie.« Er zog ihr den Pullover über den Kopf und strich zärtlich an ihrem BH entlang. »Nicht bewegen.«

Er ging zur Badewanne und ließ heißes Wasser ein. Auf dem Rand stand eine Flasche Schaumbad mit Himbeerduft. Er ließ ein wenig davon in die Wanne fließen, dann holte er aus der Minibar eine Flasche Chardonnay. Er öffnete sie und schenkte zwei Gläser ein.

Cara trat hinter ihn, bekleidet nur mit einem beigefarbenen Handtuch. Sie bückte sich und drückte den Knopf für die Wasserdüsen. Das Wasser begann zu wirbeln und überzog sie mit fruchtig riechendem Schaum.

Bevor er die ehrenvolle Aufgabe übernehmen konnte, ließ Cara das Handtuch fallen und stieg in die Wanne. Matt beeilte sich, ihr zu folgen, und hätte vor Ungeduld beinahe den Knopf seiner Jeans nicht aufbekommen. Dann ließ er sich in das heiße, schaumige Wasser sinken und schob seine Beine zwischen Caras.

»Worauf trinken wir? Dass wir in den Bergen eingeschneit wurden?« Sie hob ihr Weinglas.

Er griff ebenfalls nach seinem Glas und stieß mit ihr an. »Was für ein Wahnsinn, so das Wochenende zu verbringen!«

Cara trank einen Schluck, dann drehte sie sich ein wenig, um das Glas auf dem Rand abzustellen. Dabei streifte sie versehentlich mit dem Fuß über seine Erektion. Noch nie war er so gern auf beengtem Raum gewesen.

Mit beiden Händen hob sie Schaum aus der Wanne und pustete ihn zu ihm hinüber. »Nur mal so aus Neugier: Wie viel Schaumbad hast du eigentlich reingetan?«

»Ich weiß nicht … ein paar Spritzer. Wieso?«

Sie kicherte. »Normalerweise reicht eine Kappe voll, besonders bei solchen Düsen. Wahrscheinlich gibt es gleich eine Überschwemmung.«

»Wirklich?« Sein Blick hatte sich an den Blasen festgehakt, die an ihrer Brust hingen. Sie glitzerten im Schein des Kaminfeuers und bewegten sich im Rhythmus ihres Atems auf und ab.

Er griff nach ihren Händen und zog sie an sich. Schaum spritzte zwischen ihnen hoch und wirbelte Cara ins Gesicht.

»Pah!« Sie wischte sich über Nase und Mund.

»Tut mir leid.« Er rieb ihr das Gesicht trocken und zog sie auf seinen Schoß. Cara beugte sich vor, um ein paar Blasen von seiner Wange zu pusten. Er griff in ihr Haar und zog ihr Gesicht zu seinem hin, bis sich ihre Lippen berührten.

Er wollte sie genießen, bis er genug hatte, nur schien er sie umso mehr zu begehren, je mehr er bekam. Sie erweckte einen unstillbaren Durst in ihm.

Er küsste sie hingebungsvoll, ließ die Zunge über ihre gleiten, schmeckte sie, berührte sie, sog alles an ihr in sich auf. Cara schmiegte sich an ihn und löste damit eine weitere Schaumexplosion aus. Ihre Hüften pressten durch das heiße, wirbelnde Wasser gegen seine, und vor Verlangen, tief in sie hineinzustoßen, stand er kurz vorm Durchdrehen.

Eine Handvoll Blasen landete auf ihrem Kopf, was aussah, als hätte ihr jemand einen Schneeball aufs Haar gelegt. Matt wischte sie fort. Er setzte sich Cara bequemer auf den Schoß, was dazu führte, dass ein Geysir aus nach Beeren duftendem Schaum zwischen ihnen hochwirbelte.

Okay, mit dem Schaum hatte sie vermutlich recht. Allmählich hatte das Ganze etwas Lächerliches. Inzwischen schwamm eine bestimmt fünfzehn Zentimeter hohe flockige weiße Schicht auf dem Wasser, die mit jeder Bewegung ihrer Körper gefährlich hin und her wogte.

Ihre Finger glitten durch die Haare an seiner Brust und wanderten dann weiter nach unten und packten seinen Schwanz. Er stöhnte. Mit den Hüften stieß er gegen ihre Hand. Sie streichelte ihn in einem gemächlichen Rhythmus, der ihn schier um den Verstand brachte.

»Meine Güte, Cara.« Er packte ihren Po und zog sie näher, sodass ihre Körper bei jeder Bewegung ihrer Hand zusammengepresst wurden. Caras Pupillen erweiterten sich, und ihr Kopf fiel nach vorne. Ihre Hüften klatschten gegen seine.

Schaum spritzte auf den Boden. Er stöhnte. Die Blasen wirbelten zwischen ihnen hoch wie Schaumkronen im vom Hurrikan aufgepeitschten Ozean. Er fühlte sich so entfesselt wie die wildesten Naturgewalten. Er zog Cara noch näher, und sie nahm die Hände weg und schlang die Arme um seinen Rücken.

Jetzt trennte sie nichts mehr. Sie bewegten sich im Gleichtakt. Ihre Körper waren so heiß wie das Wasser um sie herum. Eine Wolke aus Schaum regnete auf ihre Köpfe hinab. Matt verschlang Cara mit dem Mund. Er sehnte sich verzweifelt danach, in sie einzudringen, gleichzeitig genoss er die fantastische Folter des Wartens.

»Jetzt, Matt, bitte.«

Er tastete hinter seinem Rücken nach dem Kondom, das er auf den Badewannenrand gelegt hatte. Er riss die Verpackung auf und versuchte dann, so viel Schaum wie möglich aus dem Weg zu räumen, damit er sah, was er tat.

Die Schaumsituation war völlig entgleist. Nächstes Mal eine Kappe voll. Genau. Caras Finger stießen unter der Wasseroberfläche gegen seine, und wieder stieg überall Schaum auf und bedeckte alles, bis er nur noch ihr Gesicht und ihren Haaransatz erkennen konnte.

»Beeil dich.« Sie ließ die Hand über seinen Schwanz gleiten. Das Kondom rutschte ihm aus den Fingern und verschwand in den Tiefen der Badewanne.

»Mist!« Er versuchte, danach zu greifen, wobei noch mehr Schaum über den Wannenrand glitt.

Sie sah ihn an und fing an zu lachen.

»Was ist daran so komisch?« Schließlich war das das einzige Kondom, das er mit zur Wanne genommen hatte.

»Das hier.« Sie fuhr mit der Hand über seinen Kopf und wischte den Schaumberg fort, der dort gelandet war, ohne dass er es bemerkt hatte.

»Und das hier?« Er packte eine Ladung Schaum auf ihren Kopf.

Und schon seiften sie sich gegenseitig mit Schaum ein, in der erotischen Version einer Schneeballschlacht. Schaum flog durch die Gegend und rieselte wie Schnee herab.

Sie pfefferte eine Handvoll gegen seine Brust, und er schmierte ihn ihr ins Haar und küsste ihn von ihren Lippen. Gelächter mischte sich mit Küssen, Schaum mischte sich mit Lust.

Er küsste sie, bis er glaubte, gleich explodieren zu müssen. Um Zeit zu sparen, würde er sie einfach zum Bett tragen, denn er musste jetzt unbedingt in ihr sein. *Sofort.* Cara beugte sich vor und strich über seinen Schwanz.

Er atmete zischend ein und schob ihre Hand weg. Einen weiteren Angriff ihrer äußerst geschickten Finger würde er nicht überleben. Doch dann spürte er etwas anderes. Sie rollte das abhandengekommene Kondom über seine Eichel.

Oh, verdammt, ja!

Matt hob sie so weit hoch, dass sein Penis an ihrem Eingang lag. Sie schloss die Augen, seufzte genussvoll und ließ sich dann auf ihn sinken, bis er tief in sie hineingeglitten war.

Matt stieß in sie hinein. Er konnte sich nicht länger zurückhalten, war völlig überwältigt von seinen Gefühlen für sie, völlig jenseits jeglicher Selbstbeherrschung. Schaum spritzte hoch, bedeckte sie und wirbelte mit jedem Stoß erneut auf.

Sie warf den Kopf in den Nacken, schnappte vor Lust nach Luft und klammerte sich an seine Schultern. Matt sah sie an, sah die Leidenschaft, die Lieblichkeit, all das, was Cara zur faszinierendsten Frau der Welt machte. Um sie herum war alles nur noch glitzernder, wirbelnder Schaum.

Es war schön. Atemberaubend. Er zog sie fest auf seinen Schoß hinunter und ergoss sich in sie, bis sich seine Welt auflöste. Cara schrie seinen Namen, als auch sie kam, und der süße Klang ihrer Lust trug ihn noch weiter in die Höhe, an einen Ort, wohin ihn noch nie eine Frau gebracht hatte.

An einen Ort, den er nie mehr verlassen wollte.

16

Cara hielt sich kerzengerade, als sie die Stufen zu ihrem Reihenhaus hinaufging. Es gelang ihr sogar, der neugierigen Betty lässig zuzuwinken, bevor sie den Schlüssel in das Schlüsselloch rammte und ihn kräftig herumdrehte. Die Tür schwang auf. Sadie schaute um Caras Beine herum und sah dann zu ihr hoch, als wollte sie fragen, ob sie hereinkommen dürfe.

»Dein neues Zuhause«, sagte Cara zu ihr. Jedenfalls vorläufig.

»Cara, warte.« Matt folgte ihr die Stufen hinauf, Hundedecke unter dem einen Arm, Reisetasche unter dem anderen.

»Danke.«

Er trat in den Flur und setzte die Sachen ab. Einen Moment lang standen sie sich schweigend gegenüber. *Und an diesem Punkt wird es seltsam.*

»Cara …« Seine dunklen Augen wirkten traurig.

»Ich bereue nichts. Ehrlich.« Sie trat einen Schritt zurück.

Matt folgte ihr und kam noch näher an sie heran. Er legte die Hände auf ihre Schultern und drückte ihr einen Kuss auf die Lippen, bevor sie protestieren konnte. »Danke.«

Sie fragte nicht wofür. Stattdessen nickte sie und entzog sich ihm. Matt öffnete den Mund, als hätte er noch mehr zu sagen, dann schüttelte er den Kopf, drehte sich um und ging. Die Tür fiel mit einem dumpfen Krachen hinter ihm ins Schloss. Schwer. Endgültig.

Cara stieß einen tiefen Seufzer aus. Sadie blickte zu ihr hoch und jaulte.

»Schon in Ordnung, Schatz. Die Ferien sind vorbei, das ist

alles. Jetzt machen wir es dir hier erst mal gemütlich.« Cara führte den Hund zur Hintertür. Sie war froh über die Ablenkung. Das Haus fühlte sich leer an ohne Casper. Wie würde es sich erst in zwei Wochen anfühlen, wenn hier gar kein Hund mehr war? Und wer würde Sadie nehmen?

Darum konnte sie sich jetzt nicht kümmern, beschloss Cara. Sie hatte sich eigentlich dieses Wochenende damit beschäftigen wollen, denn bis Freitag musste sie ihr Einspruchspaket für die Hausbesitzervereinigung zusammengestellt haben. Dabei durfte ihr einfach kein Fehler unterlaufen.

Sadie tollte durch den Garten. Das Gras hatte eine winterlich gelbe Färbung angenommen, und auf der großen Fläche wirkte Sadie klein und zerbrechlich. Cara würde sie schon bald gesund gepflegt haben, aber sie würde immer kleinwüchsig bleiben. Nur ein Kümmerling von einem Boxer, aber mit einem Gesicht, das auf ein Poster gehörte.

Vielleicht die perfekte Botschafterin für Caras Anliegen. Wenn es nur eine Möglichkeit gäbe, sie der Hausbesitzervereinigung vorzustellen, ohne ihnen unter die Nase zu reiben, dass sie hinter ihrem Rücken einen weiteren Pflegehund zu sich genommen hatte.

Hm.

Wie hoch war die Wahrscheinlichkeit, dass irgendeiner von ihnen mit Sicherheit sagen konnte, was für einen Hund sie gehabt hatte, als das Verbot ausgesprochen wurde? Würde irgendjemandem auffallen, dass sie jetzt einen braunen statt eines weißen Hunds hatte?

Dieses Risiko wollte sie nicht eingehen. Sie würde lieber den sicheren Weg gehen und aufpassen, dass Sadie möglichst nicht auffiel. Wenn die Hausbesitzervereinigung mitbekam, dass Sadie neu war, konnte sie ihren Widerspruch vergessen.

Sadie kam schwer atmend zu ihr getrottet und legte sich zu

ihren Füßen nieder. Ihre Lungenfunktion war noch immer beeinträchtigt, aber sie war eindeutig auf dem Weg der Besserung. Cara öffnete die Tür und ließ sie wieder nach drinnen. Sie stellte ihr einen Napf mit Wasser hin, dann drückte sie auf den blinkenden roten Knopf an ihrem Anrufbeantworter. Sie hatte fünf neue Nachrichten.

»Wow, war ich dieses Wochenende begehrt!« Als der Anrufbeantworter die Nachrichten abzuspielen begann, setzte Cara sich auf einen der Barhocker am Küchentresen. Irgendwie hatte sie, solange ein Hund in der Nähe war, nie das Gefühl, mit sich selbst zu reden.

Die ersten beiden Nachrichten stammten von Leuten, die sie als Fotografin buchen wollten. Der erste Anruf begeisterte Cara, der zweite ließ bereits ein Gefühl von Beklemmung entstehen. Diese Fotoaufträge kamen schneller herein, als sie sie erfüllen konnte.

Die dritte Nachricht war von Marilyn, die im *Dogwood County Animal Shelter* arbeitete. »Hallo, Cara. Ich wollte dich nur an unsere *Starry Paws*-Gala nächsten Samstag erinnern. Du bist eingeladen als Dank für alles, was du dieses Jahr für das Tierheim getan hast, und du kannst auch gern einen weiteren Gast mitbringen. Du wirst als unsere Freiwillige des Jahres geehrt werden. Festliche Kleidung ist erwünscht. Super Essen, jede Menge Spaß. Bis dann.«

Cara machte sich Notizen, während sie die Nachricht abhörte. Sie hatte die Gala tatsächlich völlig vergessen. Schicke Galas waren nicht so ihr Ding, aber diese war für einen guten Zweck, und da man sie zur freiwilligen Helferin des Jahres küren wollte, konnte sie sich wohl kaum drücken. Hoffentlich erwartete man von ihr keine Rede oder irgend so etwas.

Sie würde sich ein neues Kleid kaufen müssen, auch wenn ihr diese Ausgabe im Moment eher ungelegen kam. Vielleicht würde Merry mitkommen – zum Kleid aussuchen und zur Gala. Niemand würde eine Gala zugunsten des Tierschutzvereins mehr genießen als Merry.

Der vierte Anruf war wieder eine potenzielle Auftraggeberin, die sich Fotoaufnahmen von dem Hund wünschte, den sie im vergangenen Jahr von *Triangle Boxer Rescue* adoptiert hatte. Cara klopfte mit den Fingerknöcheln gegen den Küchentresen. Wie sollte sie neben ihrer Arbeit im Tierheim und ihrem Job, den sie demnächst wieder ganztags ausüben würde, noch Zeit für Fotoaufträge finden?

»Hallo, Lady, ich bin's.« Die fünfte Nachricht war von Merry. »Du bist offensichtlich noch nicht zu Hause. Ruf mich an, wenn du das hier abgehört hast. Ich habe Neuigkeiten über die Hunde von der Keeney Street, außerdem will ich alles über dein Wochenende hören. Schnee, Berge, Sadie ... Matt. Ruf mich an.«

Cara lächelte. Sie war froh, solch eine gute Freundin zu haben. Sie nahm den Hörer ab und wählte Merrys Nummer.

Ihre Freundin nahm beim zweiten Klingeln ab. »Hi! Wie war die Heimfahrt?«

»Ereignislos.« Und seltsam. Nachdem sie am Morgen alles gepackt hatten und ins Auto gestiegen waren, hatte Matt sie gegen das Fenster gepresst und sie geküsst, bis sie Sterne gesehen hatte. Aber je näher sie Dogwood gekommen waren, desto befangener hatte sie sich gefühlt. Als sie in Crestwood Gardens angekommen waren, hatte sie nur noch das Bedürfnis verspürt, aus dem Wagen zu springen und Abstand zwischen ihn und sich zu bringen.

Merry kicherte. »Das kann ich mir vorstellen. Wir müssen unbedingt einen Mädelsabend machen, damit du mir all die pikanten Einzelheiten erzählen kannst. Ich komme morgen um sieben aus der Arbeit. Wollen wir essen gehen?«

»Gern, aber wer behauptet, dass es pikante Einzelheiten

gibt?« Cara war nicht einmal ansatzweise so weit, dass sie von ihrem Wochenende mit Matt hätte erzählen können. Nicht, wenn ihre Gefühle noch so aufgewühlt waren.

»Matt und du habt gemeinsam ein Wochenende in den Bergen verbracht. Egal, wie das gelaufen ist, ich will alles hören.«

Cara räusperte sich. »Also, was war jetzt mit den Hunden in der Keeney Street?«

»Angeblich sind die Rogers weggezogen. Seit Freitag, bevor der Schneesturm losbrach, hat sie niemand mehr gesehen. Aber stell dir vor: Die Hunde haben sie zurückgelassen.«

»Wie bitte?«

»Ja. Trista hat letzte Nacht ein bisschen Futter über den Zaun geworfen, aber ich muss unbedingt hinfahren und die Sache überprüfen. Ich dachte, du willst vielleicht mitkommen oder es Matt erzählen und hören, was er dazu sagt.«

»Oh, ähm … ja. Vielleicht können wir morgen noch vor dem Essen vorbeifahren?«

»Klar. Hör mal, ich muss los. Mein Pager hat gerade gepiepst. Ich rufe dich morgen an, okay?«

»Tu das. Tschau, Merry.«

Cara legte den Hörer auf und beugte sich hinab, um Sadie am Ohr zu kraulen. »Was hältst du von einem Schläfchen?« Sie roch am Kopf der Hündin. »Und hinterher vielleicht ein Bad?«

Sadie schloss die Augen und wackelte zustimmend mit dem Stummelschwanz. Sie musste erschöpft sein von der Fahrt, und es war wichtig, dass sie sich ausruhte und so schnell wie möglich wieder zu Kräften kam, damit Cara einen Operationstermin wegen des Tumors an ihrem Bein vereinbaren konnte.

Cara wusste nur zu gut, was passierte, wenn man eine Krebsbehandlung zu lange hinauszögerte.

Sie durchquerte das Wohnzimmer, um den Hund für einen kleinen Mittagsschlaf nach oben zu ihrem Bett zu führen, und das war der Moment, in dem sie den Umschlag auf dem Boden innen vor ihrer Eingangstür liegen sah.

Der Absender lautete Crestwood Gardens.

Cara betätigte den Knopf für die Fensterscheibe auf der Beifahrerseite und ließ sie nach unten gleiten. Dann starrte sie über das feuchte Gras hinweg auf das Haus mit der braunen Holzverkleidung, vor dem sie parkten. Sie kniff die Augen zusammen, um durch das Wohnzimmerfenster zu spähen. »Bist du dir sicher? Da stehen noch Möbel.«

»Seit Freitag hat sie niemand mehr gesehen.« Merry machte ihren Sicherheitsgurt los und beugte sich über Cara, um bessere Sicht zu haben.

Cara zuckte mit den Schultern. »Vielleicht sind sie in Urlaub gefahren.«

»Ja, vielleicht. Aber mir geht einfach nicht aus dem Kopf, was Matt erzählt hat … dass sie letztes Jahr in Durham einfach weggezogen sind, als ihnen der Tierschutzverein immer näher auf die Pelle rückte.«

»Stimmt. Aber warum haben sie dann diesmal die Hunde nicht mitgenommen?« Cara richtete den Blick wieder auf das Haus. Ihr brach das Herz, wenn sie an die armen Hunde dachte, die man während des Schneesturms angekettet hinten im Garten zurückgelassen hatte.

»Gute Frage.«

»Also, was machen wir jetzt?«, fragte Cara.

»Wir vergewissern uns, dass niemand zu Hause ist, und dann schleichen wir uns nach hinten und überprüfen, ob die Tiere von irgendjemand gefüttert worden sind.« Sie öffnete die Wagentür und stieg aus.

Cara folgte ihrem Beispiel. Ihre Turnschuhe quietschten auf dem feuchten Boden.

Merry ging die Einfahrt hinauf und drückte auf den Klingelknopf. Sie konnten hören, wie es drinnen läutete. Die abendliche Stille wurde vom hysterischen Kläffen der Hunde zerrissen, das sie beide inzwischen so gut kannten.

Sie warteten eine Minute, dann klingelten sie noch einmal. Auch diesmal rührte sich nichts im Haus. Es war nach sieben, und die Sonne war bereits untergegangen. In den Häusern der Nachbarschaft brannte Licht. Die Leute waren zu Hause und gingen ihren üblichen Tätigkeiten nach. Im Inneren des Hauses der Rogers war alles dunkel.

»Niemand ist zu Hause, und bald ist es zu finster, um noch was zu sehen.« Merry ging über den Rasen rechts am Haus vorbei. Ein ein Meter achtzig hoher Holzzaun umschloss den hinteren Grundstücksteil und verstellte ihnen die Sicht auf die Hunde.

Cara drückte das Gesicht gegen den Zaun und spähte durch einen Spalt zwischen den Brettern. Die beiden Hunde standen neben der hinteren Terrasse, die Köpfe erhoben, die Nackenhaare aufgestellt, und starrten zurück. Der eine knurrte, dann fingen beide wieder wie verrückt zu bellen an.

So gut hatte Cara die Hunde noch nie sehen können. Sie waren größer als reinrassige Boxer. Trista hielt sie für Boxer-Mastiff-Mischlinge. Sie hatten dunkles Fell, lange, dünne Schwänze, große Köpfe mit hängenden Lefzen und stämmige, muskulöse Körper.

Cara wäre keinem von ihnen gern begegnet, wenn er nicht angeleint war. Die beiden sahen furchterregend aus.

Und traurig. Die Rippen standen zu beiden Seiten heraus, und beide Hunde trugen ein schwarzes Nylonhalsband, an dem eine silberfarbene Kette befestigt war, die irgendwo unter der Terrasse verschwand.

Gefesselt und im Stich gelassen.

»Arme Viecher. Für die wird es kein glückliches Ende geben«, sagte Merry leise.

»Nein. Aber ich frage mich: Selbst wenn sie im Tierheim eingeschläfert werden, kann das schlimmer sein, als so zu leben?«

»Wohl kaum. Aber deswegen fühle ich mich auch nicht besser, wenn ich dafür sorge, dass das geschieht.«

»Und? Was jetzt?« Cara trat vom Zaun zurück. Der intensive Blick des größeren Hunds jagte ihr Schauder über den Rücken.

»Ich muss Wasser und Futter überprüfen. Aber erst stellen wir mal fest, wie weit die Ketten reichen.« Merry packte das Tor und rüttelte kräftig daran.

Die Hunde sprangen los. Es klang, als wollten sie Cara und Merry zerfetzen. Erst gut einen Meter vor dem Zaun hielt die Kette sie zurück.

Merry griff in die Gesäßtasche ihrer Hose und zog eine Dose mit Hundeabwehrspray heraus. Sie hielt sie wie eine Waffe vor sich, als sie das Tor öffnete und in den Garten linste.

Cara schlug das Herz bis zum Hals. »Himmel, Merry, sei bloß vorsichtig!«

Merry drehte sich lächelnd zu ihr um. »Soll das ein Witz sein? Ich habe mir gerade die Nägel machen lassen. Auf mir wird heute nicht rumgekaut.«

Während die Hunde am Ende ihrer Ketten tobten, ließ Merry den Blick über den gesamten Garten schweifen. Die Hunde bellten kaum einen Meter von ihrem Gesicht entfernt, und wenn sie nach ihr zu schnappen versuchten, machten ihre Kiefer schrecklich knirschende Geräusche. Schließlich trat Merry zurück und schloss das Tor. »Also, ich sehe einen umgestürzten Wassernapf, leer. Kein Futter außer ein paar Überresten der Fresstüte, die Trista vor zwei Nächten über den Zaun geworfen hat.«

»Okay.« Cara runzelte die Stirn. Es war Dienstagabend. Fünf Tage waren vergangen, seit die Rogers die Stadt verlassen hatten. Das war eine lange Zeit ohne Futter und Wasser.

»Ich habe vorhin den Tierschutzverein angerufen. Sie schicken morgen früh jemanden vorbei, aber sie müssen erst eine Aufforderung zur Rückmeldung anbringen, bevor sie etwas unternehmen können. Sie müssen sich vergewissern, dass sich niemand um die Hunde kümmert. Das ist ein komplizierter Prozess, der ablaufen muss, bevor sie die Hunde abholen können. Es hängt unter anderem davon ab, ob jemand auf die Aufforderung reagiert.«

Dicht gefolgt von Cara eilte Merry zurück zum Wagen. »Also … bringen wir den armen Kerlen was zu fressen und zu trinken.«

Sie holte eine Schachtel Hundefutter aus dem Wagen, eine Kanne mit Wasser und einen großen Napf.

Cara legte ihr die Hand auf die Schulter. »Wenn du in ihre Reichweite kommst, werden sie dich beißen. Sie sind angekettet, sie werden sich bedrängt fühlen. Das ist eine ganz schlechte Idee.«

»Mir bleibt keine andere Wahl. Sonst verdursten sie vielleicht, bevor der Tierschutzverein etwas für sie tun kann.«

Cara dachte an Matt. »Genau genommen ist das Einbruch.«

»Wir bekommen mildernde Umstände. Wenn du auf die andere Seite des Hauses gehst und sie ablenkst, kann ich mich – denke ich – hineinschleichen und ihnen Fressen und Wasser hinstellen. Vielleicht bekommen Sie dann gar nicht mit, dass ich mich auf ihrem Territorium befinde. Das sollte ihnen mindestens für einen Tag reichen. Ich habe eine Waffe und keine Hemmungen, sie einzusetzen.« Merry hielt die Dose mit dem Hundepfefferspray hoch.

Cara wippte auf den Fersen. »Na gut. Aber pass auf dich auf, hörst du? Ich mag dich mit allen Fingern dran.«

Merry gab ihr einen Klaps auf den Rücken. »Ich habe dir doch gesagt, niemand versaut mir meine neue Maniküre. Und jetzt geh auf die andere Seite und mach ordentlich Rabatz.«

»Na gut.« Cara gefiel nicht, was sie taten, aber sie wollte die Hunde auch nicht verhungern lassen. Und Matt um Rat bitten wollte sie ebenfalls nicht. Seit sie aus Shelton zurückgekommen waren, hatte sie ihn kaum gesehen.

Sie versuchte, wie eine Erwachsene damit umzugehen. Schließlich hatten sie vereinbart, dass alles wie vorher laufen sollte, sobald sie wieder zu Hause waren. Keine romantische Beziehung. Eine Wochenendgeschichte, sonst nichts. Außer dass sie gedacht hatte, normal würde bedeuten, sie würde ihn zumindest noch zu sehen bekommen. Vor ihrer Fahrt nach Shelton war sie ihm fast jedes Mal über den Weg gelaufen, wenn sie vor die Tür getreten war.

Zu oft, als dass es Zufall hätte gewesen sein können. Seit sie gestern Vormittag zurückgekehrt waren, hatte sie ihn erst einmal gesehen. Er hatte telefoniert und ihr nur kurz zugewunken, bevor er in seinen Jeep gestiegen war. Und das hatte wehgetan, ein bisschen zumindest. Na gut, ziemlich heftig.

Deshalb würde sie ihn wegen dieser Geschichte auf gar keinen Fall anrufen. Außerdem wusste sie bereits, was er sagen würde. Wartet auf den Tierschutzverein! Geht nicht einfach auf das Grundstück! Bei solchen Sachen hielt er sich fast schon sklavisch an das Gesetz.

Statt Matt anzurufen, ging Cara an der Straße entlang um das Haus herum, weg von Merry. Sie schlug mit den Fäusten gegen den Zaun und brüllte: »He, wer ist hier ein böser Hund? Ich wette, ihr könnt nicht lauter bellen, als ich brüllen kann!«

Oh Mann, und wie sie das konnten! Fünf Tage ohne Futter

und Wasser schienen sie nicht sonderlich geschwächt zu haben. Sie bellten, knurrten und zerrten an ihren Ketten, während Cara an dem Zaun rüttelte und sie anschrie.

»Okay«, rief Merry schließlich. Beinahe wäre ihre Stimme in dem ganzen Getöse untergegangen. »Erledigt.«

Cara lief zu ihr, und gemeinsam stellten sie sich an den Zaun und sahen zu, wie sich die Hunde über das Futter hermachten. Merry hatte die Schachtel aufgerissen und sie ihnen komplett stehen lassen. Sie knurrten und schnappten nacheinander. Der größere der beiden Hunde packte die Schachtel mit dem Maul und schüttelte sie.

»Vermutlich werden sie fressen, bis ihnen schlecht wird«, sagte Cara.

Merry nickte. »Ich weiß. Aber mir ist nichts eingefallen, wie wir das umgehen könnten. Falls sie sich übergeben müssen, fressen sie es hoffentlich erneut, sobald sie wieder Hunger haben.«

»Bäh! Aber – klar.«

»Okay, für heute haben wir genug Hausfriedensbruch begangen.« Merry ging voran zu ihrem CR-V. »Jetzt sind wir dran mit Essen.«

»Gut. Ich bin schon am Verhungern.«

»Wie geht es Sadie?«

Cara spürte, wie ein Lächeln über ihr Gesicht huschte. »Ihr geht es bestens. Sie hustet kaum noch. In ein oder zwei Wochen kann sie operiert werden.«

»Sobald wir das Geld zusammenhaben. Erst mal bin ich froh, dass sie bei dir ist. Sie hat Riesenglück gehabt.« Merry legte Cara die Hand auf die Schulter.

»Das stimmt.«

»Hat schon irgendjemand was dazu gesagt, dass du einen neuen Hund hast?«

Cara schüttelte den Kopf. »Nein. Sie war die meiste Zeit hinten im Garten.«

»Und was machst du in zwei Wochen, wenn deine dreißig Tage um sind?«

Bei dem Gedanken an das Erinnerungsschreiben, das sie gestern im Hausflur gefunden hatte, stieg Verzweiflung in ihr hoch. Ihre Zeit war fast abgelaufen. Ihr blieben nur noch wenige Tage, um Einspruch zu erheben. »Ich behalte sie, bis man mich rauswirft, oder du findest eine neue Pflegestelle für sie.«

Merry seufzte. »Du weißt doch, dass alle Plätze belegt sind.«

»Ich stelle gerade eine Informationsmappe über *Boxer Rescue* und über meine Pflegehunde zusammen, die ich am Freitag bei der Hausbesitzervereinigung abgeben will. Das wird ihnen die Augen öffnen, Merry. Das muss es einfach. Sie können nicht verlangen, dass ich ohne Hunde lebe.«

»Und, nur für den Fall, dass sie es doch tun … was dann?«

»Dann verkaufe ich mein Haus«, antwortete Cara, ohne zu zögern. »Aber es dauert zu lange, bis ich es verkauft habe, und ich kann ohne Hunde nicht leben, also muss ich es einfach hinkriegen. Drück mir die Daumen.«

Merry sah Cara ernst an. »Du weißt, wie sehr ich dir das wünsche, aber ich glaube, du brauchst trotzdem einen Plan B.«

Matt knallte den Hörer auf die Gabel. Am liebsten hätte er laut geflucht. Die letzten beiden Tage waren die Hölle gewesen. Da er nicht geplant hatte, das Wochenende in den Bergen zu verbringen, hatte er keine Vorkehrungen getroffen, und die Arbeit hatte sich gestapelt. Stundenlang hatte er sich durch Berge von Unterlagen gearbeitet, ganz abgesehen von dem Prentiss-Fall.

Wie er sich wünschte, Felicity wäre an jenem bitterkalten Dezembermorgen zu irgendjemand anderem gegangen, nur nicht zu ihm! Gestern war er den ganzen weiten Weg bis nach

Atlanta gefahren, um jedes möglicherweise belastende Beweisstück einzusammeln. Er hatte mit den Mitarbeitern am Empfang des Hotels gesprochen, mit den Barkeepern und dem Zimmerdienst, ohne dass dabei etwas herausgekommen wäre. Niemand konnte sich an Ken Prentiss oder an seine Begleitung erinnern.

Die Fahrt nach Atlanta und zurück hatte ihn einen ganzen Tag gekostet und ihm nicht das Geringste an Informationen eingebracht. Er würde einfach warten müssen, bis der Dreckskerl wieder mal geil wurde, und konnte nur hoffen, dass es diesmal nicht wieder so lange dauern würde.

Matt dagegen konnte an nichts anderes denken als an Cara. Er hatte sich in seine Arbeit gestürzt, um wieder zur Vernunft zu kommen, aber er musste sich unbedingt wieder lieb Kind bei ihr machen, bevor er es sich noch endgültig mit ihr verdarb – falls es dafür nicht bereits zu spät war.

Er blickte aus seinem Schlafzimmerfenster. Ihr kleiner blauer Mazda stand draußen, nicht auf dem zu ihrem Haus gehörigen Platz neben seinem Grand Cherokee, sondern ein Stück weiter auf dem Besucherparkplatz. Ja, er hatte es sich bereits mit ihr verdorben, weil er, seit sie aus den Bergen zurückgekehrt waren, nicht bei ihr vorbeigeschaut und Hallo gesagt hatte.

Okay, vermutlich war er ein Idiot. Nein, er war definitiv ein Idiot.

Matt war aufgefallen, dass sie um diese Zeit am Vormittag häufig eine Joggingrunde drehte, seit sie vergangene Woche ihren Job verloren hatte. Ihm würde ein wenig Bewegung ebenfalls guttun. Allerdings veränderte sich sein Atem allein schon bei der Vorstellung, sie heiß und verschwitzt in engen Klamotten zu sehen, und dabei hatte er das Haus noch nicht einmal verlassen.

Er zog sich eine Trainingshose und ein langärmeliges Shirt an, dann stellte er sich hinter die offene Haustür und machte ein paar Dehnübungen, während er weiter nach ihr Ausschau hielt. Wenn sie nicht bald herauskam, würde er all seinen Mut zusammennehmen und an ihre Tür klopfen. Er vermisste sie.

Sehr.

Sein Handy, das auf dem Ablagetisch in der Nähe der Haustür lag, klingelte. Wenn das Felicity Prentiss war, sollte er das Handy vielleicht gegen die Wand schleudern. Widerwillig hob er es hoch und schaute auf das Display. Als er sah, dass es sein Bruder war, lockerte er erleichtert seinen mörderischen Griff.

»Jason, was ist los? Mit Mom alles in Ordnung?«

Er hörte Caras Haustür zufallen und sah aus dem Fenster. Sie lief die Treppe hinunter auf den Gehweg zu, bekleidet mit einem langärmeligen Shirt und einer grauen Jogginghose, das Haar zu einem wippenden Pferdeschwanz zusammengebunden.

Matts Herz fing an zu rasen. Er griff nach seinem Schlüssel und machte einen Schritt Richtung Haustür, um Cara aufzuhalten und zu bitten, auf ihn zu warten.

»Matt …« Jasons Stimme klang rau. »Mom hatte einen Schlaganfall.«

17

Die Fahrstuhltür machte »Ding«, und Matt schob sich an dem Paar neben ihm vorbei in den Gang mit den weißen Wänden. Mit seinen großen Schritten hatte er rasch ein kleines Wartezimmer mit burgunderroten Stühlen und einem fadenscheinigen grauen Teppich erreicht. Jason saß auf einem Stuhl an der Wand, den Kopf in den Händen vergraben.

»Wie geht es ihr?«, fragte Matt.

Sein Bruder sah hoch, und ein Lächeln huschte über sein besorgtes Gesicht. »Ihr Zustand ist stabil. Sie werden sie nachher von der Intensiv- auf eine normale Station verlegen.«

»Gott sei Dank!« Matt rieb sich die Augen und seufzte erleichtert auf. Der Flug von North Carolina war eine Tortur gewesen. Die ganze Zeit hatte er sich gesorgt, irgendetwas könnte schiefgehen, während er in zehntausend Metern Höhe war und seine Nachrichten nicht abhören konnte.

»Ich habe ihr nicht gesagt, dass du kommst. Ich wette, sie macht dir Vorhaltungen, weil du extra hier raufgeflogen bist, als läge sie im Sterben.« Jason gluckste.

Sein Bruder sah ihm mit seinem dunklen, lockigen Haar und seiner großen, kräftigen Figur ziemlich ähnlich. Aber im Gegensatz zu ihm hatte Jason die leuchtend grauen Augen ihrer Mutter geerbt – und ihre Kurzsichtigkeit. Statt seiner Kontaktlinsen trug er eine Brille mit schwarzem Rand, ein Zeichen dafür, dass ihn die Nachricht aus dem Schlaf gerissen hatte.

»Garantiert tut sie das.« Matt gab seinem Bruder einen Klaps auf den Rücken. »Bei dir alles okay?«

Jason nickte. »Als heute Morgen der Anruf kam, habe ich mich total erschrocken. Sie hat irgendeine Schwäche auf der rechten Seite. Der Arzt meint, sie brauche Krankengymnastik und all so was.«

»Aber sie wird wieder gesund?«

»Das kann man noch nicht mit absoluter Sicherheit sagen, aber es sieht gut aus.«

Matt holte erneut tief Luft. Seine Mom würde wieder gesund werden. Schwäche auf der rechten Seite. Das waren Dinge, mit denen er leben konnte. »Kann ich sie sehen?«

»Ja. Solange sie auf der Intensivstation ist, darf immer nur einer von uns beiden rein. Ich bin rausgegangen, weil der Arzt kam und weil ich auf dich warten wollte, aber sie liegt direkt da drüben in Bereich Zwei.«

»Danke.«

Matt ging den Gang entlang und blieb vor einer grauen Tür mit der Aufschrift »Bereich Zwei« stehen. Er holte tief Luft und stieß die Tür auf.

Drinnen fielen ihm sofort der antiseptische Geruch der medizinischen Ausrüstung und das rhythmische Piepsen der Geräte auf. Vor ihm stand eine Reihe von Betten, alle durch blaue Vorhänge voneinander getrennt.

Seine Mutter ruhte im zweiten Bett von links, gekleidet in ein blaues Krankenhaushemd, zugedeckt mit einer beigefarbenen Decke, die unter ihren Armen festgestopft war. Sie lag mit geschlossenen Augen da, in ihrer Nase steckte ein Sauerstoffschlauch. Ihr kurzes braunes Haar stand ihr in allen Richtungen vom Kopf ab, und sie trug kein Make-up. Sie würde einen Anfall bekommen, wenn sie sich im Spiegel sähe.

Matt spürte, wie sich ihm die Kehle zuschnürte. Er trat an ihr Bett, setzte sich auf den Stuhl, der dort stand, und nahm ihre Hand in seine. »Mom.«

Sie öffnete die Augen, und er bemerkte, dass das rechte Augenlid ein wenig herabhing. »Matthew.«

»Ich bin hier.« Er drückte ihre Hand.

»Ich habe Jason gesagt, er soll dich in Ruhe lassen.« Ihre Worte kamen langsam und sorgfältig artikuliert, als versuchte sie, nicht zu lallen. Ihre rechte Mundhälfte hing ebenfalls herab, wenn sie redete.

Matt sah sie stirnrunzelnd an. »Das ist beleidigend, Mom. Du weißt genau, dass ich im Augenblick nirgendwo anders sein möchte. Ich bin ja so froh, dass mit dir alles so weit wieder in Ordnung ist!«

Sie seufzte empört auf. »So schnell werdet ihr mich nicht los!«

»Das versuchen wir auch gar nicht.« Matt streichelte ihre Wange. Seine Mutter sah so zerbrechlich und alt aus, und das alles so plötzlich. Die Dinge in North Carolina hatten sich lange genug hinausgezögert. Es war höchste Zeit, sie zu Ende zu bringen und nach Boston zu ziehen.

»Danke, dass du gekommen bist.« Eine Träne lief ihr die Wange hinunter.

Matts Brust zog sich zusammen, bis er kaum noch Luft bekam. »Jederzeit, Mom.«

Zwei Krankenschwestern öffneten die Vorhänge, die seiner Mutter ein wenig Privatsphäre vor dem Mann im Bett zu ihrer Linken und der ältlichen Frau rechts von ihr sicherten. »Wir bringen Sie jetzt in Ihr Zimmer, Mrs Dumont.«

Seine Mutter nickte, dann schloss sie die Augen, als die Schwestern sie auf den Flur zu schieben begannen. Matt folgte ihnen, und Jason schloss sich ihnen beim Stationszimmer an.

»Ich habe vorhin mit ihrem Arzt gesprochen«, sagte Jason. »Sie hat vermutlich schon mehrere kleine Schlaganfälle gehabt, als Vorwarnung vor diesem. Das war auch der Grund, warum sie in den letzten Wochen leicht verwirrt war.«

»Und jetzt?« Matt verlangsamte seinen Schritt, damit sein Bruder und er ein wenig zurückbleiben und nicht belauscht werden konnten.

»Sie werden noch mal diese Sache mit dem Färbemittel machen, um festzustellen, ob sie einen weiteren Bypass oder irgend so was braucht. Sie wird sehr viel Krankengymnastik machen müssen, und sie muss unbedingt Diät halten und sich mehr bewegen, wenn sich das nicht wiederholen soll.«

Sie bogen um eine Ecke und blieben ein Stück von dem kleinen Konvoi entfernt stehen, während sie auf den Aufzug warteten.

»Da stimme ich dir zu. Ich werde in Dogwood alles so schnell wie möglich zum Abschluss bringen und dann endgültig zurückkehren. Sie kann nicht mehr allein in diesem Haus leben.«

Jason nickte. »Ich bleibe bei ihr, bis du da bist, außer sie kommt in der Zwischenzeit in eine dieser Rehakliniken.«

»Ist es so schlimm?«

»Ich weiß es nicht, Bruder. Ich weiß es einfach nicht.«

Cara hielt Phil Durgin die Informationsmappe hin, die sie sorgfältig zu ihrer Verteidigung zusammengestellt hatte. Mit dabei waren auch einunddreißig Unterschriften, die sie gesammelt hatte, sowie Empfehlungsschreiben und Atteste von Adoptionsfamilien, Vorher- und Nachherfotos und Erfolgsgeschichten von Hunden, die sie gerettet hatte. Es war eine ganz schön beeindruckende Mappe geworden, und sie war stolz auf ihre Leistung.

Phil Durgin legte die Mappe auf seinen Schreibtisch und blätterte sie stirnrunzelnd durch. »Herzlichen Dank, Miss Medlen. Ich sehe, Sie haben sich sehr viel Mühe damit gegeben. Wir werden alles lesen und bei unserem nächsten Treffen am zwölften Februar darüber sprechen. Bis dahin können Sie Ihren Pflegehund behalten, falls er nicht vorher ein neues Zuhause findet.«

Cara verkniff sich ein triumphierendes Lächeln. Das waren zehn Tage mehr, als sie am Morgen gehabt hatte. Sie würde nicht erwähnen, dass der Pflegehund nicht mehr ein »Er«, sondern eine »Sie« war. Phil las Mojos Adoptionsgeschichte und betrachtete die Fotos des glücklichen scheckigen Mischlings, der mit seiner neuen Familie herumtollte. Das Foto eines liebevollen Familienhunds.

Phil lächelte.

Tränen der Erleichterung traten Cara in die Augen. Es gab Hoffnung. Eine Chance, dass dieser Albtraum enden würde, dass sie wieder Pflegehunde aufnehmen konnte, ohne sich schuldig zu fühlen, und dass sie ihre Energie für die Suche nach einer neuen Stelle einsetzen konnte. Ab nächsten Freitag würde sie keine Lohnfortzahlung von den Smythes mehr bekommen, und bis dahin brauchte sie unbedingt etwas Neues.

»Danke, Miss Medlen. Wir werden Sie über unsere Entscheidung informieren.«

»Herzlichen Dank, auch für Ihre Bereitschaft, noch einmal darüber nachzudenken. Es bedeutet mir sehr viel.«

Als sie das Büro verließ, schwebte sie wie auf Wolken. Matts Parkplatz war leer, war seit Mittwoch leer gewesen. Entweder war er auf einer ausgiebigen Überwachungsmission, oder er ging ihr aus dem Weg. Das war enttäuschend. Sie hatte ihn nicht für jemanden gehalten, der sich vor schwierigen Situationen drückte.

Und sie hatte wirklich gehofft, dass ihre Freundschaft bestehen bliebe. Gerade jetzt hätte sie ihm nur zu gern von ihrem Sieg über Phil Durgin erzählt. Stattdessen würde sie Merry anrufen und mit ihr ein bisschen plaudern. Außerdem war es vermutlich sowieso besser, sich nicht gerade dann auf Matt zu stürzen, wenn ihre Gefühle so in Aufruhr waren. Wer weiß, wohin das wieder führte.

Auf dem Weg zu den Briefkästen schlurfte Betty Albright an ihr vorbei. Cara tat so, als bemerkte sie nicht, wie die alte Frau die Leine ihres Pudels fester packte, dann auffällig auf Caras leere Hand starrte und ihren Griff wieder lockerte.

Himmel! Caras Pflegehund Toz hatte Princess ein einziges Mal angeknurrt, und seitdem führte Betty sich auf, als wäre Cara die Inkarnation des Bösen. »Hallo, Betty. Wie geht es Ihnen heute?«

»Ich kann nicht klagen. Die Hüfte macht mir noch Probleme, aber ich komme zurecht.« Betty klopfte sich auf die rechte Hüfte und seufzte. Dann legte sie den Kopf schief und sah Cara durchdringend an. »Ich dachte, ich hätte Sie gestern mit einem braunen Hund gesehen. Haben Sie nicht gerade einen weißen? Sie haben doch nicht etwa einen neuen Hund aufgenommen?«

»Wie bitte?« Cara trat einen Schritt zurück. Mist! Diese neugierige Betty! »Nein, natürlich nicht. Ich habe nur einen Hund. Ich will keinen Ärger, Betty. Ich will nur nicht als Bösewicht dastehen.«

Bettys Gesichtsausdruck wurde weicher. »Es ist ja nicht so, dass wir Sie nicht mögen. Nur waren Sie, ehrlich gesagt, nicht sehr kontaktfreudig. Und Ihre Hunde machen uns Angst. Ich bin zu alt, um auf dem Weg zum Briefkasten Angst vor einem halb wilden Tierheimhund haben zu müssen.«

Cara legte die Hand auf ihr Herz. »Ich habe keine bösartigen Hunde.«

»Es tut mir wirklich leid.« Betty zuckte entschuldigend mit den Schultern und ging weiter.

Nachdem ihre Euphorie über den Sieg über Phil Durgin jetzt komplett dahin war, ging Cara in ihr Haus und hinterließ eine lange, weitschweifige Botschaft auf Merrys Anrufbeantworter, dann öffnete sie ihren Laptop und schrieb ein paar Stunden lang Bewerbungen als Kindermädchen. Nach dem Mittagessen überlegte sie, ob sie mit Sadie eine Ausfahrt machen sollte, schließlich konnte sie den Hund nicht im Viertel Gassi führen, ohne befürchten zu müssen, von der neugierigen Betty gesehen und bei der Hausbesitzervereinigung verpfiffen zu werden.

Sie hielt noch immer an der Hoffnung fest, dass niemand – außer Betty – bisher wusste, wie ihr derzeitiger Pflegehund aussah. Wenn sie so tun konnte, als wäre Sadie bei ihr, seit die Anordnung ergangen war, konnte noch immer alles gut ausgehen.

Ihr Handy klingelte und zeigte die 910er-Vorwahl an. Als Cara die Nummer wiedererkannte, runzelte sie die Stirn. Die Swansons, Caspers Adoptivfamilie.

»Hallo, Cara, hier ist Tina Swanson.« Tina klang angespannt.

»Hallo, Tina. Alles in Ordnung?«

»Nein.«

Bei dieser eindeutigen Antwort zuckte Cara zusammen. »Oh … nun, sie brauchen immer ein bisschen Zeit, bis sie sich an ein neues Zuhause gewöhnt haben, an eine neue Familie. Er ist ja erst seit einer Woche bei Ihnen.«

»Und ich glaube kaum, dass er viel länger bleiben wird. Cara, er hat meinen Schwiegervater angeknurrt.«

Cara holte tief Luft und atmete dann langsam aus. »Tut mir leid, dass das passiert ist. Ich sagte Ihnen ja, dass er ein paarmal geknurrt hat, während er bei mir war. Er tut das aus Angst, wenn er sich unwohl fühlt. Er hat noch nie jemanden gebissen. Ich kann Ihnen einen guten Trainer empfehlen …«

»Mein Schwiegervater sagt, er kommt erst wieder zu uns, wenn der Hund weg ist. Ich kann unsere Familie nicht solch einem Stress aussetzen, nicht wegen eines Hundes. Mein Mann ist außer sich.« Tinas Stimme klang völlig gefühllos.

Cara ballte die Hände zu Fäusten. »Er ist schon einmal verlassen worden – geben Sie ihn noch nicht auf. Er ist ein großartiger Hund. Sie schaffen das mit ihm.«

»Es tut uns leid, aber es geht nicht. Er muss weg. Ich kann ihn nicht behalten.«

Cara schlug mit der Faust gegen das Sofa. Sie konnte ihn nicht wieder aufnehmen, konnte nicht riskieren, mit zwei Pflegehunden erwischt zu werden, wenn die Hausbesitzervereinigung wusste, dass sie nur einen hatte.

»Geben Sie nicht auf. Bitte, reden Sie wenigstens noch mit einem Trainer. Solche Probleme lassen sich lösen.«

»Das kann ich nicht. Ich muss ihn zurückgeben, und zwar so schnell wie möglich.«

Cara zügelte ihre Wut. Die Frau hatte Casper sowieso nicht verdient. »Haben Sie heute Nachmittag Zeit?«

»Ja, meine Schicht beginnt erst um fünf.«

»Gut. Wir treffen uns in eineinhalb Stunden in dem *McDonald's*, wo wir ihn übergeben haben.«

Was blieb ihr anderes übrig? Das Tierheim war voll. Casper konnte nirgendwo anders hin.

Der SUV bog auf den Parkplatz ein, und hinter dem Fenster tauchte Caspers weißes Gesicht auf, die Ohren angelegt, die Augen leer. Garantiert spürte er, was Cara in Tinas Stimme gehört hatte. Den Mangel an Gefühl, die nicht zustande gekommene Bindung.

Die Gewissheit, dass man ihn verließ. Erneut.

Cara stieg aus ihrem Wagen. Ihre Blicke trafen sich, und Casper stellte die Ohren auf. Er sprang hoch und warf sich so heftig gegen das Fenster, dass Tina zusammenzuckte.

Tina stellte den Motor ab, stieg aus und öffnete die hintere Tür. Casper sprang heraus und betrachtete Cara mit so etwas wie gezwungener Reserviertheit, als hielte er sie für schuldig an der neuesten Tragödie in seinem Leben. Und das nicht zu unrecht. Sein Weltschmerzblick brach ihr beinahe das Herz.

»Tut mir leid.« Tina reichte ihr die Leine.

»Mir auch.« Cara beugte sich hinunter und breitete die Arme für den traurigen weißen Hund aus. »Tut mir leid, dass es so gelaufen ist. Du hast mir gefehlt, mein Junge.«

Casper warf ihr einen letzten vorwurfsvollen Blick zu, dann sprang er in ihre Arme und badete sie in Küssen. »Ihnen ist klar, dass die Adoptionskosten nicht erstattet werden können?«

Tina nickte. »Es tut mir wirklich leid. Aber schauen Sie ... er liebt Sie. Bei uns hat er so etwas nie gemacht.«

Cara streichelte Casper ausgiebig. »Ich werde Merry sagen, sie soll sich mit Ihnen in Verbindung setzen, falls Sie einen anderen Hund möchten.«

»Ich denke, wir warten damit erst mal ein bisschen, aber danke.«

»Alles Gute.«

Fünf Minuten später saß Cara wieder in ihrem blauen Mazda. Casper hatte es sich auf dem Rücksitz bequem gemacht. Ganz ähnlich und doch so anders als damals, als sie ihn das erste Mal zu sich nach Hause geholt hatte.

Er betrachtete sie mit ernstem Blick. Er liebte sie. Er vertraute ihr, und sie hatte ihn enttäuscht. Sie musste das wiedergutmachen, musste dafür sorgen, dass es beim nächsten Mal mit dem glücklichen Familienleben klappte.

Wenn das nur so einfach wäre. Die Tatsache, dass er beim ersten Mal so schnell adoptiert worden war, grenzte an ein Wunder. Bei Hunden wie Casper, verhaltensauffälligen erwachsenen Hunden mit nicht gerade fotogenen Gesichtern, dauerte es oft Monate bis zur Adoption. Die Chancen, dass er erneut jemanden fand, der ihn haben wollte, bevor das Ultimatum der Hausbesitzervereinigung ablief? Null.

»Ach, Casper, was machen wir bloß mit dir?«, sagte sie.

Er starrte sie nur mit ausdruckslosem Gesicht an.

Als sie zu Hause ankamen, versuchten Sadie und er zögerlich, sich miteinander bekannt zu machen. Sadie gab rasch nach und überließ ihm die dominante Rolle, was ihm half, sich einzugewöhnen.

Bis es Zeit war, ins Bett zu gehen, waren sie Freunde. Tatsächlich fühlte sich das Haus mit Leben gefüllt an, wie es das nicht mehr getan hatte, seit Mojo adoptiert worden war. Ihr hatte der Anblick der beiden spielenden Hunde gefehlt, das Knurren und Schnappen, wenn sie rauften, die Wärme eines Hunds auf beiden Seiten, wenn sie allmählich einschlief.

Es machte ihr schmerzhaft klar, was sie aufgegeben hatte, um die Hausbesitzervereinigung zufriedenzustellen. Sie war noch fester entschlossen als zuvor zu gewinnen.

Am nächsten Morgen bewarb sie sich auf ein paar weitere Stellen als Kinderbetreuerin, dann setzte sie sich ans Fenster und sah hinaus. North Carolina erlebte gerade eine frühe Frühlingsphase mit Temperaturen bis dreizehn Grad und strahlendem Sonnenschein. Es war der perfekte Morgen für einen Spaziergang mit den Hunden.

Sie würde mit ihnen zum Parkplatz des Wohngebäudekomplexes weiter unten an der Straße fahren, damit sie niemand aus Crestwood Gardens mit zwei Hunden herumlaufen sah. Sie konnte sie nicht länger im Haus eingesperrt halten. Casper war viel zu angespannt, um auf seinen täglichen Spaziergang zu verzichten, und Sadie würde ein bisschen Bewegung auch nicht schaden.

Cara holte ihre Leinen und sah zu, wie sie durch den Flur

rasten und dabei über das Parkett schlitterten. Sadie rannte in Casper hinein und landete auf dem Bauch, ihr kleiner Stummelschwanz noch immer am Wedeln.

Casper sah hoch. Seine ungleichen Augen sprühten vor Leben. Das braune strahlte Wärme und Liebe aus, während das blaue stets vor Übermut zu funkeln schien. Er war ein anderer Hund als damals, als sie mit ihm aus dem Tierheim gekommen war und er jeden angeknurrt hatte.

»Auf den Neuanfang«, sagte Cara. Sie nahm sein Gesicht zwischen die Hände und gab ihm einen Kuss auf die Stirn. Er sprang hoch, um sie ebenfalls zu küssen. Dann schob sich Sadie dazwischen und küsste Cara und Casper in einem einzigen Liebestaumel.

»Schon gut, schon gut. Jetzt gehen wir erst mal spazieren.« Cara nahm beide an die Leine und führte sie aus dem Haus direkt zu ihrem Wagen.

Matts Parkplatz war noch immer leer. Allmählich war das ziemlich lächerlich. Sie hatte seit vier Tagen nicht mehr mit ihm geredet. Abgesehen davon, dass sie ihn wie wahnsinnig vermisste, brauchte sie unbedingt seinen Rat bezüglich der Rogers und ihrer zurückgelassenen Hunde. Merry und sie waren noch einmal mit Futter vorbeigefahren, aber das konnten sie nicht unbegrenzt fortsetzen. Es war gefährlich, außerdem brauchten die Hunde richtige Pflege.

George Rogers hatte beim Veterinäramt angerufen und behauptet, jemand würde sich um die Tiere kümmern, aber soweit Merry und sie das beurteilen konnten, war außer ihnen niemand je dort gewesen. Inzwischen hatte das Veterinäramt eine weitere Benachrichtigung angebracht und es dabei bewenden lassen.

Wenn Matt nicht bald auftauchte, musste sie sich wohl überwinden und ihn anrufen, denn Merry und sie wussten nicht mehr weiter und hofften verzweifelt, dass er eine Idee hatte, auf die sie noch nicht gekommen waren.

Seufzend wandte sie den Blick von seinem leeren Parkplatz ab und bog in die Page Road ein. Ein Stück weiter unten parkte sie und ließ die Hunde raus.

Beide sprangen vor Aufregung wild um sie herum. Cara atmete tief die frische Luft ein. Neuanfänge. Für Casper, für Sadie und für sie selbst hoffentlich auch. Es wurde Zeit, dass die Dinge sich endlich zu ihren Gunsten entwickelten.

Sie setzten sich gemütlich in Bewegung, Sadie links, Casper rechts von ihr. Die perfekte Balance. Ein Gefühl von Frieden und innerer Ruhe machte sich in ihr breit.

Sie ging mit den Hunden an dem Wohngebäudekomplex vorbei und weiter zu dem grünen Grasstreifen unter der Stromleitung. Sadie und Casper rannten los, um ihr Geschäft zu verrichten, und Cara blickte in den perfekten Himmel hinauf. Oben auf den Drähten saßen Amseln und schwätzten vor sich hin, während sie ihre glänzenden Federn putzten.

Sie bogen nach links auf die Dorman Street ab und gingen, nachdem der Gehweg aufgehört hatte, auf dem grasbewachsenen Randstreifen weiter. Unter ihren Füßen knirschte das Gras, das jetzt im Winter spröde und braun war. Hier und dort hatte infolge des warmen Wetters der letzten Tage eine Wildblume mutig ihre Knospen geöffnet.

Auf der anderen Seite grasten rund um einen Teich Angusrinder. Aus einer bis auf die Grundmauern zusammengesackten roten Scheune wucherte aus jeder Öffnung Unkraut heraus. Das Bauernhaus dahinter war auch in keinem sonderlich guten Zustand. Die weiße Farbe war abgeblättert, und die Veranda sah aus, als würde sie unter dem Gewicht eines Besuchers zusammenbrechen.

Cara, Sadie und Casper gingen weiter. Dies war Sadies erster richtiger Spaziergang, ihre erste Gelegenheit, ein bisschen frische Luft zu schnappen und ein Gefühl für ihre neue Umgebung zu bekommen. Entspannt und mit heraushängenden Zungen liefen die beiden Hunde neben Cara her.

Sadie blickte zu ihr hoch. Ihr Unterbiss ließ einen der Zähne im Unterkiefer über ihre Lefze hinausstehen, was wie ein schiefes Lächeln aussah und Caras Herz schmelzen ließ. In der Sonne hatte ihr rehbraunes Fell einen rötlichen Schimmer. Cara erinnerte sich noch gut an das stumpfe, glanzlose Fell der dürren Hündin, als sie diese vor einer Woche aus dem Tierheim geholt hatte. Mit ein wenig Liebe und Fürsorge war es inzwischen glatt und glänzend.

Als sie sich der Victorious Praise Baptist Church näherten, wurden sie von kreischenden Kindern empfangen. Ein Maschendrahtzaun umgab den Spielplatz, der für den Kindergarten der Kirchengemeinde genutzt wurde. Zurzeit war er von einer Gruppe kaum zu bändigender Kinder in Beschlag genommen, die Fangen spielten und dabei laut schrien und riefen. Sadies Ohren zuckten nervös. Sie flüchtete sich an Caras rechte Seite, um einen Schutzschild zwischen sich und den lärmenden kleinen Menschen auf der anderen Straßenseite zu haben.

Sie bogen in den asphaltierten Joggingpfad ein, der rund um die Außenbezirke der Stadt führte, und liefen noch etwa eine Meile, bevor Cara umkehrte und mit den Hunden zum Auto zurückmarschierte. Casper sah sie überrascht an, verwundert über die Kürze des Spaziergangs. Sadie dagegen schien regelrecht euphorisch über ihren Ausflug. Es war das perfekte erste Gassigehen gewesen.

»Vielleicht joggen wir beide heute Nachmittag noch eine Runde«, sagte Cara zu Casper. Aber für Sadie reichte es, solange ihre Lungen noch nicht wieder kräftiger waren.

»Miss Medlen?«

Cara riss den Kopf hoch. Wenige Meter vor ihnen stand Phil Durgin und sah sie mit zusammengekniffenen Augenbrauen an. Er trug einen schwarzen Trainingsanzug und atmete schwer, als käme er gerade vom Joggen.

Er starrte die beiden Hunde an. Cara rutschte das Herz in die Hose. »Hallo, Mr Durgin. Wie geht es Ihnen? Genießen Sie das schöne Wetter?«

»Sehr. Was geht hier vor? Haben Sie einen neuen Hund aufgenommen?«

»Oh …« Sie war geliefert, und es gab nichts, was sie noch retten konnte. »Es war eine kurzfristige Entscheidung. Ein Notfall.«

Er runzelte die Stirn. »Ist es das nicht immer?«

Kurz vor ihm blieb sie stehen. Casper starrte ihn mit angelegten Ohren und steifem Rücken an. Sadie zog den Schwanz ein und versteckte sich hinter Caras Beinen. »Nun ja, bei vielen schon. Es ist nur vorübergehend, bis ich jemanden finde, der sie nimmt.«

»Das ist äußerst alarmierend. Es zeigt mir, dass Sie unsere Besorgnis wegen der Pflegehunde in Crestwood Gardens nicht ernst nehmen.«

»Oh doch, Sir.« Ihr war übel. »Ich nehme Ihre Besorgnis durchaus ernst. Deshalb habe ich Ihnen gestern die Informationsmappe gebracht, um für meine Sache zu kämpfen.«

»Und wenn wir an unserer ursprünglichen Entscheidung festhalten?« Seine Stimme war abweisend und kalt geworden. Er war wütend, und es gab nichts, was sie hätte sagen können, denn er war völlig im Recht. Indem sie Sadie bei sich aufgenommen hatte, hatte sie der Hausbesitzervereinigung eine lange Nase gezeigt.

Sie blickte ihm in die Augen. »Dann verkaufe ich und ziehe weg. Ich kann ohne die Hunde nicht leben.«

Sadies kleiner Körper presste sich gegen die Rückseite von Caras Beinen. Sie zitterte vor Angst. Das arme Ding hatte sich aus seinem früheren Leben ein tiefes Misstrauen gegenüber Männern bewahrt, und Phil Durgin trug nicht dazu bei, ihre Meinung zu ändern.

Er trat auf sie zu und deutete mit dem Finger auf Cara. »Hören Sie …«

Ein tiefes Knurren ertönte. Casper stand mit gesträubtem Fell zwischen Cara und Phil, den Blick auf den Vorsitzenden der Hausbesitzervereinigung gerichtet. Wieder knurrte Casper, lauter diesmal.

Phil Durgin trat rasch einen Schritt zurück. »Ist dieser Hund gemeingefährlich?«

Panik breitete sich in Cara aus. Sie zog an Caspers Leine und klopfte ihm auf den Hals, um ihn abzulenken. »Ganz ruhig, mein Junge. Alles in Ordnung.«

Er sah besorgt zu Cara hoch.

Sie trat vor ihn. »Nein, Sir, er ist nicht gemeingefährlich. Nur verängstigt.«

»Betty Albright hat mich vor dem Hund gewarnt. Sagen Sie, was Sie wollen, Miss Medlen, aber einige Hausbesitzer haben Angst vor Ihren Hunden, und Sie haben mir gerade bewiesen, dass Sie wenig Verständnis für unsere Besorgnis haben, indem sie während Ihres Einspruchsverfahrens einen neuen Hund aufgenommen haben. Ich habe meine Entscheidung getroffen. Das Verbot bleibt bestehen. Sie haben bis nächstes Wochenende Zeit, alle Hunde von Ihrem Grundstück zu entfernen. Die Hausordnung der Hausbesitzervereinigung wird dahingehend geändert werden, dass das Halten von Pflegehunden auf Grundstücken in Crestwood Gardens verboten ist.«

Cara schossen Tränen in die Augen. Ihre Knie zitterten. Hinter ihr knurrte Casper erneut. »Mr Durgin, bitte …«

»Es tut mir leid, aber meine Entscheidung ist unumstößlich.«

»Ich muss dir was gestehen.«

Matt sah seinen Bruder an. »Was denn?«

Jason starrte auf seine abgelaufenen Schuhe hinunter. »Ich habe letzte Woche diese absolut phänomenalen Büroräume besichtigt und eine Kaution dafür hinterlegt.«

Matt packte seinen Kaffeebecher fester. »Was? Ohne vorher mit mir darüber zu reden?«

»Du warst mit diesem Mädchen in den Bergen, und der Makler meinte, die Räume würden schnell auch einen anderen Interessenten finden. Ich konnte die Chance nicht einfach sausen lassen. Ich zeige dir die Räume, bevor ich dich zum Flughafen bringe.«

»Jason, wir hatten vereinbart, dass wir solche Entscheidungen gemeinsam treffen.«

Jason sah ihn genervt an. »Ich weiß, du vertraust mir nicht, großer Bruder, aber ich habe dich dreimal angerufen, um mit dir darüber zu reden. Du bist nicht drangegangen, und du hast nicht zurückgerufen. Also habe ich die Entscheidung allein getroffen.«

Matt erinnerte sich an die Anrufe seines Bruders, die er am Samstag verpasst hatte. Als er Jason hatte sagen hören, dass es ihrer Mom gut ging, er aber zurückrufen solle, war Matt mit anderen Dingen beschäftigt gewesen. Er hatte vergessen zurückzurufen. »Das Problem ist nicht, dass ich dir nicht traue.«

»Du vertraust niemandem, Matt. Ich verstehe. Es ist nicht persönlich.«

Matt lehnte sich auf dem harten Plastikstuhl zurück. Sie saßen im Wartezimmer und warteten darauf, dass ihre Mom entlassen wurde. Vielleicht zog er es vor, Entscheidungen selbst zu treffen und sein Leben selbstbestimmt zu leben, aber das bedeutete nicht, dass er niemandem traute. Er traute seiner Mutter – zumindest vertraute er darauf, dass sie für ihn kochte. Mit finanziellen Entscheidungen war sie heillos überfordert. »Ich vertraue Leuten durchaus.«

»Und wie …« Jason blickte auf. Die Tür hinter ihnen öffnete sich, und eine Krankenschwester winkte sie in das Zimmer ihrer Mutter.

»Sie ist jetzt fertig«, sagte die Krankenschwester.

Matt konnte sich das Lächeln nicht verkneifen, als er seine Mom in Jeans und einem Pullover mit Blumenmuster sah, wie sie sich mit der Krankenschwester stritt, weil sie nicht im Rollstuhl hinausgefahren werden wollte.

»Ich kann problemlos laufen.«

»Krankenhausvorschriften, Ma'am. Jeder muss im Rollstuhl bis vor die Tür gefahren werden.«

Seine Mutter warf ihm einen entnervten Blick zu, und sein Lächeln wurde breiter. Ihre rechte Gesichtshälfte hing noch immer leicht herab, aber sie hatte sich durchgesetzt und würde die Krankengymnastik von zu Hause aus machen können. Jason würde ein paar Tage bei ihr bleiben, bis Matt in North Carolina alles abgewickelt hatte und umziehen und ihn ablösen konnte.

»Nutz es ruhig aus, Mom«, sagte er. »Zu Hause schiebt dich Faulpelz keiner mehr im Rollstuhl rum.«

»Also wirklich, Jason und du, ihr überbietet euch doch darin, mich wie eine Invalidin zu behandeln. Ich lasse mir das nicht gefallen. Du kannst bei mir bleiben, bis du eine eigene Wohnung gefunden hast. Nicht eine Sekunde länger.«

»Ja, ja.« Sie wusste es noch nicht, aber Jason und er hatten nicht vor, sie jemals wieder allein in ihrem Haus leben zu lassen. Nicht nach dem, was passiert war. Wäre ihre Nachbarin nicht zu Hause gewesen, als sie den Schlaganfall hatte, hätte es womöglich tagelang niemand bemerkt … er wollte gar nicht erst darüber nachdenken.

Jason ging vor, um den Wagen zu holen. Matt blieb bei seiner Mom und zog sie auf, während sie durch das Krankenhaus zum Ausgang hinausgerollt wurde. Auf der Fahrt nach Hause machten sie mit den liebevollen Sticheleien weiter und hielten sich an leichte Themen.

Aber Matt sah die Tränen in ihren Augen, als sie über die Schwelle des zweigeschossigen, im Kolonialstil erbauten Hauses trat, in dem sie seit über dreißig Jahren lebte. Das Haus, in dem sie zwei Kinder großgezogen, einen Ehemann geliebt und verloren hatte und eine furchtlose, berufstätige alleinerziehende Mutter geworden war.

Ihr aller Zuhause.

Matt folgte ihr ins Wohnzimmer. Seine Kehle war wie zugeschnürt. Der Gedanke, dass sie nicht hier wäre, in diesem Haus …

Er ging zu dem Fenster, von dem aus man in den schneebedeckten Garten hinter dem Gebäude sehen konnte. Dort standen die große Eiche, von der Jason gefallen war und sich den Arm gebrochen hatte, als er zehn war, und das hölzerne Fort, das ihr Vater für sie gebaut hatte. Sie hatten Stunden darin verbracht und sich Streiche ausgedacht, die ihnen eine Menge Ärger eingebracht hatten.

Dieses Haus gehörte ihnen, und Matt würde alles in seiner Macht Stehende tun, um sicherzustellen, dass seine Mutter den Rest ihres Lebens hier verbringen konnte. Das hatte sie verdient.

Gemeinsam nahmen sie ein leichtes Mittagessen zu sich, dann ließen sie sie allein, damit sie Seifenopern anschauen und mit der Nachbarin von nebenan, Kristin, reden konnte, während Jason Matt die von ihm ausgesuchten Büroräume zeigte und ihn anschließend zum Flughafen fuhr.

»Warte ab, bis du sie siehst, Matt.« Jason sah aus wie ein Schuljunge, der unbedingt seinen Lehrer beeindrucken will.

Matt war hin- und hergerissen zwischen dem Wunsch, zu bleiben und sich um seine Mutter zu kümmern, und einer überwältigenden Sehnsucht nach Cara. Er wollte sich dafür entschuldigen, dass er einfach davongerannt war, ohne zu sagen wohin, wollte wissen, was sie die Woche über gemacht hatte und wie es Sadie ging.

Er musste sie sehen. So schnell wie möglich.

»Allein schon die Lage ist der Wahnsinn«, sagte Jason, als sie auf die Main Street abbogen.

»Und wo genau befindet sich das Büro?« Matt verbannte Cara aus seinen Gedanken und konzentrierte sich auf seinen Bruder.

»Ein Stück die Straße hinunter.«

»Hier in Wilmington?«

»Ja. Tolle Schaufensterfront, hinten jede Menge Parkplätze. Weniger als zehn Minuten bis zu Moms Haus.«

»Ist das für dich nicht zu weit zum Pendeln?« Jason lebte in einer teuren Eigentumswohnung in Charlestown, etwas außerhalb von Boston, mit einem Wahnsinnsblick auf den Charles River. Er hatte viel Geld verdient, indem er sich in Firmencomputersysteme eingehackt und die Lücken in ihrem Sicherheitssystem aufgezeigt hatte. Es war ein lukratives Geschäft gewesen, bis Jason ein bisschen zu übermütig geworden war und sich in die *Back Bay Savings Bank* eingehackt hatte.

Er hatte aus Versehen die privaten Daten Tausender Einwohner von Boston erwischt und war einer Gefängnisstrafe nur knapp entgangen. Allerdings war er gezwungen gewesen, sein Geschäft zu schließen. Doch jetzt, wenn *Dumont Investi-*

gative Services nächsten Monat eröffnet wurde, würde er seine Computerkenntnisse zu etwas Sinnvollem einsetzen können.

»So schlimm ist es nicht. Raus aus Boston ist morgens nicht viel Verkehr. Außerdem kann ich ein paar Tage die Woche von zu Hause aus arbeiten. Das können wir beide.«

Jason hielt vor einem Bürogebäude mit weißen Schindeln und großen, einladenden Fenstern, die von schwarzen Fensterläden eingerahmt waren. »Da wären wir.« Er fuhr in den Hof und parkte.

Matt musste zugeben, er war beeindruckt. Und noch beeindruckter war er, als sein Bruder ihn nach drinnen führte und er die Räume sah, die Jason gemietet hatte. Es gab einen kleinen Eingangsbereich, der als Wartezimmer dienen konnte, und zwei große Büroräume, beide mit Blick auf die Straße unter ihnen.

»Und, was hältst du nun davon?« Jason lehnte sich an die Wand und sah ihn erwartungsvoll an.

Matt gefiel das Büro, aber der Ärger, in die Entscheidung nicht einbezogen worden zu sein, wollte nicht weichen. Hatte Jason recht? Fiel es ihm schwer, anderen zu trauen?

Er dachte an die Männer, die er im Irak verloren hatte, Männer, die ihm ihr Leben anvertraut und teuer dafür bezahlt hatten.

Vielleicht sollte er weniger Jasons Urteilsfähigkeit anzweifeln als seine eigene.

18

Cara sah dem Wagen des Maklers hinterher, der nach links auf die Page Road abbog.

Dann betrachtete sie das Zu-verkaufen-Schild, das neu in ihrem Garten stand. Schließlich gab sie ihm einen Tritt. Casper hob das Bein und taufte es.

»Auf Wiedersehen, Crestwood Gardens.« Sie drehte sich um und ging auf ihre Haustür zu, aber als sie den Mann sah, der bei dem Haus neben ihrem an der Tür lehnte und sie beobachtete, blieb sie wie angewurzelt stehen.

Matt.

Ihr Herz raste, und ihre Wangen röteten sich. In den Ärger, dass er sich endlich blicken ließ, nachdem er sie eine Woche lang gemieden hatte wie die Pest, mischte sich Schmerz.

Sofort sprang Sadie, diese Verräterin mit Fell, auf ihn zu. Die Leine glitt Cara durch die Finger, und Sadie raste bis zu Matts Tür, wo sie an ihm hochsprang und sein Gesicht zu küssen versuchte, wozu sie allerdings nicht groß genug war.

Casper blieb an Caras Seite, stets ihr wackerer Beschützer.

Matt beugte sich herab, um Sadie zu begrüßen, und rieb ihr den Nacken, während sie ihn mit Küssen erstickte und ihr kleines Stummelschwänzchen vor Entzücken rotierte.

Nun, zumindest küsste ihn jemand. Caras Gesicht wurde heiß. Warum musste von allen Männern dieser Welt ausgerechnet Matt derjenige sein, dem Sadie vertraute?

Er richtete sich auf und sah Cara an, dann deutete er mit dem Kopf auf das Schild in ihrem Vorgarten. »Willst du weg?«

»Irgendwohin, wo ich Hunde halten darf.« Sie versuchte gar nicht erst, ihre Verbitterung zu verbergen.

»Dann ist es vermutlich nicht gut gelaufen mit der Hausbesitzervereinigung?« Er sah sie aus seinen kakaobraunen Augen forschend an, und das machte sie nervös.

»Nein.« Widerwillig ging sie auf ihn zu, um Sadies Leine aufzuheben. So nah bei ihm konnte sie seinen nur allzu vertrauten Geruch wahrnehmen. Seife und Sandelholz und Mann. Erinnerungen an ihre Spielchen in der Badewanne tauchten ungebeten vor ihrem geistigen Auge auf. Blasen und hirnerweichender Sex. Gekicher, während sie die nächste Stunde damit verbrachten, die Blasen aus verschiedenen Fugen und Ritzen des Zimmers zu entfernen. Die schönste Nacht ihres Lebens. Und seither hatte er nicht mehr mit ihr gesprochen. »Wenn du mich jetzt entschuldigen würdest …«

Sie drehte sich um und ging auf ihre Haustür zu.

Matt stoppte sie, indem er ihr die Hand auf die Schulter legte. »Cara, warte.«

»Ich habe viel zu tun heute Morgen. Ich muss …«

»Ich wollte dir nicht aus dem Weg gehen. Meine Mutter hatte einen Schlaganfall. Ich bin gerade aus Boston gekommen.«

Cara blieb stehen, kurz bevor ihr linker Fuß auf der oberen Treppenstufe ankam. »Wie bitte? Um Himmels willen, geht es ihr wieder besser?«

Er nickte. »Sie wird wieder, aber sie kann nicht mehr allein leben. Ich bin nur hier, um ein paar Dinge zu Ende zu bringen.«

Dinge zu Ende bringen. Sie zuckte zusammen. »Oh … nun ja. Ich bin froh, dass es ihr so weit gut geht.«

»Ich auch.« Sein Lächeln brachte ihr Herz zum Schmelzen. »Was macht Casper denn hier? Er ist doch adoptiert worden?«

»Er wurde zurückgegeben. Er hat den Schwiegervater seiner Besitzerin angeknurrt.«

»He, Kumpel, wieso hast du das denn gemacht?«

Casper blickte ihn mit diesen Augen an, die schon so viel gesehen hatten – zu viel. Er wedelte mit dem Schwanz und schob Matt die Schnauze in die Hand, ein Liebes- und Vertrauensbeweis sondergleichen.

Was sollte sie sagen? Ihre Hunde hatten einen guten Geschmack, was Männer anging. Leider teilten sie gemeinsam mit ihr das Schicksal, sich in einen Mann verliebt zu haben, der einen neuen Lebensabschnitt begann. Ohne sie.

Matt deutete mit dem Kopf auf Sadie. »Und, wie geht es ihr?«

»Oh, ihr geht es prima. Bei Männern ist sie noch ein bisschen schreckhaft … außer bei dir natürlich.«

»Frauen fanden mich schon immer unwiderstehlich. Ich kann nichts dagegen tun.« Er beugte sich noch einmal hinunter, um Sadie zu streicheln, und die kleine Hündin war vor Aufregung kaum noch zu bändigen. »Sie sieht großartig aus. Kaum zu glauben, dass das derselbe Hund ist, den wir letzten Freitag abgeholt haben.«

»Ich weiß. Mit ein bisschen Liebe und ein paar Streicheleinheiten erholen sie sich immer recht schnell.«

»Du bist wirklich gut mit so was.« Er blickte zu ihr hoch. »Du kannst prima mit diesen Hunden umgehen. Die blühen bei dir richtig auf.«

»Danke.«

Er richtete sich auf und sah sie liebevoll an. »Ich habe dich vermisst.«

Ihr Herz hämmerte schmerzhaft gegen ihre Rippen. »Ja, ich dich auch. Aber in erster Linie war ich sauer auf dich, weil ich dachte, du würdest mir aus dem Weg gehen.«

Er grinste. »Das habe ich mir schon gedacht. Ich hätte dich anrufen sollen.«

»Wozu? Noch ein paar Tage, und dann bist du endgültig fort.«

Er runzelte die Stirn. »Ich wünschte, es wäre anders.«

»Das ist schon okay, wirklich. Aber bevor du weggehst, bräuchte ich noch ein letztes Mal deinen Rat wegen dieser Geschichte mit den Rogers. Sie sind abgehauen und haben die Hunde einfach zurückgelassen.«

Matts Blick verfinsterte sich. »Kann das Veterinäramt sie nicht beschlagnahmen?«

»Es ist kompliziert.«

»Komm rein, lass uns reden.«

Matt schob die Hände in die Taschen und kämpfte gegen das Bedürfnis an, sie zu küssen, das Gesicht in ihrem Haar zu vergraben und ihren Geruch einzuatmen.

Cara betrachtete die Kartons, die entlang der Wand seines Wohnzimmers standen. »Du warst fleißig.«

»Ich will bis zum Wochenende hier raus sein.« Er ging in die Küche und machte sich daran, Kaffee aufzusetzen, damit er beschäftigt war und nicht einfach nur dastand und sie anstarrte.

»Was ist mit deinem untreuen Ehemann?«

»Wenn ich ihn bis Freitag nicht erwischt habe, übergebe ich den Fall einem Kollegen. Ich will die Sache abschließen und was Neues anfangen.«

»Das kann ich dir nicht verdenken.« Sie verschränkte die Hände ineinander und betrachtete Sadie, die an seiner Couch herumschnüffelte. Casper ging sofort zum Kamin, rollte sich davor zusammen und schlief ein.

Inzwischen hatten sie die Small-Talk-Phase eindeutig hinter sich gelassen. Wenn sie auch nur annähernd das Gleiche dachte wie er, dann würde sie sich jetzt eine Runde heißen Sex in seinem Bett vorstellen, gefolgt von einem netten Essen in irgendeinem schicken Restaurant, bei dem sie das aufreizende grüne Kleid trug, das sie an Silvester angehabt hatte.

Wie gern er ihr dieses Kleid ausziehen würde! Oder auch jedes andere.

Matt räusperte sich. »Dann sind die Rogers also ohne ihre Hunde auf und davon.«

Sie sah hoch. »Ja. Seit letztem Freitag hat sie niemand mehr gesehen. Das Veterinäramt hat eine Benachrichtigung an die Tür gehängt, und daraufhin hat George Rogers angerufen und behauptet, dass jemand vorbeikäme und sie füttere, bis er sie abholt.«

»Aber das stimmt nicht?«

Sie schüttelte den Kopf. »Soweit wir das beurteilen können, war außer Merry und mir niemand da. Wir haben ihnen zweimal Futter gebracht und ihre Wassernäpfe aufgefüllt, aber mir gefällt das nicht.«

»Mir auch nicht. Abgesehen davon, dass das Hausfriedensbruch ist und die Rogers euch verhaften lassen könnten, sollten sie euch jemals erwischen, machen mir die Hunde auch keinen sonderlich freundlichen Eindruck.«

»Mir auch nicht. Merry ist übrigens diejenige, die reingeht und ihnen das Futter hinwirft. Ich stehe nur auf der anderen Seite des Zauns und springe herum und schreie, um sie abzulenken.«

Er fuhr sich mit der Hand über das Kinn, um das Lächeln zu verbergen, das ihre Schilderung ihm entlockte. »Und weil Rogers angerufen und behauptet hat, jemand würde sie füttern, kann das Veterinäramt nichts tun?«

»So ungefähr.«

»Ihr müsst aufhören, sie zu füttern.«

»Dann hungern sie.«

»Ein paar Tage lang, dann holt sie das Veterinäramt. Im Moment erzählt ihnen Rogers, jemand würde die Hunde füttern, und wenn das Veterinäramt nachsieht, füttert sie wirklich jemand. Sie wissen nicht, dass ihr das seid und nicht der Hundesitter.«

Cara biss sich auf die Lippe. »Das klingt logisch. Merry ist auf dem Kriegspfad, was das Füttern angeht. Ich werde mit ihr reden.«

»Außerdem dürfte es nicht schaden, sich ans Fernsehen zu wenden.«

»Ans Fernsehen?«

»Kleinstadt. Ich wette, irgendein Reporter würde nur zu gern vorbeikommen, ein Video drehen und den Zuschauern erzählen, welches Unrecht den Hunden geschieht. Du würdest staunen, wie viel Interesse man mit einer sentimentalen Geschichte wecken kann. Damit machst du dem Veterinäramt Feuer unter dem Hintern, und vielleicht findest du sogar jemanden, der die Hunde nimmt.«

Cara klopfte sich mit dem Finger gegen die Lippe. »Hm. An so was habe ich noch nie gedacht.«

»Denn selbst wenn du es schaffst, sie abholen zu lassen, wird es mit einer Adoption schwierig werden, nicht wahr?«

»Ja, vermutlich. Sicher wissen wir das erst, wenn wir sie besser einschätzen können.«

»Ich kann ein paar Kontakte für dich knüpfen. Dich mit den richtigen Leuten bekannt machen. Wer weiß, vielleicht springt dabei sogar ein bisschen positive Presse für dich selbst raus.«

Ihre Augen leuchteten auf. »Das wäre toll. Danke.«

Er legte ihr die Hand auf die Schulter. »Cara, versprich mir, dass du nichts Dummes tun wirst. Diese Hunde sind es nicht wert, dass du ihretwegen mit dem Gesetz in Konflikt gerätst.«

»Ich weiß. Ich denke zwar, niemand wird was von uns wollen, nur weil wir sie gefüttert haben, aber ich werde alles Weitere dem Veterinäramt überlassen. Ich verspreche es.«

»Okay.« Jetzt, wo er sie berührte, schien er sie nicht mehr loslassen zu können. Er zog sie an sich, aber sie versteifte sich und trat einen Schritt zurück.

»Ich muss los. Danke noch mal, Matt. Ich halte dich auf dem Laufenden.« Cara griff nach den Leinen der Hunde und verließ sein Haus, bevor er etwas erwidern konnte.

Matt stöhnte und schlug mit der Faust gegen die Couch. Er war froh, dass sie wieder miteinander redeten, aber in ihrer Nähe zu sein machte es nicht einfacher, am Ende der Woche getrennte Wege zu gehen.

Sein Laptop piepste, eine willkommene Ablenkung. Ken Prentiss war unterwegs.

Zeit, den Deppen festzunageln, ein für alle Mal.

Matt legte das letzte Hemd in einen Karton und versiegelte ihn mit mehreren Schichten Klebeband. Er hatte seit drei Stunden gepackt, und seine Gelenke schmerzten vom ständigen Vornübergebeugtsein. Er richtete sich auf. Mit dem Schlafzimmer war er fertig. Jetzt war nur noch eine Tasche mit Sachen für die letzten Tage bis zum Wochenende übrig.

Gestern war er Ken Prentiss zu den *Country Suites* in Wake Forest gefolgt, wo er sich tatsächlich mit der Blonden getroffen hatte, mit der Matt ihn schon vorher ein paarmal gesehen hatte. Er war direkt zu ihrem Zimmer hinaufgegangen, war zwei Stunden geblieben und hatte ihr dann in der Lobby einen Aktenordner mit Papieren in die Hand gedrückt und sich mit Handschlag verabschiedet. Kein Kuss auf die Wange, keine von einer schnellen Nummer im Bett verrutschte Kleidung.

War sie »L«? Oder besuchte er »L« nur in Atlanta?

Matt hatte das Gefühl, dass es mit seinem Fall im Eiltempo

den Bach hinunterging. Er schlenderte über den Flur zu seinem Büro, schnappte sich seinen Laptop und seine Kameratasche und machte sich auf den Weg zu seinem Jeep. Schon seit einiger Zeit hatte er vorgehabt, Felicity Prentiss einen Überraschungsbesuch abzustatten, und der Zeitpunkt schien gerade recht zu sein.

Nachdem der Motor angesprungen war, rief Matt bei der örtlichen Polizei an und weihte sie in seine Pläne ein – nicht, dass man ihn noch für einen Spanner hielt.

Wenn es zu nichts führte, Ken zu folgen, war es vielleicht an der Zeit, seine Frau unter die Lupe zu nehmen. Es waren schon verrücktere Sachen vorgekommen, und Matt hatte bei diesem Fall allmählich ein äußerst seltsames Gefühl.

Er fuhr quer durch die Stadt zu der zweistöckigen Villa, die die Prentiss ihr Zuhause nannten. Nachts, wenn irgendwo ein Licht brannte, war natürlich leichter festzustellen, ob jemand zu Hause war als tagsüber. Aber Matt konnte warten.

Einen Nachmittag lang vor dem Computer zu sitzen machte Matt völlig kribbelig, aber bei einer Überwachung konnte er den ganzen Tag ruhig dasitzen. Er hatte dann das Gefühl, etwas Sinnvolles zu tun, und genoss den Kitzel der Jagd.

Während er wartete, kontrollierte er mithilfe der GPS-App auf seinem Handy, wo Ken sich aufhielt. Sein Lexus stand auf dem Parkplatz hinter der Kanzlei, in der er arbeitete, genau wie er das sollte.

Matt nahm sein Fernglas aus dem Handschuhfach und richtete es auf das Fenster der Wohnküche. Nichts. Fenster für Fenster suchte er die Vorderseite des Hauses ab. Er erhaschte einen Blick auf einen überdimensionierten Kronleuchter in einem weinroten Esszimmer, ein Sofa mit Blumenmuster im Wohnzimmer und ein Himmelbett in einem der Zimmer im oberen Stock.

Alles vertraute Anblicke, nachdem er das Haus wochenlang beobachtet hatte.

Eine Bewegung erregte seine Aufmerksamkeit, und er richtete das Fernglas auf das obere linke Fenster. Das Schlafzimmer des Ehepaars. Matt konnte das Doppelbett und den Überwurf mit dem Blumenmuster erkennen. Einen Teil von einem Toilettentisch. Felicity ging vor dem Fenster vorbei und zog eine Schublade auf.

Matt nahm das Fernglas herunter. Er musste die Frau nicht in ihrem eigenen Schlafzimmer bespitzeln. Aber sie war zu Hause, und das war gut. Es würde ihm gefallen, wenn sie sich ins Auto setzen würde und er ihr durch die Stadt folgen könnte. Er würde nur zu gern herausfinden, was Felicity Prentiss den lieben langen Tag so trieb.

Wieso? Die Frage hätte er nicht beantworten können. Er hatte ein komisches Gefühl, und das wollte er diesmal ernst nehmen.

In jener Nacht im Irak hatte er das nicht getan.

Seitdem hatte er nicht mehr auf seine Gefühle gehört.

Aber heute würde er das tun. Bis Freitag, wenn Matt wegzog, würden die Prentiss keinen unbeobachteten Moment mehr haben. Wenn es auch nur die geringste Chance gab, diesen Fall in der verbleibenden Zeit aufzuklären, dann würde er das tun.

Vor seinem geistigen Auge tauchte Caras Gesicht auf. Was war mit der Hausbesitzervereinigung geschehen? Offensichtlich war ihr Einspruch abgelehnt worden. Würde sie Sadie und Casper behalten, bis ihr Reihenhaus verkauft war?

Wieso interessierte ihn das? Die Chemie zwischen ihnen stimmte, das schon, und seine Gefühle für sie gingen über das Bedürfnis nach gelegentlichem Sex hinaus, weit sogar. Er war ein erwachsener Mann, er trug Verantwortung, und in Boston wartete ein neues Leben auf ihn.

Die Garagentür auf der Straßenseite gegenüber glitt auf. Sofort war Matt hellwach. Er ließ den Motor an und konzentrierte sich auf den goldfarbenen Mercedes, der rückwärts aus der Garage kam.

Matt hoffte, er würde Felicity nicht nur zum Einkaufen begleiten.

Er blieb stehen und sah ihr hinterher, bis sie am Ende der Straße angekommen war, dann fuhr er gerade noch rechtzeitig genug los, um sie nicht aus den Augen zu verlieren. Die meisten rechtschaffenen Bürger achteten nie darauf, ob ihnen jemand folgte, aber da Felicity ihn engagiert hatte, damit er ihren Mann beschattete, wollte er kein Risiko eingehen.

Sie würde stocksauer sein, wenn sie ihn entdeckte. So stocksauer, dass sie ihn feuern und ihre Rechnung nicht bezahlen würde.

Matt würde sich nicht erwischen lassen. Für so etwas lebte er.

Felicity fuhr kreuz und quer durch die Innenstadt. Sie hielt kurz beim *Main Street Café*, dann bog sie auf den Highway 70 Richtung Raleigh ab. Matt hielt Abstand, wechselte häufig die Spur und achtete darauf, dass immer mehrere Wagen zwischen ihnen waren.

Sie bog auf die Duraleigh Road ab, fuhr ein paar Meilen und bog dann nach Covington Point ab, eine teure Wohngegend. Er folgte ihr, beachtete die vorgeschriebene Höchstgeschwindigkeit von dreißig Stundenkilometern und hielt sorgfältig nach Felicitys Mercedes Ausschau.

Langsam fuhr er durch das Viertel, entschied sich für Straßen, die nicht als Sackgassen gekennzeichnet waren, um sich nicht beim Wenden verdächtig zu machen. In der Amberleigh Street wurde er fündig. Felicitys Mercedes stand in einer Auffahrt.

Matt bog um die Ecke und verbarg seinen Jeep hinter dichtem Gebüsch. Mit seinem leistungsstarken Fernglas hatte er von dort aus einen Blick, als stünde er im Vorgarten des Hauses. Erneut rief er die örtliche Polizei an und gab seinen Standort durch.

Dann machte er es sich bequem und wartete. Die Uhr an seinem Armaturenbrett zeigte 13:26 Uhr. Noch etwa vier Stunden, bis Ken von der Arbeit nach Hause kam. Was zum Teufel tat Felicity in einem fremden Haus am anderen Ende der Stadt? Besuchte sie eine Freundin?

Er beobachtete das Haus durch das Fernglas. Von seinem Standort aus hatte er einen guten Blick auf Wohnzimmer und Garten, aber nicht auf viel mehr. Ein Mann ging an dem größeren Erkerfenster auf der Rückseite vorbei, in jeder Hand ein Glas Wein.

Matt sträubten sich die Haare. *Oh, verdammt!*

Felicity nahm eins der Gläser entgegen, und die beiden stießen miteinander an. Dann beugte sie sich vor und küsste ihn auf den Mund.

Matt schlug mit der Faust auf das Lenkrad. »Verdammt, verdammt, verdammt!«

Er spürte das Blut in seinen Ohren pulsieren. Vor Wut hatte er einen schlechten Geschmack im Mund, und sein Magen krampfte sich zusammen.

Felicity und der mysteriöse Mann tranken Wein und küssten sich. Matt riss sich zusammen und schob seine Wut beiseite. Er griff in seine Kameratasche und schoss mehrere Fotos von Felicity, wie sie einen Mann küsste, der nicht ihr Ehemann war. Diese Frau heuerte einen Privatdetektiv an, um ihren Mann beschatten zu lassen, dabei war sie selbst mindestens genauso untreu wie er.

War dieser ganze Fall nur eine Finte gewesen? Hatte sie

Ken wirklich verdächtigt, eine Affäre zu haben, oder hatte sie nur schnell noch ein bisschen Geld einstreichen wollen, wenn sie die Ehe beendete? Matt war Ken wochenlang gefolgt, ohne ausreichend Beweise zu finden. Lag das daran, dass es nichts zu finden gab?

Und wenn dem so war, wer zum Teufel war dann »L« in Atlanta? Der Mann würde wohl kaum einen Diamantanhänger für seine Buchhalterin kaufen.

Nachdem die Gläser leer waren, verschwanden Felicity und ihr Liebhaber aus Matts Sichtfeld, vermutlich um sich in einem der Schlafzimmer im Obergeschoss zu vergnügen. Matt saß in seinem Jeep und kochte vor Wut.

Sie hatte ihn ausgenutzt. Er hatte ihr ihre Tränen und ihren Schmerz abgenommen, und dabei hatte sie ihren Mann die ganze Zeit betrogen. Verdammte Weiber und ihre ewige Untreue!

Vor seinem geistigen Auge tauchte Hollys Gesicht auf, willkommen wie ein Eimer voll kalten Wassers, ausgeschüttet über seinem Kopf. Ihr langes blondes Haar, die blauen Augen, die ihm das Herz geraubt hatten, bevor er auch nur ahnte, wie ihm geschah. Er hatte sich vorstellen können, den Rest seines Lebens mit ihr zu verbringen.

Und dabei hatte sie ihn die ganze Zeit betrogen.

Er hatte geglaubt, dass ihn nach Holly keine Frau mehr für dumm verkaufen würde.

Er hatte sich geirrt.

19

»Oh mein Gott, Maddie, nicht schon wieder!« Die geplagte junge Mutter streckte die Hände aus, um die achtzehn Monate alte Maddie davon abzuhalten, die Rosinen in ihrer Spielzeugtasse auf dem Teppich zu verteilen.

Rums! Die Tasse fiel auf den Boden, und die Rosinen kullerten über den Teppich. Maddie gab ihrer Schwester einen Schubs und setzte sich in Richtung des Gitters am Fuß der Treppe in Bewegung, das unverschlossen geblieben war. Skittles, der Terrier der Familie, wollte sich auf die heruntergefallenen Leckerbissen stürzen, aber Cara versperrte ihm mit dem linken Arm den Weg.

»Tut mir leid, Skittles.« Sie fegte die Rosinen zurück in die Tasse.

»Oh, ich lasse ihn das meistens für mich aufräumen«, erklärte Laura Fox, während sie ihrer Tochter hinterhereilte. Grace saß auf dem Boden und schluchzte herzzerreißend.

»Rosinen sind giftig für Hunde.« Cara nahm Grace auf den Schoß und beruhigte das weinende Kleinkind.

»Echt?«

Cara nickte, dann stand sie mit Grace auf dem Arm auf und ging in die Küche, um die schmutzigen Rosinen in den Abfall zu werfen. Sie spürte, dass etwas an ihrem rechten Hosenbein zupfte. Es war Cody, der seine kurzen Ärmchen nach ihr ausstreckte. »Hoch!«

»Klar, Kumpel.« Cara schob ihn sich auf die andere Hüfte und ging mit den beiden zu der Spielzeugküche im Wohnzimmer, wo sie sie zum Spielen absetzte. Laura kam mit Maddie zurück und brachte sie zu ihren Geschwistern.

»Rosinen können bei Hunden Nierenversagen auslösen«, erklärte Cara.

Lauras Wangen wurden dunkel. »Oje! Skittles hat im Laufe der letzten Monate jede Menge Rosinen gefressen. Jetzt habe ich dann wohl noch was, worauf ich achten muss.«

»Seltsam, nicht wahr? Ich war völlig verblüfft, als ich das herausgefunden habe.« Cara ließ sich zu den Drillingen auf den Boden nieder. Maddie reichte ihr eine rosafarbene Spieltasse. »Oh, ich liebe Tee. Danke schön.«

Das Vorstellungsgespräch lief nicht gut. Aus Lauras Sicht vielleicht schon, aber Cara bekam Kopfweh davon. Das Haus war ein unorganisiertes Chaos, die Drillinge schubsten sich die meiste Zeit gegenseitig herum, versuchten Aufmerksamkeit zu erregen oder das Haus noch weiter zu verschandeln, und Laura machte auf Cara den Eindruck, als werde sie jeden Moment die Beherrschung verlieren.

Das hier war das völlige Gegenteil von ihrer alten Arbeit bei den Smythes.

Bei drei Kindern würde sie gut verdienen, wenn sie die Stelle bekam. Es wäre jedoch eine Herausforderung, in dieser Familie nicht den Verstand zu verlieren.

Laura hockte sich zu ihnen, und zusammen feierten sie eine eher lärmende Teeparty. Bis das winzige Trio erschöpft war und sich auf der Couch niederließ, um *Yo Gabba Gabba* anzuschauen.

»Ich will ehrlich mit Ihnen sein«, sagte Laura, als sie sich an das Ende der Couch setzte. »Sie sind die Erste, die sich überhaupt bei uns vorgestellt hat und die in der Lage zu sein scheint, mit den Drillingen fertig zu werden. Anscheinend üben sie sogar eine beruhigende Wirkung auf sie aus.«

Cara sog die Wangen nach innen. Beruhigende Wirkung? Wenn das ruhig war, wollte sie aufgedreht lieber gar nicht erst erleben. »Danke.«

»Wenn sich Ihre Referenzen als nachprüfbar erweisen, woran ich nicht zweifle, würde ich Sie gern einstellen.«

»Oh … okay. Schön.«

»Ich melde mich in ein oder zwei Tagen bei Ihnen, dann können wir die Einzelheiten besprechen. Vorausgesetzt natürlich, Sie wollen die Stelle.« Neben ihr betrachteten drei Augenpaare verzückt DJ Lance Rock, der in seinem orangefarbenen Overall über den Bildschirm hüpfte.

»Ja, auf jeden Fall.«

»Prima.«

»Tschüss, Maddie. Tschüss, Grace. Tschüss, Cody. War nett, mit euch zu spielen.«

Die drei gönnten ihr kaum einen Blick. Auf dem Bildschirm pustete Toodee gerade Blasen in die Luft.

»Blasen!«, rief Maddie und klatschte in die Hände.

Cara lachte. »Gegen *Gabba Gabba* kommt vermutlich nichts an. Also tschüss, ihr drei.«

»Danke noch mal.« Laura brachte Cara zur Haustür.

»Gern geschehen. Ihre Kinder sind großartig. Ich freue mich auf Ihren Anruf.«

Cara eilte zu ihrem Wagen. Sie wollte rasch nach Hause und mit Casper und Sadie einen langen Spaziergang machen. Um nachzudenken. Um zur Ruhe zu kommen.

Das war eine großartige Gelegenheit. Verantwortungsvoller und chaotischer, als sie es sich vorgestellt hatte, aber mit dem höheren Gehalt sollte es ihr gelingen, genügend Geld für das Teleobjektiv zu sparen, das sie sich gern kaufen wollte, sowie für einen besseren Laptop. Dann konnte ihre Karriere als Fotografin beginnen.

Am liebsten hätte Cara nur ein Kind betreut. Aber bis jetzt hatte sie sich erst bei zwei anderen Familien vorgestellt, und bei beiden hatte es nicht gepasst. Die erste wollte eigentlich ein Au-pair-Mädchen, ohne dafür zahlen zu müssen. Sie erwartete von Cara, dass sie das Haus putzte, während ihre Tochter Mittagsschlaf hielt, und sämtliche Familieneinkäufe erledigte. Der Sohn der anderen Familie war das verwöhnteste und unerzogenste Kind, das ihr je begegnet war. Seine Eltern schlugen ihm keinen Wunsch ab und erwarteten dasselbe Verhalten von Cara.

Wenn also bis Ende der Woche nichts Besseres daherkam, würde sie wohl für Laura Fox und ihre Drillinge arbeiten.

Das würde sie auf Trab halten. Schon nach zwei Stunden im Haus der Familie fühlte sie sich erschöpft.

Sie seufzte. In Wahrheit hasste sie Veränderung. Sie vermisste die Smythes und den niedlichen Dylan. Sie liebte ihr Reihenhaus. Es fühlte sich wie ihr Zuhause an. Zumindest solange ein Paar Pflegehunde dort auf sie wartete. Sie wollte nicht umziehen.

Sie wollte auch nicht, dass Matt wegzog. Am Wochenende hatte sie ihn zweimal gesehen. Einmal waren sie im Auto aneinander vorbeigefahren und hatten sich höflich zugewinkt. Das andere Mal war er gerade die Treppe heruntergestürmt, als Cara mit den Hunden zu einem Spaziergang aufbrach. Seine Miene war so finster gewesen, dass sich nicht einmal Sadie zu ihm getraut hatte.

Sie hoffte, dass seine Stimmung nicht mit seiner Mutter zusammenhing. Vermutlich war es der Fall mit dem untreuen Ehemann, der ihm die Laune verdarb. Matt hatte eher wütend als bekümmert gewirkt.

Vier Tage, bis er die Stadt verließ. Irgendwie würde sie damit fertig werden. Sie weigerte sich, sich das Herz von einem Mann brechen zu lassen, der ihr so viel gegeben hatte.

Cara bog in den Parkplatz ein und stellte ihren Wagen neben seinem Grand Cherokee ab. Die beiden Zu verkaufen-Schilder zierten seinen und ihren Vorgarten. Aber Matts hatte heute einen neuen Zusatz. »Reserviert«, verkündete das gelbe Plakat.

Sie schnappte nach Luft und wartete, bis die lächerliche Schmerzwelle abebbte. Für ihn war das eine tolle Entwicklung, zumal er zum Ende der Woche wegzog.

Vielleicht war sie als Nächste dran.

Als sie die Haustür öffnete, klingelte ihr Handy.

»Hallo, Merry.« Cara ging in die Küche, wo Sadie aufgeregt in ihrer Box herumsprang, während sich Casper ein wenig – wenn auch nicht viel – zurückhaltender gebärdete.

»Ich bin heute Abend in den Nachrichten«, sagte Merry.

»Echt?« Cara öffnete erst die eine, dann die andere Box und hockte sich hin, um die aufgeregten Hunde in die Arme zu nehmen. Sie konnte es nicht ändern, auch ihr Herz machte immer einen Freudensprung, wenn sie die beiden sah.

»Echt. Der Kontakt zu der Frau von Channel Two, den Matt dir vermittelt hat … Die hat sich sofort auf die Geschichte gestürzt. Sie hat mich vor dem Haus der Rogers interviewt und die Hunde durch den Zaun gefilmt, von der Seitenstraße aus. Sie haben gekläfft und gejault und an ihren Ketten gezerrt.«

»Wow, das ist ja großartig! Dann habt ihr es also bereits gefilmt?«

»Ich bin gerade nach Hause gekommen. Um sechs wird es gesendet. Schau es dir an.«

»Irre! Das mache ich.«

»Ich würde ja auch Matt anrufen, um es ihn wissen zu lassen, aber ich dachte, vielleicht machst du das lieber«, fuhr Merry selbstgefällig fort. Cara hatte ihr nicht erzählt, was zwischen ihnen in Shelton passiert war, aber ihre Freundin hatte eindeutig einen Verdacht.

»Ja, schon. Ich glaube, ich habe heute eine Stelle gefunden.«

»Wirklich? Das ist ja toll.«

»Drillinge. Hyperaktive, verrückte Drillinge.« Cara erhob sich und öffnete die Hintertür. Sadie und Casper stürmten hinaus und rasten durch den Garten.

»Oha. Klingt für mich eher wie ein Albtraum.«

»War das beste Angebot, das ich hatte. Und sie sind goldig. Verrückt, aber goldig.«

»Oder du nimmst dir eine Auszeit und konzentrierst dich auf deine Fotografie. Ich habe von Trista gehört, dass du einen Auftrag abgelehnt hast, weil du den ganzen Februar bereits ausgebucht bist.«

Der Vorwurf in Merrys Stimme war nicht zu überhören. »Bin ich auch. Neben meinem Job und der Freiwilligenarbeit im Tierheim bleibt mir nicht mehr Zeit.«

»Dann solltest du vielleicht Vollzeit als Fotografin arbeiten.«

»Das kann ich nicht, Merry. Noch nicht.«

»Nicht, bis dir der Arzt erzählt, was du hören willst. Und was dann, Cara? Wenn er in zwei Jahren sagt, dass alles okay ist, verändert das dann alles auf magische Art und Weise, oder lebst du dein Leben dann immer noch so, als würdest du auf den Tod warten?«

»Das ist nicht fair von dir, Merry. Ich will einfach nur sicher sein.«

»Es gibt im Leben keine Sicherheit, meine Liebe. Wir werden alle sterben, und keiner von uns weiß, wann es so weit sein wird. Stürz dich lieber ins Leben, bevor es vorbei ist.«

»Leichter gesagt als getan.«

»Wie du meinst. Aber mal was anderes: Ich habe gute Neuigkeiten für dich. Ich habe einen neuen Interessenten für Casper.«

»Echt?« Cara ließ sich auf einen Stuhl sinken. So rasch hatte sie nicht mit einem neuen Zuhause für ihn gerechnet, nicht bei einem so schwierigen Hund. »Einen guten?«

»Einen großartigen. Er wird dich in Kürze kontaktieren. Diesmal klappt es, glaub es mir. Casper ist ein Glückspilz.«

»Okay, prima.« In Wirklichkeit fand sie das alles andere als prima. Seit seiner Rückkehr hatte sie den schrulligen Kerl noch mehr ins Herz geschlossen, samt Knurren und Hängebacken. Sie würde ihn schrecklich vermissen.

Aber sie würde sich auch für ihn freuen. Das tat sie immer.

Selbst wenn sie es diesmal vorspielen müsste.

Matt starrte auf den Computerbildschirm. Er hatte ein ungutes Gefühl, nachdem er die über Felicity Anne Wornick Prentiss verfügbaren Informationen aufgerufen hatte.

Kredite, Kreditkarten, Fahrzeugzulassung – alle üblichen Papiere lagen vor, aber nur für die letzten drei Jahre. Davor war es, als hätte sie nicht existiert. Was, wie Matt vermutete, auch den Tatsachen entsprach.

Himmelherrgott noch eins! Er war manipuliert worden. Von einer Frau.

Wieder.

Sein Handy klingelte in der Gesäßtasche seiner Jeans. Er nahm das Gespräch an, ohne auf das Display zu schauen. »Hallo.«

»Hallo, ich bin's, Cara.« Sie zögerte. Vermutlich, weil er verärgert und genervt klang.

Matt zwickte sich in den Nasenrücken und holte tief Luft. »Hey.«

»Ich, ähm, ich wollte dir nur Bescheid sagen, dass Merry um sechs Uhr in den Nachrichten von Channel Two sein wird. Sie haben sie heute Nachmittag vor dem Haus der Rogers interviewt.«

Matt schloss die Augen und schluckte seine Wut hinunter. »Das ist klasse. Ich werde es mir ansehen.«

»Okay, ich hatte dir das nur kurz sagen und mich noch mal für die Kontaktvermittlung bedanken wollen. Ich melde mich wieder.«

Es klickte, und sie war fort.

Matt starrte auf seinen Computerbildschirm. *Wer zum Teufel bist du, Felicity Prentiss?*

Oder wie auch immer sie richtig hieß, denn nach allem, was er gerade gesehen hatte, war Felicity Anne Wornick eine Identität, die sie erst kurz vor ihrer Hochzeit mit Ken Prentiss vor drei Jahren angenommen hatte. Wer also war sie davor gewesen? Und was hatte sie zu verbergen?

Er stand auf, suchte seine Sachen zusammen und machte sich auf den Weg zur Bücherei. Auf halbem Weg fiel ihm ein, dass er vergessen hatte, seinen DVD-Recorder zu programmieren, damit er die 18-Uhr-Nachrichten aufzeichnete. Vielleicht würden sie das Video ja später am Abend online stellen.

Er wollte Cara gern sagen können, dass er es gesehen hatte. Warum? Eine vernünftige Antwort gab es nicht. Nicht, wenn er Dogwood und Cara in nur vier Tagen verließ.

In der Bücherei ging er sofort in die Zeitschriftenabteilung. Kens und Felicitys Hochzeit zierte den Lifestyle-und Promi-Teil des *Dogwood Courier* vom 16. Juni vor zwei Jahren. In der Anzeige hieß es, Felicity sei die Tochter von Lisbeth und Paul Wornick aus Winston-Salem.

Das war ein genauso guter Ausgangspunkt wie jeder andere. Morgen würde er einen Tagesausflug nach Winston-Salem machen und herausfinden, wer Felicity Prentiss wirklich war.

Cara drückte auf die Klingel und verlagerte das Gewicht zurück auf die Fersen, in der einen Hand eine Flasche Wein, in der anderen eine Schokoladencremetorte. Merry hatte sie angerufen und ihr die großartige Nachricht mitgeteilt, dass sie von einem Tierasyl im Süden Virginias kontaktiert worden war, nachdem man dort die Nachrichtensendung gesehen hatte. Sie waren bereit, die Hunde aufzunehmen, sobald das Veterinäramt sie abgeholt hatte.

Es handelte sich um eine dieser gemeinnützigen Organisationen, die schwer zu vermittelnde Tiere aufnahmen und sie ihr Leben in Frieden zu Ende leben ließen. Sie würden Schutz und Auslauf haben, außerdem Kontakt mit Menschen und Hunden, soweit ihre sozialen Fähigkeiten das zuließen. Und wenn sie genügend große Fortschritte machten, bestand sogar die Möglichkeit der Adoption. Ein richtiges Zuhause. Eine liebende Familie.

Es war das Beste, was ihnen passieren konnte. Und das musste gefeiert werden. Cara hatte den ganzen Nachmittag auf Wolke sieben geschwebt, unendlich dankbar, dass sich all ihre Mühe gelohnt hatte, dass diese beiden Hunde, die nie Liebe oder Zuneigung erfahren hatten, jetzt diese Chance bekamen.

Die Tür ging auf, und Merry stand mit zerrauften Locken schwer atmend vor ihr. Hinter ihr kläffte Ralph und wedelte enthusiastisch mit dem Schwanz. Piper und Felix, ihre derzeitigen Pflegehunde, standen links und rechts von ihm.

»Wir waren gerade mitten in einem Ringkampf.« Merry gab ihrem Hund liebevoll einen Klaps, und Ralph lächelte sie voll rückhaltloser Liebe an.

Das Band zwischen Merry und Ralph gab Cara einen leichten Stich. Sie hatte viele Hunde, die sie mochten, sogar liebten, aber sie freundeten sich auch mit ihrem nächsten Besitzer an, wenn Cara sie weitergab.

Es wäre schön, diese Liebe, diese Hingabe ein ganzes Leben lang zu spüren.

Eines Tages.

»Mir gefällt, wie du heute Abend denkst.« Merry nahm ihr die Torte und den Wein ab und ging ihr in die Küche voran. »Aber vielleicht haben wir unsere Feier ein bisschen voreilig geplant.«

Cara runzelte die Stirn. »Wieso?«

»Das Veterinäramt hat vorhin angerufen. Offensichtlich war Terry Donalan von *Second Chances* nicht der Einzige, der mich in den Nachrichten gesehen hat. George Rogers hat sie ebenfalls geschaut.«

»Oh nein! Und jetzt?«

»Er hat sich beim Veterinäramt gemeldet und gesagt, dass sie jetzt in Florida wohnen, außerhalb von Punta Gorda. Sie haben gerade ihr neues Haus bezogen. Donnerstag kommen sie und holen die Hunde ab.«

Cara schlug sich mit der Handfläche gegen die Stirn. »Verdammt!«

»Genau. Warst du schon mal in Punta Gorda, Florida?«

»Nein.«

»Sehr ländlich. Farmen, kilometerweit nur unbewohntes Land. Da kümmert sich keiner um zwei Hunde, die ohne Schutz draußen leben.«

Cara ließ sich auf den Küchenstuhl plumpsen. »Und da ist es noch heißer und feuchter.«

»Wenn die Hunde dort landen, war's das für sie.«

»Und das Veterinäramt wird sie nicht beschlagnahmen, wenn die Besitzer übermorgen kommen und sie mitnehmen.«

Merry schnitt kopfschüttelnd zwei große Stücke Torte ab. »So ist es.«

»Was sollen wir jetzt machen?«

»Wir können nicht viel tun. Rechtlich gesehen zumindest.« Sie sah Cara aus blitzenden Augen an. »Aber stell dir mal vor, Rogers würde Donnerstag kommen und die Hunde wären weg!«

20

Matt betrat das Rathaus von Winston-Salem. Seine Wut war inzwischen verraucht, aber noch immer fühlte er sich zutiefst betrogen. Weil Felicity ihn getäuscht hatte. Weil er sich von ihr hatte täuschen lassen.

Er durchschritt den riesigen Raum in Richtung des Geburten- und Sterberegisters und machte sich auf die Suche nach den Antworten auf seine Fragen. Felicity Prentiss hatte als Geburtsdatum den 21. Februar 1980 angegeben, und tatsächlich, Felicity Anne Wornick war an diesem Tag geboren.

Die nächsten Stunden verbrachte Matt damit, den Rest des Geheimnisses zu lüften. Dem Foto nach zu urteilen, das in ihrer Todesanzeige abgedruckt war, war Felicity Wornick ein durchschnittlich aussehendes Mädchen mit braunem Haar gewesen, als sie 1985 mit ihren Eltern Lisbeth und Paul bei einem Autounfall ums Leben kam.

Es war der älteste Trick überhaupt. Man sucht die Daten eines toten Kindes im passenden Alter und mit dem richtigen Geschlecht heraus, schreibt an das Gericht und bittet um eine Kopie der Geburtsurkunde, und – voilà – schon hat man eine neue Identität. Die Frau, die er als Felicity kannte, hatte ihre Hausaufgaben gemacht. Sie hatte ein Kind ohne lebende nahe Angehörige gefunden, denen vielleicht aufgefallen wäre, dass sich jemand die Identität des toten Mädchens aneignete.

Jetzt, da Matt wusste, wer Felicity nicht war, musste er nur noch herausfinden, wer sie tatsächlich war und warum sie so gehandelt hatte.

Und er musste sich überlegen, was er mit den Informationen tun würde.

Zunächst musste er herausfinden, wann die Kopie der Geburtsurkunde angefordert worden war. Matt schloss die schwere Metalltür des Aktenschranks und schlenderte zum Empfangstresen.

Die Frau, die dort saß, hatte aschblondes Haar und graue Augen, die hinter einer Hornbrille verborgen waren. Ihr blaukarierter Blazer sah genauso alt aus wie die Dokumente um sie herum. Selbst wenn Matt es versucht hätte, wäre es ihm nicht gelungen, ein besseres Stereotyp einer Gerichtsaktensekretärin heraufzubeschwören. »Entschuldigen Sie, Ma'am.«

Sie richtete den Blick ihrer wässrigen Augen auf ihn. »Wie kann ich Ihnen helfen?«

»Ich bin auf der Suche nach Anfragen zu Identitätspapieren für Felicity Anne Wornick, geboren am 21. Februar 1980, gestorben am 11. Mai 1985.«

»Hm.« Mit gespitzten Lippen tappte sie auf ihrer Maus herum und holte die Dateien des County auf ihren Bildschirm. Stirnrunzelnd tippte und klickte sie ein paar Minuten vor sich hin. »Ja, das ist äußerst ungewöhnlich. Ich sehe hier, dass Felicity Wornick vor drei Jahren eine Kopie ihrer Geburtsurkunde angefordert hat.«

»Haben Sie die Adresse, an die sie geschickt wurde?«

Nachdem sie noch ein paarmal geklickt und die Lippen noch mehr gespitzt hatte, sagte sie: »Mason Street 520 in Greensboro.«

»Danke. Sie haben mir sehr geholfen.« Matt schenkte ihr ein Lächeln, das die ältliche Frau erröten ließ.

Den Rest des Nachmittags verbrachte er im Rathaus von Greensboro und machte sich mit den Bewohnern von Mason Street 520 vertraut, vor allem mit einer gewissen Valerie

Hightower. Valeries Führerscheinfoto zeigte eine etwas jüngere Ausgabe der Frau, die Matt als Felicity Prentiss kannte.

Bingo!

Und nun weiter zur nächsten Phase der Nachforschungen. Da es schon fast fünf Uhr war und die staatlichen Einrichtungen in Kürze schließen würden, beschloss Matt, nach Dogwood zurückzukehren. Was sich über Valerie Hightower finden ließ, würde er gemütlich zu Hause von seinem Computer aus recherchieren können.

Für die normalerweise einstündige Fahrt brauchte er diesmal wegen Nieselregens und dichten Verkehrs doppelt so lange. Er war frustriert, und er hatte leichtes Kopfweh. Trotz des blöden Wetters würde er nachher noch eine größere Runde joggen, um die Spannung abzubauen, bevor er noch explodierte.

Unterwegs hielt er kurz in Durham bei einem seiner Firmenkunden an, um einige Unterlagen abzugeben, und dann noch einmal, um zu tanken. Es war kurz nach acht, als er schließlich auf den Parkplatz von Crestwood Gardens einbog. Sein Magen knurrte, und er hoffte schwer, dass sich in seinem Kühlschrank noch etwas Essbares befand.

Er stellte den Motor ab und blieb einen Moment in dem dunklen Jeep sitzen, bis sich seine Fäuste von allein lockerten und das Lenkrad losließen.

In diesem Augenblick wurde Caras Haustür geöffnet, und Merry und sie kamen die Treppe herunter. Cara trug eine schwarze Hose und eine schwarze Fleecejacke, deren Reißverschluss bis zum Hals hochgezogen war. Ihr Haar hatte sie zu einem Pferdeschwanz zusammengebunden. Merry war ähnlich gekleidet. Das Kinn hatte sie vorgeschoben, und ihre Augen funkelten.

Die beiden führten nichts Gutes im Schilde, und er war

eigentlich überhaupt nicht in der Stimmung, sich damit zu befassen.

Matt stieg aus dem Jeep, knallte die Tür hinter sich zu und betrachtete mürrisch die beiden Frauen, die jetzt auf Merrys silberfarbenen Honda zugingen. »Und was habt ihr beiden Nancy Drews heute Abend vor?«

Cara schnappte nach Luft. Sie war sich sicher, dass sie schuldig aussah wie ein Dieb, der mit der Hand in der Jackentasche ertappt wird. Matt stand neben seinem Jeep, die Arme vor der Brust verschränkt, und sah sie mürrisch und mit gerunzelter Stirn an.

»Wir wollen nur nach den Hunden von der Keeney Street schauen«, erwiderte Merry achselzuckend. »Du weißt schon, nächtliche Fütterung, bis das Veterinäramt endlich in die Gänge kommt und etwas unternimmt.«

Matt sah sie kalt und misstrauisch an. »Verkleidet ihr euch immer wie Superdetektive, wenn ihr diesen Hunden Futter bringt?«

Cara versteifte sich. Was zum Teufel war los mit ihm? Warum war er so wütend?

»Ja, nun, rechtlich gesehen ist das Hausfriedensbruch, wurde mir gesagt.« Merry starrte kalt zurück, dann setzte sie den Weg zu ihrem Auto fort.

»Und trotzdem hört ihr nicht damit auf.« Matt richtete den Blick auf Cara. »Cara?«

Sie musste gegen das Bedürfnis ankämpfen, den Kopf einzuziehen. »Uns bleibt keine Wahl, Matt.«

»Oh doch. Hört auf, sie zu füttern, wie ich es euch geraten habe. Das Veterinäramt holt keine wohlgenährten Hunde mit vollen Fressnäpfen ab.«

»Die sind nicht wohlgenährt. Außerdem …« Sie verstummte.

»Außerdem?«

Trotz des trüben Lichts spürte sie die Intensität seines Blicks. Sie hatten heute Abend mehr vor, als die Hunde nur zu füttern, und offensichtlich hatte er das erraten.

»Nichts.« Sie entzog sich seinem Blick und eilte auf die Beifahrerseite von Merrys SUV. Merry klickte die Türen auf, und sie stiegen ein.

»Welche Laus ist dem denn heute über die Leber gelaufen?«, fragte Merry, als sie den Wagen anließ.

»Ich weiß es nicht. Er hat die ganzen letzten Tage schon so wütend ausgesehen. Ich glaube, sein letzter Fall läuft nicht, wie er sich das vorgestellt hat.«

»Vielleicht muss er auch nur mal wieder flachgelegt werden.«

Cara schlug Merry leicht auf den Arm. »Davon will ich nichts hören.«

Merry drehte den Kopf und sah sie vielsagend an. »Wirklich nicht?«

Cara überlegte, dann grinste sie. »Wie lange ist das jetzt her, dass wir von Shelton zurück sind? Eineinhalb Wochen? Insofern könnte er es wirklich brauchen.«

Merry starrte sie mit offenem Mund an. »Du unartiges Mädchen! Du hast tatsächlich mit diesem Bild von einem Mann geschlafen und mir bis jetzt nichts davon erzählt?«

Cara warf einen Blick über die Schulter. Ihr war deutlich bewusst, dass sie noch immer auf dem Parkplatz von Crestwood Gardens standen, mit besagtem Bild von einem Mann in möglicher Hörweite. »Ich werde dir alles erzählen, ich verspreche es. Aber erst wenn er weggezogen und das Ganze nicht mehr so frisch ist.«

Merry legte Cara die Hand auf die Schulter. »Ach, Süße. Er hat dich doch nicht ausgenutzt, oder? Sonst trete ich ihm in den Hintern.«

»Ganz und gar nicht. Es ist nur gerade seltsam, Tür an Tür mit ihm zu wohnen, das ist alles.«

Merry legte endlich den Rückwärtsgang ein. »Na gut, aber wenn er sich mies benimmt, sagst du Bescheid. Ernsthaft, ich sage ihm die Meinung.«

»Danke für das Angebot, aber er hat sich nicht mies verhalten, wirklich nicht. Er ist einfach jemand, der sich sklavisch an Regeln hält, und dass wir heute Abend etwas nicht ganz Legales vorhaben, hat er offensichtlich gespürt. Er würde absolut nicht tolerieren, was wir machen wollen.«

»Dann ist ja nur gut, dass er es nicht weiß.« Als Merry vom Parkplatz auf die Page Road fuhr, warf sie noch einmal einen Blick über die Schulter. Ihre sonst so lebhaften, sorglosen braunen Augen waren an diesem Abend hart wie Feuerstein.

»Ja, ein Glück.«

Cara fiel das Atmen schwer. Ihre Brust fühlte sich an, als läge ein schweres Gewicht darauf. Ihre Handflächen waren schweißnass.

»Rückzieher gibt es nicht, meine Liebe. Ich habe das Gefühl, du flippst mir gleich aus.«

»Ich weiß, ich weiß.«

Sie war wirklich am Ausflippen. Sie standen kurz davor, eine kriminelle Handlung zu begehen, und auch wenn sie unter den gegebenen Umständen das Richtige taten, fühlte sie sich umso schuldiger und ängstlicher, je näher sie ihrem Ziel kamen.

»Du hast die Maulkörbe dabei, nicht wahr?«

Cara wischte sich die Hände an ihrer Jeans ab. »Ja, die sind mit den anderen Sachen hinten im Kofferraum.«

»Wollte mich nur vergewissern.« Merry hielt das Lenkrad so fest umklammert, dass ihre Fingerknöchel weiß hervortraten.

Anders als Cara bewahrte Merry die Nerven, wenn sie unter Druck geriet. Wieso also war sie dermaßen aufgeregt?

Schaudernd wandte sich Cara zu den beiden Drahtkäfigen um, die sie hinten in Merrys SUV verstaut hatten. Hatte Matt sie gesehen?

Natürlich hatte er das. Er sah alles. Aber was machte das schon? Er konnte ihr nichts nachweisen, und es spielte keine Rolle mehr, was er von ihr hielt.

Merry fuhr die Keeney Street hinunter und auf die Rückseite des Grundstücks, wo Cara und Matt an dem ersten Abend geparkt hatten, als sie entdeckt hatten, dass die Hunde angekettet waren. In der Seitenstraße war der CR-V nicht so leicht zu sehen, wobei Cara sowieso bezweifelte, dass irgendjemand in der Nachbarschaft Anzeige erstatten würde.

Die Nachbarn hassten allesamt diese Hunde und würden jeden Umstand begrüßen, der ihnen die Tiere vom Hals schaffte. Morgen würde Merry Trista zu ihnen schicken, und die würde sich umhören, ob die Leute etwas mitbekommen hatten, und alle belastenden Gerüchte im Keim ersticken.

Inzwischen …

Merry legte die Hand auf den Türgriff. Sie hatte Ringe unter den Augen, die dunkel waren wie die Nacht.

Cara legte ihr die Hand auf den Arm. »Erzählst du es mir?«

Merry zuckte zusammen. »Wie bitte?«

»Du hast heute jemanden verloren, nicht wahr?«

Merrys Nasenflügel bebten. »Ja, habe ich. Aber das ist jetzt weder der Ort noch die Zeit, darüber zu reden.«

Cara nickte. Ihr wurde das Herz schwer. Sie hatte keine Ahnung, wie ihre Freundin damit fertig wurde. Wie sie zur Arbeit zurückkehrte, wenn einer ihrer kleinen Patienten den Kampf um sein Leben verlor. Wie konnte man jemals über den Verlust eines Kinds hinwegkommen? »Oh, Merry, es tut mir so leid.«

Merry nickte. »Es ist grauenhaft, aber so ist das Leben nun mal.«

Sie versuchte es zu verbergen, aber jeder Tod zehrte an ihr. Sie betrauerte jedes Kind, behielt es im Herzen, an einem Ort, an den sie niemanden hineinließ, nicht mal ihre beste Freundin. Cara nahm sie in die Arme. Sie hätte gern mehr getan, und sie hoffte inständig, Merry müsste sie niemals der Liste von Menschen hinzufügen, um die sie trauerte.

Merry schob sie weg. »Wie ich schon sagte, weder der richtige Zeitpunkt noch der richtige Ort.«

Sie stieß die Tür auf und stieg aus. Leider kam für Merry nie der richtige Ort und Zeitpunkt. Bis Cara ebenfalls ausgestiegen war, zog sie bereits die Tüte mit Hundefutter vom Rücksitz des CR-V. »Bereit?«

Cara nickte. Gemeinsam schlichen sie durch die Dunkelheit seitlich am Haus vorbei, wo es so ruhig war, dass sich nicht einmal die Hunde rührten. Als sie das vordere Tor erreicht hatten, das dem Schlafplatz der Hunde am nächsten lag, verriet sie das Rascheln der Futtertüte.

Lautes Bellen zerriss den nächtlichen Frieden, so nah und laut, dass Cara erschrocken zurückwich. Ihr Herz fühlte sich an, als werde es gleich zerspringen. Sie war für solche nächtlichen Diebstähle einfach nicht gemacht. Für Diebstähle am Tag allerdings genauso wenig.

Merry öffnete das Tor und warf die Tüte mit dem Futter in Richtung der Hunde. Dann schloss sie es wieder, wobei das Geräusch völlig im Kläffen der Tiere unterging. »In zehn Minuten sollte es anfangen zu wirken. Gehen wir.«

Cara eilte ihr um das Haus herum hinterher zum Auto. Ein Zweig knackte unter ihrem rechten Schuh, und wieder machte sie einen Satz wie ein aufgescheuchtes Kaninchen.

»Ganz ruhig«, flüsterte Merry.

Zurück beim Wagen holten sie die Maulkörbe und große schwarze Fleecedecken aus dem Kofferraum. Cara warf sich die Decken über die Schulter, während Merry die Maulkörbe trug. Dann gingen sie wieder zum hinteren Tor und warteten schweigend in der Dunkelheit. Cara kam es vor, als dauerte es Stunden. Ihr Herz hämmerte, und ihr Magen zog sich immer stärker zusammen.

Wenn die Medikamente nun nicht wirkten? Wenn ihre Wirkung auf halbem Weg zum Auto nachließ? Wenn die Hunde zu schwer waren, um sie zu tragen?

Links von ihr leuchtete ein trübes, grünliches Licht auf. Merry sah auf ihre Indiglo-Uhr.

»Los geht's.« Ihre Stimme war kaum lauter als das Flüstern der Brise, die über sie hinwegwehte. Um sicherzugehen, rüttelte Merry am Tor, dann trat sie mehrmals mit dem Stiefel dagegen.

Keine Reaktion.

Merry zog das Tor auf und trat in den Garten.

Cara folgte ihr. Mit der linken Schulter stieß sie gegen etwas Festes, Warmes, und sie stieß einen Schrei des Entsetzens aus, bevor ihr klar wurde, dass sie in Merry hineingelaufen war. Ja, sie war eine unmögliche Nancy Drew, und als Einbrecherin taugte sie schon gar nicht.

Vorsichtig bewegten sie sich durch den dunklen Garten, stolperten über Grassoden, Äste und Steine. Vor ihnen, gerade noch erkennbar im fahlen Mondlicht, lagen die beiden schlafenden Fellhaufen. Um endgültig sicher zu sein, kniete Merry sich hin, tastete auf dem Boden herum und warf etwas nach dem Hund, der ihnen am nächsten lag.

Nichts geschah.

Merry näherte sich gebückt dem ersten Hund. Sie hockte sich nicht hin, um jederzeit aus der Gefahrenzone springen zu können. Rasch schnallte sie dem schlafenden Tier den Maulkorb um und machte mit seinem Bruder dann das Gleiche.

»Puh!«, hörte Cara sie flüstern.

Cara spürte, wie sich ihre Schultern ein wenig entspannten. So nervös sie auch war, wusste sie doch, dass sie an diesem Abend mit keiner Einmischung rechnen mussten. Falls ein Nachbar etwas sehen sollte, würde er vermutlich wegschauen. Die größte Gefahr ging von den Hunden selbst aus, und deren gefährlichste Waffe war soeben entschärft worden.

Dennoch verstießen sie heute Abend gegen alle möglichen Gesetze. Niemand wusste, dass sie hier waren, nicht einmal andere Freiwillige von *Boxer Rescue*. Merry hatte nicht vor, irgendjemanden wissen zu lassen, was mit den berüchtigten Hunden von der Keeney Street geschehen war, denn es widersprach den Regeln des Vereins, einen Hund zu stehlen oder auch nur einen ohne Papiere aufzunehmen.

Sie hatten Glück, dass Terry Donalan von *Second Chances* bereit war zu schweigen. Falls jemand nachfragen sollte, würde er behaupten, die Hunde seien in der Nacht von einem Unbekannten auf seinem Grundstück zurückgelassen worden. Aber wer würde schon jemals die beiden Mischlingshunde in einem Tierasyl in Virginia mit den beiden verlassenen Hunden hier in Dogwood in Verbindung bringen?

Etwas Silbernes blitzte in der Dunkelheit auf. Es war der Bolzenschneider, den Merry jetzt herausgezogen hatte. Ein lautes Knirschen, und die erste Kette fiel rasselnd zu Boden. Dann ein weiteres Knirschen, und beide Hunde waren frei.

Jetzt kam der schwierigste Teil. Cara reichte Merry eine Decke, dann beugte sie sich zu dem Hund hinunter, der näher bei ihr lag. Sie warf ihm die Decke über, dann packte sie seine Pfoten und rollte ihn herum, bis er in die Decke eingewickelt war. Der Hund zuckte mit den Läufen und knurrte.

Cara machte einen Satz nach hinten, dann näherte sie sich vorsichtig wieder und packte die Zipfel der Decke. Ihr Plan lautete, die Hunde so weit wie möglich über den Rasen zu ziehen und anschließend den Rest des Wegs zu tragen. Sie verlagerte das Gewicht nach hinten und zog mit aller Kraft.

Der Hund rutschte ein paar Zentimeter nach vorn. Cara hörte, wie der Stoff riss und die Bestie im Schlaf erneut knurrte.

»Mist!«, flüsterte Merry ganz in ihrer Nähe.

»Das ist schwieriger, als ich dachte.« Cara beugte sich erneut hinab und zerrte an der Decke, aber ohne großen Erfolg.

Mehrere Minuten kämpften sie sich ab, kamen aber kaum voran. Schließlich hielt Merry inne. »Das dauert zu lange. Wir wissen nicht, wie viel sie gefressen haben, wie schnell sie wieder aufwachen. Wir müssen sie tragen und die Sache hinter uns bringen.«

Cara sah über den vom Mond beschienenen Garten zu dem CR-V hin, der etwa fünfzehn Meter entfernt stand. Eine lange Strecke, um diesen Hund zu schleppen. Er wog bestimmt 35 Kilo.

Plötzlich hatte sie das unbestimmte Gefühl, beobachtet zu werden. Sie sprang auf. Aber als sie nach unten schaute, waren die Augen des Hundes fest geschlossen. Nervös versuchte sie in der Dunkelheit, die sie umgab, etwas zu erkennen. Ein Schauder lief ihr über den Rücken. Hätte der Mond ihr nicht den Gefallen tun können, an diesem Abend mehr als nur eine dünne Sichel zu sein?

Die Dunkelheit war gleichzeitig ein Fluch und ein Segen. In diesem Moment hätte sie fast alles für eine Taschenlampe gegeben, um sich zu vergewissern, dass sie die Einzigen waren, die sich hier herumtrieben.

Merry hatte ihren Hund bereits hochgehoben und ihn sich wie einen Sack Kartoffeln über die Schulter geworfen. Langsam und mit gleichmäßigen Schritten ging sie auf das Auto zu. Cara fühlte Panik in sich aufsteigen, und ihre Hände begannen zu zittern. Auf gar keinen Fall würde sie hier draußen allein mit dieser Bestie zurückbleiben, Maulkorb hin oder her.

Sie bückte sich und schlang die Arme um den Hund zu ihren Füßen. Meine Güte, war er schwer! Sie ging in die Hocke, nahm ihn auf die Arme und kam mit zitternden Knien in die Höhe.

Merry war inzwischen nur noch ein Schatten, der sich immer weiter fortbewegte. Cara folgte ihr in einem seltsamen seitlichen Krebsgang. Ihre Arme schmerzten von dem Gewicht, das der Hund auf die Waage brachte.

Sie schaffte es etwa durch den halben Garten, dann bewegte sich der Hund und rutschte ihr so weit aus den Armen, dass seine Hinterbeine nur noch knapp über dem Boden hingen. Caras zitternde Arme gaben nach, und sie konnte ihn nur noch auf das Gras gleiten lassen. Der Hund stöhnte und leckte sich das Maul.

Seine Augen waren noch fest geschlossen, und doch hielt Caras Gefühl, beobachtet zu werden, an. Sie schauderte, schüttelte die Arme aus und versuchte es erneut. Diesmal beeilte sie sich, um zum Auto zu kommen, bevor ihre Arme endgültig den Dienst verweigerten.

Sie erreichte das hintere Tor genau in dem Moment, in dem Merry den Riegel des ersten Käfigs vorschob. Sie kam Cara zur Hilfe, packte den Hund an den Hinterläufen und nahm ihr so die Hälfte des Gewichts ab. »Für jemanden, der sein Geld damit verdient, Kinder hochzuheben, gehst du das völlig verkehrt an.«

Cara schnaubte empört. »Meinst du! Hilf mir einfach, ihn in den Käfig zu packen!«

Wieder bewegte sich der Hund in ihren Armen, und ein Knurren ließ seinen Körper erzittern.

Merry und sie schoben ihn eiligst in den Käfig und knallten

die Tür zu. Cara lehnte sich an den Wagen und atmete erleichtert auf. Ihre Knie waren der reinste Wackelpudding, und ihr Herz hämmerte gegen ihre Rippen.

»Puh!« Merry hob die Hand zum High Five und setzte sich dann hinter das Steuer.

Cara eilte hinten um den Wagen herum Richtung Beifahrertür. In ihrem Lebenslauf würde »Hunde stehlen« garantiert nicht als Hobby vorkommen. Sie war sich nicht sicher, ob sich ihre Nerven jemals wieder von diesem Abenteuer erholen würden.

Sie warf einen Blick durch das Rückfenster auf die schlafenden Hunde. Bis zur Ranch von *Second Chances* in Blackstone, Virginia, waren es zwei Stunden mit dem Auto. Vielleicht würde die lange Fahrt Merry so weich kochen, dass sie über den Verlust ihres kleinen Patienten sprach. Es war nicht sehr wahrscheinlich, aber Cara hatte vor, möglichst überzeugend zu sein.

Sie löste ihren Pferdeschwanz. Allmählich näherte sich ihr Herzschlag wieder einem normalen Rhythmus. Ein leichter Windhauch strich durch die dunkle Nacht. Cara warf einen letzten Blick auf den Garten der Rogers und vergewisserte sich, dass sie das Tor hinter sich zugemacht hatten, dann eilte sie weiter zur Beifahrertür.

Als eine Hand ihren rechten Oberarm packte und sie festhielt, wurde ihr Schrei von der dunklen Nacht verschluckt.

21

Cara kreischte entsetzt los. Sie wirbelte herum und knallte gegen eine breite, männliche Brust. Ihre Angst verwandelte sich in Panik. Doch bevor sie erneut schreien konnte, hüllte sie sein vertrauter Geruch ein.

Erleichtert ließ sie sich gegen ihn sinken und schnappte nach Luft. »Himmel, Matt, du hast mich total erschreckt! Was zum Teufel tust du hier?«

Seine Augen funkelten in der Dunkelheit. »Ist das nicht offensichtlich?«

Ja, jetzt, nachdem sich ihr Gehirn wieder eingeschaltet hatte, war es das schon. Ihr Puls beschleunigte sich erneut, diesmal nicht aus Angst, sondern vor Wut. »Du bist uns gefolgt. Hast du uns die ganze Zeit beobachtet?«

»Ja, und glaub mir, mir wäre lieber, ich wäre zu Hause geblieben.«

Cara holte tief Luft. Von dem vielen Sauerstoff waren ihre Beine inzwischen wie Gummi.

Die Fahrertür des CR-V ging auf, und im schwachen Licht der Innenbeleuchtung wurde Merrys Gesicht erkennbar. »Cara? Was zum Teufel treibst du da draußen?«

»Sie steht mir Rede und Antwort«, ertönte Matts Stimme aus der Dunkelheit.

»Matt?« Merry wirkte verwirrt.

»Ja.«

»Oh Mist!« Merrys Stimme klang jetzt deutlich höher.

»Genau.«

Merry stieg aus. »Hört mal, ich störe euch ja nur ungern, aber wir haben eine lange Fahrt vor uns, und sie werden nicht ewig schlafen, also …«

Sein Griff um Caras Arm wurde fester. »Sie fährt nirgendwohin.«

Wie bitte? Verärgert versuchte sie, seine Hand wegzuschieben.

Merry stieß ein wütendes Zischen aus. Sie deutete mit dem Finger auf Cara. »Traust du ihm?«

»Hm? Natürlich, aber …«

»Dann ist gut. Ich habe nämlich keine Zeit zum Streiten. Du bleibst hier und setzt dich mit ihm auseinander. Ich muss diese Hunde abliefern.«

»Wie bitte? Warte …« Vergebens versuchte Cara, sich Matts eisernem Griff zu entziehen. »Jetzt lass mich endlich los! Ich fahre mit ihr mit. Wir können morgen über das Ganze reden.«

Aber Matt zerrte sie bereits mit sich, vermutlich dahin, wo er seinen Jeep geparkt hatte. Hinter sich hörte Cara Merry den Motor anlassen und davonfahren.

Jetzt war sie allein mit Matt. Ihr Herz hämmerte. »Hör auf damit!«

Er ließ sie los. Sie stolperte ein paar Schritte durch die Dunkelheit und stieß dann gegen die kalte Heckstoßstange des Jeeps.

Er trat um sie herum und riss die Beifahrertür auf. Im Inneren flammte kein Licht auf. Verdammt, in solchen Sachen war er deutlich besser als Merry und sie. »Steig ein! Wir reden zu Hause.«

»Und ob wir das werden.« Sie wollte tatsächlich so schnell wie möglich von der Keeney Street weg, und ihre einzige verbliebene Möglichkeit war, mit Matt mitzufahren. Sie rutschte auf den Beifahrersitz und schlug die Tür zu.

Matt setzte sich hinter das Steuer und ließ den Motor an. Es war zu dunkel, um seinen Gesichtsausdruck zu erkennen, aber sie spürte auch so, wie wütend er war. Ihre Nervosität wurde dadurch nicht geringer, und ihre eigene Wut genauso wenig.

Sie starrte in die Dunkelheit und biss sich auf die Zunge, als Matt die Keeney Street hinunterfuhr. Während der Fünf-Minuten-Fahrt nach Hause sprachen sie beide kein Wort. Sie war ernsthaft sauer, dass er sie zurückgehalten hatte und Merry deshalb die lange Fahrt allein machen musste, begleitet nur von den Hunden.

Dass Matt gesehen hatte, was sie getan hatte.

Sobald er geparkt hatte, stieß sie die Tür auf, sprang aus dem Wagen und stürmte auf ihre Haustür zu. Matt war ihr dicht auf den Fersen.

»Verdammt … bist du jetzt etwa unter die Diebe gegangen?«

Sie wandte sich nicht um. »Du hättest dich heute Abend besser um deine eigenen Angelegenheiten kümmern sollen.«

»Hausfriedensbruch. Raub. Du könntest ins Gefängnis kommen.« Statt wütend klang er jetzt enttäuscht.

Caras Magen zog sich zusammen. Sie drehte sich zu ihm um. »Raub?«

»Diebstahl. Hunde sind Privatbesitz. Solange ihr Wert unter tausend Dollar liegt, ist das Ganze nur ein Vergehen. Aber auch darauf steht Gefängnis.«

Gefängnis? Cara wurde übel. Sie glaubte an das, was sie getan hatten, und war froh, dass die Hunde diese Chance bekamen. Aber dass sie deswegen im Gefängnis landen könnte, hatte sie sich nie überlegt. Sie trat an die Haustür und lehnte den Kopf gegen das kühle Holz.

Matt kam ihr hinterher und blendete mit seinem kräftigen Körper die Straßenlaterne hinter ihm aus.

»Warum, Cara? Warum tust du so etwas?«

»Ich könnte es dir erklären, aber ich sollte es nicht erklären müssen. Vertraust du mir denn nicht?«

Er sah ihr in die Augen. »Das habe ich mal geglaubt.«

Sie seufzte. Verdammt, das saß. »Gut zu wissen.«

»Du hattest es mir versprochen, Cara.«

Ihr sank das Herz in die Hose. Oh Gott, das hatte sie tatsächlich. An jenem Nachmittag in seinem Haus hatte sie versprochen, nicht mehr zu tun als die Hunde zu füttern und alles andere dem Veterinäramt zu überlassen. Sie hatte ihr Versprechen nicht gehalten, sie hatte gegen das Gesetz verstoßen, hatte ihn dort getroffen, wo es ihm am meisten wehtat.

Ihr Herz hämmerte schmerzhaft vor sich hin. »Das hatte ich, und es tut mir leid.«

Er starrte sie an, aber in der Dunkelheit konnte sie seinen Gesichtsausdruck nicht deuten.

»Du bist nicht für mich verantwortlich, Matt«, flüsterte sie. *Nicht wie für die Männer, die du im Irak verloren hast.* »Ich habe zwei Tieren das Leben gerettet, denen der sichere Tod bevorstand, und ich stehe hundertprozentig zu dem, was ich getan habe.«

Denn manchmal musste man einfach gegen die Regeln verstoßen, und wenn er den Unterschied zwischen dem Anpinkeln einer Leiche und der Rettung eines Hundes vor Missbrauch und Vernachlässigung nicht sah …

»Denen wäre schon nichts passiert, wenn ihr euch zurückgehalten und die Sache dem Veterinäramt überlassen hättet.«

Sie schüttelte den Kopf. »Die Sachlage hat sich geändert, seit wir das letzte Mal miteinander geredet haben, aber das ist egal. Was geschehen ist, ist geschehen.« Und sie sollte sich ihm gegenüber nicht rechtfertigen müssen.

Er schloss die Augen und stützte sich mit der rechten Hand

am Türrahmen ab. »Du bringst mich da in eine total beschissene Situation.«

Seine Hitze hüllte sie ein, und ihre Nerven liefen Amok. Am liebsten hätte sie die Hand ausgestreckt und über die Bartstoppeln an seinem Kinn gestrichen, hätte ihn an sich gezogen und die Lippen auf seine gedrückt. Sie tat nichts dergleichen. »Da hast du dich selbst hineinmanövriert, als du beschlossen hast, mich zu verfolgen.«

»Das ändert aber nichts an der Sache an sich, nicht wahr?« Er öffnete die Augen, und plötzlich war die Nacht erfüllt von Lust und Erregung.

Sie schob das Kinn vor. »Hast du vor, mich anzuzeigen?«

Seine Lippen waren nur noch wenige Zentimeter von ihren entfernt, waren so nah, dass sie fast schon die Wärme seines Munds spüren konnte, die Leidenschaft, die darauf wartete, bei der ersten Berührung aufzulodern. »Nein. Aber leite daraus nicht ab, dass ich auch nur ansatzweise mit deinem Vorgehen einverstanden bin.«

Er raste die Treppe hinunter und war in seinem Haus verschwunden, bevor sie auch nur zu einer Antwort ansetzen konnte.

Was sowieso besser war, denn so sah er wenigstens nicht die Tränen, die sich in ihren Augen sammelten.

Noch nie, solange er zurückdenken konnte, war Matt so wütend gewesen. Er ging davon aus, dass Merry und Cara sich von edlen Motiven leiten ließen, aber das änderte nichts an dem, was sie getan hatten und wovon er unwillentlich Zeuge geworden war.

Er hatte ein Verbrechen beobachtet. Er hatte es nicht gemeldet, und das hatte er auch weiterhin nicht vor.

Es lief allem zuwider, was er kannte, allem, zu dem man ihn

erzogen hatte. Was er empfunden hatte, als er Cara und Merry dabei beobachtet hatte, wie sie die Ketten der Hunde zerschnitten und die Hunde durch den Garten zu Merrys SUV geschleppt hatten … das schwankte zwischen Wut und dem schmerzhaften Gefühl, betrogen worden zu sein.

Cara hatte ihr Versprechen nicht gehalten, hatte genau das getan, was zu unterlassen sie versprochen hatte.

Schlimmer noch, sie hatte gegen das Gesetz verstoßen.

Inzwischen war es zu spät für die geplante Joggingrunde, und Abendessen brauchte er jetzt auch nicht mehr. Er holte sich ein kühles Sam Adams aus dem Kühlschrank und einen übrig gebliebenen Burrito, der nicht dazu beitrug, die wachsende Leere in seinem Innern zu füllen.

Er aß rasch, ohne viel zu schmecken, was vermutlich das Beste war. Der Burrito war schon am Vorabend nicht sonderlich gut gewesen und schmeckte heute vermutlich noch schlechter. Er schlang ihn hinunter, dann ging er hinauf in sein Büro, um weitere Einzelheiten über Valerie Hightower, auch bekannt als Felicity Prentiss, zusammenzutragen.

Heller Sonnenschein bohrte sich durch Caras Augenlider. Sie blinzelte und drehte sich auf die Seite. Wie erwartet traf ihre linke Hand auf Sadies warmen Körper, und sie legte den Arm um sie. Sadie schmiegte sich an sie und seufzte zufrieden.

Ja, auch Cara genoss es, neben ihr wach zu werden. Casper gesellte sich zu ihnen, rollte sich auf der anderen Seite auf den Rücken und streckte alle viere in die Luft, die Lefzen zu einem idiotischen Grinsen verzogen. Er würde bald ein Zuhause haben. Wieder einmal. Merry hatte ihr gesagt, sie könne heute mit einem Anruf seiner neuen Adoptivfamilie rechnen. Diesmal freute sie sich nicht wie sonst, wenn ein Hund sie verließ.

Okay, gestand sie sich ein, sie wollte nicht, dass er ging. Aber sie würde sich trotzdem für ihn freuen, selbst wenn es sie umbrachte. Und vorher würde sie seine potenzielle neue Familie gründlich unter die Lupe nehmen, damit sie sicher sein konnte, dass es diesmal klappte. Diesen Hund würde niemand mehr im Stich lassen.

Wenn sie nur den kleinsten Zweifel haben sollte, würde er eben bleiben. Etwas anderes kam nicht infrage.

Heute war Donnerstag – noch drei Tage, bis sie die Hunde nicht mehr im Haus haben durfte. Merry hatte für Sadie noch keine Ersatzpflegestelle gefunden. Cara war das eigentlich ganz recht so, denn Sadie würde erst Mitte der kommenden Woche ihren Tumor herausoperiert bekommen, und Cara hätte ihr dabei wirklich gern zur Seite gestanden.

Wenn sie in ein paar Wochen bei Laura Fox mit ihren Drillingen zu arbeiten anfing, würde sie ein gutes Gehalt bekommen. Genug, um sich vielleicht ein kleines Apartment zu suchen, in dem sie wohnen konnte, bis ihr Reihenhaus verkauft war. Es war ein unsinniger Gedanke, aber diese Idee spukte ihr bereits eine Zeit lang durch den Kopf. Es wäre eine Möglichkeit, Sadie eine Weile länger behalten zu können.

Cara streckte sich und zog eine Grimasse. Sie war müde, und alles schmerzte, ähnlich wie bei einem Kater, nur dass sie seit Tagen nichts getrunken hatte. Irgendwie fühlte es sich an, als würde sie etwas ausbrüten, und das nervte sie. Sie hatte diese Woche genug vor, ohne sich auch noch mit einer Krankheit herumschlagen zu müssen.

Sie fuhr sich mit dem Finger über die schmerzende Kehle und erstarrte. Die Angst bohrte sich wie mit Nadeln in ihre Wirbelsäule. Sie richtete sich auf und betastete erneut ihren Hals. Ihr Lymphknoten trat deutlich hervor und fühlte sich heiß an.

Oh nein! *Nein, nein, nein!*

Ihr wurde übel.

Sadie sah sie mit weit aufgerissenen Augen besorgt an, dann schmiegte sie sich dicht an Caras rechtes Bein und bot ihr so still ihren Trost an. Casper gab seine clowneske Haltung auf und presste sich gegen ihr anderes Bein.

Es konnte harmlos sein. Eine Infektion. Ein Virus, das sie sich eingefangen hatte. Oder es war genau das, wovor sie sich seit acht Jahren fürchtete.

Der Krebs war zurück.

Vor ihren Augen verschwamm alles. Ihr schwirrte der Kopf. Sie atmete viel zu schnell. Mutlos sank sie unter die warmen Decken zurück und nahm Sadie in die Arme. Sie hielt sich an ihr fest wie an einem kräftigen Baum in einem Orkan.

Nicht jetzt. Sie wollte gerade eine neue Arbeit antreten, ihr Reihenhaus verkaufen, vielleicht in ein Apartment ziehen. Ihre Karriere als Fotografin kam soeben in Schwung. Während einer Chemotherapie konnte sie keine Drillinge hüten. Das war völlig unmöglich.

Und Matt. Nicht, dass zwischen ihnen noch etwas war, vor allem nicht nach der Szene letzte Nacht. Er hatte so wütend ausgesehen, so enttäuscht. Die Enttäuschung machte ihr immer noch zu schaffen. Und der eigentliche Grund, weshalb sie ihn auf Abstand gehalten hatte, kam jetzt zum Tragen.

Sie fuhr mit den Fingern über den geschwollenen Lymphknoten unterhalb ihres Kinns.

Krebs. Das Wort blieb ihr in der Kehle stecken.

Nachdem die erste Panikwelle abgeflaut war, setzte Cara sich auf. Sie hatte diese Krankheit schon einmal besiegt; sie konnte es wieder schaffen.

Sie blickte auf Sadie hinunter, deren Kopf jetzt auf Caras Oberschenkel ruhte und deren warme braune Augen unverbrüchliche Treue und Unterstützung zu versprechen schienen.

»Du und ich, wie? Habe ich dich gefunden, damit ich jemanden habe, mit dem ich das gemeinsam durchstehe?«

Sadie schob die Vorderpfoten auf Caras Schoß und stupste mit dem Maul gegen ihren Hals. Sie schnüffelte an dem geschwollenen Lymphknoten, vielleicht von der Hitze und der Entzündung dort angezogen, leckte dann behutsam darüber und legte den Kopf wieder in Caras Schoß.

Nun denn.

»Das wäre es dann also.« Cara streichelte ihr den weichen Kopf. »Ich helfe dir durch deins, und anschließend hilfst du mir durch meins. Abgemacht?«

Sadie wackelte zustimmend mit dem Schwanz.

Cara stand auf und ging die Treppe hinunter, um die Hunde nach draußen zu lassen. Noch immer schlug ihr Herz doppelt so schnell wie normal. Sie stellte die Kaffeemaschine an und tippte dann mit den Fingerspitzen auf den Küchentresen, während sie darauf wartete, dass Casper und Sadie im Garten ihr Geschäft verrichteten.

Es war sinnlos, es aufzuschieben. Sie ging zu der Krimskramsschublade unter ihrem Telefon und wühlte darin herum, bis sie Dr. Rosens Visitenkarte fand. Ihr Onkologe.

Sie rief in seiner Praxis an und machte gleich für den nächsten Morgen einen Termin aus. Dann holte sie tief Luft und machte sich an ihre täglichen Aufgaben.

Merry rief um kurz nach zehn an. »Du kannst dir nicht vorstellen, was für eine Nacht ich hinter mir habe!«

»Wieso, was ist denn passiert?«

»An der Grenze zu Virginia wurden sie allmählich wach, und dann haben sie dermaßen in ihren Käfigen rumgetobt, dass ich schon dachte, sie würden sich daraus befreien.«

»Ach, herrje, Merry. Aber sie haben es nicht geschafft?«

»Nein. Eine Zeit lang habe ich es echt befürchtet, aber ich

habe sie sicher abgeliefert. Die Ranch ist nicht so toll, aber allemal besser als das, wo wir sie weggeholt haben. Sie haben ihren eigenen Auslauf, bis sie so weit sind, dass man sie in eine größere Hundemeute integrieren kann. Terry war recht zuversichtlich.«

»Gut. Das freut mich für die beiden. Ich hoffe, das ist der Anfang eines viel besseren Lebens.«

»Ich auch. Und was war da gestern mit Matt los?«

Cara seufzte. »Er ist uns gefolgt. Er hat uns die ganze Zeit beobachtet.«

»Er hat uns beobachtet?«

»Genau.«

Merry lachte. »Dann hätte er uns zumindest helfen können. Verdammt, waren diese Monster schwer!«

»Er ist ganz schön wütend deswegen. Er behauptet, wir hätten Diebstahl begangen und könnten dafür in den Knast kommen.«

»Diebstahl?«

Als Cara den ungläubigen Ton ihrer Freundin hörte, musste sie lächeln. »Genau. Wir haben uns an Privateigentum vergriffen.«

»Er wird uns aber doch nicht anzeigen, oder?«

»Er sagt, nein. Aber nachdem ich mit ihm geredet hatte, hatte ich das Gefühl, dass wir vielleicht wirklich etwas Dummes getan haben. Dass wir dafür in den Knast wandern könnten, war mir gar nicht bewusst gewesen; ich hatte nur daran gedacht, die Hunde zu retten.«

»Ich auch.« Merry klang ein wenig kleinlaut. »Okay, nie wieder Hunde stehlen. Und falls wir auffliegen, lasse ich deinen Namen aus dem Spiel, schließlich war das Ganze meine Idee. Aber ich glaube nicht, dass die Rogers Anzeige erstatten werden, auch nicht, wenn sie Bescheid wüssten. Die wollten die

Hunde verrecken lassen, hatten aber nicht den Mumm, selbst Hand anzulegen.«

»Sehe ich genauso.« Sie rieb sich über den Hals und zuckte zusammen.

»Und, hast du denn nun ein Kleid?«

»Wie bitte?« Vor Caras geistigem Auge tauchte ein Bild auf, wie sie ganz in Weiß den Gang zum Altar antrat, wo Matt auf sie wartete. Sie schob das Bild weg. »Was für ein Kleid?«

»Für Samstagnacht? Der Ball im Tierheim?«

»Mist!« Den hatte sie völlig vergessen, und es war das Letzte, was sie Samstagabend tun wollte, aber sie konnte sich kaum davor drücken, schließlich würde Marilyn sie für ihre Verdienste auszeichnen. »Ich habe noch nicht mal danach geschaut, also … nein.«

»Ich auch nicht. Sollen wir heute Abend shoppen gehen? Ich habe ab sieben frei. Vielleicht können wir ins Einkaufszentrum fahren und hinterher noch was zusammen essen.«

»Ja, prima.« Wenn sie schon ein Kleid kaufen musste, war es mit Merry zusammen zumindest erträglicher. Außerdem wollte Cara gern wissen, ob sie über den gestrigen Verlust reden wollte, auch wenn Merry inzwischen wieder ganz wie sie selbst klang.

»Gut, dann hole ich dich um halb acht ab.«

Cara legte den Hörer auf. Sie platzte schier vor nervöser Energie, also ging sie nach oben und zog Joggingsachen an, froh, Casper wieder als Begleitung zu haben. Sadies Lungen waren nach wie vor nicht kräftig genug für mehr als einen gemächlichen Spaziergang, also würde Casper heute Morgen ihre einzige Begleitung sein.

Sie schluckte zwei Ibuprofen gegen ihre Halsschmerzen, dann trat sie mit Casper an ihrer Seite hinaus in die kühle Morgenluft. Nach etwa einer Meile ging ihr die Puste aus, und sie musste umkehren. Es machte sie wütend, dass ihr Körper so schwach war.

Als sie nach Hause kam, blinkte das Licht an ihrem Anrufbeantworter. Sie drückte auf den Knopf und schenkte sich ein großes Glas Wasser ein.

»Hallo, Cara, hier spricht Laura Fox. Ich wollte Ihnen nur Bescheid geben, dass alle Ihre Referenzen okay waren – was Sie natürlich wussten –, aber jedenfalls … also, wenn Sie wollen, haben Sie den Job. Rufen Sie mich doch bitte an, damit wir die Einzelheiten klären können. Oder falls Sie etwas anderes gefunden haben, sagen Sie bitte kurz ab, damit wir weitersuchen können. Danke, und ich hoffe, ich höre bald von Ihnen.«

Cara presste die Stirn gegen das kühle Glas. Ein Tropfen Kondenswasser lief ihre Wange hinunter. Drei Kinder beaufsichtigen. Oh Mann!

Erst musste sie wissen, was in ihrem Körper vor sich ging, ob der Krebs zurück war. Ein Glück, dass sie gleich für morgen einen Termin bekommen hatte.

Selbst eine Wartezeit von einem Tag fühlte sich zu lange an.

Es klingelte an der Tür, und Cara schreckte zusammen, sodass das Wasser aus ihrem Glas auf ihr T-Shirt spritzte. Casper schlitterte über den Flur, als wäre er eine Eisbahn, und bellte mit einer Lautstärke, die Tote wieder auferwecken würde. Sadie hielt sich ängstlich im Hintergrund.

Wäre sie ein bisschen kleiner, hätte Cara sie auf den Arm genommen. Was war bloß passiert, dass Sadie so ängstlich war?

Die Wut packte sie, dass diese beiden Hunde – und so viele weitere – von den Leuten, die sie eigentlich hätten lieben sollen, so schlimm traumatisiert worden waren. Menschen waren grauenhaft. Total grauenhaft

Sie packte Casper am Halsband und öffnete die Tür, um zu

sehen, welches lausige Mitglied der menschlichen Spezies beschlossen hatte, ihre Selbstmitleidsorgie zu stören.

Vor ihr stand Matt in Jeans und einem blauen Strickpullover. Er hatte sich noch nicht rasiert und sah dermaßen gut aus, dass ihr Herz ein paar Sekunden lang zu schlagen vergaß.

»Willst du mich nicht reinlassen?«, fragte er mit einem bitteren Lächeln, nachdem sie sich ein paar Sekunden zu lange schweigend angestarrt hatten. Sein Blick wanderte zu ihrem Busen und blieb dort haften.

Cara sah an sich herunter und zuckte zusammen, als sie den Umriss ihres Sport-BHs unter der nassen Vorderseite ihres T-Shirts entdeckte. Sie packte das T-Shirt mit der Faust. »Du bist aber nicht hier, um mich zu verhaften, oder?«

»Schätzchen, ich bin Privatdetektiv, kein Bulle. Ich kann niemanden verhaften.« Er trat an ihr vorbei in den Flur, wo ihn beide Hunde sabbernd begrüßten. »Eigentlich komme ich wegen eines Hundes. Wegen dieses Hundes da.«

Seine Hand ruhte auf Caspers Kopf.

Cara schnappte nach Luft. Darauf war sie nicht gefasst gewesen. »Du machst Witze.«

Sie presste die Hand gegen die Stirn. Sie würde Merry umbringen, weil die ihr nichts gesagt hatte. Erwürgen würde sie sie heute Abend, nachdem ihre modebewusste Freundin ihr geholfen hatte, das richtige Kleid für die Tierheimgala zu finden.

»Du weißt ja, dass ich mir überlegt hatte, einen Hund anzuschaffen, wenn ich nach Hause zurückkehre, und du hast darauf bestanden, dass ich einen zur Adoption anstehenden Hund nehme.« Er wandte den Blick keine Sekunde von ihrem Gesicht ab. »Also habe ich mir gedacht: Ihn hier mag ich ziemlich gern, und wie es aussieht, mag er mich auch. Anknurren kann er mich, so viel er will. Ich mache mir nicht so leicht in die

Hose. Ich arbeite lange, aber meine Mom ist viel zu Hause. Ich kann mich doch darauf verlassen, dass Casper auf sie aufpasst, während ich weg bin, oder?«

Sie musste schlucken. *Oh, Casper.* Es würde ihr vielleicht das Herz zerreißen, ihn gehen zu lassen, aber immerhin ging er mit dem Mann, der es ihr ebenfalls zerriss. »Oh ja. Ganz bestimmt.«

»Merry sagte mir, dass ihr die Hunde normalerweise nicht an Leute gebt, die in anderen Bundesstaaten wohnen, dass sie für mich aber eine Ausnahme machen würde, nur dieses eine Mal.« Er blinzelte ihr zu.

»Ich bringe sie nachher um«, flüsterte Cara.

Er kniff die Augen zusammen. »Bist du nicht einverstanden?«

»Oh doch. Wirklich.« So sehr, dass ihr die Knie zitterten. »Aber sie hätte mich vorwarnen sollen.«

»Ich glaube, sie hat es genossen, dich an der Nase herumzuführen.«

Cara strich sich über die Stirn. »Irgendwie habe ich den Verdacht, das habt ihr beide.«

Casper saß neben Matt, die Schulter an sein rechtes Bein geschmiegt, als wüsste er bereits Bescheid. Er würde mit Matt und seiner Mom sehr glücklich werden. Es war ein Volltreffer, und ihr wurde ganz warm ums Herz.

»Jedenfalls breche ich morgen auf, und bis dahin wird noch alles drunter und drüber gehen. Am besten hole ich ihn wohl erst kurz vor der Abfahrt ab. Ist dir das recht?«

Sie nickte. »Ja, das scheint mir auch das Beste.«

»Okay, dann machen wir das so.«

»Matt …« Sie starrte ihn hilflos an. Sie erstickte schier an all dem, was sie ihm sagen wollte, und brachte kein einziges Wort heraus.

Sein Blick verdüsterte sich. »Tut mir leid, dass ich gestern so wütend geworden bin. Du hast mich zu einem schlechten Zeitpunkt erwischt.«

Sie presste die Hand gegen die Brust und wünschte, sie könnte ihren Herzschlag verlangsamen, denn es fühlte sich an, als würde sie gleich einen Herzinfarkt bekommen. »Aber …«

Er trat einen Schritt vor und legte ihr die Hand auf die Schulter. »Du hattest recht. Du musst dich mir gegenüber nicht rechtfertigen. Vergessen wir das Ganze.«

»Ich kann nicht …«

Er presste den Finger gegen ihre Lippen. Sie zitterte vor Anstrengung, nicht die Fassung zu verlieren. Es war beinahe zu viel, ihn gleichzeitig zu lieben, zu verlieren und damit leben zu müssen, dass er verurteilte, was sie getan hatte.

Aber offensichtlich wollte er darüber nicht reden.

Na gut. Dann würde sie eben später die Fassung verlieren.

Sie trat einen Schritt zurück und schlang die Arme um ihren Körper.

»Ich melde mich.« Matt kraulte seinen neuen Hund unter dem Kinn, und Casper sah voller Hingabe zu ihm hoch. Caras verletztes Herz krampfte sich schmerzhaft zusammen.

Sobald Matt die Haustür hinter sich geschlossen hatte, sank Cara zu Boden. Beide Hunde kletterten auf ihren Schoß, und sie zog sie eng an sich. Sie freute sich für Casper. Unendlich. Tatsächlich hatte sie noch nie bei einer Adoption ein derart gutes Gefühl gehabt – was ironisch war, denn am liebsten hätte sie sich zusammengerollt und lauthals geschluchzt.

Matt ging den von Unkraut überwucherten Weg auf das baufällige Cottage zu, das schon bessere Tage gesehen hatte. Das sandige Grundstück und die mit Muscheln übersäte Auffahrt waren die einzigen Hinweise darauf, dass der Atlantik nur fünf

Meilen entfernt in östlicher Richtung lag. Hier gab es nur Pinien und Fingerhirse, wie überall in North Carolina.

Er drückte auf die Klingel und verlagerte das Gewicht dann wieder auf die Fersen. Heute würde er diesen verdammten Fall endgültig zum Abschluss bringen. Valerie Hightower aus Greensboro hatte sich als weiteres verstorbenes Kind herausgestellt, aber ihre letzte bekannte Adresse war zur selben Zeit von einer gewissen Heather Haile aus Wilmington als Wohnort angegeben worden, die noch lebte und deren Kindheitsfoto eine große Ähnlichkeit mit der Frau aufwies, die Matt als Felicity Prentiss kannte.

Eins hatten Heather, Valerie und Felicity gemeinsam: Sie hatten alle wohlhabende Männer geheiratet, sie der Untreue bezichtigt und ihnen bei der Scheidung einen großen Teil ihres Vermögens abgeknöpft. Diese Frau war kalt und kalkulierend. Sie bekam von einem Mann, was sie wollte, leerte sein Bankkonto, nahm eine neue Identität an und begann wieder von vorn.

Mit jeder neuen Identität stieg sie die soziale Leiter hinauf. Ihr Geschmack wurde erlesener, ihr Ehemann reicher, die Scheidungsvereinbarung wies eine weitere Null vor dem Komma aus.

Sie war die Verkörperung all dessen, was Matt an einer Frau hasste.

Die Haustür ging auf, und eine Frau Mitte sechzig sah ihn fragend an. Sie trug ein orangefarben kariertes Hauskleid und gelbe Hausschuhe. Graues Haar umrahmte in kurzen Locken ihr Gesicht.

Matt streckte ihr die Hand entgegen. »Guten Morgen. Ich bin auf der Suche nach Beverly Haile. Bin ich hier richtig?«

Die Frau schürzte die Lippen und nickte. »Die bin ich. Und wer sind Sie?«

»Phil Lancaster von der Staatlichen Lotterieprüfstelle.« Ihre Augen weiteten sich erstaunt. »Eigentlich bin ich auf der Suche nach Ihrer Tochter Heather. Uns ist aufgefallen, dass Heather 2005 einen Lottogewinn hatte, auf den nie Anspruch erhoben wurde. Wir brauchen ihre aktuelle Adresse, damit wir ihr das Geld zukommen lassen können.«

»Ich habe keinen Kontakt zu Heather … seit etwa zehn Jahren habe ich nichts mehr von ihr gehört.«

»Nicht mal eine Postkarte? Es ist eine Menge Geld, Mrs Haile. Wenn wir Heather nicht in den nächsten dreißig Tagen finden, fällt das Geld in den Lotteriefonds zurück und wird an den nächsten Gewinner mit ausgeschüttet.«

Beverly kniff die Augen zusammen »Wie viel Geld ist es denn?«

»Zwei Millionen Dollar.«

Sie schlug die Hand vor den Mund. »Kommen Sie rein, Mr … Wie war Ihr Name noch mal?«

»Lancaster. Phil Lancaster.« Hätte er ihr gesagt, sein Name sei Zauberfee, hätte sie das vermutlich auch nicht hinterfragt. Es war faszinierend, was die Leute alles bereit waren zu glauben, wenn er vor ihrer Tür stand und eine halbwegs vernünftige Erklärung vorbrachte, warum er mit einem Angehörigen in Kontakt treten musste – vor allem, wenn er ihnen eine Summe von zwei Millionen Dollar in Aussicht stellte.

»Zwei Millionen, wie?«

»Ja.«

Beverly stand in der Tür zur Küche. »Möchten Sie einen Eistee? Ich schaue mal nach der Karte.«

»Eistee wäre prima, danke.« Matt schob die Hände in die Taschen seiner Kakihose und ging zum Kaminsims hinüber. Viele Fotos standen dort nicht. Eins von einer viel jüngeren Beverly, auf dem sie den Arm um einen kahl werdenden Mann in geripptem Unterhemd und Jeans gelegt hatte. Eins von einem kleinen braunen Hund mit einer rosa Schleife im Haar, und eins von Heather als Teenager in einem Tanktop und abgeschnittenen Jeans, auf dem sie in die Kamera grinste.

Keine Frage, dies war das Zuhause, in dem Felicity Prentiss aufgewachsen war.

»Hier, bitte.« Beverly kehrte mit einem hohen Glas mit Eistee zurück. Der Hund, der auf dem Foto zu sehen war, folgte ihr auf den Fersen.

Matt nahm das Glas lächelnd entgegen. »Danke.«

»Das da ist Heather.« Sie deutete auf das Foto. »Jetzt suche ich Ihnen die Adresse heraus.«

»Das ist nett von Ihnen.« Matt trank einen Schluck von dem Tee. »Schmeckt gut«, sagte er anerkennend. Beverly lächelte und verschwand im Flur.

Er hatte nichts vorspielen müssen – der Tee war wirklich verdammt gut. Eistee, wie man ihn hier im Süden machte, würde er vermissen. Wie so einiges andere an North Carolina.

Er setzte sich auf die Couch und trank Tee, bis Beverly fünf Minuten später mit einem Notizzettel in der Hand zurückkehrte.

»Soweit ich weiß, lebt sie jetzt dort.« Sie reichte Matt den Zettel.

Er betrachtete ihn und nickte dann. Sein Herz schlug schneller. Oh ja, er kannte diese Adresse, hatte so manchen Abend vor dem weitläufigen Grundstück verbracht. *Erwischt.* »Herzlichen Dank, Mrs Haile, dass Sie mir Ihre Zeit geopfert haben und so gastfreundlich waren.«

Er trank sein Glas leer und stand auf.

»Gern geschehen.«

»Ich werde dafür sorgen, dass Heather erfährt, wie hilfreich Sie waren. Vielleicht bekommen Sie dieses Jahr zu Weihnachten mehr als nur eine Postkarte.« Er blinzelte ihr verschwörerisch zu.

Beverly errötete, und ihre Augen glänzten. Matt empfand einen Anflug von Schuldgefühl, weil er sie glauben gemacht hatte, sie könnte von dem angeblichen Gewinn etwas abbekommen. Sie machte einen netten Eindruck. Vielleicht war es nicht ihre Schuld, dass ihre Tochter eine herzlose Kriminelle geworden war.

Auf der zweistündigen Fahrt nach Hause rief Matt seinen Freund Mike Rankin vom Polizeirevier in Dogwood an und teilte ihm mit, dass er vorbeikommen und ihm einen zehn Jahre alten Fall von Identitätsdiebstahl auf dem Silbertablett präsentieren werde. Er verstand noch immer nicht, wieso Felicity nach jeder Scheidung eine neue Identität angenommen hatte, aber immerhin würde sie mit etwas Glück die Nacht in Untersuchungshaft verbringen. Damit blieb Matt nur noch ein letztes Detail zu klären: die Identität von »L« in Atlanta.

22

Cara lag völlig reglos da, während Dr. Rosen mit dem Ultraschallstab über ihren Hals fuhr. Er drückte gegen ihr entzündetes Gewebe und glitt durch das kalte Gel, das er auf ihrer Haut verteilt hatte.

Sie war total angespannt, und ihre Finger krallten sich in das wellige weiße Papier unter ihr.

»Nur noch ein paar Minuten, Cara. Sie machen das großartig.«

Cara presste die Augen fest zusammen, statt auf die Bilder auf dem Bildschirm zu schauen. Das sah alles so fremd und einschüchternd aus, mysteriöse Schatten und Knoten, die allesamt *Krebs* zu schreien schienen.

»Geschafft.« Dr. Rosen nahm den Ultraschallstab weg und reichte ihr ein Papiertuch, damit sie sich das Gel vom Hals wischen konnte. Dann streckte er ihr die Hand entgegen, und sie setzte sich auf. »Im Ultraschall habe ich nichts sonderlich Alarmierendes feststellen können. Sobald das Blutbild fertig ist, kann ich genauer sagen, was los ist.«

»Okay. Können Sie denn schon eine Vermutung äußern? Wahrscheinlichkeit? Irgendetwas?«

Er klopfte ihr auf das Knie. »Aufgrund der körperlichen Untersuchung wissen wir, dass Sie überall im Körper vergrößerte Lymphknoten haben. Dieser hier an Ihrem Hals scheint der Ausgangspunkt für alles zu sein, was vor sich geht. Ich will Sie nicht anlügen, Cara. Es besteht durchaus die Möglichkeit, dass es Krebs ist, vor allem bei Ihrer Vorgeschichte.«

Niedergeschlagen nickte sie.

»Es kann aber auch genauso gut sein, dass Ihr Körper gegen irgendeine Infektion ankämpft. Als Vorsichtsmaßnahme werde ich Ihnen ein Breitbandantibiotikum verschreiben. Und sollte es wirklich Krebs sein, sollte das Lymphom zurückgekehrt sein, werden wir es bekämpfen. Sie haben den Krebs schon einmal besiegt, und Sie schaffen das auch ein zweites Mal. Wenn es Krebs ist, haben wir ihn diesmal jedenfalls deutlich früher entdeckt als damals vor acht Jahren.«

Wieder nickte sie. »Danke, dass Sie so ehrlich sind.«

»Keine Ursache. Und jetzt gehen Sie nach Hause und nehmen es nicht so schwer. Ich rufe Sie an, sobald die Ergebnisse da sind.«

Cara ging wie betäubt zu ihrem Wagen. Vor ihrem geistigen Auge tauchte immer wieder Ginas Gesicht auf. Lebendig, strahlend, vor Leben nur so sprühend. Kalt und bleich im Tod. Der gequälte Gesichtsausdruck ihres Manns, Jeremy, beim Begräbnis. Das verwirrte Schluchzen des kleinen Ben.

Nicht ich. Das passiert mir nicht.

Merry rief sie an, als sie auf dem Heimweg war. »Wie ist es gelaufen?«

»Okay soweit. Genaueres wissen wir erst, wenn das Blutbild da ist.«

»Oh, Cara, Liebes, wenn du irgendetwas brauchst …«

»Ich weiß, danke.«

»Gehst du trotzdem morgen mit zu dem Ball?«

Cara stöhnte. »Ich wünschte, ich müsste nicht hin, aber leider komme ich nicht darum herum. Hast du immer noch vor, um sechs vorbeizukommen und mit mir gemeinsam hinzufahren?«

»Klar. Und ich habe aufregende Neuigkeiten.«

»Nämlich?«

»Ich habe eine Pflegestelle für Sadie aufgetrieben.«

Cara trat das Gaspedal durch. »Ach, herrje. Echt?«

»Ja, die sind ganz neu beim Tierschutzverein dabei. Es wird ihr erster Pflegehund sein. Du wirst sie mögen – wirklich nette Familie, zwei Kinder. Haben ihren Boxer letztes Jahr im Alter von dreizehn Jahren verloren.«

»Okay, das ist toll.« Cara schluckte den Kloß hinunter, der auf einmal in ihrer Kehle steckte.

Merry räusperte sich. »Oder du behältst sie.«

»Nein, das kann ich nicht. Ich muss Schluss machen, Merry. Wir sehen uns morgen.« Sie beendete das Gespräch und warf das Handy in ihre Handtasche.

Tränen brannten ihr in den Augen, aber sie zwang sie zurück. So war es am besten. Wirklich. Sie konnte in ihrem Haus bleiben, bis es verkauft war, und musste sich nur um sich selbst kümmern, sollte sie sich einer Chemo unterziehen müssen. Sobald es ihr besser ging, würde sie sich ein neues Haus suchen und so viele Pflegehunde aufnehmen, wie sie wollte.

Oder sie konnte alles ignorieren und Sadie einfach behalten. Sich am Wochenende ein Apartment suchen. Umziehen und gemeinsam mit der Hündin, die längst ihr Herz erobert hatte, von Neuem anfangen.

Sadie. Matt. Verdammt, sogar Casper. In letzter Zeit hatten sich ziemlich viele in ihr Herz geschlichen. Genau das hatte sie vermeiden wollen, und genau aus diesem Grund. Sie hatte die Dinge unkompliziert lassen wollen, bis sie endgültig wieder gesund war.

Aber dafür war es jetzt zu spät.

Sie fuhr auf den Parkplatz, stellte den Wagen ab und eilte ins Haus. Sadie begrüßte sie mit aufgeregtem Quietschen aus der Küche, während Casper seinen Käfig gegen die Wand donnerte. Cara ließ sie heraus und scheuchte sie in den Garten. Dann gingen sie alle drei nach oben und machten gemeinsam einen Mittagsschlaf.

Nach dem Mittagessen öffnete Cara ihren Laptop und sah sich Wohnungsangebote an. Vielleicht konnte sie ein Apartment im selben Gebäude finden, in dem ihre Freundin Olivia wohnte. Das wäre nett.

Sie googelte Olivias Gebäudekomplex. Die Wohnungen waren bezahlbar, und die Haltung eines Hunds in Sadies Größe war gestattet. Einer spontanen Eingebung folgend, rief sie die Hausverwaltung an, wo man ihr mitteilte, dass ab 15. Februar ein Einzimmerapartment frei sei, im Haus gleich neben dem von Olivia.

Sie sagte der Büroleiterin, dass sie später am Tag vorbeikommen und einen Bewerbungsbogen ausfüllen würde.

Was konnte es schon schaden? Die neue Pflegehundfamilie konnte einen anderen Hund aus dem Tierheim aufnehmen. Ein weiteres Leben gerettet. Cara konnte Sadie durch ihre Operation und den Heilungsprozess begleiten und sie behalten, bis sie nach ihrer Genesung adoptiert wurde. Und dann, vielleicht … vielleicht würde sie in dem Apartment bleiben und einen neuen Pflegehund aufnehmen.

Das habt ihr nun davon, Crestwood Gardens.

Sie warf einen Blick auf Sadie, die neben ihr schlief. »Was meinst du, Schatz? Willst du mit mir in ein Apartment ziehen? Es ist nicht so der Hit, plötzlich nur noch ein Zimmer zu haben. Und es ist total selbstsüchtig von mir, wenn es da doch eine große, glückliche Familie gibt, die dich haben will. Aber ich habe mir gedacht, vielleicht könnten wir noch ein bisschen zusammenbleiben.«

Oder auch für immer.

Sadie wackelte mit ihrem Stummelschwanz und rückte noch ein bisschen näher.

Damit war das dann wohl beschlossene Sache.

Sie sandte Olivia rasch eine SMS, und diese antwortete sofort mit einem Foto von einem Schoß voller goldiger Boxerwelpen. *Willst du ein paar? Sie sind perfekt für kleine Wohnungen.*

Cara musste trotz allem lachen.

In ihrem Hals hatte sich ein dumpfer Schmerz ausgebreitet. Sie stand auf und ging in die Küche, um eine Ibuprofen zu nehmen, dann ging sie ins Badezimmer und betrachtete sich im Spiegel. In ihren Augen war der Lymphknoten eine hervorquellende Monstrosität, aber sie bezweifelte, dass man ihn sah, wenn man nicht danach suchte.

Zumindest hoffte sie das, denn Matt musste jeden Moment kommen, um Casper abzuholen, und sie wollte nicht, dass er es vor seiner Abreise mitbekam. Am Morgen hatte sie beobachtet, wie der Möbelwagen mit seinen Besitztümern beladen worden war. Jetzt musste er nur noch seinen Hund abholen, dann konnte er sich auf den Weg nach Hause machen.

Meine Güte, daran würde sie zu knabbern haben. In vielerlei Hinsicht. Vielleicht würde sich dieser Tag als der schlimmste ihres Lebens erweisen.

Sie hatte vor, eine Schlaftablette zu nehmen und so schnell wie möglich diesen Tag hinter sich zu lassen, sobald Matt fort war. Denn morgen war ein neuer Tag.

Und der würde besser werden.

Seufzend wandte sie sich vom Spiegel ab und schlurfte in die Küche. Sie ließ die Hunde in den Garten, um in Ruhe eine Mahlzeit für unterwegs für Casper zusammenzustellen, ohne ihn schon vorher in Aufregung zu versetzen.

Sie packte Futter für mehrere Tage ein, dazu ein paar Leckerbissen, außerdem seine Papiere. Mit jeder Sekunde, die verstrich, wurde ihr das Herz schwerer. Hoffentlich schaffte sie es, nicht zu heulen, solange Matt da war! Sonst hatte sie ihren

Gefühlen immer freien Lauf gelassen und sich dafür auch nie entschuldigt.

Aber sie wollte diesen Abschied hinter sich bringen, ohne ihre Würde zu verlieren.

Genau in diesem Moment klingelte es. Da sie ihm nicht allein gegenübertreten wollte, ging sie erst zur Hintertür und ließ die Hunde herein. Sie sprangen wild um sie herum, nicht ahnend, was ihnen bevorstand.

Sie riss die Tür auf und starrte auf Matts Brust, weil sie sich nicht traute, ihm in die Augen zu schauen. Er trug einen burgunderroten Pullover, der seine breiten Schultern betonte.

»Cara.«

»Hallo.« Sie sah ihm kurz in die Augen und trat dann zur Seite, um ihn hereinzulassen. Wie üblich überhäuften ihn die Hunde mit Küssen. Casper blickte sich mit aufgestellten Ohren nervös um. Irgendwie spürte er, dass etwas anders war als sonst.

»Mich macht das Ganze auch nicht glücklicher als dich.«

»Wieso? Für uns beide hätte es doch sowieso keine gemeinsame Zukunft gegeben.« Sie spürte Wut in sich aufsteigen, was ihr nur recht war, denn Wut war auf jeden Fall besser als Tränen.

Er starrte mit entwaffnender Gelassenheit auf sie hinunter. »Sag das nicht.«

»Sei mal ehrlich – wenn es anders wäre, wenn du nicht wegziehen würdest, könntest du dann über das hinwegkommen, was du neulich Nacht gesehen hast?«

An seinem Kinn zuckte ein Muskel. »Ich weiß es nicht.«

»Glücklicherweise musst du diese Entscheidung nicht treffen, nicht wahr? Du kannst dir deine moralische Überlegenheit bewahren und einfach gehen.«

»Cara, hör auf. Ich will mich nicht mir dir streiten.«

Trotzig erwiderte sie: »Nur dass du es weißt: Ich bereue nicht, diese Hunde gerettet zu haben. Ich würde es jederzeit wieder tun.«

Mit blitzenden Augen fiel er über sie her. Er legte die Hand an ihren Hinterkopf und zog sie an sich. Sie presste die Hände gegen seine Brust, um ihn wegzuschieben, krallte die Finger stattdessen aber in seinen Pullover, während sich sein Mund auf ihren senkte. »Hör auf«, flüsterte er an ihren Lippen. Ihr Herz hämmerte, und ihr Körper schmiegte sich an seinen, ohne dass sie das wollte, suchte seine Hitze, seine Kraft. Und dann küsste er sie.

Einmal, zweimal glitt er mit den Lippen über ihre, und schon entzündete sich der Funke zwischen ihnen zu einer alles verzehrenden Feuersbrunst. Matt vergrub die Finger in ihrem Haar, zog sie an sich und küsste sie, als hinge sein Leben davon ab. Mit einem wimmernden Laut ergab sie sich, zitternd und pulsierend vor Lust. Ihr Herz hämmerte so sehr, dass ihr alles vor den Augen verschwamm.

Matt hob den Kopf und sah mit derart glühendem Blick auf sie hinab, dass alles in ihr zu brennen anfing. »Schon besser.«

Sie wischte die Tränen weg, die ihr die Wangen hinunterliefen, und schnappte mühsam nach Luft. »Wenn du meinst.«

Er lächelte. »Ich würde dich immer lieber küssen, als mit dir zu streiten.«

Zu seinem Glück schien ihr Körper das auch so zu sehen. Sie drehte sich um und ging in die Küche, wo sie sich einen Moment Zeit nahm, um sich wieder zu fangen. Sie legte die Handflächen auf den Küchentresen und atmete tief durch. Auf einmal spürte sie Matts Hände auf ihren Schultern.

Sie nahm die Tasche, die sie für Casper vorbereitet hatte, und entzog sich seinem Griff. »Hier, das sind seine Sachen. Du musst nur noch den Vertrag unterschreiben.«

»Okay.« Er blätterte die Unterlagen durch, die sie auf den Tresen gelegt hatte, setzte seine Initialen auf jede Seite und unterschrieb auf der letzten. Dann griff er in seine Hosentasche, zog seine Brieftasche heraus und entnahm ihr einen Scheck für die Adoptionsgebühr, den er auf den unterschriebenen Vertrag legte.

»Herzlichen Glückwunsch.« Ihre Kehle zog sich schmerzhaft zusammen. »Jetzt besitzt du einen Hund.«

Matt sah sie an, sein Blick düster von all den Dingen, die unausgesprochen blieben. Bedauern? Traurigkeit? Enttäuschung?

Sie würde es nie erfahren.

»Einen großartigen Hund«, sagte er schließlich.

»Ja, das ist er.« Cara wandte sich zu besagtem Hund um, der zu ihren Füßen saß und sie beide aufmerksam betrachtete.

Matt bückte sich und streichelte ihm das Kinn. Casper wedelte mit dem Schwanz und schaute Matt voller Treue und Ergebenheit an. So würde es nun also sein. Caras Herz brach und schmolz zugleich, während sie zusah, wie Matt und Casper ihre neue Rolle im Leben des jeweils anderen festschrieben.

»Pass gut auf ihn auf für mich, okay?«, sagte sie zu dem Hund. Er lächelte zu ihr hinauf.

»Wir werden schon zurechtkommen.« Matts Stimme klang rau.

»Okay, ihr zwei solltet euch vermutlich langsam auf den Weg machen. Fahrt ihr heute noch die ganze Strecke?« Sie begleitete Mann und Hund zur Tür.

»Ich denke, wir brechen morgen in aller Frühe auf und fahren in einem Rutsch durch.«

»Passt auf euch auf!« Cara schlang die Arme um ihren Körper.

Matt legte Casper die Leine an, und dann standen sie beide in der offenen Tür, der kräftige Mann und sein treuer Hund.

Sadie presste sich gegen Caras linkes Bein und jaulte. Sie würde die Jungs vermissen. Genau wie Cara.

»Tschau, Cara.«

»Mach es gut.« Sie kniete sich hin und küsste Casper auf den Kopf.

Matt zog sie hoch, nahm sie in die Arme und küsste sie, bis ihre Lungen schmerzten und ihr Körper in Flammen stand.

Dann nahm er den Hund und ging.

Matt hatte gerade die letzte Tasche in seinen Jeep geladen, als sein Handy klingelte. Beim Anblick der Nummer seiner Mutter auf dem Display lächelte er. »Hallo, Mom. Treibt Jason dich bereits in den Wahnsinn?«

Sie lachte. »Nicht mehr, als du das vorhast, Matthew.«

»Ich habe nichts dergleichen vor.«

»Wann wirst du denn nun hier sein?«

»Ich habe alles in den Jeep geladen, aber heute hatte ich einfach noch zu viel um die Ohren, deshalb mache ich mich gleich morgen bei Tagesanbruch auf den Weg. Bis zum Abendessen dürfte ich da sein. Ach, und übrigens habe ich einen Hund.« Casper war nicht von seiner Seite gewichen, seit er ihn adoptiert hatte. Zweifellos fragte er sich, warum sie nicht nach nebenan gingen, Sadie und Cara holten und ein großes Knutschfest feierten. Matt fragte sich dasselbe.

Seine Mutter lachte. »Einen Hund?«

»Ja. Du wirst ihn mögen.«

»Ganz bestimmt. Wie läuft es mit deinem letzten Fall? Wenn du noch Zeit in Dogwood brauchst, um ihn zum Abschluss zu bringen …« Sie sprach nicht weiter, aber Matts Argwohn war sofort geweckt.

»Den habe ich heute Morgen abgeschlossen. Wieso fragst du? Ist irgendwas passiert?«

»Nichts Wichtiges, ich erzähle es dir, wenn du zu Hause bist.«

Matt packte das Telefon fester. »Erzähl es mir jetzt, Mom.«

Sie seufzte. »Ach, Matthew, du machst dir immer viel zu viele Sorgen. Also, ich habe beschlossen, in eine Anlage für betreutes Wohnen zu ziehen. *Sunrise Place.* Meine Freundin Mary lebt seit zwei Jahren dort, und es ist gerade ein Apartment freigeworden.«

»Wie bitte? Du brauchst kein betreutes Wohnen, Mom. Ab morgen bin ich da, und …«

»Es ist kein Pflegeheim. Ich werde meine eigene kleine Wohnung haben und weiterhin unabhängig sein. Aber es gibt ein paar nette Annehmlichkeiten, zum Beispiel ein Schwimmbad, Busse, mit denen man zum Einkaufen fahren kann und weitere Dienstleistungen, falls ich die in Zukunft irgendwann einmal brauche. Ich will nicht, dass du für mich sorgst, Matthew. Du bist ein junger Mann. Du hast noch keine eigene Familie gegründet. Ich werde dir nicht zur Last fallen.«

»Du bist keine Last. Ich will das so.«

»Das weiß ich, schließlich habe ich dich zu einem anständigen und rechtschaffenen Menschen erzogen. Aber für mich ist das jetzt das Richtige. Es wird wunderbar sein. Mary hat schon eine Liste mit Aktivitäten erstellt, für die wir uns gemeinsam anmelden können.«

»Und das Haus?« Matt schwirrte der Kopf.

»Das werde ich verkaufen müssen. Eigentlich hatte ich gehofft, dass du es vielleicht kaufst. Ich weiß, wie sehr du es liebst, und es wäre schön, wenn es in der Familie bliebe.«

»Himmel, Mom!«

»Ich weiß, jetzt habe ich dich mit einer Menge Informationen überschüttet. Denk in Ruhe über alles nach. Wir reden darüber, wenn du hier bist. Apropos Familie, was ist denn mit dieser Cara? Jason sagte, du triffst dich mit ihr?«

»Das hat nicht funktioniert.«

»Wieso nicht? Weil du hier raufkommen und dich um mich kümmern wolltest?«

Ja, zum Teil. »Das hätte sowieso nicht funktioniert. Wir sind zu verschieden.«

Sie kicherte. »Dein Vater und ich waren uns so ähnlich wie Öl und Essig. Da bleibt es interessant. Zwischen Leuten, die sich zu ähnlich sind, springt kein Funke über, behaupte ich.«

»Mom …« Er zog eine Grimasse. Über Funken würde er mit seiner Mom auf gar keinen Fall reden.

Funken, Himmel. Cara und er hatten gemeinsam ein Feuerwerk entzündet, eins, das noch immer heiß und wild durch sein Blut raste, sobald er an sie dachte.

»Jason sagt, sie arbeitet mit Hunden.«

»Ja, sie ist beim Tierschutzverein.«

»Mit dem Hund, den du mit nach Hause bringst, hatte sie wohl nichts zu tun?«

Er senkte den Blick auf Casper, der noch immer nicht von seinem linken Bein wich. »Er war ihr Pflegehund. Ich glaube, ich habe ihn im letzten Monat sehr zu schätzen gelernt.«

»Und seine Pflegemutter vielleicht auch. Weißt du, Matthew, mir ist nicht entgangen, dass du nach der Trennung von Holly niemandem mehr so richtig vertraut hast. Ich nehme an, die Schuld liegt bei ihr, aber lass nicht zu, dass du dir deswegen alle Chancen auf ein glückliches Leben verbaust.«

»Ich habe kein Problem damit, jemandem zu vertrauen.«

»Wieso klappt es nicht mit Cara?«

Matt versteifte sich. »Sie hat etwas Gesetzwidriges getan.«

»Aus welchem Grund?«

Seine Entschlossenheit schmolz erneut dahin. »Um zwei Hunde zu retten, die vernachlässigt wurden.«

»Traust du ihrem Urteil?«

»Schon, aber in diesem Fall nicht.«

»Weil sie etwas Gesetzwidriges getan hat.« Mit sanfter Stimme fügte seine Mutter hinzu: »Wenn du ihr vertraust, dann vertraue auch darauf, dass sie die ihrer Ansicht nach bestmögliche Entscheidung getroffen hat.«

»Okay, vielleicht habe ich sie ein bisschen hart beurteilt. Das ändert aber nichts an der Tatsache, dass ich morgen nach Hause komme.«

»Natürlich tut es das. Wenn du sie liebst, ändert das alles.«

»Lieben?«, fragte er entsetzt. Wer hatte irgendetwas von Liebe gesagt?

»Matthew, sag mir, was du fühlst, wenn du an sie denkst.«

»Es ist, als wäre Leere in meinem Hirn. Als … als wäre keine Luft mehr im Zimmer, wenn sie hinausgeht.« Er seufzte und stützte den Kopf in die Handflächen.

»Oh ja!«, rief seine Mutter entzückt. »Das ist Liebe! Jetzt geh und vertrag dich mit ihr, und komm bloß nicht nach Hause, bevor du das geschafft hast.«

Caras Plan mit der Schlaftablette funktionierte nicht. Die ganze Nacht wälzte sie sich von einer Seite auf die andere, voller Bedauern, Trauer, Angst und so vielen weiteren Gefühlen, dass sie sie gar nicht aufzählen konnte. Als es allmählich hell wurde, beobachtete sie, wie Matt Casper in den Jeep packte und losfuhr. Sadie küsste ihr die Tränen fort.

Gegen Mittag rief ihre Mom an, weil sie sich mit ihr zum Mittagessen treffen wollte.

Cara schob ihren entzündeten Hals vor und sagte ab. Auf keinen Fall würde sie mit Jean reden, bevor sie mit Sicherheit wusste, womit sie es hier zu tun hatte. Ihre Mutter schwärmte von ihrer neuen Matratze, der ihre Rückenschmerzen dank verschwunden waren. Wenigstens eine von ihnen war geheilt.

Cara legte auf und gönnte sich ein kurzes Nickerchen. Sie war erledigt, überempfindlich und krank, und das Letzte, was sie wollte, war, sich in Schale zu werfen und auszugehen.

Aber ob es ihr gefiel oder nicht, sie würde zu der *Starry-Paws*-Gala gehen, und sie würde so gut aussehen wie nur möglich. Niemand brauchte zu wissen, dass sie sich beschissen fühlte und ein gebrochenes Herz hatte.

Eins nach dem anderen. Sie gönnte sich eine lange heiße Dusche und föhnte danach ihr Haar trocken. Um eine andere Frisur zu bekommen, föhnte sie es glatt, mit einer Welle in den Spitzen. Dann zog sie ihren Bademantel aus und griff nach dem Kleid, das Merry und sie für diesen Abend ausgewählt hatten.

Die Farbe war ein helles Aquamarin, wie die eines Eisbergs, der in der Sonne glänzte. Das trägerlose Oberteil wurde von einem engen Saum aus weißen Bändern an Ort und Stelle gehalten, der Chiffonrock fiel in lockeren Falten bis auf die Knie. Merry war völlig ausgeflippt, als Cara es anprobiert hatte, und Cara hatte zugeben müssen, dass es ein hübsches Kleid war.

Sie ging zu ihrem Schrank und holte die silbernen Vera-Wang-Pumps heraus, die sie an Silvester getragen hatte. Sie glitzerten im Licht der fluoreszierenden Schrankbeleuchtung.

Cara entfuhr ein tiefer Seufzer, als sie in die Schuhe schlüpfte. Sie erinnerten sie an klebriges Kaugummi, verschüttetes Bier und an Matt. An seinen knackigen Hintern, als er sich über den Pooltisch beugte; an seinen wilden, durchdringenden Blick, als er sie an die Wand gedrängt und ihre Hormone in Wallung gebracht hatte.

Blöde Hormone. Sie hatte doch gewusst, dass sie so etwas nicht zulassen durfte. Sie hatte sich in ihn verliebt, und jetzt stand sie da, krank und in lächerlich teuren Schuhen.

Erneut seufzte sie. Es war sinnlos, sich in Selbstmitleid zu suhlen.

Sie legte sich eine zierliche Silberkette um den Hals und griff nach der passenden aquamarinfarbenen Stola, um sich auf der Gala nicht in einen Eiswürfel zu verwandeln. Auf halbem Weg die Treppe hinunter hörte sie Merry an der Haustür klopfen.

»Ich komme.« Sie eilte die restlichen Stufen hinab und riss die Tür auf.

Vor ihr stand Matt, gekleidet in einen schwarzen Smoking, auf den Lippen ein liebevolles Lächeln. Er sah so verdammt gut aus, dass einem das Wasser im Mund zusammenlaufen konnte.

Überrascht schnappte sie nach Luft. Ihre Knie fingen an zu zittern. »Was um Himmels willen …?«

Sein Lächeln verwandelte sich in ein breites Grinsen. »Kleine Planänderung. Ich bin heute Abend deine Begleitung zur Gala.«

23

Cara schluckte und starrte ihn fassungslos an. »Sag das noch mal.«

Sadie stürmte an ihr vorbei und sprang wie eine Besessene fast bis zu Matts Brust hinauf. Er beugte sich kurz zu ihr hinunter, streichelte sie und richtete sich dann wieder auf. »Ruhig, Sadie, kein Sabber auf den Pinguinanzug.« Er hielt Cara einen Strauß bunter Gerbera hin. »Die sind für dich.«

»Oh, danke. Das sind meine Lieblingsblumen. Was zum Teufel soll das Ganze?« Sie konnte die Augen nicht von der Erscheinung vor ihrer Haustür abwenden – Matt in einem Smoking! Sein dunkles Haar war akkurat nach hinten gekämmt, seine Wangen waren frisch rasiert und rochen nach Aftershave.

Matt. Hier, in ihrem Haus. Nicht in Boston.

Ihr Herz geriet ins Stolpern und schlug so kräftig, dass ihr die Brust schmerzte.

»Meine Güte, Cara, siehst du toll aus! Umwerfend.« Er musterte sie von oben bis unten, und überall löste sein Blick Hitze aus. Bis er bei ihren Schuhen angekommen war, brannten ihre Wangen, und Matts Augen funkelten vor Lust.

»Was ist los? Wo ist Merry?«

»Nun.« Er sah ihr in die Augen, aber es schien ihn große Anstrengung zu kosten. »Ich habe sie vorhin angerufen, und wir haben uns nett unterhalten. Sie hat die Einladung an mich abgetreten, um mir Gelegenheit zu geben, dich auszuführen. Hier, bitte.« Er drückte ihr die Blumen in die Hand und trat ein.

Cara folgte ihm in ihr Wohnzimmer. Sie hob die Blumen an ihr Gesicht und schwelgte in ihrem Anblick. Sie liebte Gerbera. Es waren so strahlende, fröhliche Blumen. Offenbar hatte Merry Matt auch dieses Detail verraten. »Danke für die Blumen. Solltest du jetzt nicht gerade in Boston ankommen? Und wo ist Casper?«

»Er ist nebenan in meinem Schlafzimmer. Ich habe noch keine Box, aber das Zimmer ist leer, also dürfte er nicht allzu viel Blödsinn anstellen können. Und ja, ich bin heute Morgen Richtung Boston aufgebrochen.«

Cara hätte beinahe laut gelacht bei dem Gedanken, was Casper alles anstellen könnte, selbst in einem leeren Zimmer. Sie legte den Kopf auf die Seite und hielt die Blumen wie einen Schild zwischen Matt und sich. »Und wieso bist du dann hier und nicht dort?«

»Deinetwegen. Ich habe es bis D. C. geschafft, dann habe ich umgedreht und bin zurückgefahren.« Matt trat auf sie zu. Er nahm ihr die Blumen aus der Hand und warf sie auf die Couch. Dann packte er ihre Ellbogen und presste den Mund auf ihren. Seine Lippen waren heiß und fordernd, und sie schmolz wie Wachs in seinen Armen. Seine Hände lagen auf ihrem Rücken und drückten sie gegen seine kräftige Brust, und etwas in ihr blühte so strahlend und fröhlich auf wie die Gerbera auf ihrer Couch.

Während sie die Handflächen gegen seine Brust stemmte, spürte sie sein Herz durch den dicken Stoff des Smoking wild schlagen. Ihre Lippen öffneten sich, und sie ergab sich in seinen Kuss. Als seine Zunge in ihren Mund glitt, schmeckte sie nach Kaffee und Sex.

Unwillkürlich stöhnte sie. Matt zog sie noch enger an sich.

Er küsste sie, bis sich ihr der Kopf drehte und ihre Knie nachgaben. Dann hob er den Kopf und starrte sie aus seinen schokoladenfarbenen Augen an. »Ich habe das vermisst … dich … uns.«

»Ich auch.« Sie klang völlig atemlos, ganz anders als sonst.

»Ich muss heute Abend noch über ein paar Dinge mit dir reden, aber wie ich gehört habe, gibt es da erst mal diese Gala, auf der du geehrt wirst.« Er lächelte sie schief an.

Sie kniff die Augen zusammen. »Das stimmt.«

»Dann nichts wie hin.«

»Nein.« Sie wand sich aus seinem Griff und trat einen dringend nötigen Schritt zurück.

»Ich habe gerade den größten Teil des Tages damit verbracht, hierher zurückzufahren, um dich zu diesem Ball zu begleiten, und du willst mich nicht?«

»Wieso solltest du zurückkommen, nur um mich zu so einer blöden Gala zu begleiten? Fahr nach Hause, Matt!«

Er sah sie mit seinem typischen durchdringenden Blick an. Sie verschränkte die Arme vor der Brust, als könnte sie ihm so den Zugang zu ihrem armen, gebrochenen Herzen verwehren.

»Also, ich will mehr, als dich nur zu dem Ball begleiten, aber da er in einer halben Stunde beginnt, dachte ich, wir fangen damit erst mal an.«

»Hör auf! Hör bloß auf!« Sie fuhr sich mit der Hand durch die kunstvoll zurechtgeföhnten Haare. »Das ist nicht fair. Wir hatten uns bereits verabschiedet.«

»Cara.« Er zog sie erneut an sich, und ihr Körper, dieser Verräter, schmolz sofort dahin. »Hör auf zu grübeln. Komm einfach mit.«

Sie versuchte ihn wegzuschieben, aber er ließ sie nicht los. »Ich kann das nicht.« Ihre Stimme war nur noch ein heiseres Krächzen.

Wieder ließ er die Lippen über ihre gleiten. »Komm mit, dann erkläre ich dir alles. Ich verspreche es dir.«

Sie schnappte zitternd nach Luft. Er würde kein Nein akzeptieren, und sie konnte die Gala nicht versäumen. *Verdammt!* Vermutlich meinte er es ja gut, aber dieser Abend würde ihr das Herz endgültig brechen. Selbst wenn er irgendwie eine Möglichkeit gefunden hatte, in Dogwood zu bleiben, konnte sie ihn nicht haben.

Nicht jetzt. Nicht, wenn ihre Gesundheit infrage stand. Und nicht, wenn er sie noch immer wegen ihrer Aktion zur Rettung der Rogers-Hunde verurteilte.

Ein letztes Mal musterte sie ihn von oben bis unten. Sie würde heute Abend dauernd angestarrt werden, denn ihr Begleiter würde der bei Weitem attraktivste Mann sein.

Und er gehörte ihr – in gewisser Weise. Nur diesen Abend.

Matt legte die gefalteten Hände in den Schoß und genoss ihren Anblick. Cara stand auf dem Podium, die Wangen rosa angelaufen, und kämpfte sich durch eine spontane Rede, nachdem die Direktorin des Tierheims sie zur freiwilligen Helferin des Jahres gekürt hatte.

Sie ließ die Hände über den fließenden Rock ihres Kleids gleiten. Dieses Kleid! Oh verdammt, sie sah umwerfend aus. Das Kleid betonte ihre Brüste, auch wenn es keinen großen Ausschnitt hatte, und umspielte ihre Beine bis zu den Knien. Und die Farbe … wie die Karibik an einem sonnigen Tag. Sie betonte ihre blauen Augen und ihr aprikosenblondes Haar.

Matt gefiel es gut, so glatt. Okay, er liebte ihre Locken, aber dies war auch hübsch. Sexy. Elegant. Er würde auf der Stelle eins seiner Organe spenden, wenn er sie dafür heute Abend aus diesem Kleid schälen dürfte. Und wenn es nach ihm ginge, könnte das jede Nacht so weitergehen.

Cara ließ den Blick über die Anwesenden schweifen. »Also, ähm, vielen Dank. Es war mir ein Vergnügen, im Tierheim mitzuhelfen und die Tiere zu fotografieren. Ich hoffe, das kommende Jahr wird noch erfolgreicher.«

Unter tosendem Applaus stieg sie vom Podium und eilte zu ihrem Platz zurück. Als Matt seine rechte Hand in ihre gleiten ließ, spürte er, wie sie zitterte.

»Das hast du prima gemacht«, flüsterte er.

Die Direktorin des Tierheims war an das Mikrofon getreten. »Noch mal ein herzliches Dankeschön an unsere freiwillige Helferin des Jahres, Cara Medlen. Der Zuschuss des Tierschutzverbands für unsere neue Klinik wird dieses Jahr vielen unserer Tiere das Leben retten. Und jetzt gebe ich weiter an DJ Chris. Vergessen Sie bitte nicht, Ihre Gebote für die Gegenstände in unserer stillen Auktion hinten im Saal abzugeben. Ihre Gebote werden noch die nächsten zwei Stunden angenommen.«

Ein langsamer Countrysong setzte ein. Hier und da begaben sich Paare auf die Tanzfläche.

Matt stand auf und reichte Cara die Hand. »Darf ich um diesen Tanz bitten?«

Sie schenkte ihm ein so atemberaubendes Lächeln, dass sein Herz zu einer riesigen, klebrigen Masse zerfloss. Er führte sie zu einer Ecke der Tanzfläche, was an sich schon eine Meisterleistung war, da sie auf dem Weg dorthin viermal von Unterstützern des Tierheims angehalten wurden, die Cara für ihren Einsatz danken und sie zu ihrer Ernennung zur freiwilligen Helferin des Jahres beglückwünschen wollten.

Er schlang den Arm um ihre Taille und zog sie für den Rest des Lieds an sich. Sie legte den Kopf an seine Schulter und bewegte sich zu den sanften Gitarrenklängen.

»Alles in Ordnung?«

Sie nickte. »Ich bin nur müde. Es war ein langer Tag. Eigentlich mehrere lange Tage.«

»Das stimmt.«

Sie hob den Kopf. »Ich verstehe immer noch nicht, wieso du hier bist.«

Er lachte. »Ich glaube, ich auch nicht.«

Cara vergrub das Gesicht an seiner Schulter. »Matt, das ist eine total schlechte Idee.«

Er fasste ihr unter das Kinn. »Das Problem ist …«

»Kein ›Problem‹.« Sie schüttelte den Kopf, als sie ihm die Worte um die Ohren haute, die er in Shelton zu ihr gesagt hatte. »Die Regeln haben sich nicht geändert. Im Grunde bist du bereits fort.«

»Ich stehe hier vor dir, und ich versuche dir was zu sagen, verdammt noch mal.«

Sie sah ihn mit großen Augen an.

»Ich will nicht, dass es zwischen uns vorbei ist, Cara. Als ich heute Morgen im Jeep saß und Richtung Norden fuhr, konnte ich die ganze Zeit an nichts anderes denken als daran, wie falsch es sich anfühlte, von dir wegzufahren.«

Cara wischte die Träne weg, die ihr die Wange hinunterlief. »Das klingt ja alles sehr romantisch, aber wie denkst du inzwischen darüber, was ich Mittwochnacht getan habe?«

»Ich finde es nach wie vor nicht gut, aber du bist eine Erwachsene, und du hast getan, was du für richtig gehalten hast. Vermutlich hast du diesen Hunden das Leben gerettet. Ich wünschte nur, du wärst dafür kein so hohes Risiko eingegangen.«

Verblüfft sah sie ihn an. »Da hat sich deine Meinung aber deutlich verändert.«

»Ja, hat sie. Ich habe ziemlich viel nachgedacht.« So viel, dass ihm davon der Schädel brummte. Und er meinte absolut ernst, was er sagte. Cara Medlen war einer der großartigsten, ehrenhaftesten und selbstlosesten Menschen, die ihm je begegnet waren. Wer war er, um ein Urteil über ihre Aktion zu fällen?

Das Lied endete, und er fasste sie fester. Er war nicht bereit, sie loszulassen. Offensichtlich konnte der DJ das spüren, denn er spielte ein weiteres langsames Lied. Matt sandte ihm ein lautloses Danke, während sie sich gemeinsam zur Musik bewegten.

Cara schmiegte sich enger an seine Brust. Er presste die Hände unten auf ihren Rücken und genoss, wie gut es sich anfühlte, sie in den Armen zu halten. Bis zum Ende des Lieds war er so geil, dass er ihr am liebsten vorgeschlagen hätte, eine dunkle Ecke zu suchen, damit er erforschen konnte, was Cara unter diesem blauen Kleid trug.

Ihre Hüften drängten sich gegen seine, und sie sah mit überraschtem Grinsen zu ihm hoch. »Himmel, Matt! Das ist aber nicht sehr gentlemanlike.«

»Ich kann mich nicht erinnern, dass ich versprochen hätte, mich wie ein Gentleman zu benehmen, zumindest nicht heute Abend. Du hast einfach diese Wirkung auf mich. Ich habe das nicht im Griff.«

Sie stellte sich auf die Zehenspitzen und flüsterte: »Nur damit du Bescheid weißt: Du hast dieselbe Wirkung auf mich.«

Er musste schlucken, weil seine Kehle auf einmal wie ausgetrocknet war. »Gut zu wissen.«

Sie tanzten, sie aßen, und sie gaben Gebote für ein paar Gegenstände der stillen Auktion ab. Um zehn Uhr hatte Cara einen roten Kopf. Ihm war aufgefallen, dass sie sich immer wieder den Hals gerieben hatte, als fühlte sie sich nicht wohl.

Er legte ihr den Arm um die Taille. »Lass uns nach draußen gehen und ein bisschen frische Luft schnappen.«

Sie nahm ihre Stola von der Rückenlehne ihres Stuhls und folgte ihm in den Hof. Es war eine wunderschöne Nacht, kalt und klar, mit einem Himmel voller Sterne, die von oben auf sie herunterfunkelten. Terrassenöfen erwärmten die Luft um sie herum und nahmen der winterlichen Kälte ihre Schärfe.

»Alles in Ordnung?« Er strich über ihre Wange.

»Ja. Ich bin nur müde. Vermutlich würde es Marilyn gar nicht auffallen, wenn ich gehe, bevor sie die Gewinner der Auktion bekannt gibt.«

»Ich bin sicher, das wäre kein Problem.« Er zog sie an sich und küsste sie.

Sie schmeckte so gut, so süß. Ein Leben ohne sie konnte er sich nicht mehr vorstellen. »Cara, ich habe lange nachgedacht. Ich habe dir in Shelton gesagt, ich wäre verrückt nach dir, aber das entsprach nicht ganz der Wahrheit.«

Sie riss die Augen auf, und er spürte, wie sie sich versteifte.

»Die Sache ist nämlich die: Ich liebe dich wie wahnsinnig. Vergiss die ganzen logistischen Schwierigkeiten. Lass uns diese Beziehung möglich machen.«

Cara starrte ihn nur an. Nicht gerade die Reaktion, auf die er gehofft hatte, aber egal. Jetzt gab es kein Zurück mehr.

»Meine Mom zieht in eine Einrichtung für betreutes Wohnen, und ich werde ihr das Haus abkaufen. Es ist ein schönes Haus, mit zwei Morgen Land. Platz für so viele Hunde, wie du willst. Vielleicht auch für das eine oder andere Kind.«

Sie starrte ihn mit offenem Mund an, und rasch presste sie die Hand auf die Lippen.

Er grinste. »Das wäre jetzt eigentlich der Zeitpunkt, wo du mir sagen müsstest, dass du mich ebenfalls liebst.«

Sie befreite sich aus seinen Armen und drehte sich weg. »Ich … ich kann das jetzt nicht, Matt.«

»Jetzt nicht, oder nie?«

»Ich weiß es nicht«, flüsterte sie.

Er nahm ihren Arm. »Schon okay. Vielleicht kommst du mich mal besuchen, dann sehen wir, was passiert.«

Zärtlich drehte er sie um, damit sie ihn ansah. Tränen liefen ihre Wangen hinab. Er neigte den Kopf und küsste sie fort.

Wieder fanden seine Lippen ihre, und er nahm, was sie ihm bot, und küsste sie, bis sie beide völlig außer Atem waren.

Er verstand ihr Zögern, ihre Zurückhaltung, aber er würde sich schon noch durch ihre Schutzhülle arbeiten. Wenn sie ihm nur die Chance gab, würde er ihr beweisen, dass seine Liebe für alles ausreichte, was das Leben ihnen an Stolpersteinen vor die Füße werfen mochte.

Er knabberte sich über ihr Kinn hinunter zu ihrem Hals.

Cara stieß einen Schmerzensschrei aus. Sie riss sich los und presste die Hand gegen den Hals. Ihr Atem ging in hektischen Stößen.

Ihm war das nicht geheuer. »Was ist heute Abend los mit dir, Cara? Stimmt etwas nicht? Bist du krank?«

Matt zog ihre Hand weg und berührte die Stelle, die ihr Schmerzen verursachte. Er spürte die Hitze, die Entzündung, den harten Knoten unter ihrer Haut. *Verdammt!*

Sie entzog sich ihm und schlang die Arme um ihren Oberkörper. »Er ist zurück … ich meine, vielleicht. Ich habe die Testergebnisse noch nicht.«

Oh Gott! Er fuhr sich mit der Hand durch das Haar und sah, wie eine weitere Träne Caras Wange hinunterglitt. Ihm wurde das Herz schwer.

Er zog sie an sich. »Mein Liebling, das tut mir so leid. Warum hast du mir das nicht gesagt?«

Sie schüttelte nur den Kopf.

Genau. Weil sie nicht wollte, dass sich irgendjemand Sorgen um sie machte – keine Beziehung, bis sie wieder hundertprozentig gesund war. Blöd gelaufen.

Er drückte ihre Hand gegen sein hämmerndes Herz. »Spürst du das? Der Gedanke, du könntest krank sein, macht mir höllische Angst. Ich bekomme kaum noch Luft.«

Ihre Nasenflügel bebten. »Siehst du, deshalb …«

»Das ist genau das, was jemand früher oder später mit dem Menschen durchmacht, den er liebt. Ich will mit dir zusammen sein, Cara, ob du nun krank bist oder gesund.«

Verblüfft starrte sie ihn an und schniefte.

»Ist es wegen dieser Freundin, die vor Kurzem gestorben ist? Glaubst du, ihr Mann bereut, dass er sie geheiratet hat? Dass er sie geliebt hat? Glaubst du, er wünscht, ihr Sohn wäre nie geboren?«

»Das ist nicht …«

»Ich habe den Mann nie kennengelernt, aber ich garantiere dir, dass er nicht eine Sekunde ihrer gemeinsamen Zeit bereut. Er hat sie geliebt, und ich liebe dich, Cara. Wenn du mit mir nach Boston kommst, treibe ich für dich die besten Ärzte in der Stadt auf. Wenn du lieber hierbleiben willst, bleibe ich ebenfalls hier. Ich verlasse dich nicht.«

Wieder schüttelte sie den Kopf. »Ich kann … ich kann darüber einfach nicht reden. Nicht, bis ich sicher weiß, was los ist.«

»Im Leben gibt es keine Garantien. Ich hoffe, du liebst mich auch, obwohl du mich wirklich langsam nervös machst, weißt du das?« Er wollte sie an sich ziehen, doch sie ließ es nicht zu.

»Es tut mir leid, Matt. Ich glaube, ich muss jetzt nach Hause.«

Ihm wurde vor Enttäuschung und Angst ganz flau im Magen. Er nickte. »Okay, fahren wir.«

Cara starrte stur geradeaus. Sie trommelte mit den Fingern auf ihren Oberschenkeln und gab vor, sich für die dunkle Landschaft zu interessieren. Stille hatte sich schwer über das Wageninnere herabgesenkt.

Er liebt mich.

Nie und nimmer hätte sie heute Abend diese Worte von ihm erwartet. Oder irgendwann sonst.

Was um Himmels willen sollte sie tun? Auf gar keinen Fall

konnte sie sich auf eine Beziehung einlassen, solange sie nicht wusste, was ihr bevorstand.

Wieso nicht?, fragte eine leise Stimme in ihrem Hinterkopf, aber sie wusste darauf keine Antwort. Sie wusste nur, dass sie allein der Gedanke vor Angst erstarren ließ. Rasch warf sie einen Blick auf Matt. Er schaute auf die Straße, die Lippen ein dünner Strich, und doch sah er so gut aus, dass ihr Herz ins Stolpern geriet, ohne dass er sie auch nur ansah.

Sie hatte seine Gefühle verletzt. Er mochte hart im Nehmen sein, aber kein Mann gestand einer Frau gern seine Liebe, ohne dass diese Gefühle erwidert wurden.

Sie lehnte sich zurück und schloss die Augen. Sie war so müde und so froh, dass dieser Tag endlich vorbei war. Was für ein Albtraum!

Matt lenkte den Jeep auf den Parkplatz von Crestwood Gardens und stellte den Motor ab. Dann wandte er sich zu ihr um und sah sie durchdringend an. »Ich bin noch nicht fertig mit dir. Bleib, wo du bist.«

Er stieg aus und ging um das Auto herum, um ihr die Tür zu öffnen. So war Matt: stets Gentleman.

Was würde jetzt passieren, da sie zu Hause waren? Wollte er mit zu ihr hereinkommen? Wollte er über Nacht bleiben? Wollte er sie so lange durchvögeln, bis sie sagte, sie liebe ihn auch?

Meine Güte, vielleicht würde das sogar funktionieren.

Er blieb vor dem Jeep stehen und starrte in die Dunkelheit. Dann drehte er sich um und ging vom Wagen weg.

Nun, wenn er seine Meinung geändert hatte, war sie durchaus in der Lage, allein auszusteigen. Sie machte ihren Sicherheitsgurt los und legte die Hand an den Türgriff. In diesem Moment bemerkte sie die Frau, die ein paar Wagen weiter stand. Langes blondes Haar, jede Menge Make-up, Designerklamotten. Und sie machte den Eindruck, als wäre sie stocksauer.

»Was zum Teufel soll das?«, fragte die Frau in herrischem Ton. Matt hakte die Daumen in die Hosentaschen ein. »Das wissen Sie ganz genau.«

»Sie irren sich. Offensichtlich handelt es sich um ein Missverständnis. Sie müssen das wieder in Ordnung bringen.«

Cara beugte sich vor, um besser hören zu können. Was um Himmels willen ging da vor sich? Wenn sie Matt nicht so kennen würde, hätte sie geschworen, es handle sich um eine Auseinandersetzung zwischen Liebenden.

»Das kann ich nicht.«

»Kommen Sie schon, Matt. Sagen Sie einfach, Sie hätten sich geirrt. Das können Sie mir nicht antun.« Verzweifelt rang sie die Hände.

»Aber ich irre mich nicht, *Heather*. Sehen Sie den Tatsachen ins Gesicht: Die Show ist gelaufen.« Matt entfernte sich noch ein Stück weiter vom Jeep. Irgendwie erinnerte er Cara an eine Katze: die Muskeln angespannt und bereit, sich auf sein ahnungsloses Opfer zu stürzen.

Doch stattdessen ging die Frau mit erhobenen Fäusten auf ihn los. »Verdammt noch mal, wie können Sie es wagen! Das ist doch total lächerlich! Ich habe Sie beauftragt, meinen Mann zu überführen, Sie Arschloch, nicht, mich zu verhaften zu lassen!« Die Frau klang derart wütend, dass Cara selbst in dem vergleichsweise sicheren Jeep zurückzuckte.

»Den Haftbefehl hat die Polizei von Dogwood ausgestellt, nicht ich.«

Sie zuckte mit den Schultern. »Wortklaubereien.«

Endlich stellte Caras Gehirn die Verbindung her. Diese Frau war Matts Auftraggeberin, der Fall, der Matt so viel Kopfzerbrechen bereitet hatte. Was auch immer passiert war, die Frau sah aus, als wäre sie zu allem fähig, und für sie war ein Haftbefehl ausgestellt worden. Ein Angstschauder lief Cara über den Rücken.

Sollte sie jemanden anrufen? Die Polizei verständigen? Die Frau konnte nicht mehr als fünfzig Kilo wiegen. Matt würde mit Sicherheit mit ihr fertig werden.

Cara griff nach ihrem Handy und hielt es in der schweißnassen Hand.

»Was ich noch immer nicht verstehe«, sagte Matt und entfernte sich noch ein Stück weiter vom Auto. »Wieso haben Sie Ihre Identität geändert? Es ist nicht illegal, sich scheiden zu lassen und erneut zu heiraten. Das macht doch heute fast jeder.«

Die Blonde lächelte ihn spöttisch an. »Haben Sie meinen ersten Mann kennengelernt? Himmel, der hat Autos verkauft, und *mich* hat er weißen Abschaum genannt! Heather Haile hätte niemals Ken Prentiss heiraten können. Ich musste sie loswerden.«

»Dann ging es also nur um den sozialen Status?« Matt klang, als könnte er es nicht fassen.

»Ich habe mich jedes Mal ein wenig verbessert.« Sie betastete ihr perfekt gestyltes Haar. »So macht man das schließlich in Amerika.«

Matt schüttelte den Kopf. »Und wieso haben Sie mich angeheuert, wenn Ken Sie gar nicht betrogen hat? Was hätte ich denn Ihrer Ansicht nach finden sollen?«

»Oh, machen Sie sich nichts vor. Er ist genauso schuldig wie ich.« Sie lachte bitter.

»Sie wissen es wirklich nicht, wie mir scheint.« Matt stand jetzt nur noch wenige Schritte von der Frau entfernt. Allmählich bekam Cara den Eindruck, dass er die Irre wirklich zu Boden werfen wollte.

Sie beugte sich vor. Das konnte durchaus unterhaltsam werden. Ex-Marine gegen Vorstadtfrau. Cara hätte auf den Soldaten gesetzt.

»Was weiß ich nicht?«, fragte die Blonde.

»Ihr Mann hat den Anhänger für Leah Kelly gekauft, seine sechzehn Jahre alte Tochter.«

»Seine *was*?«

»Die Blonde, mit der ich ihn ein paarmal gesehen habe? Das ist Sara Kelly, Kens Freundin aus der Highschool. Sie hat ihn kürzlich kontaktiert, um ihn wissen zu lassen, dass er Leahs Vater ist. Er ist nach Atlanta gefahren, um seine Tochter kennenzulernen. Er hat Sie nicht betrogen.«

»Wollen Sie mich verarschen?« Sie riss theatralisch die Arme hoch. »Warum hat er mir denn nicht erzählt, dass er eine Tochter hat?«

Vermutlich, weil Sie nicht ganz sauber ticken, Lady. Cara packte das Handy fester.

Matt nickte. »Schon komisch, nicht wahr? Er war treu, aber Sie nicht.«

»Die Polizei hat meine Bankkonten gesperrt. Als ich heute Nachmittag nach Hause kam und versucht habe, eine Tasche zu packen, hat Ken sie angerufen. Ich stehe vor dem Nichts.« Sie klang allmählich hysterisch.

Matt machte eine besänftigende Geste. »Hören Sie, am besten fahren Sie jetzt gleich zur Polizei von Dogwood und stellen sich. Sie sind doch sofort auf Kaution wieder draußen.«

»Himmel, nein!«, kreischte sie entsetzt. »Ich lasse mich nicht einsperren. Sie haben das angerichtet, jetzt bringen Sie es gefälligst wieder in Ordnung. Entweder sorgen Sie dafür, dass die Anklage fallen gelassen wird, oder Sie besorgen mir eine neue Identität, damit ich hier wegkomme.«

»Das kann ich nicht.«

»Und ob Sie das können.« In ihrer rechten Hand blitzte etwas Metallenes auf.

Eine Schusswaffe. Himmel, die Frau hatte eine Schusswaffe!

Matt blieb stehen und hob langsam die Hände. »Beruhigen Sie sich. Lassen Sie uns in Ruhe reden und überlegen …«

»Sagen Sie mir ja nicht, ich soll mich beruhigen. Sie sind jetzt ein braver Junge und gehen mit mir nach drinnen. Ich weiß, dass Sie Leute kennen, die das für mich regeln können.«

Caras Finger waren auf einmal so taub, dass sie kaum die Tasten drücken konnte. *Eine Schusswaffe.* Die direkt auf Matts Kopf gerichtet war. *Oh Gott!*

»Nein.« Matts Stimme klang ruhig und kalt.

Cara drückte die Neun, dann die Eins …

»Wissen Sie was, Sie können mich mal!«

Er machte einen Satz nach vorn. Die Verrückte kreischte.

Ein lauter Knall hallte durch die Nacht.

Matt wurde nach hinten geschleudert und sank auf dem Bürgersteig zusammen.

24

Cara taumelte aus dem Jeep und rannte auf die Frau zu, die noch immer die Waffe in der Hand hielt. Dabei schwenkte sie ihr Handy und schrie, so laut sie konnte: »Ich habe 911 angerufen! Die Polizei ist bereits unterwegs.«

Die Verrückte starrte sie mit offenem Mund an, dann drehte sie sich um und rannte in die entgegengesetzte Richtung davon.

Cara wirbelte herum. Matt lag flach auf dem Rücken auf dem Asphalt, und auf seinem weißen Hemd breitete sich ein roter Fleck aus.

Nein, nein, nein! Das darf nicht sein!

Sie sank auf die Knie. »Matt! Meine Güte, Matt!«

Ihr Herz schlug wie wild, und sie bekam kaum noch Luft. Sie presste die Hände gegen seine Brust und tastete nach der Wunde, um die Blutung zum Stillstand zu bringen. »Kannst du mich hören?«

Er rührte sich nicht. Er hatte bereits schrecklich viel Blut verloren. Atmete er überhaupt noch? Sie zitterte so heftig, dass sie es nicht beurteilen konnte. Tränen liefen ihr die Wangen hinab. »Ich liebe dich, Matt. Bleib bei mir!«

Ganz am Rand nahm sie wahr, dass ein Wagen angelassen wurde und mit quietschenden Reifen davonschoss. Der Verrückten war die Flucht gelungen.

Sie packte Matt am Hemd und schüttelte ihn leicht. »Matt«, schluchzte sie. »Wach auf! Ich liebe dich! Bitte, verlass mich nicht!«

Er stöhnte, öffnete die Augen einen Spaltbreit und schaute zu ihr hoch. »Was hast du gerade gesagt?«

Sie schnappte nach Luft. Okay, tot war er nicht. *Matt lebt.* Erneut flossen ihre Tränen und tropften auf sein blutverschmiertes Hemd. »Sie hat auf dich geschossen. Meine Güte, Matt!«

»Sie hat mich in die Schulter getroffen. Und ich habe mir ordentlich den Kopf angeschlagen, als ich gestürzt bin – ich glaube, ich war ein paar Sekunden lang bewusstlos.«

Sie lachte hysterisch auf. »Du glaubst?«

Er stützte sich mit dem rechten Arm ab und schob sich vor Schmerz stöhnend in eine sitzende Position hoch. Sie half ihm, sich zum Jeep zu schleppen und sich an die Stoßstange zu lehnen. Er schloss die Augen und verzog das Gesicht, das inzwischen aschfahl war. »Nicht, dass ich was dagegen hätte, drei von dir zu sehen, aber …«

»Herrje!« Sie packte ihn am Jackett, als er zur Seite wegzurutschen begann. Vermutlich hatte er eine Gehirnerschütterung. Und er hatte unglaublich viel Blut verloren.

Er sah zu ihr hoch. »Hast du den Notruf verständigt?«

»Nein, ich, ähm …« Sie blickte auf das Handy, das sie noch immer umklammert hielt. Was war sie doch für eine Idiotin! Sie hatte nicht einmal telefoniert, um Hilfe zu rufen. Inzwischen könnte Matt an seinem Blutverlust sterben.

Mühsam rang er sich ein Lächeln ab. »Gib her.«

»Wir sollten versuchen, die Blutung zu stoppen.«

»Gut, tu das, während ich anrufe.« Er nahm ihr mit der Hand des gesunden Arms das Handy ab, drückte die noch fehlende Eins und dann die Wähltaste.

Während er die nötigen Informationen durchgab, zog Cara ihm behutsam die Smokingjacke von der Schulter. Das weiße Hemd darunter war voller Blut, das im bleichen Licht der Straßenlaterne fast schon schwarz wirkte. Sie ließ die Finger darüber hinweggleiten, bis sie das Loch im Stoff fand, dann presste sie die Handfläche gegen die klaffende Wunde.

Matt stöhnte vor Schmerz. »Nein, die Täterin ist in ihrem Wagen geflohen. Den Sanitätern droht keine Gefahr.« Er sprach noch etwa eine Minute in das Handy, dann legte er es neben sich auf den Boden. In der Ferne waren Sirenen zu hören. Er richtete den Blick auf Cara. »Wiederhol noch mal, was du zu mir gesagt hast, als du geglaubt hast, ich läge tot auf dem Bürgersteig.«

Sie schnappte nach Luft. Matts Blut lief ihr heiß und klebrig über die Finger und tropfte auf ihr neues Kleid. Er wäre heute Abend beinahe gestorben. Sie selbst hätte heute Abend sterben können, als sie, mit nichts als einem Handy bewaffnet, auf eine Frau mit einer Pistole in der Hand zugerannt war.

Vielleicht stach die Liebe den Tod auf der Wichtigkeitsskala aus.

Vielleicht sollte sie sich diesen Mann schnappen, der sie liebte und den sie aus ganzem Herzen liebte, und ihn nie wieder gehen lassen. Vielleicht würden sie ein langes, glückliches Leben miteinander haben, vielleicht auch nicht. Wer wusste das schon? Wie er schon sagte, im Leben gab es keine Garantien.

Es wurde Zeit, dass sie anfing ihr Leben zu leben. Zum Teufel mit den Konsequenzen!

»Ich liebe dich.« Sie beugte sich vor und presste die Lippen auf seine. »Bitte, verlass mich nicht!«

Er legte den rechten Arm um sie und zog sie auf seinen Schoß. »Mein Schatz, das tue ich nicht.«

Zwei Streifenwagen bogen mit quietschenden Reifen auf den Parkplatz ein, gefolgt von einem Krankenwagen. Plötzlich war die Nacht um sie herum erhellt von einem merkwürdigen

Kaleidoskop aus rotierenden blauen und roten Lichtern. Innerhalb von Sekunden liefen überall Männer und Frauen in Uniform herum.

Cara hielt Matts rechte Hand fest, während die Sanitäter ihn auf eine Trage luden und seine linke Schulter verbanden. Sie beantworteten schier nicht enden wollende Fragen vonseiten der Polizei, dann fuhr Cara hinten im Notarztwagen mit ins Krankenhaus und beantwortete alle Fragen erneut, nachdem Matt zusammengeflickt worden war. Glücklicherweise hatte die Kugel seine Schulter durchschlagen, ohne größeren Schaden anzurichten.

»Sie überprüfen jetzt, ob sich unsere Aussagen widersprechen«, erklärte er ihr, als die Polizei zur dritten Fragerunde auftauchte.

Aber da sie die Wahrheit sagten, gab es keine Widersprüche, und Felicity Prentiss – oder wie immer sie hieß – wurde bereits knapp eine Stunde später auf der Interstate Richtung Florida verhaftet. Die Pistole steckte noch in ihrer Handtasche.

Endlich hatten sie das kleine, mit einem Vorhang abgetrennte Abteil für sich. Matt rutschte nach links und klopfte neben sich auf die Matratze. »Was für eine Nacht!«

Sie legte sich neben ihn und bettete den Kopf an seine gesunde Schulter. Nach allem, was an diesem Tag passiert war, war ihre Erschöpfung grenzenlos. »Beinahe hätte ich dich verloren, bevor ich die Gelegenheit hatte, dir zu sagen, dass ich dich liebe.«

»Dann warte nächstes Mal nicht so lange.« Seine Stimme klang rau.

Sie sah hoch in seine Augen, in denen sich seine Liebe für sie spiegelte. »Die Winter in Boston werde ich echt hassen, nicht wahr?«

Ein Lächeln huschte über sein vom Schmerz gezeichnetes

Gesicht. »Wenn es zu kalt wird, können wir immer noch im Jeep campen.«

Sie schlang die Arme um ihn und legte den Kopf auf seine Brust. »Also, ein Schaumbad wäre mir lieber.«

25

Cara stand auf der hinteren Terrasse, die Hände tief in den Taschen ihres Wintermantels vergraben. Während in North Carolina bereits der Frühling ausgebrochen war, herrschte hier in Massachusetts noch tiefer Winter. Hier und da waren im Garten sogar einzelne Schneeverwehungen.

Sadie raste über das gelbliche Gras, sprang in den nächsten Schneehaufen, schlitterte durch ihn hindurch und kam auf der anderen Seite wieder heraus. Dann wandte sie sich um und stürzte auf den nächsten Schneehaufen zu. Offensichtlich liebte ihre Hündin Schnee. Wer hätte das gedacht?

Ihr Hund, ihr Haus, ihr Mann, der gerade mit dem Telefon in der Hand auf die Terrasse trat.

Sie liebte diese Neuzugänge in ihrem Leben, Dinge, Tiere und einen Menschen, die sie ihr Eigen nennen konnte. Vor allem das Letztgenannte.

Ihr Reihenhaus in Dogwood war noch nicht verkauft, und Merry wollte ihr nach wie vor nicht verzeihen, dass sie fortgezogen war, aber hier fühlte sie sich bereits zu Hause.

Matt gab ihr rasch einen Kuss. »Für dich.«

Er reichte ihr das Telefon, dann sprang er die Stufen hinunter, um mit Sadie herumzutollen.

»Sei vorsichtig!«, rief sie ihm hinterher. Der Schuss auf Matt lag erst eine Woche zurück, und die Fäden waren noch nicht gezogen, aber er tat dauernd so, als wäre nichts passiert. Sturkopf.

Sie ging nach drinnen und schloss die Tür hinter sich. Casper stand mit wedelndem Schwanz am Kamin und wartete stoisch darauf, dass seine Familie hereinkam. Er hatte mit Spielen im Schnee nichts am Hut, sondern bevorzugte die Wärme und die Bequemlichkeit eines Hauses.

Zweimal hatte sie ihn weggegeben, aber beide Male war er zurückgekehrt. Er hatte viel eher als sie begriffen, dass er sein dauerhaftes Zuhause längst gefunden hatte.

Cara beugte sich hinab, um ihn auf den Kopf zu küssen, und hob das Telefon an ihr Ohr. »Hallo?«

»Cara, hallo. Hier ist Dr. Rosen. Tut mir leid, dass es so lange gedauert hat, aber jetzt habe ich die Ergebnisse der Blutuntersuchungen. Ich war überrascht zu hören, dass Sie seit unserem letzten Gespräch nach Massachusetts gezogen sind.«

Eine Verwechslung im Labor hatte dafür gesorgt, dass sie länger auf ihre Testergebnisse hatte warten müssen, aber bei all dem, was sonst passiert war, hatte sie das nur am Rand registriert. Die Ergebnisse schienen nicht mehr so wichtig wie noch vor einer Woche. Was auch immer dabei herauskam, sie würde sich ihm stellen, mit Matt an ihrer Seite. »Ja, es hat sich eine Menge verändert. Zum Besseren.«

»Freut mich zu hören. Ich habe noch mehr gute Nachrichten für Sie. Bei Ihren weißen Blutkörperchen wurde ein erhöhter Neutrophilenwert festgestellt, was auf eine Entzündung hindeutet. Bei einem Lymphom würde ich erhöhte basophile und eosinophile Granulozytenwerte erwarten, außerdem eine Anämie, aber Ihre roten Blutkörperchen zeigen Normalwerte.«

Sie seufzte auf. »Also kein Krebs?«

»Genau. Kein Krebs. Nur eine Infektion, die das Antibiotikum inzwischen beseitigt haben sollte.«

»Wow, das ist fantastisch! Wirklich fantastisch!« Sie hatte das seltsame Gefühl, vom Boden abzuheben, als hätte man sie gerade von der letzten Last befreit, die sie noch niedergedrückt hatte. Casper legte den Kopf auf die Seite, dann trottete er zu ihr herüber und schob die Schnauze in ihre freie Hand.

»Ich hätte allerdings gern, dass Sie sich auch weiterhin regelmäßig untersuchen lassen, nur als Vorsichtsmaßnahme. Ich werde meine Assistentinnen bitten, mit ein paar Ärzten Kontakt aufzunehmen, die ich Ihnen in Boston empfehlen kann.«

»Das wäre prima. Ganz herzlichen Dank.«

Sie ging in die Küche und legte das Telefon auf die Ladestation.

Kein Krebs.

Ihre Knie zitterten vor Erleichterung.

Jewel, die kleine getigerte Katze, sie sich an jenem Nachmittag im Tierheim von Dogwood mit ihr angefreundet hatte, sprang mit schuldbewusster Miene vom Küchentresen, aber Cara war viel zu guter Stimmung, um sie auszuschimpfen.

Charlie, der schwarz-weiße Kater aus dem Käfig unter dem von Jewel, schlummerte in einem Fleckchen Sonne am Fenster.

Die Hintertür wurde geöffnet und geschlossen, dann schlang Matt den rechten Arm um sie. Sadie stürmte an ihnen vorbei, um Jewel über das Linoleum zu jagen. Die Katze fauchte und stellte die Haare auf, bis sie aussah, als hätte man sie an eine Steckdose angeschlossen. Schließlich stolzierte sie auf die Treppe zu. Die beiden mussten noch an ihrer Beziehung arbeiten.

»Die Testergebnisse?« Seine Lippen glitten sanft über ihre Wange.

Sie nickte.

»Bevor du mir das Ergebnis sagst, möchte ich dir eine Frage stellen.«

Sie lehnte sich an ihn. »Okay. Aber …«

»Pst.« Er presste den Finger an ihre Lippen, führte sie durch das Wohnzimmer und die Treppe hoch, dann den Flur entlang Richtung Schlafzimmer.

Was um Himmels willen …?

»Geh.« Er gab ihr einen leichten Schubs, der sie durch die offene Tür beförderte.

Das Schlafzimmer war voller Blumen. Rosen und Gerbera in allen Farben des Regenbogens.

Und Fotos. Die Wände und Kommoden waren zugepflastert mit Fotos. Von Cara, von Matt, eins von ihnen beiden, aufgenommen von dem Fotografen bei der *Starry Paws*-Gala, eins von Cara und Sadie, wie sie gemeinsam hinter *Barbara's Bed & Breakfast* vorbeigingen.

Sie schlug die Hände vor den Mund. »Ach, du meine Güte!«

»Du bist nicht die Einzige, die eine tolle Kamera besitzt, das weißt du schon, oder?«

»Matt.« Sie betrachtete eine herrliche Nahaufnahme von Casper, auf der er den Kopf auf die Seite gelegt hatte und den Blick voller Bewunderung auf den Fotografen richtete. Wie es aussah, war sie auch nicht die Einzige mit Talent zum Fotografieren.

Er küsste sie auf die Wange und zog sie an sich. »Fotos hat man für immer, nicht wahr? Ich möchte sie im ganzen Haus aufhängen.«

Ihr traten die Tränen in die Augen. Natürlich hatte er bemerkt, dass sie von sich keine Fotos machte, dass sie nur Fotos von ihren Hunden besaß. Natürlich – weil er sie kannte, sie wirklich kannte. Er verstand sie, und es war ihm sogar gelungen, ihr ihre Ängste zu nehmen.

Insofern konnte er gern das ganze Haus mit Fotos füllen, wenn er das wollte.

Er knabberte an ihrem Ohrläppchen. »Schau mal ins Badezimmer.«

Sie warf einen Blick durch die Tür ins Badezimmer. Die Wanne floss über mit nach Rosen duftendem Schaum. Auf der Fensterbank flackerten Kerzen.

»Oh! Wann hast du … was …?«

»Während du mit Sadie draußen warst, Cara.« Er sank auf ein Knie und zog eine kleine blaue Schachtel aus der vorderen Hosentasche.

Ihr Herz überschlug sich ein paarmal.

Er öffnete die Schachtel. Darin lag ein Ring mit einem Diamanten in der Mitte, der auf zwei Seiten von kleinen Saphiren umrahmt wurde. Er war großartig, einmalig. Perfekt.

»Willst du meine Frau werden?« Er sah sie mit solch hingebungsvoller Liebe an, dass ihr das Herz schwoll, bis ihre Brust schier zu platzen drohte.

Alles in ihr gab auf einmal nach. So viel Liebe, so viel Freude, da war für nichts anderes mehr Raum. Auch nicht für Zweifel oder für Angst.

Tränen strömten ihr über das Gesicht, als sie ihm in die Arme sank. »Oh ja.«

Genau diesen Moment wählte Sadie, um Jewel durch das Badezimmer zu jagen. Matt stolperte über die verängstigte Katze und gemeinsam landeten sie in der Badewanne. Duftender Schaum spritzte auf den Boden.

Cara wischte ihn fort und küsste ihren zukünftigen Ehemann. »Ich liebe dich, Matt Dumont, jetzt und für alle Zeit.«

Danksagung

Meiner Familie schulde ich großen Dank für ihre Liebe und Unterstützung, während ich einen Traum verfolgte, der mir zeitweise unerreichbar schien. Unendlichen Dank meinem Mann und meinem Sohn, die mich auf dieser Reise so sehr unterstützt haben; meiner Schwester Juliana, weil sie ein so toller Mensch ist, die beste Schwester, die man sich nur wünschen kann, mit einem geradezu enzyklopädischen Wissen über Hundetraining. Und meiner Boxerhündin Lacy, die selbst aus dem Tierheim kommt und mich zu diesem Buch über Cara und ihre Pflegehunde inspiriert hat.

Danke auch meiner fantastischen Agentin Sarah Younger, die mir geholfen hat, meinen Traum zu verwirklichen. Unsere Wege haben sich zu einem völlig irren Zeitpunkt gekreuzt, und ich schulde dir für so vieles Dank. Gleiches gilt für meine sagenhafte Lektorin, Alex Logan. Danke, dass du dein immenses Wissen mit mir geteilt hast. Für deine hilfreichen Ratschläge kann ich mich unglaublich glücklich schätzen.

Ohne meine Freundinnen in der schreibenden Zunft wäre ich ein Nichts. Mein Dank geht an meine kritischen Kolleginnen Annie Rains, Nancy LaPonzina und Eleanor Tatum. Danke für die vielen nächtlichen Diskussionen, eure unschätzbaren Kommentare und eure Freundschaft. Ferner gilt mein Dank den »Romance Rookies«, Joy McConnell, Peta Crake und Monica Prejean. Ohne euch hätte ich es nicht geschafft.

Dank an Will Goodwin für die Antworten auf meine unzähligen medizinischen Fragen. Und ein riesiges Dankeschön an alle meine Freundinnen und Freunde, die mich auf meinem Weg begleitet und unterstützt haben. Ihr habt an mich geglaubt, als ich erzählte, ich wolle Schriftstellerin werden. Ich kann euch gar nicht sagen, wie viel mir das bedeutet. Ich liebe euch alle.

Leseprobe

RUTHIE KNOX
Wie für mich gemacht

Der Taubenmann müsste eigentlich längst da sein. Cath blendete den egozentrischen Monolog ihrer Begleiterin einen Moment lang aus und sah noch einmal auf das LED-Display über dem Bahnsteig. Noch zehn Minuten bis zur Abfahrt des Zuges. In Gesellschaft dieser Frau würden sie sich anfühlen wie ein Jahrhundert.

Schicksalsergeben schlug Cath die Beine übereinander und lehnte sich auf der Bank zurück. Wenigstens konnte sie den ungewöhnlich kühlen Morgen genießen – zum ersten Mal in dieser Woche ließ die furchtbare Hitze etwas nach, unter der London in diesem Juli litt.

»… und sie sagten, das sei die allerbeste Möglichkeit, Protestaktionen ein taktiles Element hinzuzufügen, von der sie je gehört hätten. Ich habe beiläufig erwähnt, dass du das Ding in deiner Ausstellung zeigen willst, aber sie wussten nicht, wer du bist«, sagte Amanda, wobei ihr englischer Privatschulakzent die Aussage wie einen Vorwurf klingen ließ.

Cath plusterte sich auf. »Ich bin beim *V & A*. Das *V & A* werden sie ja wohl kennen?« Sie war zwar nur ein kleines Zahnrädchen, aber das gehörte zu einer großen Maschine. Ganz bestimmt hatten sogar Amandas Hardcore-Aktivisten-Freunde von der weltberühmten Sammlung des *Victoria & Albert Mu-*

seums gehört, auch wenn sie vermutlich nichts von der bevorstehenden Ausstellung zur Geschichte des Strickens wussten, für die Cath als Assistentin eingestellt worden war.

»Ach, was weiß ich«, sagte Amanda abweisend, während Cath sah, wie die Glatze des Taubenmanns die Sonne reflektierte, als er die Treppe heraufkam. Er nahm seinen üblichen Platz vor dem Kiosk ein und richtete den Blick auf den Boden. Heute war er also ruhig. Wenn der Taubenmann schwieg, konnte er als normal durchgehen. Erst wenn er ein angeregtes Gespräch mit einem Fremden begann, fing er an, den Kopf wie ein Vogel nach vorn zu schieben, und seine runden Augen und seine schnabelförmige Nase traten deutlicher hervor.

Er zog einen Schokoladenriegel aus der Tasche, und ihr fiel ein, dass Freitag war. Freitags kam er oft später, sehr wahrscheinlich, weil er dann am Zeitungsstand haltmachte, um sich eine Wochenendschokolade zu kaufen.

Sie erschrak angesichts ihrer Gedanken. Mist, kannte sie die Gewohnheiten der Pendler an diesem Bahnhof wirklich so gut? Sie sah sich schnell auf dem spärlich bevölkerten Bahnsteig um. Emo-Boy trug heute Morgen seine Lieblingsröhrenjeans, und Prinzessin hatte sich den Ansatz nachfärben lassen.

Traurig, aber wahr – ja, sie kannte sie sehr gut.

»Als Nächstes wird eine ältere Dame mit einer Handtasche so groß wie ein Bus und einer Bäckertüte mit einem Croissant darin die Treppe heraufkommen«, sagte Cath.

»Was?«

»Das ist eine Prophezeiung.«

»Kannst du jetzt hellsehen?«, fragte Amanda und streckte ihre spitze Nase in die Luft.

»Klar.« Cath kam eine Idee, wie sie sich ihr erbärmliches Wissen zunutze machen konnte. »Ich weiß, wer gleich die

Treppe raufkommt, und ich weiß, dass du das Richtige tun und mir diese Zwangsjacke für die Ausstellung geben wirst.«

Als sie an die Ausstellung dachte, fiel ihr ein, dass sie und ihre Chefin Judith an dem Morgen die Pullis aus dem Fundus durchsehen wollten. Cath durchwühlte ihre Tasche nach den Allergietabletten, drückte zwei aus der Verpackung und schluckte sie mit etwas Wasser. Sie hatte gelernt, dass die Arbeit einer Kuratorin einen zum Niesen reizen konnte. Seither war sie vorbereitet.

Als sie die Wasserflasche wieder einsteckte, kam die Frau mit der Bus-Handtasche in Sicht, perfekt im Zeitplan.

Amanda legte die Stirn in Falten und streckte sich, um einen besseren Blick auf die Treppe zu bekommen. »Du kannst bis runter zur Hauptstraße sehen. Deshalb wusstest du, dass sie kommen würde.«

»Du bist näher dran als ich. Kannst du bis da runter sehen?«

Ihr Blick blieb skeptisch. »Tja, dann benutzt du eben einen Spiegel oder so. Du kannst ja nicht zaubern.«

»Wollen wir wetten?«, antwortete Cath und freute sich auf die Herausforderung.

Zaubern war noch nie ihr Spezialgebiet gewesen, aber sie wollte diese Zwangsjacke. Sie war bei einer viel beachteten Protestaktion zum Einsatz gekommen, die Amanda und ihre Clique vor ein paar Jahren vor dem Haus des Premierministers veranstaltet hatten, und sie würde fantastisch passen, die perfekte visuelle Ergänzung zu der Geschichte, die die Ausstellung des Museums erzählen wollte.

Leider gab Amanda das Ding nicht frei, und Cath kannte sie lange genug, um zu wissen, dass es ihr einen Heidenspaß machte, Leute zappeln zu lassen.

Andererseits liebte sie den Wettstreit und hatte eine narzisstische Ader, sodass sie selten eine Wette ablehnte.

»Ich mach dir einen Vorschlag«, sagte Cath. »Wenn ich die nächsten beiden Leute, die die Treppe raufkommen, korrekt vorhersage, gibst du mir die Jacke.« Es war möglich. Mit etwas Glück. Greenwich lag weit außerhalb in Zone vier des Londoner Verkehrsnetzes, gerade weit genug vom Stadtzentrum entfernt, dass es kein richtiger Pendlervorort mehr war. Der Bahnsteig wurde nie unangenehm voll, selbst zu den Hauptverkehrszeiten nicht. Die meisten Stammfahrgäste für diesen Zug waren bereits eingetroffen. Die Frage war nur: Wer fehlte?

Amandas Augen verengten sich. »Was kriege ich, wenn du falschliegst?«

»Dann höre ich auf, dich wegen der Zwangsjacke zu nerven.«

Das war eine Lüge, aber kein abtrünniger Katholik aus der South Side von Chicago wäre sich zu fein, für einen guten Zweck zu lügen, und Cath betrachtete ihre Karriere als einen guten Zweck.

Amanda, nun ganz aufgeregt, beugte sich vor und sagte: »Wenn du drei Leute vorhersagst, mach ich mit.«

Der Erste war leicht. Cath hörte das melodische Klingeln des Fahrkartenautomaten, der unten auf der Straße das Wechselgeld ausspuckte, und wusste, dass es der Typ mit dem Hund aus dem Park sein musste, denn er nahm freitags immer den Zug um 7.09 Uhr von Greenwich nach Bank, und er kaufte sein Einzelticket mit Bargeld am Automaten.

»Alter Mann mit Filzhut«, sagte sie.

Er kam die Treppe herauf und steuerte auf die leere Bank neben ihnen zu.

Amanda neigte den Kopf und erkannte den ersten Punkt an.

Der Nächste war schwierig. Normalerweise wäre es das Mädchen mit dem zweifarbigen Haar, aber es war Hochsommer, und viele Leute machten Urlaub. Das Mädchen war schon die ganze Woche nicht da gewesen. Cath vermutete, dass sie irgendwo in Spanien am Strand lag und in einem roten Bikini in der Sonne brutzelte. Und wenn sie schon zurück war?

Bills dröhnendes Lachen am Ticketschalter schallte die Treppe herauf. Also musste es die lustige Witwe sein. Bill war ein freundlicher Mensch, aber bei der Witwe zog er alle Register.

»Rothaarige mit sieben Zentimeter tiefem Dekolleté«, sagte Cath.

Die lustige Witwe kam mit stolz wogendem Busen die Treppe herauf.

Amanda stieß ein leises, anerkennendes Pfeifen aus.

Cath blickte zur Bahnhofsuhr und unterdrückte ein Lächeln. Ihr fehlte nur noch einer, um den Hattrick zu schaffen, und nach dem nächsten Typen konnte man die Uhr stellen.

»Großer, blonder Mann in teurem Anzug, *Financial Times* unterm Arm«, sagte sie und fügte dann hinzu: »Möglicherweise ein Cyborg.«

Dreißig Sekunden vergingen, dann kam City in Sicht, pünktlich wie immer und viel zu gut aussehend, um menschlich zu sein.

Cath hatte eine Schwäche für City. In dem Moment, als sie ihn letzten Winter zum ersten Mal auf den Zug nach Bank warten sah, hatte er ihr Interesse geweckt. Sie hatte ihm den Spitznamen als Anspielung auf seinen Beruf gegeben, denn alles an ihm deutete darauf hin, dass er in dem eine Quadratmeile großen Finanzzentrum arbeitete, das »City of London« genannt wurde: der feine Wollmantel mit dem Schal, den er den ganzen Winter getragen hatte, die polierten Schuhe, die niemals fehlende Zeitung. Er war ein vornehm zurückhaltender Märchenprinz in einem Anzug.

Amanda klatschte Beifall, ob für sie oder für City konnte Cath nicht sagen. Sie unterdrückte ein triumphierendes Grinsen und gestattete sich, ihn einen Moment lang anzusehen, während er vorbeiging. Er nickte ihr steif zu, wie üblich bei ihren beinahe regelmäßigen Begegnungen.

Sie hatte City noch nie reden hören oder lächeln sehen. Er zappelte niemals herum, sondern stand einfach reglos an seinem Platz, bis der Zug einfuhr, und wenn er im Wagen saß, starrte er geradeaus. Die Ruhe selbst und *very, very English*. Zumindest stellte sie ihn sich so vor, wenn sie ihn in ihrem Tagebuch erwähnte. Sie würde ihr nächstes lumpiges Gehalt darauf wetten, dass er einen vornehmen Akzent, eine teure Erziehung und einen langweiligen Job hatte, bei dem er haufenweise Geld hin- und herschob. Das absolute Gegenteil von ihr.

Trotzdem hielt sie immer nach ihm Ausschau. Sie sah City an zwei oder drei Morgen pro Woche, entweder hier oder im Greenwich Park, wo sie beide gerne joggten. In Bewegung war er wunderschön, ein skandinavischer Gott mit geröteten Wangen. Sie liebte das leuchtende Rot in seinem Gesicht – es war ein rührender Gegensatz zu seiner kühlen, perfekten Erscheinung. Wenn sie ihn so sah, bekam sie Lust, ihm durchs Haar zu wuscheln und seine Schnürsenkel zusammenzubinden, wenn er nicht hinschaute, einfach aus Neugier, was passieren würde.

Und jetzt hatte er ihr zum Sieg und damit zu dem Teil verholfen, das sie für die Ausstellung unbedingt haben wollte. Man musste ihn einfach lieben.

»Wann kann ich die Jacke abholen?«, fragte sie und wandte sich wieder zu Amanda.

»Hmm?« Amanda starrte immer noch City an. »Ach so.« Um ihren Mund lag ein harter Zug, und sie musterte Cath prüfend. »Das war ein guter Trick. Wie lange hast du dafür geübt?«

»Das hier war das erste Mal«, antwortete sie aufrichtig. Ihre Fähigkeit vorauszusagen, wer als Nächstes am Bahnsteig ankommen würde, war alles andere als beeindruckend, sondern vielmehr ein Beweis dafür, wie trostlos ihr Leben geworden war. Sie hatte schon immer gern Leute beobachtet, und nun, da ihre Welt in Ordnung war, hatte sie nichts Besseres zu tun, als sich Geschichten über die Fremden auszudenken, die morgens mit ihr zur Arbeit fuhren.

Das Traurigste daran war, dass sie nicht immer diesen Zug nahm. Auch wenn sie Amanda getroffen hätte, während sie auf den Zug um 6.43 Uhr oder 7.43 Uhr statt um 7.09 Uhr wartete, hätten Caths Chancen ebenso gut gestanden, dass ihr der Trick gelungen wäre und sie die Ankunft einer ganz anderen Gruppe von vertrauten Fremden vorausgesagt hätte.

Aber das musste Amanda ja nicht wissen.

»Du willst diese Jacke unbedingt haben«, sagte Amanda. »Sie ist dir wichtig.«

Cath starrte auf Citys breite Schultern unter seinem Jackett und zuckte gespielt gleichgültig die Achseln.

Ich hätte wissen müssen, dass es nicht so leicht werden würde. Das ist es nie.

»Wir sind doch Freundinnen, oder?«, fragte Amanda und legte einen Arm auf die Rückenlehne der Bank.

Sie waren keine Freundinnen. Sie hatten vor ein paar Jahren eine Handvoll gemeinsame Bekannte gehabt. Zurzeit mimte Cath Vertrautheit, wenn sie sich in Greenwich begegneten, damit sie Amanda guten Gewissens wegen der Zwangsjacke belästigen konnte.

Cath hatte keine Freunde. Sie hatte eine Mitbewohnerin, von der sie nicht gemocht wurde, eine sozial inkompetente Chefin, von der sie gemocht wurde, und ein inhaltsloses Leben, das sich nur um ihren Job drehte.

»Klar«, antwortete sie, denn Amanda erwartete das von ihr.

»Und du willst, dass ich dir einen Gefallen tue.«

Einfach lächeln und nicken, Talarico.

Sie unterdrückte ihren Ärger, verzichtete darauf zu erwähnen, dass sie ihren Gefallen soeben anständig und ehrlich gewonnen hatte, und tat, was die Vernunft ihr gebot.

»Ich schlag dir einen Deal vor.« Amanda grinste, ihr Lächeln verkündete: *Das ist die beste Idee aller Zeiten.* »Eric und ich gehen heute Abend mit seinem Cousin zu einem Konzert in einen Club. Er ist übers Wochenende aus Newcastle zu Besuch. Es wäre super, wenn wir zu viert wären.«

Aus dem Lautsprecher ertönte eine undeutliche Ankündigung für den einfahrenden Zug. Cath bemühte sich um einen neutralen Gesichtsausdruck, als sie aufstand und sich ihre Tasche über die Schulter hängte.

Du lieber Himmel. Jetzt hatte sie ein Blind Date am Hals.

Für jede normale Frau wäre das kein Problem gewesen. Natürlich wollte niemand mit irgendeinem x-beliebigen Typen aus Newcastle verkuppelt werden, aber einen Abend lang angebaggert, ignoriert oder zu Tode gelangweilt zu werden wäre eigentlich ein fairer Tausch dafür gewesen, dass sie bekam, was sie wollte.

Doch für Cath war Amandas Vorschlag mehr als ein Problem. Er war eine tickende Zeitbombe.

Sie hatte seit zwei Jahren kein Date mehr gehabt. Keine Konzerte, keine Bars, keine Männer. Das waren die Regeln, die die neue Cath von ihrer verantwortungslosen Vorgängerin unterschieden – die Beschränkungen, die sie davon abhielten, die Art von Fehlern zu machen, wegen denen die neue Cath überhaupt erst hatte erschaffen werden müssen.

Cath wollte die Regeln nicht brechen. Sie *brauchte* die Regeln.

Aber noch mehr brauchte sie die Zwangsjacke. Sie wäre ein echter Coup für die Ausstellung, denn sie würde ihr Judiths

Dankbarkeit einbringen, und Judiths Dankbarkeit war Caths Ticket zu einer festen Stelle als Kuratorin.

Sie musste es machen.

»Klingt super«, antwortete sie, wobei ihr fröhlicher Tonfall die erste von vielen Schwindeleien war, die der Abend zweifellos erfordern würde.

Sie konnte doch wohl einen Abend mit einem Typen in einem Club verbringen, ohne etwas zu tun, was sie später bereuen würde.

Zu hell. *Viel* zu hell. Stöhnend vergrub Cath ihr Gesicht im Kopfkissen, um sich vor dem Morgenlicht zu verstecken. Sie musste letzte Nacht vergessen haben, die Vorhänge zuzuziehen.

Mit brummendem Schädel streckte sie eine Hand nach dem Glas Wasser aus, das immer auf ihrem Nachttisch stand, doch ihre Finger griffen ins Leere.

Kein Wasser.

Weiteres Umhertasten mit der Hand ergab, dass da auch kein Nachttisch war. Hmm.

Stöhnend öffnete sie die Augen einen Spaltbreit und drehte den Kopf gerade so weit, dass sie das hölzerne Kopfteil des Bettes erkennen konnte. Ein sehr hübsches Kopfteil aus Hartholz. Vielleicht Kirsche. Aus der Zeit Eduards VII., würde sie schätzen.

Nicht ihres.

Shit.

Sie rollte sich auf den Rücken und sah sich im Zimmer um: weiße Wände, wenig Möbel – nur das Bett, ein massiver Kleiderschrank und ein antiker, mit Goldbrokat bezogener Polstersessel. Darüber hing ein riesiges Bild eines lächelnden Mädchens, das einen Arm um einen Hund gelegt hatte. Cath erkannte den Maler nicht, aber das Werk war großartig. Wer auch immer hier wohnte, hatte Geschmack. Und Geld, den Möbeln nach zu schließen.

Sie setzte sich auf und verzog das Gesicht, während sie darauf wartete, dass der Kater sein Urteil verkündete. Kopfschmerzen: vorhanden. Übelkeit: vorhanden. Aber beides hielt sich in Grenzen und würde ihr zweifellos weniger Ärger einbringen als die Tatsache, dass sie keine Ahnung hatte, in wessen Bett sie sich befand.

Als sie sich mit einer Hand durchs Haar fuhr, strich der weiche Baumwollstoff eines übergroßen weißen Männer-T-Shirts über ihre Wange. Sie zog den Kragen von ihrem Hals, warf einen Blick hinein und atmete dann erleichtert auf. Wenigstens trug sie noch ihren BH und ihr Höschen. Vielleicht war alles doch nicht so schlimm, wie es aussah.

Aber schlimm genug, Mary Catherine. Schlimm genug.

Da sie nicht die geringste Lust verspürte, sich eine Standpauke ihrer verstorbenen Mutter anzuhören, und auch noch nicht bereit war, sich der Tatsache zu stellen, was – oder noch wichtiger: wer – sich hinter der geschlossenen Tür befand, ließ Cath sich wieder in die Kissen sinken, kniff die Augen zusammen und richtete eine höfliche Bitte ans Universum, sie aus dieser Situation zu befreien und an einen anderen Ort zu bringen. Egal wohin. Aspen wäre schön.

Emma Chase

Wer wird denn gleich von Liebe sprechen?!

Roman

Drew hat noch nie einen Gedanken an die Liebe verschwendet, eine feste Beziehung ist für ihn eine absolute Horrorvorstellung. Doch das ändert sich schlagartig, als Kate Brooks in derselben Investment-Banking-Firma eingestellt wird, für die auch Drew arbeitet. Kate ist intelligent, ehrgeizig, und sie fasziniert Drew, nicht nur weil sie sich als ernsthafte Konkurrentin entpuppt. Kate geht Drew nicht mehr aus dem Kopf, und je mehr Zeit sie miteinander verbringen, desto heftiger beginnt es zwischen den beiden zu knistern.

Band 1:
Wer wird denn gleich von Liebe sprechen?!
320 Seiten, kartoniert mit Klappe
€ 9,99 [D]
ISBN 978-3-8025-9584-4

Band 2:
Nichts als Ärger mit der Liebe
320 Seiten, kartoniert mit Klappe
€ 9,99 [D]
ISBN 978-3-8025-9616-2
Erscheint am 05.06.2015

Band 1.5:
Kein Happy End ohne "Ja, ich will!"
50 Seiten, exklusiv als E-Book
€ 1,99 [D]
ISBN 978-3-8025-9632-2
Erscheint am 05.03.2015

www.egmont-lyx.de

LYX
EGMONT